국내 출간

아도니스

『열일곱 살』, 2022

*

『붉은 애무』, 아르테, 2008 ; 문학동네, 2019
『은밀하게 나를 사랑한 남자』, 문학동네, 2015

# 내일 출발한다

미디 리브르 그랑프리 출전기

에릭 포토리노

# 내 일 출 발 한 다

미디 리브르 그랑프리 출전기

조동신 옮김

아도니스
출판

# 내일 출발한다

일러두기

주, 자료 : 모든 주와 자료는 한국어판.
강조 : 대문자 강조는 방점으로, 이탤릭체 강조는 *이탤릭체*로 했다.

# 한국 독자들에게

25년 전 난 마흔 살의 젊은이였고, 난 뭐에 미쳤는지 미디 리브르 그랑프리*에서 프로 선수들과 함께 겨뤄보고 싶다는 생각을 했다. 남프랑스의 아주 가파른 지역 1천 킬로미터를 완주하는 경기였다. 이 책은 내가 자청했던 그 몇 달 간의 훈련을 기록한 것으로, 날씨에 상관없이 매일매일 추위와 비를 신실한 동반자로 삼아 고독, 의구심, 다리와 어깨, 온몸의 통증을 감내한 이야기다.

그러나 여러분은 무엇보다 이 모험이 내게 엄청난 즐거움을 안겨주었다는 사실에 놀랄 것이다. 자신의 끝까지 가봤다는 만족감은 사이클 주자에게도 드문 경우였고, 또 스스로를 넘어설 수 있었던 비할 데 없는 행복감이란……. 육체와 정신 사이에 어떤 조화가 가능하다면 그것은 아마 내가 자전거 위에서 발견할 것이었으리라. 수 킬로미터씩 주행을 하면서 자전거는 내게 시간을 거슬러 올라가는 일종의 타임머신이었다. 자전거 바퀴 아래로 불쑥불쑥 스쳐가는 과거의 추억들과 이미지들 때문에 마치 내가 내 젊은 날을 향해 페달을 밟는 것 같았다.

이 모험은 인생을 깨닫게 해주는 학교였고, 세벤느의 산들과 대서양의 끊임없는 길들은 풍차를 대신한 돈키호테식 서사시였다. 움직이는 즐거움을 위한 페달 밟기는 분명 헛된 영원의 추구나 노력 같았지만 아! 존재의 한계를 넘어선다는 것은 얼마나 큰 은총이었는지!

내 가장 큰 소원은 여러분이 이 글을 읽으면서 자전거에 올라타고 싶은 마음이 일어 어디서든 도로와 길을 가로질러 떠나기를, 또한 우리 프랑스인들이 '꼬마 여왕'(petite reine)이라고 부르는 이 멋진 기계가 자유와 얼마나 밀접하게 연관되어 있는지를 여러분 스스로 확인하기를 바라는 마음이다…… 멋진 여행이 되시길!

2024년, 에릭 포토리노

---

* Grand Prix du Midi Libre.
  남불 몽플리에의 일간지 「미디 리브르」(*Midi libre*, '자유 남프랑스', 1944년 창간)가 1949년부터 매년 5월(혹은 6월) 주최한 전통의 투르. 이 투르 전후로 '도피네 선발전'(Critérium du Dauphiné, 1947~) ─ 그르노블의 일간지 「르 도피네 리베레」(*Le Dauphiné libéré*, '해방 도피네', 1945년 창간)가 주최하는 투르 ─ 이 열렸고, 이어 7월에는 세계 최고의 투르인 '투르 드 프랑스'(1903~)가 개최, 그 전초전으로 명성을 얻었다. UCI 등급 2.1(2는 여러 날 경기, 1은 최고등급)의 산악도로 주행으로, 프랑스 최고의 코스를 자랑했다. 첫해인 1949년, 몽플리에~카르카손의 250킬로미터를 당일 주파했고, 이후 점차 구간이 늘어나 1987년부터 6구간이 되었다. 2002년을 마지막으로 중단되었다. 이 책은 2001년 5월 22일~27일, 6일간 총 1천 킬로미터를 주파하는 제53회 미디 리브르 그랑프리에 저자가 선수이자 기자로서 참전하기 위한 6개월간의 훈련일지다. 앞으로 미디 리브로로 표기한다.

내 아버지 미셸 포토리노에게

12월

나이 사십에…….

# 12월 24일


성탄절. 심각하게 뭔가를 응시하고 있는 내 딸 콩스탕스는 올해 두 살 반이다. 오늘 그 애가 식물원에서 난생 처음으로 자신의 새 자전거의 페달을 밟았다. 산타클로스가 공식적으로 오기 전에 결국 난 이 선물을 주고 말았다. 멋진 빨간색 자전거로, 유명 브랜드도 광고 카피도 없던 어린 시절의 여느 빨간 공을 닮았다. 무프타르 가 뒷길에서 발견했는데, 마치 거기서 우릴 기다린 듯했다. 자전거포 주인은 내 할아버지가 전후에 한때 시장으로 있었던 남쪽 도시 가프사 출신의 튀니지 사람이었다! "수제 자전거예요." 그의 부인이 나를 안심시켰다. 당당한 체구의 네덜란드 여자였다. "제조사가 몽트뢰이유에 있어요." 난 주저 없이 그것을 골랐다. 로열 안장[1], 공기가 가득 찬 작은 타이어, 프레임을 따라 갈고리로 걸쳐 있는 흰색의 멋진 펌프, 철제 짐받이, 균형 잡힌 두 바퀴, 그리고 프리휠의 윙윙 소리. 자전거는 늘 이렇게 어린 시절의 부드러운 신비, 평형과 이완, 유연과 조화의 대상으로 남아 있어야 한다. 흙받이 뒤에 작은 방패꼴 무늬가 있다. 체페토. 이 가게의 이름이다. 나는 문득 피노키오, 그리고 거짓말을 할 때마다 늘어나는 코를 연상한다. 맞다. 요즘, 자전거와 진실…….

저녁 5시, 테니스화와 운동복을 걸치고 혼자 다시 식물원 쪽으로 갔다.

---

1    selle Royal. 세계 1위 자전거 안장 브랜드(이탈리아, 1956~). 2002년 영국의 브룩스(Brooks) 사를 인수했다.

반시간쯤 달렸을 때, 서둘러 철문을 닫으려는 관리인의 단호한 호각 소리
가 들렸다. 그래, 성탄절이지. 나뭇가지 모양의 불 꺼진 큰 촛대 같은 넓은
보리수 길을 따라 빠르게 걸었다. 어린이 회전목마는 여전히 돌고 있었다.
밤이 다가왔다. 그래, 이번엔 현실을 직시해야 한다. 불과 한 주 전에 들었
던 엉뚱한 생각이 이제야 윤곽이 잡혔다. 프로 사이클경기에 관한 모든 것
을 읽고 배워 익힌 다음, 남부 산악지대를 가로지르는 천 킬로미터 사이클
경기에 참가하는 것. 나이 사십에……. 아라미스는 머리가 더 셌고, 포르토
스는 더 가쁘게 숨을 쉬었고, 아토스는 몸을 움직이지 못했고, 다르타냥은
이제 더는 예전 같지 않다고 잔뜩 우울해한 『이십 년 후』[2]의 총사들 생각이
떠올랐다. 경주용 사이클조차 없고, 몸도 준비되지 않았는데 벌써 경주에
참가할 만반의 태세를 갖추고 있다.

어제 아침, 하인 베르브루겐의 휴대폰에 전화를 했다. 베르브루겐, 국제
사이클연맹(UCI)[3] 회장. 그는 스키를 타는 중이라며 다음 주 화요일에 다
시 전화해달라고 했다. 나는 우리 계획에 대해서는 언급하지 않았다. UCI
가 동의하지 않으면 아무것도 할 수 없다. 코스, 난관들, 주행 거리와 관련
된 각각의 정보를 살폈다. 머릿속은 이미 그곳에 가 있다.

하지만 당장은 식물원의 아스팔트 보도가 약간 고통스럽다. 오후에는 크
리스토프 바송[4]과 브누아 옵캥이 쓴 『양성반응』을 절반쯤 읽었다. 아주 사

---

2    *Vingt ans après*. 『삼총사』(1844)의 후속편(1845).
3    Union Cycliste Internationale. 1900년 창립, 불어를 공용어로 사용한다. 연맹 창립
     후 사이클경기가 세계에 보급되었다. 베르브루겐(Hein Verbruggen, 1941~2017,
     네덜란드)은 1991~2005년 회장을 역임했다. UCI는 2002년 1월 당시 160개국
     가입, 5대륙별 연맹이 있었고, 본부는 스위스 에글르(Aigle)다. 주관경기는 올림픽
     경기, 세계선수권, 주니어선수권, 월드컵 등. 통합경기는 도로, 트랙, 산악자전거
     (MTB), BMX, 타임 트라이얼, 인도어, 단교 경기 등.
4    Christophe Bassons. 프랑스 선수(1974). 1996년 프로 입단, 페스티나(Festina)에서

실적인 책이다. 중력의 법칙을 피하기 위한 고의적인 속임수이자 집단 이기주의의 하나인 도핑이 만연한 상황에서의 속수무책을 잘 보여주고 있다. EPO[5]와 폭탄주를 삼킨 선두 주자들을 더는 따를 수 없을 때 바송이 느꼈을 고통이 그려졌다. 그런 화학주 파티를 그가 그토록 수차 피하려고 애썼던 것이 이해되었다. 버림 받은 자를 묘사한 대목을 읽으면서, 또 훈련이 너무 힘들어 눈물을 쏟는 것을 보면서 난 문득 젊은 '사십 대'인 내 빈약한 뼈대가 생각나서 덜덜 떨렸다. 바송은 자신의 체력이 베르나르 이노[6]에 버금간다고 했다. 그가 한낱 약물 과용자로 일갈한 그 브르타뉴 사람은 '오소리'(Blaireau)라는 별명으로 불렸는데, 그것은 그의 불같은 성격 때문이었다. 바송 또한 오소리로 비쳤지만 그 말의 의미는 전혀 달랐다. '투약'이 하나의 규칙인 분위기에서 그것은 얼간이를 뜻한다. 아주 드문 경우지만 그가 한 번은 온몸이 기진맥진한 상태에서 카페인 주사를 맞았는데 ─ 선수들은 이를 '만회'라고 부른다 ─, 세컨드가 혈관을 찾지 못했다. 혈종이 나타

---

활약 중 1998년 7월 투르 드 프랑스 도핑 스캔들이 유럽을 강타했다. 혈액검사는 1997년 파리-니스 투르에서 처음 실시되었고, 이전까지 도핑이 만연한 상황이었다. 당시 그를 포함해 단 3명의 선수만이 도핑에 연루되지 않은 것으로 드러나 '깨끗한 선수'의 상징이 되었다. 그러나 그의 반(反)도핑 입장이 선수들 사이에서 힐난을 받았고, 특히 랜스 암스트롱(1971~)의 발언에 자극받아 1999년 투르드 프랑스에 불참했다고 한다("사이클경기가 그런 식으로 운영된다고 생각한다면 그의 착각이며, 그렇다면 차라리 집에 돌아가는 게 낫다"). 2001년, "프로 세계에 절망을 느껴" 사이클을 떠났고, 이후 트레일 러닝과 산악자전거(MTB)로 선회, 이 분야 프랑스 최고의 선수가 되었다. 2013년, 프랑스 국가공로상 수상. 『양성반응』은 2000년 10월 출간되었다(*Positif*, Stock, 264p.)

5   적혈구 생성 촉진인자 호르몬(Erythropoietin).

6   Bernard Hinault. 프랑스 선수(1954~). 앙크틸, 메르크스에 이어 세 번째로 투르 드 프랑스 5회 우승자이다. 세계 챔피언, 지로 디탈리아(Giro d'Italia 이탈리아 투르) 3회 우승, 부엘타 아 에스파냐(Vuelta a España 스페인 투르) 2회 우승 등 1978~1986년 216회 우승했다.

났다. 여름인데, 긴팔 옷을 입고 달려야 했다. 얼굴엔 온통 수치심을 담고. 물론 바송은 도핑을 하지 않았다. 그런데도 몇 페이지에 걸쳐 가슴 에이는 아픔을 서술한 뒤 그는 차라리 영국에서 경기를 치루고 싶다는 속내를 드러낸다. 말이 통하지 않는 주자들 사이에서는 말없이 있어도 될 테니까…….

바송 생각을 한 번, 아니 여러 번 하다 보니 식물원 조깅이 끝났다. 오늘 아침, 콩스탕스가 얼마 되지 않은 자신의 생애 처음으로 페달을, 그것도 아주 신중하게 밟았을 때, 또 그 애의 발이 뒤에서 앞으로 나오는 것이 꼭 고양이가 우유 사발을 핥는 것 같았을 때, 난 내가 심장박동을 재려고 손목시계를 푸는 것에 스스로 놀랐다. 이런 행동을 하지 않은 지 족히 20년은 되었다. 뭔가 묻는 듯한 아이의 시선 속에서 난 손가락 두 개로 1분에 62회 경동맥 박동을 세었다. 너무 빠르다. 예전처럼 박동을 52회 정도로 되돌려 놓아야 한다. 터무니없겠지!

철문이 닫힌 뒤 — 관리인의 잔소리를 들었다. 그가 초소 쪽 마지막 출구를 가리켰다 — 난 우리 동네를 좀 더 달리고 싶었다. 성탄 전야 마무리 준비에 바쁜 그 무심한 사람들이 이 순간 내가 무엇 때문에 흥분했는지 알았다면……. 원형경기장 쪽으로 올라갔다가 회교 사원 쪽으로 내려왔다. 밤이 되었다. 신자들이 삼삼오오 무리지어 나왔고, 어떤 이는 손에 테라코타로 된 그릇을 들고 있었고, 가로등 불빛 아래 쿠스쿠스[7]의 굵은 금빛 알갱이가 빛났다. 그것을 보자 식욕이 돌았다. 체력 훈련을 하면 머리에 온갖 생각이 스쳐간다. 그 순간, 식이요법을 따라야 한다고, 바로 한 시간 전에 먹어 위가 생생히 기억하고 있는 커피 맛 에클레르는 포기해야 한다고 생각했다. 장시간 안장 위에 머물러야 할, 나를 기다리는 그때를 위해서는 섭식

---

7    couscous. 찐 밀에 고기와 야채 등을 곁들인 북아프리카 요리. 테라코타 그릇인 '타진'(tajine)에 요리한다.

을 다시 배워야 한다고, 그래야 다리에 힘이 빠지는 것을 피할 수 있고, 일시적 저혈당의 증세인 식은땀을 피할 수 있다고 생각했다. 형리 나리, 도핑은 물론 안 되지요. 하지만 적어도 견과류, 시리얼 바, 초콜릿은 제발……. 허기진 주자들에게 투르[8]의 창시자 앙리 데그랑주는 정색을 하며 차라리 석탄을 먹으라고 권했다.

집에 도착했다. 들어가기 전에 잠시 숨을 고르려고 작은 안뜰에 머물렀다. 유연 운동, 복부 근육운동, 팔 휘두르기, 어깨 돌리기 등 앞으로 있을 시합에 대비한 우스꽝스러운 움직임들. 내심 자문했다. '그들은 아직도 EPO를 할까? 미디 리브르에서 나와 함께할 그 프로들이?' 머리 위 네모진 하늘 위로 달이 웃고 있었다. 문득 자신의 고미 다락방에서 광견병 백신을

---

8   Tour. 'Tour de France'. 세계 최고의 투르. 1903년, 전직 사이클 선수이자 언론인으로서 프랑스 사이클경기의 개척자인 앙리 데그랑주(Henri Desgrange, 1865~1940)와 당시 그가 대표로 있던 스포츠 일간지 「로토」(L'Auto, 1900~1944)가 창시한 구간별 사이클 경주. 매년 7월, 프랑스와 주변국 약 3,500킬로미터(23일 동안 21개 구간)를 주파하는 세계에서 가장 권위 있는 사이클경기다. 1903년 제1회 대회에서는 2,500여km로 시작, 1910~1920년대에는 보름 동안 5천~6천여km, 1940~1960년대 4천~5천여km, 1970년대부터 3천~4천여km로 정착되었다. 2024년 제111회 투르는 파리 올림픽(7월 26일~8월 11일)으로 인해 120년을 지켜온 개막일 7월 1일이 아닌 6월 29일 피렌체를 출발, 투르 사상 처음으로 샹젤리제가 아닌 7월 21일 니스에 입성했다(21개 구간, 총 3,498km, 22개 팀, 176명 참가). 세계 3대 투르는 투르 드 프랑스, 지로 디탈리아, 부엘타 아 에스파냐.
     • 지로 디탈리아(Giro d'Italia). 1909년, 유럽에서 가장 오래된 스포츠지 La Gazzetta dello Sport(1896년 창간)가 주최하는, 투르 드 프랑스 다음으로 큰 규모의 대회. 2024년 제107회 지로는 5월 4일 북부의 베나리아 레알레(Venaria Reale)를 출발, 5월 26일 로마에 입성했다(21개 구간, 총 3,317.2km, 22개 팀, 176명 참가).
     • 부엘타 아 에스파냐(Vuelta a España). 1935년, 일간지 Informaciones가 주최. 1995년부터 매년 8~9월 개최. 2024년 제79회 부엘타는 8월 17일 리스본을 출발, 9월 8일 마드리드에 입성했다(21개 구간, 총 3,304km, 22개 팀, 176명 참가).

찾고 있는 파스퇴르가 생각났다. 그런데 왜 하필 머릿속에 '즉각' 떠오른 이미지들이 바늘이었을까? 매 분마다 새 결심이 생긴다. 엘리베이터는 이제 끝! 계단을 하나하나 오를 것이다. 나는 건물 계단으로 돌진, 발뒤꿈치를 들고 발끝으로 올라갔다. 마치 「외알 안경의 쓴웃음」에서 폴 뫼리스[9]가 발을 스프링 위에 올려놓고 연속적으로 스퍼트를 한 뒤 마침내 폭죽 터지는 심정으로 숨을 헐떡였던 것처럼.

성탄절. 2000년도를 이 믿기지 않는 계획으로 마치리라고 그 누가 알았으랴. 모든 것이 재빨리 이루어졌다. 지난주, 「르 몽드」 홍보부장 제라르 모락스가 내 방에 왔다. 그는 내가 예전에 사이클을 탄 것을 알고 있다. 그는 나를 챔피언으로 생각한다. 난 그에게 내 젊은 날의 열정을 고백했고, 그의 들뜬 마음을 진정시켰다. 난 명마가 아니었고, 그것과는 거리가 멀었다고. 내겐 바이러스가 있었다. 물론 말할 용기는 없었지만 아주 어렸을 때 내가 자전거 광선으로 백신을 맞았다고 하면 사람들은 내가 농담하는 줄로 안다. 20여회, 도로 주행과 트랙 시합에서 이긴 적이 있고, 대학 챔피언타이틀을 두 번 수상했으며, 방데, 되 세브르, 샤랑트의 해안도로 경기에서 몇 번 좋은 성적을 얻었다. 나는 이런 길고 격한 훈련이 좋았다. 아주 가까이에서 느끼는 자연, 변속기의 덜컹대는 소리와 가볍게 스치는 바퀴 소리 속에 펼쳐지는 풍경들, 농촌과 공단과 라 팔리스 항구(난 라 로셸에서 산 적이 있다)의 서민들, 미사에 참여하듯 경주를 보러 가서, 여성 악대장 같은 튼실한 다리를 매끈하게 제모하고, 기름을 바르고, 화끈한 뮈스클로르[10] 크

---

9    Paul Meurisse. 배우(1912~1979). 외알 안경을 착용한 주인공 드로마르(Dromard)
     로 분했다. 로트네르(George Lautner, 1926~2013) 감독의 3부작 스파이 영화.
     1부 「검은 외알 안경」(*Le Monocle noir*, 1961), 2부 「외알 안경의 눈매」(*L'Œil du
     Monocle*, 1962), 3부 「외알 안경의 쓴웃음」(*Le Monocle rit jaune*, 1964).
10    Musclor. 식물성 마사지 크림.

림 —1번과 2번이 있었는데, 1번이 좀 약한 것 같았다……—을 바른 경주자들을 위해 기도하고 격려하는 그 서민들이 난 좋았다. 경주, 그때는 놀이였다. 지금 나는 선수다.

　모락스의 임무는 미디 리브르의 대외 이미지를 연구하는 것이다. 맨 먼저 든 생각. 「르 몽드」는 이 '노예선', 아니 도핑 사건으로 더럽혀진 고약한 이미지의 이 스포츠에 들어와서 무엇을 하려는 것일까? 논설 제목을 '이 투르는 중단되어야 한다(1998년 그랑드 부클르[11]에 대해)'로 뽑았던 우리는 거대 일간지 「미디 리브르」에 대한 지분 참여를 통해 국내 프로경기 일정의 핵심 열쇠를 쥔 이 신문사에 입성한 셈이다. 메르크스[12]에서 이노에 이르기까지, 제미니아니[13]에서 인두라인[14]에 이르기까지 최고의 챔피언들이 승리한 경기, 모든 팀이 투르 드 프랑스 성공의 궤도 진입으로 삼는 전초전의 소유권자인 이 신문사에. 제라르 모락스는 회의적이었고, 왠지 자신이 외톨이라고 느꼈다. 최근 연구에 따르면 미디 리브르는 주최 측에 제로에 가까운 수익을 안겨주었다. 언뜻 보면 경기를 지속할 하등의 이유가 없다. 다만 직접 가서 목격하고, 면밀히 고찰하고, 대회의 수익성을 높이겠다는 약속을

---

11　Grande Boucle. '대(大)일주'. 투르 드 프랑스의 별칭.

12　Eddy Mercks. 벨기에 선수(1945~). 역사상 가장 위대한 사이클 주자로 평가받는 선수. 별명은 '식인종', '테르뷔렌(Tervueren)의 악귀'. 세 차례(1969, 1971, 1974)나 '세계 최우수 선수'로 선정된 유일한 벨기에 선수로, 투르 드 프랑스 5회 우승, 지로 디탈리아 5회 우승, 세계대회 3회 우승, 부엘타 아 에스파냐 1회 우승 등 총 625회 우승했다(도로 525회, 트랙 98회, 크로스컨트리 2회).

13　Raphaël Géminiani. 프랑스 선수(1925~). 별명은 '대포'. 투르 드 프랑스 우승(1951), 프랑스 챔피언(1953) 등.

14　Miguel Indurain Larraya 스페인 선수(1964~). 1984년 스페인 아마추어 대회 우승을 계기로 프로에 입단, 1991년 세계 최강자로 등극했고, 1995년까지 투르 드 프랑스 최초 5회 연속 우승했다. 1996년 세계 최초 6회 연속 우승을 앞두고 실패, 1997년 은퇴했다.

지키고 싶다는 바람 외에는(게다가 시합은 적자였다).

모락스는 뜨겁고 열정적인 사람이다. 병으로 죽을 고비를 넘겼는데, 그의 말로는 운동으로 살아났다. 그냥 운동도 아닌 자전거로 말이다. 노르망디에서 그는 거의 매주 일요일 50킬로미터씩 달렸다. 상상하건데, 바람에 얼굴을 찌푸린 채 고개를 숙이고, 자전거에 앉아 있는 것에 집착하며 행복했을 것이다. 힘들지만 살아 있음에. 우리는 이 미치광이 같은 사랑에 대해 이야기를 나누었고, 곧 서로를 이해했다. 이런 모험에 투신하려면 모종의 공모가 필요하다. 나를 보러왔을 때, 그는 마침 윤리헌장 건에 대해 상의하려고 했다. 그는 나 같은 소설가가 기자 역할을 할 수 있을지, 그래서 봄이 오면 손에 펜을 들고 미디 리브르의 전설을 노래하면서 거기에 약간의 광택을 줄 수 있을지 내심 묻고 있었다.

나는 당장은 아무 답도 하지 않았다. 나는 그저 오래 전 신문 스크랩을 다시 찾았다. 옛 친구들이 '푸투리노'(futurino)라고 불렀던 내 짧은 경력을 언급한 기사들. 나는 그에게 그 건은 내일 다시 말하자고 했다. 저녁 내내, 그리고 밤늦게까지 나는 고이 간직한 (내가 학교 공책보다 더 위한다고 어머니가 늘 잔소리하셨던) 경기 노트들을 꼼꼼히 뒤적였다. 각각의 세부 사항을 적어둔 노트였다. 훈련 코스, 아침 기상시의 맥박 리듬, 당시 경쟁자들의 이름, 그런 것들을 '주의'란에 적어두었고, 아주 졸전을 치렀을 때는 '경기'란에 냉정한 비평을 적었고, 또 타이어 펑크, 우승 상품 — 1975년 청소년 경주가 있었던 에트레에서는 돼지고기 구이도 받았다 — 까지 기록해두었다. 청소년기의 여정을 따라가다 보니 증거 수만큼 열정의 증거들이 되살아났다. 당연하지. 난 사이클 선수의 영광인 노랑 셔츠[15]의 영광을 꿈꿨고, 그런 내가 눈에 선했고, 당시 라 로셸의 내 방에는 메르크스와 코

---

15    maillot jaune. 투르 드 프랑스의 종합우승자가 입는 노랑 셔츠(1919~).

피[16]의 포스터가 압정으로 박혀 있었다. 그때 나는 아직 도핑, 마피아, '뭔지-모를-것'을 주사하고 각 지방의 선발경기를 싹쓸이하는 큰손들의 협박에 대해서는 전혀 몰랐다. 그들은 이따금 주사 후 집단으로 병원에 끌려갔다. 자동차 뒤에서, 야외 술집에서, 손에서 손으로 같은 '침'을 꽂았기 때문이다. 그들이 그러는 동안 난 머릿속으로 흰 선을 선두로 통과하기를 열망하면서 야외에서 몸을 풀었다.

다음날 제라르 모락스에게 말했다. 윤리헌장도 괜찮겠다고. 미디 리브르에서 블롱댕[17]이나 팔레[18] 역을 맡는 것도 괜찮겠다고. (물론 "고개가 죽인다"나 "리모주의 실추"[19] 같은 천재적인 말장난을 구사한 앙투안과 경쟁하는 것은 꽤 힘들겠지만. 또 르네 팔레의 말은 더 이상의 말이 필요 없어

---

16  Angelo Coppi. 이탈리아 선수(일명 '파우스토' Fausto, 1919~1960). 이탈리아 챔피언으로, 챔피언 중의 챔피언인 '슈퍼 챔피언'(Campionissimo), '위대한 파우스토'로 불렸다. 지로 디탈리아 5회 우승, 투르 드 프랑스 2회 우승, 1942~1956년 무패의 신기록을 보유했다.

17  Antoine Blondin. 작가, 소설가, 사이클 전문기자(1922~1991). 투르 드 프랑스를 27년 동안, 올림픽을 7차례 취재했다. 그의 투르 드 프랑스 기사 전문이 사후 출간되었다(*Tours de France: Chroniques intégrales de «L'Équipe»*, *1954-1982*, La Table Ronde, 2001, 941p.) 포토리노는 2006년 출간한 『투르 드 프랑스로 본 프랑스』로 그를 기린 '앙투안 블롱댕 상'을 수상했다.

18  René Fallet. 시인, 소설가, 신문기자(1927~1983). 말년에 페탕크와 사이클경기에 심취했다. 자전거에 관한 산문을 남겼다(*Le Vélo*, Julliard, 1973, 122p.)

19  "le col tue", "la défaillance de Limoges". 블롱댕의 유명한 기사 제목들이다.
• "고개가 죽인다"는 1962년 투르 드 프랑스의 한 구간인 '보네트 언덕'(col de la Bonette) ─ 알프스 산맥의 하나인 메르캉투르 산맥의 한 언덕, 해발 2,715미터 ─ 을 주파하는 선수들을 묘사한 기사의 일부. "저기가 천천히 죽이는 그 언덕인가요? 여기는 아무것도 자라지(pousse) 않습니다. 단지 우리가 응원하는(pousse), 벌금을 양산하는 주자들만 자랍니다."
• "리모주의 실추"는 1967년, 블롱댕이 아낀 선수 레몽 풀리도르가 사고로 경주를 포기했다는 소식을 듣고 쓴 기사 제목(1967년 7월 21일). 레몽 풀리도르(주 98).

보였다. "자전거를 타는 사람은 안다. 인생에 결코 평탄한 것은 아무것도 없다는 것을." 반면 보잘 것 없는 나의 뮤즈가 내민 카피는 고작 "광고 차량은 선두주자의 예고다" 정도였고.)

나는 모락스에게 불쑥 이렇게 말했다. "내가 미디 리브르에 출전하면 어떨까. 프로처럼 준비하고, 달리고, 매일 저녁 '내' 코스를 들려주는 거야. '본' 코스야 언감생심이지. 내가 무슨 수로 그걸 보겠나? 잘해야 50내지 100킬로미터 지나서 '창문으로 휙 지나가겠지.'[20] 하지만 나는 다른 방식의 사이클 사랑, 기록, 자기 극복의 이미지를 줄 수 있을 거야. 사람들은 「르 몽드」의 가치를 옹호할 테지. 내 순결한 유니폼이 독립, 협박의 거부라는 생각을 가져오면 더 좋고." 감당하지 못할 큰 생각을 하다 보면 뭔가 현기증이 이는 법이다. 제라르의 눈이 늘 기억날 것 같다. 누군가 막 믿기지 않는 깜짝 선물을 했을 때, 그래서 어린애 같은 탐으로 그 선물을 발견했을 때의 그 반짝이는 눈이. 그는 곧바로 "좋지"라고 말했다. 제라르, 고마워. 네 눈이 생각날 거야. 생 클레르 산 경사면을 20% 올라가서 탈진했을 때, 혹은 5월 말 미디 리브르의 마지막 구간, 세트로 이어지는 그 구간까지 갈 수 있다면, 난 제발 내가 그곳에 묻히지 않기를 간청하며 항상 네 눈을 기억할 거야.

이내 우리는 오직 이 계획만을 붙들고 하루를 지새웠고, 그걸로 숨을 쉬었고, 오직 그것만을 생각했다. 신속히 진행해야 했다. 사장 장 마리 콜롱바니에게 계획안을 선보였다. 장 마리는 멋진 생각이야, 라면서 걱정스러운 듯 이마에 일자를 그리며 말했다. "그런데 건강은? 자네 사십이야. 스물여덟이나 삼십이 아니라고." 나는 최대한 그를 안심시켰다. 나는 아마 그러면서 내 자신을 기만했는지도 모르겠다. 거리를 두어야겠다고 생각하면서. 그러는 한편 '미디 리브르의 자유 주자'라는 짧막한 글을 써서 몽플리에 일간

---

20    상대가 갑자기 가속으로 달려 따라잡지 못하는 상태.

지의 「르 몽드」 출신인 노엘 장 베르즈루의 동의를 얻었다. 설득이라는 시합으로 시작하는 이 구간별 장거리 코스에서 그는 또 한 명의 지지자였다. 아직은 페달을 밟을 시간이 아니라—이기겠다(vaincre)는 말이 아니다—, 납득시킬(convaincre) 시간이다.

　처음에는 아주 잘 이해하겠다는 반응을 보이던 편집국장 에드위 플레넬이 솔직히 내게 반감을 드러냈다. 굳은 미소로 내 말을 듣더니 장 마리처럼 걱정스럽다는 일자 이마를 그려보였다. 그는 내가 「르 몽드」 편집부장이며, 그가 나를 이 자리에 임명한 것은 탐사보도를 지원하기 위한 것이지, 내가 6개월을 빼먹으라고 그런 것은 아니다…….. 나는 반박하지 않았다. 시기가 좋지 않았다. 다음날 나는 좀 더 구체적인 방식으로 그를 다시 공략했다. 나는 결코 신문사를 그만두겠다는 뜻이 아니다. 나는 내 의무를 이행할 것이고, 탐사보도를 준비할 것이며, 적어도 봄이 시작될 때까지는 평상시처럼 편집부원들과 함께 대외 업무를 처리할 것이다. 다만 매일 조금씩 자전거를 탈 수 있도록 근무시간을 조정하려는 것이다. 일주일에 하루 근무에서 빠지고, 대신 저녁과 토요일에 그것을 보충할 것이다. 이 말에 에드위는 안심했고, 그도 내 미친 짓에 설득된 듯 내가 방을 나갈 때 활짝 웃었다. 그도 알고 있다. 열정 앞에서는 어쩔 도리가 없다는 것을.

　12월 20일, 「르 몽드」 지도부가 계획에 전적으로 동의했다. 「미디 리브르」 지도부도 곧 신뢰를 갖고 전폭적으로 나를 지지했다. 제라르는 지체하지 않았다. 크리스티앙 칼브와 연락을 취했다. 파리-루베[21]에서 두 번 우승

---

21　Paris-Roubaix. 가장 오래된 사이클경기(1896~). 매년 3~4월에 열린다. 루베의 벨로드롬 개장을 기념하기 위해 시작, 1968년부터 파리가 아닌 콩피에뉴에서 출발, 북프랑스의 루베까지 250킬로미터를 주파한다. 코스가 험난하기로 유명해 일명 '북프랑스의 지옥', '최악의 코스', '전통 사이클경기의 여왕'으로 불린다.

한 마르크 마디오[22]가 이끄는 프로팀인 프랑스 복권협회 팀[23]의 홍보 담당자였다. 크리스티앙 칼브는 곧 매력적인 제안을 제시했고, 그는 내게 장비 지원과 의료진 및 경기 수행을 제공함으로써 이를 촉진시킬 수 있다고 여겼다. 단번에 관계가 명확해졌다. 즉, 우리는 다른 프로팀의 '스폰서'는 받을 수 없다. 설사 그 팀이 반(反)도핑 선언으로 명성을 얻은 팀일지라도. 하지만 난 20년 전부터 사이클 대열의 끈을 잃어버렸다. 깨끗하고 호의적인 주자들과 함께 나는 그 선을 되찾을 것이다.

프랑스 복권협회 팀에는 '놀이'가 있다.[24] 그런 생각으로 준비를 하려고 한다. 마르크 마디오가 전화로 1월 초 이예르 연수를 권했다. 말이 '연수'지 선수들은 이미 라 볼르에서 막 190킬로미터 주행을 마쳤다고 한다. '이예르'라고 하니 자크 드미의 이야기가 생각났다. 「이예르의 아가씨들」이라는 제목이 마음에 들어서 이예르에서 자신의 「아가씨들」을 촬영하고자 했던 드미는 그 도시가 맘에 들지 않았고, 그래서 로슈포르, 나의 고장으로 촬영을 떠났다.[25] 자전거를 타고 이예르로 간다는 생각을 하니 묘한 일주(boucle)를 마무리한다(boucler)는 기분이 들었다. 난 거기서 멀지 않은 니

---

22　Marc Madiot. 프랑스 선수(1959~). 프랑스 국가대표팀 감독을 역임했고, 1997년 프랑스 복권협회 사이클 팀을 창설, 현재까지 단장이다. 한번도 양성 판정을 받은 적이 없지만 훗날 선수 시절의 도핑을 시인했다. 2007년 레지옹 도뇌르 훈장을 수상했다.

23　1997년 창립. 모회사 프랑스 복권협회(Française des Jeux, FDJ)는 1976년 창립된 공기업으로, 국가가 72%의 자산을 보유하고 있다. 로또와 스포츠 복권을 독점한다.

24　'La Française des Jeux'의 'jeux'(경기, 놀이, 게임, 스포츠, 도박).

25　Jacques Demy. 「셸부르의 우산」(1964)으로 유명한 영화감독(1931~1990). '이예르의 아가씨들'은 「로슈포르의 아가씨들」(Les Demoiselles de Rochefort, 1967)로 개봉했다.

스에서 태어났고, 그곳에서 살지는 않았지만 그건 또 다른 내 정체성이기 때문이다. 물론 이건 전혀 다른 이야기이다.[26] 마디오의 첫 번째 충고는 "달려!"였다.

프랑스 복권협회 팀의 물류 담당자인 파브리스 바놀리가 12월 22일 내 휴대폰에 전화를 했다. 1월 초부터는 내가 운영할 완성된 팀을 갖게 될 것이라고 했다. 치수, 신장, 체중을 물었다. 루아시 근처에 있는 그들의 전용 매장에 갈 수도 있다. 성탄절이다. 딸아이처럼 나도 내 자전거를 갖게 될 것이다. 분명 내 생애 가장 멋진 자전거가 될 것이다.

---

26    18년 후 발표한 『열일곱 살』(2018 ; 아도니스, 2022)이 '전혀 다른 이야기'의 대미이자 정리라고 할 수 있다.

# 12월 25일

　머릿속은 복잡하고, 다리는 충분치 않다. 인적 없는 식물원, 아침 9시, 히치콕의 커다란 까마귀들, 그리고 서로 사진을 찍어주는 한 일본인 가족의 눈길을 받으며 조깅을 했다. 내게 아직도 남아 있을까 했는데 허리, 등, 발목을 따라 무릎관절에 근육이 되살아났다. 내게 '경주자의 근육'이 있는지, 넓적다리에서부터 뱀처럼 내려와 무릎 뼈를 불쑥 솟아오르게 하는 정강이의 돌출부가 아직 남아 있는지 궁금했다. 이상하다. 뱀이 생각나다니. 물릴 것 같은 두려움이 무의식 속에 있었나보다. 두 발로 뛰고 있지만 머릿속은 이미 자전거를 타고 있었다. 열대식물 온실 뒤 미궁 언덕으로 올라갔다가 캥거루들이 흡사 조각상들처럼 웅크리고 있는 방목장 울타리를 돌아서 내려왔다. 이어 아이리스 정원과 동물원 사이를 다시 달렸고, 두 산책로 사이에 있는 기이한 모래 피라미드를 끼고 돌았다. 거대한 투명한 체, 사라졌다가 다시 시작되는 시간처럼 또 다른 작은 피라미드들을 탄생시키는 모래 피라미드. 저 멀리, 이 성탄절 월요일에 오스테를리츠 역을 출발하는 기차 소리가 들렸다. 블롱댕의 한 구절이 생각났다. 소설 『방랑 기질』[27]에 있었지 싶다. "언젠가 우리는 떠나는 기차를 타겠지." 미디 리브르 같은 시합에서 프로들이 치러야 할 무시무시한 지옥의 기차가 떠올랐다. 이런 물음이 스쳤다. '산길에 가장 약한 바퀴들[28]

---

27　*L'Humeur vagabonde*. 소설은 1955년(La Table Ronde, 248p.), 동명의 영화는 1971년.
28　roues. 저자는 종종 '바퀴들'을 '주자들'의 의미로 사용.

을 따라갈 수 있을까?' 그저, 언덕에서 급격하게 뒤처질, 시간 내에 무사히 도착하기 위해 규칙적인 리듬으로 협동해서 달리는 '그루페토'(gruppetto) ― 소그룹 주자들 ― 라도 따라갈 수 있었으면. 생각해보니, 그들조차 날 따돌릴 것이다. 머릿속에 크리스토프 바송의 책 몇 쪽이 다시 생각났다. 그가 TV로 랜스 암스트롱을 지켜보면서, 피땀을 흘려야 할 대목에서 역경을 연기하는 것을 봤을 때 바송이 느낀 놀라움과 어린애가 속임을 당한 듯한 실망감. 바송, 그를 흔든 것은 잘못이었다. 그는 눈물로 가득했다(앙리 칼레의 사진). 재능 있는 이 스물여섯의 젊은이는 도핑의 단맛과 독에 굴복하지 않은 탓에 조롱당하듯 따돌림 당했다. '젖혀질' 경기를 완료하는 것 외에 내가 달리 무엇을 바랄 수 있을까? 12월 25일에도 산타클로스를 믿어서는 안 된다.

제라르 모락스가 Canal+ 방송의 아르노 클라스펠드가 제작한 투르 드 프랑스의 도핑 관련 다큐멘터리 테이프인 「시민 K」를 내게 빌려주었다. 잔뜩 흐린 하늘 아래, 인적 없는 공원을 달리는 동안 그 대사와 영상이 떠올랐다. 한 세컨드가 말했다. 선수들이 더는 자전거 위에서 고통스러워하지 않는다고. 도핑은 90년대 초부터 선수들을 비현실의 세계로 몰아갔다. 그들은 비좁은 협곡을 평지처럼 올라갈 수 있었다(팔레가 EPO 시대를 살았다면 그런 심오한 경구를 쓸 수 있었을까?). 바송은 벽을 통과하는 사람들이라고 했다. 자전거는 공중부양 상태였다. 또 다른 증인은 이 '통과―통과 투르'(tour de passe-passe)를 마술(tour de magie)에 비유했다. 속임수를 모르면 실로 대단한 경기이다. 최대한 벼리고 벼린 이 챔피언들, 만회를 위해 주사하고, 근육강화를 위해 주사하고, 뼈 위에 단지 근육만 ― 여기에는 뱀 모양의 그 유명한 '오금 근육'도 포함된다 ― 을 갖기 위해 주사한 이 챔피언들은 사람들이 이 '속임수'를 잊기만을 바랐다. 하지만 누가 잊을 수 있을까?

어제처럼 몸에 고통이 이는 동안 ― 그래봤자 내가 빠르게 속보로 가던 20분 동안에 일어난 일이지만 ―, 이런저런 생각들이 일어났다 흩어졌다 했다. 1997년에 「르 몽드」에 썼던 탐사 기사, 두뇌의 기능에 관한 글을 다시 찾아봐야겠다.[29] 머릿속으로 일정 행동을 반복하면서 오직 사유의 힘만으로 육체적 기록을 개선시킬 수 있음을 증명한 놀라운 연구들이 생각난다. 110미터 허들경기, 테니스의 연속 백핸드, 유연하게 페달 밟기……. 자전거를 다시 타려는 것만이 아니다. 그 꿈을 꾸려는 것이다. 근육통과 함께 나를 엄습했던 생각들은 바로 이런 것이었다. 뇌는 잼 속의 익은 과일처럼 사유를 분비한다.

어렸을 때, 승부욕에 백넘버를 달고서도 난 왜 한 번도 도핑을 하지 않았을까? 내가 그렇게 정직했고, 그렇게 착했던가? 다른 아이들 이상도 그 이하도 아니었는데. 하지만 그런 추잡한 짓을 하기에는 나는 너무 겁이 많았다. 기억을 더듬었다. 한 청소년 경기. 모두 같은 기어비[30]였다. 한 애가 머리와 어깨가 또래보다 컸다. 프랑시스 카스탱[31]이었다. 매주 일요일, 그가 우승했다. 월요일 아침이면 으레 나는 스포츠 결과 란에서 그의 이름을 찾았고, 예외 없이 그의 이름은 여기저기 사방에 굵은 글씨로 기록되어 있었다. 1등 카스탱. 어느 날, 그를 바짝 쫓았다. 그래 저 녀석, 그 도깨비란 말이지? 외모는 볼품없었다. 그렇게 큰 키도 아니었고, 덩치도 그리 크지 않았다. 유일하게 인상적인 것은 음울한 시선, 무표정한 얼굴, 웃음기 없는, 너무 일찍 순수함을 잃어버린 그런 표시들이었다. 그에게는 이 모든 게 놀이가 아니었다. 아니, 위험한 놀이였다. 나는 최대한 그의 바퀴에 달라붙었고, 그런데 갑자기 그가 커브에서 떨어져나가더니 1미터, 2미터, 간격이 벌어졌고, 도착 지점까지 더는 그를 보지 못했다. 수년이 지나 그는 프로 선수가 되었다. 훌륭한 스프린터였지만 이상하게 한 번도 두각을 드러내지 못

29  『뇌 속 여행』(*Voyage au centre du cerveau*, Stock, 1998, 216p.)

30  braquet. 기어 사이의 비율. 영어(gear, gear ratio, speed).

31  Francis Castaing. 프랑스 선수(1959~). 도로주행과 트랙 전문가로, 1981~1988년 프로로 활약했다. 도로 150회, 트랙 102회 우승.

했다. 나는 그가 '대성공하기를' 기대했다. 그가 오랫동안 도핑을 해왔다고 용감하고 솔직하게 인정했을 때까지는. 계속 그래왔다고? 압도적인, 기적과 같은 그의 승리들이 눈속임에 불과했던 것이다. 늙은 고참 선수들은 개선문을 결코 어느 등신이 가져가게 할 수는 없다고 횡설수설했다.[32] 도핑만으로 명마가 된 것은 아니라고 말하고 싶은 것이겠지. 물론이다. 하지만 '뭔지-모를-것'이 아니었다면 그 카스탱이 나보다 훨씬 강했을까?

또 다른 추억들이 밀려왔다. 구릉 코스의 마지막 역주였다. 거의 70킬로미터쯤 둘이 선두를 달렸다. 넓적다리에 경련이 일어나는 것이 마치 바늘로 찌르는 것 같았다. 나와 독주한 동료, 그 착한 친구가 자그마한 빨간 알을 등주머니에서 꺼내 내게 내밀었다. 나는 말을 만들기 싫어 알을 입에 넣기는 했지만 바로 뱉었다. 나는 결승점 약 3킬로미터를 남겨두고 떨어져나갔다. 그는 조금 더 버텼지만 그룹에 남아 있던 이들이 마지막 오르막길인 스퍼트 구간에서 그를 따라잡았다. 난 그 붉은 알이 무엇이었는지 그에게 감히 물어볼 엄두가 나지 않았다. 후각의 기억들, 물파스 향이 섞인 장뇌유 냄새, 스테로이드 향, 거품을 뿜는 청년 주자들의 기이한 얼굴들, 야생 고양이 같은 눈들, 죽기 살기로 투쟁한 흔적처럼 입가에서 말라버린 침.

신문사에서 사람들이 나를 기다리고 있었다. 언덕을 빙 돌아 출구로 빠져나왔다. 12월의 낮게 깔린 풀 위에서 캥거루들이 말없이 밀담을 나누는 것이 보였다. 느닷없이 아라공의 시구가 하나 떠올랐다. "한겨울에 봄이 올 것을 믿기."

관절마다 아픈 사지, 유리 같은 근육들, 희한한 감각들. 내가 '상습화'하기

---

32   투르 드 프랑스의 최종 구간은 1975년(62회) 이래 파리의 샹젤리제 대로로, 개
    선문을 포함, 엄청난 관중으로 둘러싸인 샹젤리제 대로(1.91킬로미터)를 돈다.
    1975년(25바퀴), 1976~1977년(14바퀴), 1978년부터 6~8바퀴를 돈다. 예외적
    으로, 2003년(100주년 기념, 10바퀴), 2013년(110주년 기념, 10바퀴).

로 한 것. 회복을 위해 일찍 잠자리에 들기, 저녁을 가볍게 먹기. '상습화'라는 표현은 바송의 말로는 오늘날 프로 세계에서 '약물을 한다'는 뜻이란다. 내가 청소년부에 있었을 때, 이 말은 단지 꿈을 이루기 위해 스스로에게 스파르타식 훈련을 가한다는 뜻이었다.

노란색 돛에, 그 위에 붉은 글씨로 '미디 리브르'라고 적힌 흰 유니폼이 침대 위에 있다. 등에는 선명한 색깔로 이 지역의 명승지들이 그려져 있다. 님므의 원형경기장, 생 루 봉우리, 팔라바스, 아그드, 포르 라 누벨, 그리고 당연히 베지에, 나르본, 지중해의 푸른 바다가 있다. 흡사 우체부 슈발로 유명해진 트레네의 한 샹송 같다.[33] 이 순진한 그림에서 시선을 뗄 수 없다. 제

---

33  Charles Trenet(1913~2001, 나르본 출생)의 샹송 「우체부가 날아갈 때」는 우체부 슈발의 꿈을 노래한 것으로, 유니폼 등판의 그림에서 이 샹송을 연상한 듯하다. 슈발(Joseph Ferdinand Cheval, 1836~1924)은 일명 '우체부 슈발'로 유명하다. 33년 동안 '이상의 궁전'을 건축했고, 이후 8년 동안 자신의 묘를 만들었다. 이 건축물을 '순진한 건축물'로 일컫는다. 아래는 가사 전문.
• *Quand un facteur s'envole*, 1943(작사 Charles Trenet. 작곡 Charles Trenet, Léo Chauliac. © Salabert).
"(1절) 한 우체부가 날아갈 때 / 날아갈 때 날아갈 때 / 그건 그가 너무 가볍기 때문이네 / 플라타너스 위로 / 여행을 갈 정도로 / 그는 떠도네 그는 떠도네 / 집들 위로 / 그는 노래를 부르네 / 새들이 원을 그려 / 그에게 인사하네 / 이 세상의 온갖 새들 / 이 세상의 온갖 연애시들 / 우체부가 전달하네 / 그리고 문틈 아래로 밀어넣네 / 마음의 서한 / 행복의 서한 / 그건 마음의 서한이네 / 행복의 서한이네 / 우체부로선 비할 데 없는 기쁨이네 / 하늘도 파랗고 그의 마음속 날씨도 좋네 / 그는 감탄하네 / 오 자유여 / 예쁜 태양이여 / 사랑 빛이여! // (2절) 한 우체부가 날아갈 때 / 날아갈 때 날아갈 때 / 그는 세상이 작다고 보네 / 사람들은 개미 같고 / 마을의 종탑 / 아주 얌전한 아주 얌전한 / 학교와 시청 / 그리고 경찰서 / 어느 정원 속 / 갓 피어난 꽃 한 송이 같은 / 그의 분홍빛 약혼녀 / 길 한가운데에서 / 문득 그는 걸음을 멈춰 / 그리고 그 장미를 따네 / 그걸 가져가네 / 아무도 없는 그의 낙원으로 / 그걸 가져가네 / 아무도 없는 그의 낙원으로 / 그리고 이렇게 / 이렇게 끝나네 / 이 미친 샹송 / 날아가는 우체부의 샹송은".

라르 모락스의 선물이다. 그가 「미디 리브르」 간부회의에서 가져온 것이다. 거기서 나는 '당신을 기다립니다'라고 말하는 듯 멀리서 보내는 격려를 본다. 제라르는 내게 두 개의 미슐랭 지도도 놓고 갔다. 235번(미디 피레네)과 240번(랑그독 루시용)이다. 아코디언처럼 접힌 지도를 펼쳤다. 모험심에 작은 전율이 일었다. 그는 또 시합 코스 시안도 주었다. 킬로미터 표시가 없었다. 총 길이가 천 킬로미터쯤 이를 것이라는 것만 알았다. 천 개의 경계를 넘는 게임. 해안가 그뤼상에서 출발. 이어 생 시프리앙, 페즈나스, 몽플리에 시내에서의 타임트라이얼, 퐁 뒤 갸르에서 재출발, 이어 레삭, 리냑, 망드. 그리고 끝으로 플로락, 세트.[34]

내일 하인 베르브루겐이 내게 묻겠지. 꿈을 계속할 수 있냐고.

---

34    자료 A 참조.

# 12월 26일

　하인 베르브루겐이 내게 남겨준 번호로 전화를 하기 전에 심장이 약간 두근거렸다. 그가 직접 받았다. 나는 우리의 계획을 말하면서 「르 몽드」가 지방 일간지 「미디 리브르」의 다수 주주가 되었음을 그에게 상기시켰다. 그는 내 말을 주의 깊게 들었다. 나는 이 계획이 아직 비밀이며, 프랑스 사이클경기연맹에도, 청소년 스포츠부에도 알리지 않았음을 강조했다. 그가 처음이었고, 나도 그러길 바랐다. 그는 절차에 민감했다.

　"우리 제안에 놀라셨겠지만……."

　"네, 좀 놀랐습니다. 하지만 (잠시 침묵), 하지만 이 시국에 사이클경기의 이미지를 복원하는 데 공헌할 수 있는 것이라면 무엇이든……."

　일이 될 것 같은 기분이 들었다. 그에게 제네바에서 만나자고 제안했다. 제라르 모락스가 동행할 것이다. 베르브루겐은 1월 8일에 보자고 했다. 설명에 필요한 3시간을 확보했다.

　그가 말했다. "모든 일이 타당하다 싶으면 공식 절차를 진행할 수 있도록 11일부터 필요한 것들을 알려드리죠."

　문이 개방되었음을 느끼면서 전화를 끊기 전에 내가 훈련을 시작할 수 있는지 물었다. 그는 그렇다고 대답했다. 우리는 이제 막 새로운 구간을 넘었다.

　자전거에 다시 올라탄다는 구상이 점점 구체화되고 있다. 소년의 꿈, 프로들과 달리기. 제라르 모락스에게 통화 내용을 알려주자, 그는 붕 뜬 상태다. 연습해야 할 양을 가늠하고는 — 상체를 핸들에 바짝 붙이고 매일

200킬로미터─중력의 법칙에 따라 이내 제정신을 차렸지만.

자전거를 탈 시간이 전혀 없었다. 이스라엘과 팔레스타인의 합의 가능성에 대한 이야기가 오갔다. 클린턴의 노력에도 불구하고 실패로 끝난 7월의 캠프 데이비드 정상회담에 관한 전반적인 사항을 준비해야 했다. 실벵 시펠의 탐사보도로 48시간 동안 초긴장. 그 사이 방데 글로브[35]에 관한 정보를 접했다. 중간 기항이나 기술적 지원이 없는 단독 경기. 사이클경기의 전설을 드높여야 할 것이다. 후미의 추적 차량들과 후방의 온갖 것들을 왜 제거하지 않는지, 왜 주자들을 혼자 내버려 두지 않는지, 그들이 죽을 지경이 되었을 때 왜 혼자서 벗어나게 하지 않는지, 가령 투르 드 프랑스의 영웅시절에 으젠 크리스토프[36]가 투르 말레 기슭의 한 대장간에서 자신의 부서진 포크를 수리했던 것처럼 말이다. 내가 책을 너무 많이 읽었다고 하려나……. 5개월 후, 기계적인 문제로 점점 뒤처지게 되면 더는 이런 생각을 하지 않겠지.

콩스탕스의 볼이 새빨갛다. 자전거 프레임에서 물이 들었을까? 아니다. 그건 'virose'라 불리는(vie en rose[37]가 아니다) 가벼운 소아병이다. 어쨌든 자전거 또한 소아병이고, 난 아직 그 병에서 낫지 않았다.

---

35  le Vendée Globe. 1989년에 시작된 단독 요트 세계일주경기. 매 4년, 11월에 열린다. 매우 험난한 시합으로, 일명 '바다의 에베레스트'로 불린다.

36  Eugène Christophe. 프랑스 선수(1885~1970). 전직 열쇠공으로, 별명은 '늙은 골족'이었다. 18세에 프로에 입문, 41세인 1926년에 은퇴한 장수 선수.

37  '장밋빛 인생'.

# 12월 27일

일어나자마자 미디 리브르 셔츠를 걸치고 산책을 했다. 랑그독의 소박한 풍경이 투명무늬처럼 피부에 새겨질 것이다.

수년간 미디 리브르 코스는 페르쥐레 언덕을 통과했고, 그 언덕은 과거 로제 리비에르[38]에게 치명적이었던 것이 생각났다. 그는 맹렬한 속도로 하산했고, 회전에서 실패했다. 발견되었을 때 그는 척추가 두 쪽이 나 있었다. 그는 다시는 걷지 못했다. 당시 도핑설이 있었다. 고참들 말로는 브레이크를 걸지 않은 듯 림에 어떤 긁힌 흔적도 없었다고 했다.

아침나절에 캠프 데이비드 회담 실패에 관한 기사를 준비할 수 있었다. 클린턴과 아라파트 사이에 오간 격렬한 대화에 관심이 끌렸다. 미국 대통령은 아라파트가 조금도 양보하지 않는다며 이 팔레스타인 지도자를 비난했다. 아라파트가 답했다. "이집트인들은 이스라엘과 평화를 맺기 위해 사막 1킬로미터에서 싸웠는데 당신은 내가 예루살렘에 항복하기를 바라고 있소!" 모든 것이 빡빡하게 짜여 있었다. 11시 반에 카페테리아에서 재빨리 점심 식사. 12시에 편집회의. 거기서 근동 관련 원고 발표. 13시에 트레이닝복 차림으로 식물원. 달리기는 별로다. 자전거가 있었으면……. 참아야지. 차가운 빗방울이 떨어지는 가운데 달리기에 앞서 말린 살구를 하나 먹

---

38 Roger Rivière. 프랑스 선수(1936~1976). 1960년 투르 드 프랑스 중 페르쥐레 언덕의 참사로 반신불수가 되어 프로 데뷔 3년 반 만에 은퇴했다. 1976년 후두암으로 사망했다.

었다. 때마침 열대 화단으로 들어갔다. 거대한 바나나 잎들이 보였다. 반대편에는, 삭막한 배경에 선인장과 용설란이 있었다. 멕시코 사막 같은 분위기가 이런저런 생각을 불러일으켰고, 에디 메르크스가 멕시코의 트랙에서 자신의 기록을 갱신했던 때가 떠올랐다. 엄청나게 집중한, 사력을 다한 노력이었다. 벨기에 챔피언이 밝혔다. "누군가 이 기록을 갱신하면 재도전하지 않겠다."[39] EPO와 특수한 준비를 하던 시절이 아니었다. 그런데 모제르[40]가 이 기록을 연속 갱신하리라고, 이어 스위스 선수 로밍거[41]가 시속 50킬로미터 벽을 제거하리라고, 그것도 초인적인 노력을 하는 것 같아 보이지도 않으면서 승승장구하리라고 누가 상상이나 했을까.

미궁 언덕으로 접어들었다. 달리기가 다른 날보다 쉬운 것 같았다.

라 로셸 들판에서 우중 훈련을 했던 기억이 난다. 열다섯, 열여섯, 열일곱 살이었다. 긴 코스였다. 바람이 계속 앞에서 옆에서 불었다. 한 번도 뒤에서 불지 않았다. (급기야 아주 건전한 생각이 들었다. 바람이 등에게 복수하는 것이라고 믿었다.) 수 시간을 안장 위에 있었고, 허리에 찌르는 듯한 통증이 서서히 일었다. 뻣뻣한 목, 경직된 근육, 지금 내가 느끼는 것 같은. 이따금 나는 아버지의 물리 치료실에서 기진맥진해지곤 했다. 두 고객 사이에서 그는 내 다리를 깊게 마사지했고, 자신의 손바닥을 내 발바닥에 활 모양으로 휘게 했다. 넓적다리로 다시 피가 통했고, 마치 수선을 받은 것처럼 갑자기 가벼워진 느낌이었다. 다시 출발해서 구항(舊港) 근처의 회랑에 있는 카페 드 테아트르에서 딸기 우유를 마시곤 했다. 그 카페는 이제 없다. 딸기

39    1972년 10월 25일, 시속 49.431킬로미터 돌파(멕시코).

40    Francesco Moser. 이탈리아 선수(1951~). 1973~1988년에 250차례 우승. 1984년 1월 19일 시속 50.808킬로미터, 23일 51.151킬로미터 달성(멕시코).

41    Tony Rominger. 스위스 선수(1961~). 1986~1997년 프로로 활동. 1994년 10월 22일 시속 53.832킬로미터, 11월 5일 55.281킬로미터 달성.

우유라!

식물원을 달린 지 45분이 되었다. 거기서 멈췄다. 더 달릴 수 있었지만, 지나칠 필요는 없었다. 한 젊은 장애인이 아주 오래된 화석 앞에 멈춰 서서 마치 그 세계와 친분을 쌓는 듯했다. 재빨리 샤워를 하고 신문사로 돌아가 카트린 드뇌브와 도를레악 가문[42]에 대한 기사를 편집했다. 컨디션이 좋았다. 사실 좀 더 뛸 수도 있었으니까. 스포츠는 광기다. 항상 더 멀리, 더 빨리, 더 높이 오르고 싶으니까.

---

42  Catherine Deneuve. 본명 카트린 도를레악(Catherine Dorléac, 1943~). 아버지 모리스 도를레악(1901~1979)은 연극인이자 배우, 109세로 장수한 어머니 르네 시모노(Renée Simonot, 예명 Renée-Jeanne Deneuve, 1911~2021)는 오데옹 극장의 기숙생으로 훗날 배우, 조모는 이 극장의 변사였다. 언니 프랑수아즈 도를레악(1942~1967)은 영화계 스타로 「셸부르의 우산」(1967)에 동생 카트린과 함께 주인공으로 출연했다. 개봉 3개월 후인 6월, 런던 시사회 참석차 니스 공항으로 가던 중 교통사고로 사망했다.

# 12월 28일

식물원을 한 시간 달렸다. 미궁 언덕을 제외하고는 별로 힘들지 않았다. 까마귀, 맹수들의 외침, 그리고 동물원 창살 속의 사자 마르셀까지 이제 일상이 되었다. 선인장 화단 앞을 왔다 갔다 했다. 콩스탕스가 "따끔한 화단"이라고 부르는 곳이다. 반 시간을 뛰고 안경을 벗었다. 약간 흐릿한 상태에서 더 잘 뛰는 것 같다. 남프랑스의 큰 고개들을 오를 때 이걸 기억해야지. 난관을 피하려고 옹색하게 근시에 기대를 걸어본다. 구불구불 이어지는 길들을 잊으려면 내 앞에 그저 바퀴만 보이면 그만이다. 언덕 정상에 이르자 마치 극장의 영사기처럼 9시의 태양이 눈부셨다. 눈물이 나면서 뿌연 것이 더 심해졌다. 할 수 없지. 안경은 호주머니에 그대로 두었다.

알프스 정원을 따라 달렸다. 갑자기 호두향이 코에 가득했다. 어릴 적부터 매년 여름, 야생 언덕에서 맡았던 낯익은 향이다. 한 시간을 달리는 동안 인생을 한 바퀴 돈 기분이다.

신문사로 돌아왔다. 아침 시간은 내 사무실 옆 교열실에서 올라오는 규칙적인 호출 소리로 1분 1초가 정확하다. 교열실에는 베르나르 피보[43]의 받아쓰기 경연에 참가한 자들에게 잘 알려진 장 피에르 콜리뇽[44] 팀이 작업하

---

43  Bernard Pivot. 기자, 방송인, 작가(1935~2024). 특히 문학 교양방송 진행자로 유명했다. '받아쓰기 경연'은 1985~2005년 매년 개최된 불어 경연대회 '황금 사전'(*Dicos d'or*)을 말한다.

44  Jean-Pierre Colignon. 18세에 프랑스 최연소 교정자가 되었고, 이후 인쇄, 출판, 언

고 있다. "최종 교열자 오세요!" 쩌렁쩌렁한 연극 발성이다. 마치 미늘창 병사를 외친 페르낭 레노[45]의 만담 같다. 그러면 곧 교열자가 편집실로 달려가 '노새'(최종 교정쇄가 머무는 경사진 책상) 위에서 그의 능숙한 눈을 굴려가며 OK 교정을 놓기 전에 오타나 부적절한 표현이 있는지 검사할 것이다. 11시경, 고함꾼은 한껏 고쳐되어 외친다. "쉼표의 모차르트 씨 오세요!"

잠시 후 같은 쪽에서 "타이오, 타이오, 타이오"[46] 리듬에 맞춘 합창이 들려온다. 동료 교열자들끼리 벌써 신년 축배를 들고 있다. 아름다운 노랫말을 써두지 않을 수 없다.


*위하여, 위하여, 위하여,*

*동지를 위하여,*

*오늘 우리를 대접한 동지를 위하여,*

*이건 강물이 아니네.*

*더더욱 (여기 몇 마디는 잊었다. 콜리뇽에게 물어봐야겠다……)*

*오늘 우리를 대접한 동지를 위하여.*

---

론사에서 일했다(1945~). '황금 사전' 심사위원, 「르 몽드」에서 20여 년간 교정 책임자로 일했다. 현재 르 몽드 그룹 교정위원이다. 불어와 교정에 관련된 50여 종의 책을 출간했다.

45  Fernand Raynaud. 코미디언, 배우(1926~1973). 만담과 익살맞은 샹송으로 당대를 휘어잡았다. 콜리뇽의 "최종 교열자(morassier) 오세요!"라는 외침은, 레노의 유명한 만담인 「단역배우 발랑다르」(*Balandar le hallebardier*)에서 쓴 표현 ―"이런, 깜짝이야, 단역배우잖아"(Tiens, quelle surprise, voilà le hallebardier) ―를 연상시킨다는 말. 하급 보병인 '미늘창 병사'는 '단역배우'라는 뜻.

46  taïaut. 과거 사냥에서 사냥개에게 사냥감을 쫓아가도록 한 말로, 지금은 노래에서 '시작'을 알리는 가벼운 말로 쓰인다. [o]로 발음되는 불어 표기는 총 46가지로, 그중 가장 상징적인 표기 'aut'를 희화화한 단어.

그리고 끝은 항상 우레와 같은 소리로 끝난다.

*맹물은 사양! 맹물은 사양! 맹물은 사양!*

나 같은 맑은 물의 사이클 선수는 조용히 부정할 수밖에⋯⋯.

몇 분 후, 스위스 법정이 리샤르 비랑크[47]에게 막 9개월 자격정지를 선고했다는 소식을 접했다. 이로써 그는 투르 드 프랑스를 시작으로 주요 경기 모두와⋯⋯ 미디 리브르까지 참가할 수 없게 되었다. '한 사람 빠졌고, 언덕 질주가 덜 빨라지겠군' 하고 속으로 중얼거릴 기분이 아니었다. 처벌은 희생양, 그것도 서툰 희생양에게 주어졌다. 그가 끝끝내 '투약'을 부인한 것이 심각한 불신을 일으켰다. 로이터 통신의 첫 속보에는 징역형에 관한 언급이 있었다. 곧 수정된 속보가 전해졌다. 벌금형. 주자에게 징역형이 내려졌다면 연말이 훨씬 힘들었을 것이다.

라세페드 가를 걸어 오르고 있는데 덩치가 산만 한 사람이 미니 자전거로 고생고생하며 나를 추월했다. 큰 검은색 외투에 푹 싸인 그가 장 클로드 드루오임을 금방 알아차렸다. 그의 풍성한 수염, 내 어린 시절 노래 속의 티에리 라 프롱드[48].

*티에리 라 프롱드와 그의 친구들이*

---

47  Richard Virenque. 프랑스 선수(1969~). 1991~2004년 프로로 활동. 산악 등정 전문가로 명성을 얻었고, 카리스마 넘치는 선수였으나 페스티나(Festina) 도핑 사건에 연루되었다. 투르 드 프랑스 전문가로, 1992년 최연소 '노랑 셔츠' 중 한 명이었다. 7차례 최우수 산악왕에 올랐다(1994~1997, 1999, 2003, 2004).

48  *Thierry la Fronde*. 14세기 영불전쟁을 배경으로 한 드라마(1963~1966). 드루오 (Jean-Claude Drouot, 1938~)는 젊은 영주 '티에리 라 프롱드' 역을 맡았다.

*빵과 소시지를 먹네……*.

나는 과거에서 튀어나온 이 그림자를 눈으로 좇았다. 핸들에 달린 작은 백미러에 그의 얼굴이 비쳤다. 라 클레 가를 내려가면서 그는 비틀거렸다. 오르막길보다 더 쉬운 그 길에서…….

어제 저녁 TV 르포에서 본 영상이 떠올랐다. 물속에서 더 빨리 유영할 수 있도록 상어 가죽으로 된 수영복을 착용한 선수들. 수영에 미친 한 친구가 들려준 바로는 70년대에는 부력을 향상시키려고 선수들의 직장(直腸)을 헬륨으로 부풀렸다고 했다. 놀랍지 않은가? 데프로즈[49]라면 그렇게 말했을 것이다.

오늘 자 「르 몽드」 '별지', 한 전직 기고가의 부고란에 에드몽 자베스의 시 한 구절이 있었다. "*잡히지 않는 것은 영원하다.*"[50]

---

49  Pierre Desproges. 프랑스 만담가(1939~1988). 매서운 풍자, 비타협적 태도, 부조리에 대한 감각적 표현으로 유명했다.

50  "*Ce qui ne se laisse pas saisir est éternel.*" 자베스의 시의 한 구절("선은 실현된 욕망, / 한 점에서 다른 한 점으로. / 최단거리. // 첫 숨결은 / 가장 먼 과거에서 온다 ; 마지막 / 숨결에 아직 그 미온이 남아 있다. // 잡히지 않는 것은 / 영원하다"). 이 시는 스페인 조각가이자 판화가인 에두아르도 칠리다(Eduardo Chillida, 1924~2002)의 그림에 곁들인 시(1975). 에드몽 자베스(Edmond Jabès, 1912~1991)는 이집트 출신의 프랑스 시인으로 대시인 르네 샤르(René Char, 1907~1988)는 그의 작품에 대해 "오늘날 이에 견줄 만한 것은 없다"고 극찬했다고 한다. 국내에 『예상 밖의 전복의 서』, 최성웅 역, 읻다, 2017(*Le petit livre de la subversion hors de soupçon*, Gallimard, 1982, 96p.)

# 12월 31일

식물원에서 달리기 45분. 다른 날보다 쉽지 않았다. 한 육상 선수가 미궁 언덕에서 나를 휙 추월했다. 헉헉대는 숨소리가 들렸다. 그는 큰 보폭으로 내려가더니 곧 되돌아서 나를 바짝 쫓았다. 여전히 헉헉대고 있었다. 봄이 되면 나도 미디 리브르 언덕에서 저런 숨소리를 내겠지. 현대 선수들의 연습이 수월해진 만큼 더는 심호흡이 필요하지 않은 것이 아니라면 말이다. 잦은 운동으로 신체 감각이 훨씬 좋아졌다. 몸이 있고, 근육이 있음을 느꼈다. 규칙적인 신체 운동이 죽음에 면역을 준다는 생각, 죽음도 멀리 쫓아버릴 수 있겠다는 순진한 생각도 들었다. 어릴 적에 생울타리들과 굴 양식장 사이사이로 봤던 기마대 행렬이 생각났다. 바닷가 하늘은 온통 별바다였다. 공기에서 타마린 열매 냄새가 났다. 죽지 않을 것 같았다. 아무것도, 특히 죽음은 날 덮칠 수 없을 것 같았다. 운동에는 조금은 이런 순진한 구석이 필요하다. 뛰면 뛸수록 도핑에 대한 생각도 옅어진다. 때 이른 죽음으로 내모는 한낱 요행에 불과한 그것.

오늘 자크 로랑[51]이 세상을 떠났다는 소식을 들었다. (사람들 말로는 그는 『브라즐론 자작』[52]을 결코 읽지 않으려고 했다고 한다. 다르타냥이 죽

---

51  Jacques Laurent. 기자, 소설가, 수필가(1919~2000). 1950~1960년대 사르트르를 필두로 한 실존주의와 참여문학에 반대한 '경기병 문학운동'을 주창한 작가로 유명하다. 1986년 프랑스 한림원 회원.

52  *Le Vicomte de Bragelonne*. 『삼총사』(1844)와 『이십 년 후』(1845)의 후속편으로, 3부

는 것을 보지 않기 위해서였단다.) 하지만 내가 떠올린 사람은 루이 뉘세라[53]였다. 그의 말년은 고약했다. 타발리[54]가 바다 위에서 죽기 원했던 것처럼 그가 그렇게 자전거에서 죽기를 바랐을 리는 없다. 지난여름 니스 근방에서 차에 치인 그가 자신의 영웅인 르네 비에토[55], 르네 왕 옆에 묻혔을지 궁금하다. 루이와 함께했던 사이클 유람이 기억난다. 우리는 사이클을 타는 작가들을 조명한 한 문학 방송에 출연했다. 조제 지오반니, 폴 푸르넬, 그리고 루이가 있었다. 투르 드 프랑스 전속의사인 포르트 박사의 우정 어린 통제 아래 장 루이 에진이 사회를 본 자전거 주행 인터뷰 녹음이 끝난 뒤 우리는 차를 다시 찾으려 출발 지점까지 전속력으로 귀환했다. 루이와 나는 사이클 기어비와 매년 자신이 주파한 킬로미터에 대해 이야기했다. (그는 나를 완전히 격파했고, 여전히 엄청나게 페달을 밟았다.) 사이클 때문에 모든 것이 유추되고 망각된다는 듯, 그는 자신의 소설 하나에서 써먹은 적이 있는 이야기와 예전에 자신이 알았던 평범한 사람들 이야기를 들려주었다. 그들이 그에게 이렇게 말했다고 한다. "전쟁이 끝나자 사람들은 비참을 밥 먹듯 했어." 50킬로미터를 힘껏 달려 숨이 턱에 걸렸을 때 다시 그의 목소리가 들렸다. "자네는 '비참을 밥 먹듯'이라는 이 진주 같은 표현을 이해하

작의 완결편이다(1847~1850).

53  Louis Nucéra. 작가(1928~2000). 1993년 그의 전 작품에 프랑스 한림원상이 수여되었다. 사이클 선수, 은행원, 기자, 음반사 홍보, 출판사 주간 등 다양한 직업을 가졌던 작가로, 그의 이름을 딴 문학상이 있고, 포토리노의 이 책은 그 수상작이다(2001). 자전거를 타고 가다 차에 치여 사망했다.

54  Éric Tabarly. 전설적인 해양가(1931~1998). 장거리 요트 경기에 심취했고, 특히 오스타르(Ostar) 경기에서 승리(1964, 1976), 영국의 독점에 쐐기를 박았다. 후진 양성에 전력, 프랑스 선수 대부분을 양성했다.

55  René Vietto. 양차대전 이전 최고의 산악왕(1914~1988). 프랑스인들이 가장 사랑했던 사이클 선수였다. 2차 대전 발발로 경력이 끊어졌다.

겠나?" 그의 '빛나는 햇살'과 함께했던 표현, 분명 그는 꼬마 여왕의 작고한 왕들의 그룹인 팔레, 콩숑[56], 블롱댕과 합류했을 것이다.

---

56  Georges Conchon. 작가, 기자, 각본가(1925~1990). 20여 종의 소설, 10여 편의 각본, 다수 문학상 수상. 1964년 『야만국』(*Etat sauvage*, Albin Michel, 269p.)으로 공 쿠르 상 수상.

"최고의 도핑은 훈련입니다."

# 2001년 1월 1일

내가 마지막으로 우승했던 사이클경기는 1978년 여름 방데에서였다. 시구르네라는 작은 마을이었고, 장 르네 베르노도[57]가 지켜보고 있었다. 마지막 오르막길, 내가 선두 그룹에서 처지자 그가 나를 응원했다. 미디 리브르 4차례 우승자이자 봉주르 팀의 현 단장인 베르노도는 프랑스 복권 협회 팀과 함께 반도핑 윤리헌장에 서명했다. 시구르네 경주 기억이 생생하다. 방데 경주 챔피언이 출전했었으니까(그의 동생은 내 경쟁자 중 한 사람이었다). 하지만 무엇보다, 자잘한 자갈이 깔린 커브길을 벗어나 가속하면서 밟았던 뱀 때문이다. 8월에다 날이 엄청 더웠다. 아스팔트가 녹아내렸다. 뱀을 피해 옆으로 벗어날 찰나가 없었다. 타이어가 뱀을 짓누르고 지나갔다. 2백여 미터 뒤에 추격자들이 보였다. 하지만 나는 뒷바퀴를 연신 되돌아봤다. 뱀이 톱니바퀴에 감겨 미끈미끈한 내 발목을 물려고 노리고 있을지도 모른다는 강박관념 때문에! 아마 이런 얼토당토않은 겁 때문에 우승을 했을지도 모르겠다. 신문 사진을 보니 흰 셔츠를 입고 있었다. 그 흰색이 노랗게 바래서 투르 드 프랑스의 승자처럼 보이는데 20년이 걸린 셈이다. 사진이 노랗게 바래기를 좋아한 사람은 내가 유일하지 않았을까. (케이블 채널에서 이자벨 아자니가 출연한 영화 「클라라와 멋진 녀

---

57 Jean-René Bernaudeau. 프랑스 선수(1956~). 1978~1988년 프로로 활동, 미디 리브르 4회 연속 우승(1980~1983). 1982년 '노동의 자유에 대한 침해'를 이유로 선발전의 도핑검사에 반대했지만 반(反)도핑 입장은 확고했다.

석들」[58]을 다시 봤다. 클라라는 마지막 순간에 결혼을 거부했는데, 이유는 그냥 사진이 노랗게 바래는 것을 원치 않아서였다.) 하지만 결승선에서 찍은 사진 속의 나는 왠지 우울해보였다. 그날의 여왕이 준 키스와 아름다운 꽃다발에도 불구하고……. 왠지 내게 이게 마지막이라고 말했던 것 같다.

실이 바늘을 따라가듯 브라쇠르와 트렝티냥이 출연한 영화 「남자들의 일」[59]도 떠올랐다. 일군의 친구들이 일요일마다 불로뉴 숲으로 자전거를 타러 간다. 우정과 배신을 다룬 이야기로, 일탈한 이들의 마지막 역주 경주로 끝나는데, 브라쇠르는 트렝티냥을 배수구에 처박히게 해서 그에게 복수한다. 내가 다시 선두 그룹에 '비비고 들어갈' 수 있을까? 남의 어깨를 밀치고, 그들의 바퀴와 스치면서도 나가떨어지지 않고 나아갈 수 있을까? 청소년부였을 때, 라 로셸 벨로드롬에서 한 주에 두 번, 저녁에 돌곤 했다. 그때는 시멘트 도로를 질주하는 '다람쥐'였다. 뒷 드레일러를 고정시키고 핸들에 브레이크를 넣지 않았으니 곡예 학교나 다름없었다. 경사로 커브길에서 선수들과 부딪혔을 때 겁먹지 않는 법을 배웠다. 소위 '미국식' 경기를 위해 퀴사르[60]를 잡고 드잡이를 하기도 했다. 속도 경기의 최고 전술인 정지 자세도 익혔다. 술래잡기 놀이를 하면서 상대를 관찰할 줄 아는 것이 중요했다. 아직 내 정지 자세가 좋아야 할 텐데…….

---

58  *Clara et les chic types*. 자크 모네(Jacques Monnet, 1934~) 감독의 프랑스 영화(1981, 110분).

59  *Une affaire d'hommes*. 니콜라 리보프스키(Nicolas Ribowski, 1939~) 감독의 영화(1981, 100분). 롱샹(Longchamp)의 자전거 여행 클럽을 배경으로 한 탐정 영화.

60  cuissard. 사이클 선수들이 입는 신축성 있는 겉옷(bib shorts).

# 1월 3일

잠을 깨면서 고통스러웠다. 목이 따갑고, 등 아래쪽이 뻣뻣했다. 하지만 오늘 아침 파리의 날씨는 좋았다. 청명한 하늘에 흡사 사방치기 판의 곧 사라질 금처럼 제트기가 지나간 자리가 그어졌다. 아이들이 북적대는 식물원을 열심히 달렸다. 열심히 속보도 했다. 짧은 숨, 굽은 등, 허리 부분의 빨갛게 눌린 사각형 자국, 잠을 잘못 잤나 보다. 그리고 아무쪼록 떨쳐내고 싶은 감기나 위통의 엉큼한 공격. 아프면 안 된다. 아무 생각 없이 달렸다. 다른 날보다 더 천천히, 두 번째로 헐떡일 때까지. 그 순간이 오기까지 한참이 걸렸다. 미궁 언덕 발치의 레바논산 큰 삼나무 앞에서는 늘 불필요하게 돌아간다. 옛날 한 영국인 의사가 베르나르 드 쥐시외[61]에게 선사한 나무인데, 1734년에 심은 것이다. 다리가 무거웠다. 선수들 말로, 난 오늘 '엉덩이가 무거웠다.' 최소한의 연습조차 힘들었다. 땀이 억수로 쏟아졌다. 정원사들이 가지치기한 더미를 한 무더기 쌓아놓았다. 또 다른 정원사들은 잔디가를 파헤치고 있었다. 상쾌하고 습한 흙내가 코로 올라왔다. 여기저기 두엄이 쌓여 있었다. "시골 냄새가 나." 한 산보객이 코를 틀면서 말했다. 조금 떨어진 곳에 한 여인이 벤치에 가부좌를 틀고 앉아 햇살에 얼굴을 내밀고 있었다. 일전에 마르크 리부[62]가 보여준 사진 하나가 생각났다. 같은 자세

---

61  Bernard de Jussieu. 18세기 프랑스 식물학자(1699~1777).
62  Marc Riboud. 세계적인 사진가(1923~2016). 세 편의 아시아 취재기로 유명하다.
    『중국의 세 깃발』(*Les Trois bannières de la Chine*, Robert Laffont, 1966, 210p.), 『북베

의 여인을 어느 겨울 오후 뤽상부르 공원에서 찍은 사진으로, 장갑 한 짝을
가볍고 몸체 없는 손처럼 두 눈에 올려놓고 있는 장면이다. 내가 그녀 앞을
지나자 그녀가 다시 평소 자세를 취한 뒤 아이와 놀기 시작했다. 날아가 버
린 영상의 마술. 일단 사라지면 영상은 기억의 벽을 도배한다.

　동물원 건물 쪽으로 천천히 올라가고 있을 때 녹색 제복의 관리인이 날
카롭게 호각을 불었다. 자전거를 탄 한 젊은이가 곧 자전거에서 내렸다. 경
고가 자기에게 한 것을 알았다. 여기서는 걷기만 해야 한다. 나는 관리인
들이 호각을 불지 않는 유일한 사이클 주자다. 그들은 나를 조깅족으로 여
긴다. 하지만 그들이 사실을 안다면…….

　몇몇 여자들이 지나가면서 바다 냄새를 던졌다.

　하루 일과가 끝날 무렵 내 편집자 장 마르크 로베르스[63]와 만났다. 그에게
경주 계획을 설명했다. 그는 바로 확신했고, 열광했고, 매우 흥분했다. 짐을
덜은 기분이다. 그는 내가 쓴 소설 하나를 9월에 출판할 생각이다. 하지만
그는 미디 리브르 건이 우리의 일정을 뒤흔들었고, 당장의 우리의 출간 계
획이 뒤집힐 수 있음을 알고 있다.

　　트남의 얼굴』(*Face of North Vietnam*, New York, Holt, 1970, 140p.), 『중국. 여행의 순
　　간들』(*Chine: Instantanés de Voyage*, Arthaud, 1980, 102p.). 2014년 포토리노와 공저를
　　출간했다(『아프리카만 배제되었다』).
63　Jean-Marc Roberts. 출판인, 작가, 각본가(1954~2013). 유수의 출판사(Seuil,
　　Mercure de France, Fayard)에서 편집자로 활동했고, 1998년부터 폐암으로 사망할
　　때까지 Stock 출판사 편집장이었다. 이 책을 포함, 포토리노의 책을 다수 출간했다
　　(『덧없는 것들』, 『천일 개의 태양. 프랑스의 마그레브 목소리』, 『산업의 모험』, 『아
　　프리카의 심장』, 『뇌 속 여행』, 『연약한 영토』, 『브라질 북동지역』).

# 1월 4일

아침나절에 첫 전화. 장 마르크다. 그는 이제 그 생각밖에 안 한다! 아직 내 자전거도 없다는 말을 해야 할 텐데……. 프랑스 복권협회 팀에서 내일 내 자전거를 가져가라고 확인 전화를 주었다. 한나절만 늦었어도 좋았을 텐데! 온몸이 '기진맥진해서' 에페랄강[64]에 의지했는데 혹 이것이 도핑으로 여겨지지 않았으면 싶다. 프랑스 복권협회 팀 닥터인 기욤 박사도 전화를 주었다. 그는 내 나이와 연습에 대해 물었다. 그의 말로는, 훈련 테스트는 반드시 거쳐야 한단다. 맞는 말이지만, 내심 흔들렸다. 원래 약한 내 심장을 혹 그가 알게 된다면? 모든 것이 무산될 수 있다는 생각에 우울해졌다. 고시니 생각이 나면서 그가 왜 마법의 물약[65]을 만들었을까 뒤숭숭했다. 아니다, 이 정규 검사에 지나친 부담은 갖지 말자. 다음 주에는 의학적 소견을 구하러 피티에 살페트리에르 병원 생리학과에 갈 예정이다. 감기 증세가 나왔으면 좋겠다. 기욤 박사는 식이요법과 회복 프로그램을 준비하라고 권했다. 바야흐로 본격적인 진입이다. 장 아츠펠드가 아프리카 전쟁에 대해 썼듯 '적나라한 삶 속으로' 들어가고 있다.[66] 내가 치를 것이 전쟁은 아니지

---

64   Efferalgan. 해열진통제.

65   potion magique. 아스테릭스와 그의 친구들이 로마군과 대항할 때 마시는, 마법사 파노라믹스(Panoramix)의 '마법의 물약'. 고시니(René Goscinny, 1926~1977)는 프랑스의 전설적인 만화 각본가로, 특히 『아스테릭스』의 작가로 유명.

66   Jean Hatzfeld. 기자, 작가(1949~). 2000년에 출간된 르완다 집단학살극 생존자들

만, 난 그렇게 만사에 대비했다.

'맏형' 오르세나[67]와 점심을 함께했다. 우리의 꿈에 대해 이야기를 나누었다. 그는 돛배에 대해, 나는 자전거에 대해. 그가 짓궂게 말했다. "포토리노에 자전거 바퀴가 많네." 맞는 말이다. 심지어 만약을 대비한 비상용 바퀴[68]까지 있다……. 포토리노가 원래 내 성은 아니었다. 열 살 때, 아버지 같은 내 물리치료사와 어머니가 결혼하면서 흡사 예복처럼 내게 주어진 성이다. 내가 아버지로 여기는 유일한 남자. 부성이나 효성에 반드시 혈육을 내세울 필요는 없다. 당시 나는 그 이름이 내 삶을 얼마나 결정지을지 몰랐다. 몇 년이 지나고서야 알았다. 그 이름이 한 사이클 선수의 멋진 이름이라는 것을. 움푹 파인 뺨, 창백한 얼굴, 내가 태어난 1960년에 죽은 파우스토 코피, 저 위대한 파우스토처럼 하나의 이름이라는 것을. '가족 소설'이 별다른 것이겠는가? 내 주머니에 막 '킹 오브 하트' 한 장을 밀어 넣어준 미셸 포토리노처럼 나도 뛰니지 출신이나 다름없다. 난 부활한 파우스토였다. 포토리노, 그 이름이 경기 다음날 지역신문 스포츠 란에 실린 것을 봤을 때, 난 진정 그 이름이 애틋했다. 처음엔 번번이 오식으로 잘못 발음되어 't'가 하나거나, 마지막 'o'대신 'i'가 있거나, 샤랑트 식으로 'eau'로 쓰였다. 초록 천사 도미니크 로슈토[69]의 고장 에톨에서 우승했을 때는, 신문이 제목을 '승자 포르투노(Fortuno)'라고 뽑았다. 선수로서의 내 경력을 간직할 큰 노

---

의 이야기 『적나라한 삶 속으로. 르완다의 늪지대 이야기』(*Dans le nu de la vie : Récits des marais rwandais*, Seuil, 240p.)

67  Erik Orsenna. 소설가, 한림원 회원(1947~). 국내에 10여 종 소개.

68  성(Fottorino)에 'o'가 많다는 농담. 마지막 'o'를 '비상용'으로 묘사.

69  Dominique Rocheteau. 세 차례 프랑스 국가대표(1978, 1982, 1986)를 한 전설적인 프랑스 축구 선수(1955~). '초록 천사'(Ange vert)는 그의 우아한 드리블, 우측 공격수, 긴 곱슬머리 때문에 축구 잡지 「옹즈」(*Onze* '열한 명')의 편집장이 붙인 별명이라고 한다.

트에 그 기사를 오려 붙이기 전 나는 화가 나서 오자를 만년필로 정정했다. 그들이 생소한 이 성에 익숙해지려면 나는 경기에서 줄곧 승리해야 했다. 하지만 본질에선 기자들이 옳았다. 내 이름에는 운과 행운이 담겨 있었으니까.[70] 페달을 다시 밟는다는 것은 내 자신의 이야기와 연결되는 끈을 다시 잇는 것이다. 한 사내가 내게 자신의 성을 주었다. 감사의 말을 해야 할 시간이다.

훈련 테스트라…….

집으로 돌아오면서 테스트에 대한 생각이 머리를 떠나지 않았다. 경주 포기의 가능성까지 포함해서. 나는 경기를 포기한 적이 거의 없다. 한 번은 추락, 한 번은 펑크, 또 한 번은 갑자기 심한 저혈당이 와서 도로에서 헐떡인 적이 있다. 3백 번 이상의 치열한 경주에서 자잘한 실수도 물론 있었다. 사이클 가문에서 포기는 정신적 고통이다. 투르 드 프랑스의 비장한 경주 포기 장면들이 떠올랐다. 뒤처진 선수와 일정 거리를 두고 꿋꿋이 따라가는 기권 선수용 차량. 스태프들은 결국 저 선수가 차에 오를 것임을 안다. 그들은 기계 결함, 무거운 다리, 뒤틀린 움직임, 균형 잃은 몸을 체크한다. 이어 갑자기 선수가 길을 벗어나 페달을 멈춘다. 간혹 경련이 일어나 발을 페달에 건 채 쓰러지기도 한다. 통곡과 고통의 장면들. 한 손이 다가와 우승 후보 탈락자의 백넘버를 거두어간다. 일단 발이 땅에 닿으면 흡사 갑판 위에 떨어진 보들레르의 알바트로스처럼 몸짓이 서툴러진다. 햇살이 모질게 내리쬘지언정 하늘은 온통 잿빛이며, 목을 매달기에도, 돌아가기에도 하늘은 너무 낮다. 백넘버가 제거되어 접히면 선수는 강등된 자와 다름없다. 포기는 일종의 배신이다. 자신의 검이 부러진, 계급장은 먼지에 처박힌 드레퓌스의 신세나 다름없다. 단 예외는 있다. 피로 얼룩진 챔피언이 다시 비상하

---

70 'Fortuno'가 'Fortune'(행운)과 무관하지 않다는 말.

기 위해 페달을 밟으려고 마지막으로 자전거에 오를 때. 그는 끈끈이 도로에 달라붙은 것처럼, 움푹 처진 어깨와 젖은 참새 같은 머리를 하고 죽도록 페달을 밟는다. 왜냐고? 다시 오르고 싶으니까. 방투 산언덕에서 마지막 숨을 거둔 톰 심슨[71]의 모습이다.

오늘 저녁은 심히 허하다. 왠지 상처받기 쉬운 느낌이다. 코는 막혔고, 머리는 무겁고, 숨을 쉴 수 없다. 잠들기도 어렵다. 한밤중에 숨을 고르려다가 문득 깨었다. 심슨이 다시 보였다. 얼굴은 산소마스크로 덮여 있고, 목은 자갈밭 위에 눕혀 있다.

---

71    Tom Simpson. 영국 선수(1937~1967). 1964년 밀라노-산레모 경주 우승으로 영국 여왕으로부터 작위를 받았다. 1967년 7월 13일 방투 산언덕에서 경주 중 사망했다.

# 1월 5일


오늘 내 이름은 지미 카스페[72], 단거리 선수다. 프랑스 복권협회 팀 선수용 사이클들 중 하나로 파브리스 바놀리가 내게 준 것이다. 사이클 선수들의 알리바바의 동굴이 있다. 루아시 근처의 허허벌판 마을, 무시에 있다. 파브리스 바놀리와 프랑스 복권협회 팀 단장 마르크 마디오가 점심을 함께하려고 우리를 기다리고 있었다. 제라르 모락스와 나는 그들에게 계획을 세부적으로 설명했다. 열렬한 반응, 이해가 간다는 반응. 마흔 둘인데도 마디오는 건장했다. 파리-루베에서 두 차례 우승한 그는 청년 선수들에게 기대를 거는 주도면밀한 매니저가 되어 있었다. "좋은 스포츠죠. 이걸로 무엇을 할지 알아야 해요. 전후의 복구기랄까, 재건의 시간이 온 거죠." 그는 둘러대지 않고 직설적으로 「르 몽드」가 주도하는 것이 맘에 든다고 했다. 적대적이기는 커녕 오히려 자신이 거기에 참여한다는 생각에 열광했다. 모락스와 나로서는 다행이었다. 좋은 파트너를 얻은 느낌이다. 마디오와 나는 사이클 '가문'에 대한 같은 생각을 갖고 있었다. 그는 우리가 같은 이야기를 하고 있음을 재빨리 알아챘다. 점심은 느긋했다. 파브리스 바놀리는 내가 일을 용이하게 진행할 수 있도록 전력을 다할 태세였다. 1월 16일 이예르

---

72  Jimmy Casper. 여기서는 자전거 이름이지만 Jimmy Casper(1978~)는 프랑스 선수로 단거리 전문이었다. 1998~2012년 프로로 활동, 2006년 투르 드 프랑스와 프랑스 도로주행에서 각각 한 구간 우승 등 총 61회 우승했다. 2015-2017년 프랑스 육군 사이클 팀 감독을 역임했다.

에서 팀 연수에 합류하기로 했다. 마디오가 제안했다. "팀원들과 함께 달리자고요. 뒤처지면 나와 함께 자동차로 가요. 그렇게 하면 모든 연습을 좇아갈 수 있을 겁니다."

'경주 지원실' 문을 열자 감정이 격해졌다. 온갖 가벼운 프레임의 사이클들이 행진하듯 줄지어 있었다. 드디어 '짐승'이 나타났다. 자그마한 ─ 고수들의 표현으로는 프레임 54 ─ 희고 푸른 자전거, 브랜드는 지탄(Gitane).

고속 주파에 맞춘 스프린터 선수용 사이클. 무게를 재봤다. 새털처럼 가볍다. 프레임은 콜럼버스, 초경합금이다. 그림 하나가 떠올랐다. 산타 마리아호[73]를 그린 그림에 이런 문구가 있었다. "*1492년, 콜럼버스가 푸른 대양을 항해했다*(*In 1492, Columbus sailed the Ocean blue*)" 여행의 시작, 모험의 시작이다. 우리는 항로를 시팡고[74]와 그곳의 황금 산(山)으로 잡지 않을 것이다. 모락스도 두 눈을 반짝였다. 그는 정비공이 묵묵히 일하는 모습을 보고 있었다. 체계적이고 정확한 손놀림. 제라르가 소곤거렸다. "외과의사 같군." 최고 중의 최고의 자전거를 접한 셈이다. 아주 매끄러운 초록색 타이어가 품은 8킬로그램의 압(壓). 브레이크 레버로 변속. 바퀴에 달린 16개의 살. 뒤로 11개의 톱니가 있는 스프로킷. 이 정도까지 향상될 수 있었으리라곤 전혀 몰랐다! 파브리스 바놀리와 마르크 마디오가 물리치료실과 또 다른 사이클 창고 등 이곳저곳을 보여주었다 ─ 심지어 새 날개 모양의 기이한 핸들이 장착된, 타임트라이얼 사이클도 있었다. 2층은 양품점이었다. 없는 게 없었다. 나는 단(團) 소속이 아니어서 장비 일습을 새로 받았다. 긴팔, 짧은 팔, 셔츠도 많이 받았고, 겨울 장갑, 봄 장갑, 덧옷, 방한용 머리띠, 물

---

73    콜럼버스가 대서양 항해에 사용한 세 척의 배의 이름은 *Santa Maria, Santa Clara*(일명 *La Niña*, '소녀'), *Santa Anna*(일명 *La Pinta*, '화장한 여인').

74    Cipango. 마르코 폴로가 사용한, 일본의 시적인 이름. 콜럼부스의 원래 목표는 인도로 가는 항로와 일본을 발견하는 것이었다.

통, 천 보호복, 덧신도 받았다. 끝으로 마음껏 활 모양으로 휘는 신발도 받았다. 걷는 사이클 선수를 투우사처럼 보이게 하는 신발이다. 일본제 시마노 브랜드의 사이즈 45. 파브리스 바놀리가 참을성 있게 신발 바닥 아래 쩜쇠를 고정시켰다. 현대식 페달 속에 끼워질 것이다. 페달은 단순 금속체로, 스키를 탈 때처럼 몸을 사이클에 연결시킨다. 가죽 끈으로 조여야 했던 예전의 발 끼우개는 끝났다. 우리는 작업실로 되돌아갔다. 나는 신발을 신고 '지미 카스페'에 올랐다. 발로 암중모색했다. 약간의 마른 삐걱거림으로 자전거와 몸을 맞췄다. 자전거에서 몸을 빼려면 발을 약간 틀기만 하면 된다. 너무 쉽다. 쩜쇠가 있지만 자전거의 포로가 되었다는 느낌은 전혀 없다. 핸들의 두 귀퉁이를 잡았다. 상체를 바짝 내렸다. 손잡이를 멀리 잡아보려고 했다. 스템[75]이 너무 긴 듯했다. 파브리스에게 그 점을 알렸다. 그가 헥스키 렌치로 위치를 약간 교정하여 핸들을 높이고 안장을 앞으로 내었다. 훨씬 나았다. 나머지는 이예르에서 알게 되겠지. 이렇게 제라르와 나는 그곳을 떠났다. 그는 새 옷으로 가득 찬 내 가방을 들었고, 나는 네잎 클로버 장식의 내 기계에서 눈을 떼지 못했다. 파브리스의 말이 머리에서 맴돌았다. "나한테 자네는 선수야." 내 물건을 챙기면서 그는 이 말을 반복했다. 비가 올 때나 추울 때나…… 내가 달리는 데 필요한 모든 것이 구비되었음을 확인시키듯.

　이런저런 행동이 절로 재현되었다. 뒷바퀴를 부드럽게 떼어내고, 다음으로 앞바퀴를 떼어냈다. 제라르와 함께 그의 차 트렁크에 누운 사이클을 말없이 바라봤다. 바퀴를 집어 들었다. 우리는 마치 주인의 아량 덕에 사탕을 턴 두 명의 아이처럼 파리를 향해 출발했다. 신문사로 돌아가기 전 자전거를 집에 두러 갔다. 콩스탕스가 있었다. '짐승'을 발견하고는 인디언처럼

---

75　potence(영어 stem). 포크(fork, 서스펜션)와 핸들 바를 연결해주는 중요 부품.

크게 소리를 질렀다. 그러더니 재빨리 인디언 소녀가 되었다. 약간의 검댕이가 곧 그녀의 작은 코와 뺨을 덮었으니까. 자전거 체인에 입을 맞추고 싶었던 것이다.

# 1월 6일

감기가 좀 잦아들었다. 일찍 잠에서 깨어, 하늘을 살피며 날이 밝기를 기다렸다. 비는 오지 않았다. 나는 곧 선수복을 입고, 모자를 쓰고, 신발을 신었다. 스피커에서 수송[76]이 「지미의 전설」을 부르고 있었다……. 동네 길에서 처음으로 페달을 밟았다. 미칠 듯 가벼운 느낌. 자전거는 최소한의 근육 압력에도 반응했다. 나는 쥐시외 뒤쪽으로 달려 센 강으로 향했다. 뱅센 숲을 돌아볼 생각이었다. 브레이크 레버에서 손을 떼지 않았다. 차량들 사이에서 주행 중인 나의 속도가 우려되었기 때문이다. 내가 다가갔을 때 정차 중인 한 사람이 차 문을 열었다. 지금 몇 신데 달리나 하는 생각이 들었다. 내가 소리쳤다. "이런!" 그가 곧바로 차 문을 닫았다.

나시옹 광장의 열주들 뒤로 포장도로를 지나 뱅센 숲에 다다랐다. 거의 인적이 없는, 성관의 너른 광장. 위엄이 서린 장소. 냉전 시대 아마추어 시합인 라 페 경주[77]의 사진들이 떠올랐다. 당시 프랑스인들의 소망은 동구

---

76    Alain Souchon. 가수, 배우(1944~). 「지미의 전설」은 「짐의 발라드」(*Ballade de Jim*, 1985). 수송은 1993년 백만 장 이상 판매된 앨범 「아니 벌써」(*C'est déjà ça*)에 수록된 '감정적 군중'(*Foule sentimentale*)으로 유명하다.

77    Course de la Paix. '평화의 경주'. 1948년 폴란드와 체코슬로바키아의 두 일간지 (*Trybuna Ludu*, *Rudé Právo*)가 공동으로 창설한 국제 아마추어 구간경기(폴란드어 Wyścig Pokoju, 독일어 Internationale Friedensfahrt, 체코어 Závod míru). 1951년까지 바르샤바와 프라하를 오가며 이루어지다가 이후 동독, 소비에트연방 등이 가입하면서 경유 도시가 추가되었다. 냉전기에 '동구의 투르 드 프랑스'로 알려졌다.

권에 가서 포포프 혹은 루스코프와 맞대결하는 것이었다. 결승점은 거대한 인민광장으로 정해졌는데, 광장 한복판에 선수들의 모습이 나타나는 것이 마치 '인민 민주주의'의 창살 안에 갇힌 미세한 개미들 같았다. 기억난다. 어느 해인가 장차 베르나르 테브네[78]와 같은 팀의 동료가 될 장 피에르 당기욤[79]이 라 페 경주에서 우승했던 것이.

  속도에 변화를 주려고 앞 드레일러를 작게 하고 달렸다. 프리휠로 체인을 바꾸려면 왼쪽 브레이크 레버를 짧게 쳐야 한다. 그 체인을 도로 내리려면 브레이크 레버에 세워진 핸들을 움직이는 동작을 반복하기만 하면 된다. 이런 과정들을 알아냈다. 핸들 변속, 단거리 선수들이 특히 좋아하는 속도 변화에 대해서는 익히 알고 있었다. 하지만 일단 알아내자 효과는 완벽했다. 핸들을 늦출 필요가 없었다. 심지어 언덕에서조차 드레일러를 작동시킬 수 있었다. 전방 3백여 미터에서 백여 명의 무리들이 유쾌하게 달리고 있었다. 피가 돌았다. 페달 위로 몸을 세워 그들을 따라잡으려고 했다. 수 킬로미터 동안 뒤처지지 않았지만 또한 앞서지도 않았다. 크랭크셋을 봤다. 나는 여전히 앞 드레일러를 작게 하고 열심히 밟았다. 속으로 중얼거렸다. "어쩌려고?" 나는 '큰 체인링'을 매치시켜 (53인지 54인지 모르겠다) 앞으로 나아갔다. 힘도 크게 들지 않았다. 다리가 알아서 움직였고, 숨도 척척 맞았다. 식물원과 미궁 언덕이 고마웠다. 그곳이 없었다면 난 아마 벌써 폭발했을[80] 거다. 2~3킬로미터를 추격하고 커브길을 돈 후에 무리들의 끝 바

---

2006년 58회를 끝으로 폐지되었다.

78  Bernard Thévenet. 1970년대를 주름잡은 프랑스 선수(1948~). 별명은 '나나르'(Nanar, '괴짜'). 투르 드 프랑스 2회 우승(1975, 1977) 등 마지막 프로 몇 해를 제외하고 줄곧 푸조 팀에서 활약했다.

79  Jean-Pierre Danguillaume. 프랑스 선수(1946~). 총 68회 우승, 1975년 세계 3위.

80  exploser. 갑자기 경기를 따라갈 수 없는 상태.

퀴들과 섞였다. 드디어 나도 엮였다. 길을 따라 만들어졌다 흩어졌다 하는 이들 무리 속에서, 눈에 띄지 않게, 아주 어린 선수들과, 청소년들과, 이미 둥그렇게 노련하게 굴리는 고참들과 페달을 밟으면서 뭐라 형언할 수 없는 기쁨과 행복에 겨운 느낌이 들었다. 믿을 수 없었다. 질풍이 몰아치듯 감각이 되살아났다. 바람을 피하려고 이리저리 달리다가 사람들이 공기의 흐름을 피하려고 돌까말까 하고 있을 때 내가 방향을 바꿨다.

  왼쪽으로 벗어날 때 휘파람이 나오려는 것을 간신히 참았다. 트랙 경기에서 한 사람이 빠져나가고 싶을 때 하는 것처럼! 나는 페달족의 형제애를 나누고 있었다. 옆 사람과 어깨를 맞대어 뒤를 돌아보고, 인사를 나누고, 말린 살구와 차 한 모금을 나눈다.

  "신형 지탄이에요?" 나와 비슷하게 달리던 한 사람이 불쑥 물었다. 나는 대뜸 이렇게 말했다. "아뇨, 곧 다른 모델이 나오겠죠." 그는 고수였다. 그는 이내 보물을 알아봤다. 더 놀라운 사실은 그가 파브리스 바놀리의 친구라는 것……. 사이클의 세계는 정말 너무 좁다. 그는 지미 카스페의 자전거를 가진 적도 있다고 했다. 그의 이름은 질이었고, US 메트로[81] 클럽 소속이었다. 서로 말을 텄다. 그는 내일 아침 9시에 자기들과 함께 달리자고 제안했다. 라 시팔[82]에서 만나자고. '자크 앙크틸[83] 벨로드롬'으로 이름이 바뀐

---

81  US Métro. '파리 대중교통 스포츠연맹'(L'Union sportive métropolitaine des transports). 1928년 파리에서 창립한 종합 스포츠클럽. 자매지 「스포츠 메트로」의 지원을 받는다. RATP(파리 지하철-버스 공사)와 연결된 스포츠클럽으로, 9개의 스포츠 시설을 갖추고 있고, 일반인에게도 개방된다.
82  la Cipale. 1984년 '뱅센 시 벨로드롬'으로 개장. 1900년, 1924년 올림픽 경기장으로 사용했고, 1987년 '자크 앙크틸 벨로드롬'으로 개명되었다. 1967~1974년 동안 투르 드 프랑스의 결승점이었다.
83  Jacques Anquetil. 전설적인 프랑스 선수(1934~1987). 별명은 '자크 대장'이었다. 투르 드 프랑스 첫 4회 연속 우승(1961~1964), 특히 타임트라이얼에 강했다.

곳이다. 나는 수요일에도 달릴지 모른다고 했다. 그가 소리쳤다. "마침 잘 됐네. 바로 그날 엘리트 아마추어들(1등급, 미래의 프로들)과 하는 굉장히 큰 출정식이 있어. 내일은 별로 빨리 안 갈 거야. 여자들이 있으니까!" 미소. 지금으로서는 여자들을 이끌 자신이 없다고 내가 대답했다. 그가 내 사이 클을 눈으로 훑는 것이 보였다. 그는 모든 것을 간파했다. 핸들, 페달, 프레 임의 특성, '16개의 스포크'까지. 그가 말했다. "우린 못되게 굴지 않아! 서 로 부담 없어. 자전거를 사랑하고, 경주를 사랑해. 그뿐이야." 그는 자기 친 구라며 로돌프를 소개했다. 21살의 소르본 법대생. 현기증이 났다. 내 생 애 20년을 지우면 저 또래의 법대생이다. 1979년, 사이클 선수의 영광이라 는 꿈이 깨진 그해, 나 역시 법대생이었다. 로돌프는 RATP의 법조인이 되 고 싶단다. 그 역시 US 메트로 팀의 팬이었다. 그가 내일 아침, 그라벨 대 로, 라 시팔 앞에서 자기들을 어떻게 알아볼 수 있을지 알려주었다. 라 시팔 은 투르 드 프랑스, 보르도-파리[84] 등의 결승점으로 숱한 접전이 이루어졌 던 곳이다. 질과 로돌프는 흔쾌히 말했고, 열정적이었고, 호의적이었다. 이 제 나는 「남자들의 일」 속에 있다. 비극은 빠지고, 돌기에 매진한다. 그들은 허물없이 편하게 말을 텄다. 나는 「르 몽드」 기자임을 숨기지 않았다. 질이 말했다. "도핑이라……. 문제는 테니스에서도 지난해 롤랑 가로스에서 여 섯 명의 선수가 양성 반응을 받았지만 아무도 그걸 언급하지 않았다는 거 지. 또 축구는 어떨까……. 세계 챔피언들은 우리를 꿈꾸게 했어. 하지만 그 들에게 소변 검사를 시킨다면……." 모두 침묵. 페달을 돌리면서, 무리에 섞

---

84  Bordeaux-Paris. 1891년에 시작, 1988년까지 86회 이어졌다가, 2014년에 재개,
그해로 그쳤다. 600킬로미터의 주파거리와, 특이한 진행으로 유명했다. 보르도
북쪽에서 새벽 2시에 출발, 14시간 뒤인 파리에서 마무리했다. 경기의 2부 구간
에서는 선수들이 각 팀의 '유도용 모터사이클'(derny) 뒤에서 주파, 바람의 저항을
피해 평균속 50~60킬로미터를 유지할 수 있도록 했다.

여 있을 뿐. 질이 계속했다. "사이클경기는 아직 대중 스포츠야. 쉽게 공격할 수 있지. 그것이 상류사회를 대표하지는 않으니까. 또 일부 청년들이 도핑을 한다는 것도 잘 알려져 있어. 하지만 이해하려고 해야 해. 대다수가 실업자야. 그런데 상금을 받아. 그들에게 그 주의 경기 값을 주는 거지. 그래서 그들은 서너 알을 삼키는 거야. 지금은 합성물이 널려 있지. 그런데 테니스 선수들도 어느 날은 시드니, 어느 날은 뉴욕이나 파리에서 그걸 복용해. 그렇지 않고서야 어떻게 그들이 그걸 견딜 수 있다고 생각해?"

작별 인사를 했다. 다시 혼자다. 입가에 미소. 초경량 사이클 때문일까, 행복감 때문일까? 안장에 한 시간 반이나 있었는데도 다리가 있는지도 모르겠다. 목덜미만 약간 아플 뿐이다. 잠수 자세 때문이고, 분명 교정이 필요하다. 신발 고정 방식으로 페달을 밟는 게 훨씬 효과적이었다. 한 발은 누르고 한 발은 뺀다. 둥글게 하기. 특히 너무 무리하지 말 것. 가볍지 않은 날도 있을 테니까. 어쩌면 내일 아침부터일지도. 질의 충고가 떠올랐다. 그가 속삭였다. "시내에서는 한 발을 출발 자세로 하고 곧장 가." 빨간 신호등에서 발을 땅에 대지 않으려고 정지 자세를 취해 봤다. 된다. 오늘은 다 된다. 기침도 거의 하지 않는다. 일전에 에릭 오르세나가 했던 말장난이 생각난다. "미디('남프랑스')로 빠져서 리브르('자유롭게') 되겠네."

# 1월 7일

8시 반이다. 밤에 많이 뒤척였다. 늦게 잠이 든 데다 다음날 출발에 대한 생각을 너무 많이 했다. 실질적인 첫 시합이니까. 통상 하는 말로, 비몽사몽으로 달렸다. 그 여파로 식물원 철문에 이를 때까지도 잠이 덜 깼다. 타조 한 마리가 꼼짝 않고 있는 듯했다. 모자 밑으로 찬바람이 스미는 것이 타조 털로 된 뭔가가 좀 필요할 것 같았다. 하늘이 흐리다. 엊저녁에 잘 때만 해도 날이 맑았고, 별도 총총했다. 날씨가 좋기를 기대했건만……. 펠릭스 에부에 광장 쪽으로 자전거를 탄 두 사람이 라 시팔 쪽으로 가는 것 같았다. 찾았다. 벨로드롬 앞에서 선수들을 발견했다. 스무 살가량의 여자가 세 명 있었다. 한 여자는 프랑스 주니어 챔피언이고, 또 한 여자는 철인3종경기 선수다. 나머지 한 여자는 미국인으로, 힘 좋은 전(全)지형용 대형 타이어가 달린 도로용 자전거를 타고 왔다. 80킬로미터 주행 내내 그것을 보게 되겠지. 그녀는 불평 없이 거의 늘 앞에서 갔다.

질이 왔고, 이어 로돌프가 왔다. 주엥빌 르 퐁, 누아지 르 그랑에서 출발했다. 자동차를 신경 써야 했다. 그들이 시끄럽게 클랙슨을 울려댔다. 질이 내 안부를 물었다. 작은 무리에 합세했다. 한 선수가 내 퀴사르가 앞뒤가 뒤집혔다고 지적해주었다. 클로버 무늬가 앞으로 와야 한다고. 그 말이 맞다. 안에 꿰매져 있는 섀미가죽이 배 아래로 올라왔다. 나 혼자만 캥거루처럼 하고 달렸다. 신발을 반대로 신지 않은 게 천만다행이군. 물통을 집으려고 했다. 너무 가벼웠다. 당연하지, 비었으니까. 레몬차를 부었다고 생각했는데 물통을 아침에 주방에 두고 온 것이다. 시리얼 바는 셔츠 뒷주머니 깊숙이 잘 두었지만 두꺼운 장갑을 끼고는 여간해서 잡을 수 없었다. 더구나 허리에 가장 가깝게, 두 번째 셔츠 속에 잘 놓아두었으니. 잘 한다!

　다행히 속도가 일정했다. 30킬로미터를 달렸다. 하늘이 우중충했다. 덧신을 신고 오길 잘했다. 적어도 발이 시리진 않았으니까. 이따금 질이 같이 달렸다. 갓길에 있는 사람들을 추월했다. 노상방뇨 중이었다. 질에게 물었다. 프로들은 옷을 입고 어떻게 일을 보냐고. 그가 대답했다. "암튼 소변을 봐. 사이클에서 내리지 않고. 로돌프랑 시도해봤지만 성공하지 못했어. 멈춰 서던지 참던지, 아니면 퀴사르에 해야지 뭐!" 멍청해 보일 수 있지만, 그 일이 걱정이다. 평소에도 공중화장실의 죽 늘어선 소변기에서는 일을 잘 못 봤는데, 무리지어 가면서 사이클에서 내리지도 않는다니……. 로돌프가 옆으로 왔다. "괜찮아요? 뭐 좀 먹었어요?" 그가 뭘 좀 주려고 했다. 벌써 좀 먹었다고 말했다. ― 일행과 떨어지지 않고 넘어지지도 않으면서 시리얼 바를 집는 데 성공했다. 하지만 씹다 보면 숨이 막히니까 그걸 감안해서 너무 막히지 않게 먹어야 한다. 나는 몇 개의 구멍을 막았고[85], 최상의 궤적을 확신했다. 감각은 좋은데 좀 빠르게 가는 것 같았다. 질이 알려주었다. 1.2킬로미터쯤 가면 전방에 게르망트 언덕이 있다고. 그가 말했다. "근육 강화용 등정이야." 다시 말해, 고단 기어비(주자들은 '완전 오른쪽'이라고 한다. 즉, 큰 앞 스프로킷과 아주 작은 뒷 스프로킷)로, '완전 오른쪽'에 엉덩이는 안장에 댈 것, 허벅지를 폭발시키는 훈련. 난 그들만큼 크게 키울 엄두를 내지 못하고 바퀴들 안에 꼼짝 없이 갇혀 있었다. 그냥 정상까지 열심히 밟았다. 40킬로미터 주파, 가속 시작. 아주 힘든 순간이 오고 있었다.

　가장 힘든 건 갑자기 내리기 시작한 비였다. 훈련으로 덥혀진 근육을 얼음물로 샤워하는 것 같았다. 안경에 빗방울이 세찼다. 길이 미끄러웠고, 커

---

85　뒤에서부터 그룹에 합세하는 것.

브길에서 나는 어린 뱀 같은 반들반들한 이 초록 타이어의 노면 주행 능력을 거반 믿었다(디노 부차티의 어떤 책에 실린 그 그림이 생각났다. 그가 「꼬리에레 델라 세라」 지를 위해 지로 디탈리아를 취재한 해였다[86]). 이를 악물었다. 전방에 주니어 여자 챔피언이 일행을 이끌고 있었다. 그녀의 다리는 페달과 수직이었다. 경탄할 만큼 잘 조합된 두 개의 피스톤 같았다. 뒤에서 보면 힘든지 어떤지 알 수 없다. 뾰족한 모직 모자를 쓰고 있는 것이 「피터 팬」의 팅커벨을 닮았다. 날아다니는 꼬마 요정……. 거리가 벌어지기 시작했다. 10미터, 20미터, 50미터가 벌어졌다. 심호흡을 했다. 페달과 직각으로 서려고 했지만 곧 고통이 느껴졌다. 근육이 잘리는 듯 경직되었고, 몸이 부서지는 듯했다. 폭발했다. 요즘 애들 말로 '죽여준다.' 그 틈을 타 두 번째 셔츠에서 시리얼 바를 찾았다. 마치 첫 번째 셔츠에 모두 다 넣을 수 없었던 것처럼. 주머니에 손이 닿았다. 그런데 휴대폰이 잡혔다. 이런 바보 같으니! 잠시 후 다른 사람들과 함께 달리고 있을 때 질이 물었다. "90킬로미터를 가야 하는데, 감이 와?" 내가 대답했다. "달리자고. 안되면 119를 부

---

86  1949년. 디노 부차티가 지로 디탈리아의 전 구간을 취재한 기사로 유명한 해이자, 그의 가장 유명한 작품 ―『타타르인의 사막』(*Il Deserto dei Tartari*, 1940 ; 불어본. *Le Désert des Tartares*, Robert Laffont, 1949 ; 한리나 역, 문학동네, 2021) ― 이 프랑스에서 출간된 해이기도 하다. 지로 취재 당시, 사이클 도로경주를 한 번도 본 적이 없었던 그였지만 나름의 독특한 시선으로 글을 쓸 수 있었다고 한다. 기사는 사후인 1981년 출간되었다(『지로 디탈리아의 디노 부차티』 *Dino Buzzati al Giro d'Italia*, Mondadori, 1981 ; 불어본. 『1949년 지로. 코피-바르탈리의 대결』 *Sur le Giro 1949 : Le Duel Coppi–Bartali*, Robert Laffont, 1984 ; 개정판, Paris, So Lonely, 2017, 에릭 포토리노의 서문 ; 영어본. *The Giro D'Italia: Coppi Vs. Bartali at the 1949 Tour of Italy*, Velo Press, 1998). 부차티(Dino Buzzati, 1906~1972)는 기자, 화가이자 소설, 동화, 연극, 단편 등 다채로운 작품을 남긴 작가로, 법학을 마치고 22세에 이탈리아에서 최고 부수를 자랑하는 밀라노 신문 「꼬리에레 델라 세라」(*Corriere della Sera*, 1876년 창간)에 취직, 그곳에서 평생 근무했다. 4월 26일 참조.

르지.” 미국인 여자가 웃음을 터뜨렸다. 그녀도 내 앞에 있었다. 선수용 자
전거를 탄 내 앞에 트랙터급 사이클을 타고 말이다. 순간 불안해졌다. 미
디 리브르의 수천 킬로미터, 산 너머 산, 봄철의 첫 더위를 과연 버틸 수 있
을까? 몸은 될까? 정신은 될까? 홀로 처지면 매 미터마다 이런 울퉁불퉁한
보도를 혼자 달려야 하는데…… 다른 것도 생각해야 한다. 어쨌든 이십 년
만에…… 첫 훈련이다.

　질은 자기를 따라잡게 했다. 어림잡아 2백 미터쯤 앞이다. 그가 소리쳤다.
“우린 아무도 길에 안 버려.” 그의 궤적을 따라갔다. 하지만 그는 여전히 너
무 빨리 달렸다. 허벅지가 깨진 유리조각 같았다. 페달을 밟을 때마다 몸이
안에서 찢어지는 느낌이다. 그가 속도를 조절했다. 10분이 채 지나지 않아
우리가 다시 선두에 섰다. 수행 차량이 제공한 쿠프방[87]을 이용했는데, 마
치 투르 드 프랑스에서 뒤처진 주자들이 선두 차량 사이를 비비고 나가 선
두 주자에 합세할 때 같았다. 다들 속도를 조금 올렸다. 마침 잘 됐다. 로돌
프와 또 다른 US 메트로 주자인 필립이 와서 기운을 북돋아주었다. “오늘
모두 힘드네. 첫 출정에 이렇게 비가 오면 정말 힘들어. 갑절은 더 달리는
것 같아. 추워서 더 빨리 달릴 수밖에 없고. 칼로리를 태우는 거지.” 그들은
내게 먹을 것을 주면서 뭘 좀 마시라고 했다. 물통이 비었다고 하자 필립이
자기 것을 내밀었다. 설탕물이었다. 찬물이었다. 그런 태도에서 대열의 형
제애를 느꼈다. 어려울 때의 상부상조. 탈진, 추락, 사고에는 누구도 안전하
지 않다는 걸 모두들 너무 잘 알고 있으니까. 질이 말했다. “한 번은 슈브뢰
즈 계곡에서 로돌프의 드레일러가 망가졌어. 사람들이 그를 파리까지 밀고
갔지. 안에서 이끈 것보다 밀고 간 것이 더 힘들었지……” 이따금 언덕에
서 여자들을 밀고 갈 때가 있었다. 하지만 오늘 그녀들은 누구의 도움도 없

---

87　coupe-vent. 바람막이 겉옷. 영어로는 ‘윈드브레이커’.

이 (할리 데이비슨을 탄 것 같다고는 못하겠지만) 곧장 빠르게 달리고 있었다. 필립이 어떤 집요한 막내 여자 선수 이야기를 했다. 남자들과 함께 100킬로미터를 달리면서도 1센티미터도 뒤처지지 않았다고 한다. 맙소사!

몇 개의 언덕이 더 남았다. 나와 거리를 유지하려고 애쓰는 질과 로돌프의 세심한—그러나 효과적인—손길이 느껴졌다. 마을들의 이름은 보지도 못하고 지나쳤다. 여자 철인3종경기 선수의 바퀴에 바짝 붙어 그녀의 크랭크셋에 시선을 고정시켰다. 그녀는 절대 멈추지 않겠다는 듯, 결코 전력을 다한 것이 아니라는 듯, 바퀴가 끝없이 돌고 또 돌았다.

질이 말했다. "난 언덕 주파에선 항상 이겼어." 우리는 마지막 스퍼트와 트랙에 관한 이야기를 나누었다. 그는 이탈리아에서 치른 시합에 대해 말했다. 코스에 언덕이 스무 개나 있었다고 한다. 3~4킬로미터나 되는 '작은' 언덕들. 마지막 언덕은 안장에서 일어날 힘조차 없어 울면서 넘었다고 한다. "자전거는 너무 힘들어." 그는 그렇게만 말했다.

그래, 잊고 있었다. 너무 힘들 때는 자전거에서 운다는 것을. 예전에 눈물을 흘렸던 일이 떠올랐다. 앙리 베르나르 배(盃)[88]였다. 나는 주니어였고, 코스는 산이었다. 네(Nay)에서 출발해, 술로르, 오비스크 언덕을 오르고, 비정한 언덕이자 도상(途上) 스캔들인 루비 쥐종의 '벽'을 지나, 다시 네로 돌아오는 것이었다. 출발할 때, 우리는 200여 명이었다. 술로르 언덕의 첫 사행길에서 선수들은 마치 대수롭지 않은 언덕을 오른다는 듯 전력 질주하기 시작했다. 그 리듬에 숨이 막혔고, 나는 한참 뒤처졌다. 분노와 고통으로 눈물이 났다. 근육에 산소가 모자랐던 것이다. 표류한 느낌, 무력감. 하지만

---

88    Prix Henri-Bernard. 1975년부터 네(Nay)의 자전거클럽이 주최한 산악경주로, 2006년까지 이어졌다가 중단, 이후 2016~2018년 재개되었다. 술로르 언덕(col du Soulor, 1,471미터), 오비스크 언덕(col d'Aubisque, 1,709미터) 같은 고지대를 포함, 120킬로미터를 주파한다. 루비 쥐종의 정상은 해발 2,038미터에 달한다.

오르막길은 길었다. 나는 리듬을 찾았고, 지그재그로 가던 선수들을 제치고 17번째로 정상에 올랐다. 폭포에서 떨어지는 가는 물줄기가 갓길에서 사라졌다. 신발을 벗고 저 밑에 누워 자고 싶었다. 요컨대 더는 페달을 밟고 싶지 않았다. 아버지가 물통과 신문을 들고 나를 기다리고 있었다. 하산 시 땀을 흡수하도록 신문을 가슴 속, 살과 셔츠 사이에 끼워 넣었다. 오비스크 언덕에서는 몇 명을 따라잡아 11번째로 통과했다. 그 후 드레일러가 작동하지 않아 수십 킬로미터를 내려가는 동안 페달이 전혀 먹히지 않았다. 체인이 묶였다. 계곡에서 몸이 꽁꽁 얼었고, 이빨이 딱딱 부딪쳤다. 길가에서 한 선수가 내 체인을 힘껏 잡아당겼다. 다시 페달을 밟을 수 있었다. 하지만 밟을 때마다 걸렸고, 루비 쥐종 언덕에 닿았을 때는 또다시 눈물이 났다. 힘껏 기어올랐다. 네(Nay)에 33번째로 도착했다. 도착선을 지나고 아버지에게 말했다. "자전거 가져가세요. 다시는 안 탈 거예요." 그 주에 변속장치를 점검했다. 그 전주에 정비공이 부품 하나를 거꾸로 조립한 탓이었다. 그다음 일요일, 시구르네 주행에서 단독으로 우승했다. 내 마지막 주행이었다. 신문에 난 사진을 보면, 난 이미 그걸 알고 있는 듯하다. 얼굴이 굳어 있었으니까.

20킬로미터 이상이었다. "집 냄새다." 질이 즐거워했다. 그의 친절을 잊지 못할 것이다. 그 덕분에 평균 27, 28로 80킬로미터 출정을 마칠 수 있었다. 그는 우리 집 바로 뒤에 있는 고블랭 역에서 매년 치르는 경주에 대해 말했다. 이탈리아 광장 쪽으로, 정상은 온통 포석도로인 도로를 40번 오르는 시합이다.

이제 뱅센에서 해산하는 일만 남았다. 질은 자기를 보러오라고 했다. 고블랭 지하철역에서 일하고 있다고 했다. 그는 슈브뢰즈 계곡 출정에 대해 말했다. 필립이 톨비악 다리 쪽으로 계속 나를 따라왔다. 그는 아마추어 동호회에서 달린다. "죽을 맛이지. 하지만 기분은 아주 좋아." 그의 말이 맞다. 사이클 세계에서는 얌전떨지 않고 느끼는 대로 말한다. 힘들 땐 힘들다고

71

내뱉는다. 내 지금 기분은, 모락스가 최근 몇 년 치 미디 리브르 테이프를 준다고 약속했고, 난 그게 보고 싶어 안달이 났다. 안락의자에 몸을 파묻고, 다리는 모포로 둘둘 말고 말이다……. 필립이 작별 인사를 했다. 그가 진심으로 외쳤다. "와! 지미 카스페네!"

"아빠야!" 내가 귀가하는 것을 보고 콩스탕스가 웃음을 터뜨렸다. 흰 셔츠는 흙투성이고, 어깨에 자전거를 메고 있다. 딸애가 달려들어 헬멧을 쓴 내 머리를 양손에 쥐고 사방에 입을 맞춘다. 심지어 축축하고 먼지투성이인 퀴사르에까지. 꼬마 소녀들의 사랑은 끝이 없다.

시장이 열리는 시간에 무프타르 가를 가로지를 때 아이들이 박수를 치고 환호하면서 이렇게 외쳤다. "비랑크 파이팅! 페스티나[89] 파이팅! 사인도 되나요?"

온수욕, 그러나 너무 뜨겁지 않게. 선배들의 충고가 생각났다. 심장에 무리가 가지 않게 하라고. 근육을 이완시키는 목욕보다 강장용 샤워가 낫다고. 불타는 것보다 미지근한 것이 낫다고. 태움에 관해서는 자전거 선수들 사이에 전통이 있다. 빨간불은 조심스레 굽는다. 어쨌든 굽는다.[90] 초록 이빨 마녀[91]— 만화가 펠로스[92]가 사악하고 냉소적인 인물로 그린 실패를 연상하시라— 말고 누가 선수들을 멈춰 세울 수 있을까. 사실 나는 팅커벨을 다시 보지 못했다. 너무 멀리 날아가 버렸나 보다. 「쉬두에스트」지의 절친한 친구 프랑크 드 봉트가 한 말이 생각났다. 그도 이 꼬마 여왕의 광팬이

---

89  Festina. 고급 시계회사 '페스티나'가 소유했던 프로팀(1989~2001).

90  '빨간불은 조심스레 무시한다. 어쨌든 무시한다.' 동사 'griller'의 두 가지 뜻(그릴에 굽다, 무시하다)을 이용한 말장난.

91  sorcière aux dents vertes. '불운'을 뜻하는 자전거 선수들의 은어.

92  René Pellos. 프랑스 만화가, 각본가(1900~1998). 여러 스포츠 잡지에 풍자화를 기고했고, 특히 투르 드 프랑스의 캐리커처로 유명했다. 1961~1982년 유수의 월간지 「사이클경기의 거울」의 대표 작가로 활동했다.

었다. 투르 드 프랑스의 한 구간을 참관한 어느 날, 그가 내게 말했다. "TV 에서가 아니라 직접 그들을 볼 때 충격적인 것은 그들이 어리다는 거야." 그렇다. US 메트로의 그 소녀들은 뾰족 모자를 쓰고 농업 공진회용 자전거를 타고 불평 없이 씩씩하게 페달을 밟는 것을 과시했으니까.

오후에는 침대에 누워 있었다. 이런저런 추억들, 페달을 밟았던 시절이라는 것 말고는 아무 연관도 없는 온갖 추억들. 칼레도니아 선수가 있었다. 캉 (Caen)에서 열린 프랑스 학생 트랙 선수권대회였다. 당시 난 아버지의 르노 4를 타고 라 로셸에서 올라갔다. 그는 열다섯 살이었는데, 거무스레한 피부 아래 돌출한 옹이진 근육 조직 탓에 스무 살로 보였다. 누메아[93]의 리비에르 살레 고교 선수였다. 학교명 리비에르 살레가 기억난다. 그는 지금 뭘 하고 있을까? 니켈 광부? 독립투사? 아니면 여기서 2만 킬로미터나 떨어진 곳에서 아직도 '자갈길'을 가늠하고 있을까? 대회 우승자는 보르도 출신의 미셸 코르티노비스[94]였는데, 「쉬두에스트」의 앙드레 삼촌 말로는 '멋진 애송이'였다. 삼촌은 아버지와 함께 내 막강한 후원자였다. 그의 기다란 몸 꼭대기엔 바스크 베레모가 걸쳐져 있었고, 코스의 전략지마다 늘 그가 있었다. 그의 충고와 독려는 정말 질식할 정도였다……. 리비에르 살레 고교생이었던 그 때문에 코르티노비스가 생각났다. 어느 해인가 코르티노비스가 우리 집 근처인 샤랑트 마리팀의 에톨에서 경기를 치르려고 왔다. 단번에 사람들이 사방으로 흩어졌다. 그가 거기 있었다. 난 속으로 생각했다. '마지막 스퍼트에 그가 있으면 끝장이네.' 그래서 매 바퀴를 돌 때마다 결승점을 앞둔 지점에서 그를 측면 공략했다. 그는 잠시 주춤했다가 이내 나를 추월했다. 눈길 한번 주지 않고 확신에 찬 채, 어깨 위로 머리를 꼿꼿이 세

---

93   Nouméa. 프랑스령 누벨 칼레도니의 수도.
94   Michel Cortinovis. '보르도 스포츠 클럽'(CAM) 출신 선수(1961~). 1970년대 말 ~1980년대 중반 활동.

우고 날 따돌렸다. 나보다 한 살 어렸다. 감탄스러웠지만, 난 그가 내 '짐 받이'에 꽁지처럼 매달려 있다가 결승선에서 날 추월하게 만들 생각이 전혀 없었다. 그는 레슬링 선수 같은 넓적다리에 근육 덩어리의 아주 긴 다리를 하고 있었다. 도착을 몇 바퀴 앞두고 불행히 앞 브레이크 체인이 고장 났다. 브레이크 레버가 더는 작동하지 않았고, 계속 '클락, 클락, 클락' 소리가 났다. 더는 비상 스퍼트가 불가능했다……. 마지막 오르막길에서 전력을 다했다. 앞에 있는 언덕을 공략했고, 뒤돌아보지 않았다. 정상에서 오른쪽으로 돌았고, 결승선까지 1백 미터 남았다. 나는 숨이 끊어져라 마지막 스퍼트를 했다. 코르티노비스가 세차게 추월해오겠지 하고 기다렸다. 결승선을 지나면서 나는 두 팔을 올렸고, 다음날 지역 TV에 이 짧막한 기쁨의 순간이 몇 초간 흑백으로 방영되었다. 아버지가 들려준 바로는 코르티노비스는 언덕을 벗어날 때 졌다는 고갯짓을 하며 몸을 세웠다고 한다. 그는 나의 공격을 견디지 못했다. 돌 때마다 시도한 내 공략이 결국 그의 최고 속도를 무디게 했던 것이다. 훗날 그것은 삶의 교훈이 되었다. 결코 영원한 패자는 없다. 영원한 승자도 없다. 다행히 「쉬두에스트」에 실린 내 이름에 오식이 있었다. 그날 사람들은 날 포르투노(Fortuno)라고 불렀으니까.

일어났다. 날이 좋다. 하늘도 새파랗다. 그렇다고 오늘 아침 샤워를 후회한 건 아니다. 자전거 사랑이니까. 콕토는 사랑의 증거들만 존재한다고 썼다. 자전거 선수로서 난 이렇게 고친다. "사랑은 존재하지 않는다. 단지 사랑의 시합들만 존재한다"[95]라고.

---

95  "l'amour n'existe pas, il n'existe que des épreuves d'amour." 장 콕토(Jean Cocteau, 1889~1963)의 유명한 말, "사랑은 없다. 단지 사랑의 증거들만 있을 뿐"에서 '증거들'(preuves)과 '시합들'(épreuves)을 바꾼 말장난. 이 말은 시인 르베르디(Pierre Reverdy, 1889~1960)의 말로도 알려져 있다(『뒤죽박죽』 En vrac, Monaco, Éditions du Rocher, 1929).

기억해둘 일. 스템이 너무 길다고 파브리스 바놀리에게 알릴 것. 질도 같은 의견이었다(그는 농담 삼아 자기한테 자전거를 넘기라고 제안했다. 내겐 안 어울린다나……). 특수 안경도 요청해야겠다. (언젠가 파브리스가 말했다. "이제부터 자네를 선수로 간주하네. 자전거용 안경을 대주는 스폰서가 있어.") 끝으로, 이예르 훈련에 앞서 반드시 내 옷에 표시를 할 것. 모든 유니폼이 세탁기 안에서는 다 비슷해지니까. 때마침 젖고 더러워진 옷들을 세탁기에 넣었다. 드럼이 도는 것을 TV 명작영화를 보듯 바라봤다. 오후 6시 반에 신문사에서 나를 기다린다. 도망자 알프레드 시르방[96]에 관한 기사 준비 때문이다. 방금 한 빵집 진열대를 가득 채운 갈레트[97]를 봤다. 그걸 보면서 자전거 바퀴가 생각났다면?

늦게, 아주 늦게 자리에 누웠다. 아침나절 비를 맞은 탓에 손목시계 안에 수증기가 네모꼴로 남아 있다. 창문 너머 파리의 메마른 숲 하나. 건물 앞마다, 화환도 리본 장식도 없이, 잎이 떨어진 채, 이미 아이들의 꿈에서 빠져나온 그 전나무들.

---

96  Alfred Sirven. 프랑스 사업가(1927~2005). 엘프(Elf)의 2인자로 군림할 당시 정치권력과 결탁한 심각한 부패 사건을 일으켰다. 1997년 해외로 도피, 2001년 체포되었다.

97  galette. 원형의 주현절 케이크. 동방박사들(rois)이 아기 예수를 만나러 온 날(주현절)을 기념한다(galette des rois).

# 1월 8일

우리를 로잔까지 싣고 간 TGV의 이름은 '심장선(線)'이었다. 우리는 13호 객차에 있었고, 내 좌석번호는 13번이었다. 내 기억으로는 청소년 팀이었을 때 백넘버 13번을 달고 8월 13일 주행에서 승리했다……. 그리고 프랑스 복권협회 팀 색상을 입은 '지미 카스페' 자전거의 핸드바에 숫자 8과 숫자 5가 나란히 있는 것까지 포함하면(물론 단순한 덧셈이지만), 그런저런 생각에 중고생의 말장난 하나가 생각났다. "난 미신을 안 믿어, 13이 불행을 안겨주니까……." 디종, 돌르, 스위스를 지나니 마을이 온통 눈으로 하얗게 덮인 것이 마치 크리스마스카드 같다. 제라르와 함께 하인 베르브루겐에게 우리의 참여를 설명해야 한다. 기차가 역으로 들어갈 때 약간 뜨끔했다. 세계 사이클계의 수장이 끝내 우리의 계획을 비현실적이라고 여긴다면 정말 실현은 불가능할 것인가? 제라르는 그렇게 생각하지 않았다. 나도 같은 생각이었다. 택시로 UCI 건물에 도착했다. 펠트로 덮인 한 방에서 기다려야 했다. 그곳에 커다란 자전거가 세워져 있었고, 방사대칭의 거대한 바퀴에서 고래 이빨이 떠올랐다. 그 옆에 공기역학적 동체로 만든 미래의 자전거가 있었다……. 하인 베르브루겐은 우리를 따뜻하게 맞이했다. 우리는 그에게 계획을 상세히 설명했고, 그는 우리의 동기를 경청했다. 매우 개방적인 사람 같았다. 그는 외국 팀들, 심지어 국내 팀들의 스포츠 지도자들이 프랑스에서 받았던 반(反) 사이클경기의 저주에 이제 진저리가 날 지경이라는 것을 감추지 않았다. 언론은 요주의 대상이었다. 나는 정의의 사도 역은 하고 싶지 않았다. 나는 그에게 무엇보다 이 계획이 사이클경기에 열광한 한 사람의 개인적인 행동임을 설명했다. 대화의 긴장이 풀어졌다. 그에게 어제 저녁 파리의 거리에서 아이들이 내게 "비랑크 파이팅!"이라고 소리쳤다고 들려주었다. 마치 오래전 그 애들의 아버지가 "푸푸[98] 파이팅!", "보배[99] 파이팅!"을 외쳤던 것처럼 말이다. 그때 뭔가 예기치 않은 일이 일어났다. UCI 회장이 일어나더니 자기 사무실로 자료를 찾으러 갔다. 도핑 사건 후 유럽 사이클경기의 이미지를 조사한 영국의 연구 결과였다. 이 스포츠의 '광팬들' 중 설문에 응한 상당수는 여전히 이 스포츠를 존경하고 우승자를 격찬했다. 그들은 주자들을 뭔가 초인적인 일을 한 영웅으로 여겼다. 사람들은 주자들의 인내심, 무한대의 노력, 맹렬한 경쟁심, 고독을 감내하는 기질은 물론, 동료와 난관을 함께하는 성향, 그리고 역경을 극복하려는 비범한 정신에 감탄했다. 베르브루겐은 사이클경기 챔피언들이 어떤 면에서 영웅이라고 설명했다. 소박하고, 친근하고, 고통의 한계를 극복한 사람들, 스포츠의 진짜 유일한 영웅들이라고.

물론 이 스포츠에는 도핑 문화가 있다. 사람들은 예외적인 노력의 주자들을 바라기 때문이다. UCI 회장이 이렇게 설명했다. "테스토스테론 호르몬을 주사하는 최종 주자는 속이기 위해 도핑을 합니다. 하지만 승리할 희망은 없지만, 파리를 밟으려고, 단지 시합을 마치고 봉급을 받으려고, 또 팀에서 자신의 자리를 유지하기 위해 훈련을 감수하는 투르 드 프랑스 주자에 대해서는 뭐라 해야 할까요?" 공식적으로 할 수 없는 멘트였다. 영국의 연구는 분명했다. 대중은 이 '자전거의 초인들'이 시도한 도핑을 용서할 준비가 되어 있고, 왜냐하면, 분명, 사람들이 그들에게 요구한 것은 인간적인 것을 넘어서기 때문이었다. 그 누가 20여일 만에 투르 드 프랑스의 4천 킬로미터를

---

98  *Poupou*. 레몽 풀리도르(Raymond Poulidor, 1936~2019)의 별명. 프랑스 선수. 투르 드 프랑스의 '영원한 2인자'였음에도 불구하고 프랑스에서의 인기는 매우 높았다.
99  Louison Bobet. 프랑스 선수(1925~1983). 별명은 '생 메앙의 빵장수'. 투르 드 프랑스 3회 연속 우승(1953~1955), 도로주행 세계 챔피언(1954), 파리-루베 우승(1956).

질주하고, 난이도 1등급의 언덕들을 넘고, 더위와 비를 극복할 수 있을까? 적어도 흥분제에 의지하지 않고는. 물론 UCI 회장은 직권으로 시합을 더 수월하게, 구간을 더 짧게, 급경사를 줄이고, 휴일을 더 자주 편성할 수 있다. 하지만 그러면 사이클경기라는 이 독특한 스포츠, 피에르 샤니[100]가 말했듯, "뿌리가 아주 깊은" 이 스포츠의 근본인 영웅주의는 사라질 것이다. 샤니는 자전거에 봉사한 위인 중 한 명으로, 죽을 때까지 「레키프」를 성공적으로 이끌었다. 깊은 뿌리. 그렇다, 현대사회의 가장 소박한 계층에까지 내려간 뿌리. 나는 생 메앙 르 그랑의 무명의 신참 제빵사 루이종 보베, 광산을 피해 자전거에 입문한 장 스타블랭스키[101], 캥캉푸아에서 딸기 농사로 등이 휜 자크 앙크틸, 그 밖의 다른 수많은 사람들, 그리고 들판과 공장과 안트베르펜 부두와 작업장의 소박한 자식들을 생각한다. 그들은 자전거 스포츠의 정상에 정강이의 힘으로 꼿꼿이 서서, 영광과 빛으로 스스로를 빛낸 사람들이다.

베르브루겐이 계속 옹호론을 펼쳤다. 페스티나 사건에도 불구하고, 대형 스폰서들 모두 프로 사이클경기 4년 재계약에 참여했다고. 그는 미국 우정청, 라보방크, 페스티나, 도이치 텔레콤, 크레디 아그리콜[102]을 예로 들었다. 매년 길가에 운집, 투르 드 프랑스 경기 주자들에게 박수갈채를 보내는 수백만의 사람들은 말할 것도 없다. 그가 말했다. "지난 일요일 TV에서 사이클로 크로스(cyclo-cross) 선수권대회를 봤습니다. 네덜란드에서 열렸어요. 1만 5천 명의 사람들이 추운 빗속에 있었지요. 그들 앞으로 여덟 번을 지나가

---

100  Pierre Chany. 사이클경기 전문기자(1922~1996). 투르 드 프랑스를 49차례 취재했다. 5년간 아마추어 사이클 선수로 활동하다가 스포츠 기자로 입문, 스포츠 일간지 「레키프」(L'Équipe, 1946~)에서 기자로 장기 근속했다(1953~1987).

101  Jean Stablinski. 폴란드 출신 프랑스 선수(1932~2007). 1952~1968년 프랑스 챔피언 4회(1960, 1962~1964), 세계 챔피언(1962) 등 총 105차례 우승.

102  US Postal(미국), Rabobank(네덜란드), Festina(스위스), Deutsch Telekom(독일), Crédit Agricole(프랑스).

는 주자들을 보려고요. 이걸 어떻게 설명하겠습니까? 그들은 왜 TV 앞에 가만히 있지 않았을까요? 그들의 영웅들과 가까이 있고 싶었던 거죠. 도핑이요? 한 청년이 자전거를 타고 언덕을 넘어가는 것을 보고 싶어 하는 이들도 그게 인간적이지 않음을 잘 알고 있습니다. 그들도 일말의 책임을 느끼는 거죠. 그러니 용서할 수 있는 겁니다." 그리고 이렇게 결론지었다. "우리는 두 가지 지상명령에 봉착해 있습니다. 반(反)도핑 투쟁의 필요성, 그리고 영웅주의를 보존할 의무." 시합의 난도를 낮추는 것은, 그 전통, 자전거의 전통을 건드리는 것이다. 우리는 페스티나 사건을 언급했고(하인 베르브루겐이 물었다. "단일 사건에 180명의 기자가 루머의 확산에 관련되었다는 걸 어느 판사가 상상이나 할 수 있겠어요?"), 그는 주자들 사이에서도 의혹의 분위기가 만연한 것이 유감스럽다고 했다. "어떤 팀이 잘 나가서 우승하면 다른 팀들은 곧 이렇게 생각합니다. '그들이 뭘 한 거지?' 그들이 결코 멀쩡할 수는 없다는 듯 말입니다!" UCI 회장은 우리가 서둘러 자리를 뜨기를 원치 않았다. 그는 다가오는 목요일 지도위원회에서 우리의 계획을 설명할 것이다. 그의 말에 따르면, 이 계획은 절차에 따라 접수되어 경기 진행위원들과 함께 결정될 것이다. 금요일에는 확인 팩스를 받을 것이다. 성공이다, 성공.

사무실을 나서면서 장 마르크 로베르스가 좋아한 「탱탱」의 말이 생각났다. "이번엔 우리가 잘했어, 밀루." 왜냐하면, 분명, 오는 5월 22일, 나는 미디 리브르의 출발선에 있을 것이기 때문에.

결정적으로, 행운이 우리와 함께했다. 우리는 프랑스사이클연합(FFC) 회장 다니엘 바알[103]을 만나고 싶었는데, 하인 베르브루겐이 그가 이 건물 옆 방에서 마침 회의 중이라고 알려주었다. 모락스와 나는 족히 30분간 그를

---

103  Daniel Baal. 프랑스 기업인(1957~). 1993~2001년 프랑스 사이클연맹 회장과 투르 드 프랑스 협회장을 맡았다. 2017년부터 프랑스 은행 'Crédit Mutuel' 회장.

'붙잡아두었다.' 그는 약간 넌더리가 난다는 듯, 좀 거리를 둔 채 우리 말을 주의 깊게 들었다. 그는 3월에 물러날 예정이었다. 대화는 우호적이었지만, 지난 몇 년이 그에게 시련이었음을 느낄 수 있었다. 그는 본업인 은행 일을 할 예정이고, 적어도 잠시 FFC를 떠날 예정이었다. 내가 주행 출발선에 서고 싶다고 하자, 그가 놀라서 나를 쳐다봤다. "아시다시피, 힘든 주행입니다. 고난도 주행 중 하나죠……. 해안 길, 구릉, 비포장도로를 달리려면……. 정말 준비를 잘 해야 합니다." 하나의 전경이 머리를 스쳐갔다. 아니, 꿰뚫고 지나갔다고 해야 할 것이다. 그가 뭘 암시하는지 잘 안다. 익히 알고 있다. 그 가파른 경사로들, 긁힌 상처마냥 달라붙는 아스팔트, 다리에서 빠져나가는 에너지, 이번에는 끝까지 가지 못할 것이라는 생각, 그래, 페달 밟기를 멈추게 되겠지, 단 몇 분, 하지만 멈추면 더는 다시는 출발하지 못한다. 그러면 무슨 수를 써서라도 재개한다. 눈물과 땀방울이 뒤섞여 소금물이 된다. 길가에 서 있는 사람들은 이를 구분하지 못한다. 아니, 어쩌면 결국 구분하겠지. 그들이 거기 서 있는 것은 머릿속에서 일어나는 드라마를 손으로 만져보기 위해, 실패자임을 인정하지는 않지만 힘이 다한 주자들의 다리를 손으로 만져보기 위해서니까.

'심장선'을 타고 파리로 돌아왔다. 모락스는 낙관적이었다. 나도 그랬다. 하지만 맙소사, 힘들 거야! 저녁 식사를 풍성히 주문했다. 도미와 쌀밥, 약간의 보르도 포도주. 세관원이 내 여권을 폈다. 그러더니 5년 전 코르시카의 암살자들에 관해 쓴 내 기사를 언급했다! 제라르의 눈이 커졌다. 기가 막혀서. 세관원은 자기가 늘 가지고 다니는 시를 하나 내게 내밀었다. 호르헤 루이스 보르헤스가 죽기 전에 쓴 마지막 시였다. 흐르는 시간 앞에서 회한으로 가득 찬 이 놀라운 시의 몇 줄을 발췌해봤다. (조동사 être와 avoir[104]의 활용

---

104 영어의 'be, have' 동사.

을 배우던 문법 시간이 생각났다. 시간이 흘렀다. 쏜살같이 흘렀다……).

*순간들*

*내가 만일 생을 다시 한 번 살 수 있다면*
*거기에 좀 더 많은 실수를 넣을 것이니*
*(……)*
*나를 더 많은 위험에 놓을 것이고,*
*더 많은 여행을 할 것이고,*
*더 많은 석양을 바라볼 것이고,*
*더 많은 산을 오를 것이고*
*(……)*
*그리고 아이들과 더 많이 놀아줄 것이니, 내 앞에 생이 다시금 주어진다면,*
*그뿐, 내 나이 여든다섯, 그리고 나는 죽어가고 있나니.*

# 1월 10일


어제 저녁, 대망의 출발을 위해 자전거를 준비하다가 약간 불안한 순간이 있었다. 뒤 타이어의 바람이 빠져 있었다. 초경량 펌프를 써봤다. 그러나 플라스틱 볼트가 마구리를 막아 타이어 밸브를 잡기가 힘들었다. 바람이 거의 다 빠졌다. 펑크가 났다면 어떻게 했을까? 이런 정교한 자전거를 가지고 모퉁이 자전거포에 가서 주인에게 펌프가 없다고, 심지어 펌프 사용법을 모른다고 말하기가 난처했다. 문득 콩스탕스의 자전거에 걸려 있는 하얀색 작은 펌프가 생각났다⋯⋯. 낭패. 좋아, 생각해보자. '경기용' 펌프를 다시 집어 나사를 풀고, 조작을 했다. 휴! 플라스틱 볼트가 빠졌다. 전체를 다시 조립했다. 이번에는 밸브가 펌프 마구리로 들어갔다. 살았다! 신참 사이클 주자를 당황하게 만들려면 별 거 없다. 샤도크처럼 펌프질만 하면 된다.[105] 8킬로 압력을 견딜 수 있는 타이어에는 충분히 진저리나는 연습이다. 엄지와 검지로 고무를 집었다. 더, 더. 자전거는 팔의 근력 또한 강화

---

105  프랑스 유명 애니메이션 「샤도크족」(*Les Shadoks*, 1968~1973, 2000년 방영)의 주인공 샤도크 교수가 발명한 '코스모펌프'(cosmopompe)를 말한다. 특히 3번째 시즌 「샤도크는 늘 펌프질만 하네」(1972~1973)를 연상. 기묘한 우주생물인 샤도크족은 자신들의 행성에 불만을 품고 지구로 떠나려 한다. 샤도크 교수가 로켓을 발명하지만 연료가 부족했고, 이에 샤도크족의 라이벌인 지비족(Gibis)에게서 연료인 '코스모골 999'(고체 로켓을 암시)를 훔치기로 하고 간단한 펌프질만으로 그 연료가 저절로 올 거라고 큰소리친다. 이로부터 "그리하여 샤도크들이 펌프질을 했다"라는 유명한 문구가 생겨났다.

시킨다. 압력계가 달린 발 펌프를 장만해야겠다. 그게 덜 힘들고, 더 효율적이다. 그것으로 원하는 압력을 정확히 넣을 수 있다. 스피커에서 이브 몽탕의 「자전거를 타고」가 나왔다. "*좁은 길에서 종종 지옥을 경험했네. 폴레트 뒤에서.*" 나는 폴레트를 그럴 듯하게 '클로셰트'[106]로 대체했다. 일요일에 얼굴만 얼핏 본 그 젊은 여자 챔피언의 가늘고 조각 같은 다리가 아직도 생생하다. "*자전거를 타면, 날개가 돋는 느낌이었어.*"

　비는 오지 않을 것이다. 이번에는 차를 담은 물통을 잘 챙겼다. 이유를 모르겠다, 왜 가득 채우지 않는지. 잠시 후면 후회할 텐데. 2시간 반 동안 페달을 밟고 속수무책으로 물통이 비어버리면……. 자전거 서킷이 있는 다각형의 뱅센 평원에 도달하려면 일단 코앞에서 혐오스런 일산화탄소 연기를 배출하는, 나시옹으로 달려가는 수십 대의 트럭 뒤에서 허파를 오염시킬 수밖에 없다. 숨을 깊게 들이마시지 않으려고 했고, 되도록 나쁜 공기를 쫓아버렸다. 반갑게도 숲이다. 혼자서 하는 첫 외출이었다. '사타구니'(사이클 선수들은 기계와 한 몸을 이루고 있는 탓에 안장이 아프다고 투덜댄다)와 목(내 스템이 정말 너무 길었다)의 통증에도 불구하고 잘 달렸다. 서킷은 두 개의 긴 직선 코스로 되어 있고, 하나는 바람이 역방향이고, 다른 하나는 등에, 그리고 옆에서 바람이 분다. 멜빵 작업복을 입은 사람들이 흰 석회가 담긴 큰 금속 바퀴를 앞으로 밀면서 발자국으로 희미해진 라인을 다시 그리고 있었다. 산림 관리인이 갓 벤 원목들 사이에서 작업하고 있었다. 프랑스 동부 번호판의 트럭이 실어갈 나무들. 축축한 식물향이 길가 쪽에서 올라왔다. 나시옹 광장의 무거운 오염의 무게가 사라졌다. 내게 숲은 친근한 세계다. 어렸을 때 랑드에서 잣, 소나무침, 고사리를 모으며 하루를 보내곤 했다. 꽃가게를 하는 삼촌의 화단을 위해서였다. 이끼도 모았다. 보르

---

106　Clochette. '팅커벨'.

도 카퓌생 시장에 있는 그의 부스를 장식하려고. 어느 날 아침 그곳에 한 자그마한 신사가 나타났고, 머리는 반백에, 눈은 감청색이었고, 매우 짓궂어보였다. 그의 이름은 로제 라페비[107], 1937년 투르 드 프랑스 우승자였다. 내가 열두 살인가 열세 살 때, 그가 세피아 톤 사진들을 내게 주었다. 투르, 보베, 알프스를 공략하는 퀴블레[108], 우중 경기를 하는 샤를리 골[109]의 사진들……. 그는 아흔 무렵에 죽었다. 라 로셀 근처의 앙굴랭에 그가 나의 주니어 경기를 보러 왔다. 그가 보는 데서 승리했다. 꽤 순진했던 주행의 추억이다. 결승선을 넘어가서 받은 아룸 부케, 타티의 영화에서 막 튀어나온 듯한 불완전한 음향장치와 사회자의 감동어린 목 메임, 그리고 짓궂은 땅딸보 영감 라페비의 우정 어린 토닥거림…….

랑드 숲. 이내 강한 송진 냄새가 떠올랐다. 손가락에 달라붙는 풀 같은 느낌, 껍질을 벗겨내고 칼자국을 낸 나무 동체마다 걸려 있는 작은 토기 속에 담긴 송진. 해송의 위풍당당함, 오늘날 연구자들은 밑동에서 꼭대기까지 꼿꼿하게 자라게 하는 법을 알고 있단다. 모리악의 세계, 이웃의 땅뙈기 한 조각에도 집요하고 은밀한 갈망, 정략결혼, 풀 수 없는 '독사 떼들'[110], 딸의 혼

---

107　Roger Lapébie. 프랑스 선수(1911~1996). 별명은 '욕쟁이' 혹은 역설적으로 '태평꾼', 1933년 프랑스 도로주행 챔피언, 1937년 투르 드 프랑스 우승.

108　Ferdinand Kübler. 스위스 선수(1919~2016). 별명은 '페달의 광인', '인간 말', '카우보이'.

109　Charly Gaul. 룩셈부르크 선수(1932~2005). 별명은 '날개 달린 산악인', '산악의 천사'로, 당대 최고의 산악 전문가였다. 특히 악천후에 강해 프랑스와 이탈리아 경기에서 엄청난 괴력으로 질주, 순위에 막대한 변수를 만들었다고 한다.

110　noeuds de vipères. 모리악(François Mauriac, 1885~1970)의 소설 『독사 떼』(*Le Noeud de vipères*, 1932)에서 68세의 노인 루이의 재산 상속을 기다리며 그 주위를 맴도는 가족과 부인, 손자들을 일컫는다(『독을 품은 뱀』, 최율리 역, 펭귄클래식, 2011). 랑드 숲은 보르도 출신인 모리악과 밀접한 곳으로(인근 20만 평방미터의 말라갸르Malagar 영지 소유), 그의 여러 소설에 배경이 되었다. 주요 작품으로 『문

사와 원목 지참금 마련을 위해 묵인되는 가차 없는 벌목의 세계. 랑드 사람들이 하는 말이 있다. "팽(pin 소나무)을 가진 자, 팽(pain 빵)이 있다."

두 시간을 달리자 두 명의 '팅커벨'이 나를 추월했다. 그들을 따라가려고 했다. 길가에서 한 여자가 그들에게 외쳤다. "아가씨들, 아직 네 바퀴 남았어!" 이상하게 속도가 빨라졌다. 다리를 돌리는데도 별로 힘이 들지 않았다. 심지어 직선 라인에서 역풍을 맞으며 교대[111]를 하기도 했다. 약간의 만족. 남은 네 바퀴는 그녀들이 내 뒤를 따라오겠지. 마침내 물통을 비웠다. 도대체 왜 끝까지 채우지 않았을까? 1947년 투르 드 프랑스의 영웅 피에르 브랑비야[112]가 떠올랐다. 프랑스로 귀화한 이탈리아인으로, 전후 첫 번째 그랑드 부클르에서 장 로빅[113] — 일명 '비케' — 의 투지에 희생된 자. 자신의 실력이 형편없다고 느낀 그는 스스로 체벌을 주었다. 어느 날 그는 도로에 물통의 내용물을 다 버렸다. 더는 마시지 않으려고, 자신의 몸뚱이에 단 한 방울의 물도 줄 가치가 없다고 판단했다. 1947년의 패배 이후, 그는 자신의 자전거를 자신의 정원 깊숙이 파묻었다.

별로 유쾌하지 않은 오래 전 습관이 다시 나왔다. 그렇다. 침을 자주 뱉었고, 규칙적으로 코를 풀었다. 줄줄 샜다. 루소를 아주 많이 읽은 한 친구가

————

둥이에게 키스』(1922 ;『고독한 자에게 보내는 키스』, 오증자 역, 성바오로 출판사, 1977),『사랑의 사막』(1925 ; 최율리 역, 펭귄클래식, 2011),『테레즈 데케루』(1927 ; 조은경 역, 펭귄클래식, 2011),『내면 일기』(1959) 등이 있다. 아카데미 프랑세즈 회원(1933), 노벨 문학상 수상(1952).

111 le relais. 다른 주자들의 바람막이로 그룹의 선두에 서는 것. 연속적으로 교대하면 혼자 달리는 주자보다 힘을 덜 들이게 된다.

112 Pierre Brambilla. 이탈리아 출신 프랑스 선수(1919~1984). 1947년 투르 드 프랑스 산악왕.

113 Jean Robic. 프랑스 선수(1921~1980). 1947년 전후 첫 투르 드 프랑스에서 우승. 별명 '비케'(biquet)는 '염소 새끼'라는 뜻.

어느 날 내게 장 자크는 『고백록』에 거침없이 이렇게 썼다고 들려줬다. "오늘, 기침을 했고, 코를 지독하게 풀었다." 됐다, 그만. 주자의 컨디션에 따라 생존본능 양식이 예리해진다. 자전거 위에서 홀로 고통을 겪으면서, 차츰 편해지기 시작했다.

돌아오는 데 무릎에 통증이 느껴졌다. 인대가 아니라 무릎뼈의 매우 민감한 부분에 마치 자갈 하나가 들어가 뼈를 치는 것 같았다. 자전거를 3시간 반 탔는데, 몇 킬로미터인지 알 수 없었다(미터기가 필요하다). 80킬로미터나 90킬로미터쯤 될 거다. 집에 와서 비발디를 틀어 놓고 안락의자 위에 쓰러졌다. 그리고 온수욕. 마사지가 간절했다. 아버지가 라 로셸에 계시지 않았다면, 친구 분들이 '황금 손의 사나이'라고 부른 그가 뱅센 숲에서 벌목된 나무들처럼 딱딱해진 내 다리를 만져주었을 텐데.

행동이 아주 굼뜨다. 되도록 적게 움직이고, 오래 서 있지 않으려고 애썼다. 느림에 대해 다시 배운다…….

# 1월 11일

어제 훈련에서 그럭저럭 회복이 되었다. 다리에 약간의 고통은 있지만 더하지는 않았다. 오늘은 자전거 없는 하루가 될 것이다. '앙골라 게이트'에 관한 스티븐 스미스[114]의 조사에 전념했다. 직업상 업무. 5년 전, 샤를 파스쿠아[115]의 아프리카 커넥션에 대해 조사한 적이 있다. 그 일로 리브르빌에서 오마르 봉고 가봉 대통령과 만날 기회가 있었다. 그가 내게 맹세하기를 가봉에는 슬롯머신이 없다고 했다. 그의 고문 중 한 사람이 낮은 목소리로 정정했다. "각하, 있습니다. 수는 매우 적지만……." 두 달간 조사를 하는 동안 레앙드리, 타랄로, 그밖에 엘프 사건의 몇몇 주동자를 만났고, 샤를 파스쿠아가 아프리카에서 자금을 조달한 경로 몇 개를 재구성할 수 있었다. 그런데 돌이켜보니, 당시 법망을 피해 살던 그 세력가들의 비리를 파헤치면서도 나는 전혀 무장을 하지 않았다. 겁난 적은 없었지만, 이따금 그들은 날 위협하려고 했다. 난 아마추어였다. 스미스, 그는 프로다. 내 기사가 나간 뒤 「르 누벨 에코노미스트」가 인용한 파리의 한 변호사는 이 사건에서 내

---

114  Stephen William Smith. 1986~2005년 프랑스 여러 언론사에서 기자로 활동한 미국 국적의 아프리카 전문가(1956~), 현재 미국 듀크대 교수.

115  Charles Pasqua. 프랑스 우파 정치인(1927~2015). 레지스탕스 출신 드골주의자로, 시락 대통령의 최측근이었고, 내무부장관(1986~1988) 당시 치안과 이민자에 대한 강력한 우파 정책을 집행했다. 2004년 상원의원에 재선되었으나 아프리카 국가와 관련된 다양한 정경유착, 뇌물수수 등의 문제로 수차 법정에 섰다.

가 "육체적 용기"를 증명해보였다고 지적했다. 하지만 난 대단한 일에 모험을 건다는 생각을 해본 적이 없다. 이런 나의 소극적인 용기가 미디 리브르에서 더 잘 드러나겠지…….

경기 주최자인 장 피에르 귀글리에르모트가 오늘 모락스의 사무실에 왔다. 대부분의 구간 경로, 특히 5월 25일 금요일의 경로를 볼 수 있도록 준비해왔다. 퐁 뒤 갸르~레삭, 213.5킬로미터, 난이도 2등급의 언덕인 잘 크레스트 언덕, 이어 역시 난코스인 로제르의 카브뤼나스 언덕을 경유한다. 그가 미슐랭 지도에 표시해둔 경로를 펼쳐 보였을 때 왠지 멀미가 났다. 색색의 리본이 끝이 없어 보였다. 어마어마한 세벤느 횡단 구간은 얼마나 힘들까? 아무 내색도 하지 않았지만 문득 불안감이 엄습했다. 아니 내심 공포였다. 통과하지 못하면? 만약 내 '심장박동', 내 다리, 내 허리, 내 머리가……. 구간은 새빨간 색으로 그어져 있었다. 로잔의 TGV, 심장선 TGV가 생각났다. 저기 있다. 심장선이, 눈앞에, 인생의 선이 온갖 예기치 않은 일로 가득할 때처럼, 그렇게 좌충우돌하는 선이. 그에 비하면 파스쿠아의 아프리카 건은 덤불에 지나지 않았다. 장 피에르 귀글리에르모트가 펼쳐놓은 지도 위에서 내가 불을 지필 장소들을 봤다. 퐁 뒤 갸르와 알레스 사이가 될 것이다. 선수들이 너무 심하게 공격해오지 않는다면. 그러나 그다음, 라 그랑 콩브 등정, 이어 라 오트 르바드, 생 프리바 드 발롱그 등등, 내가 확인한 지명들, 카사냐스, 플로락, 이스파냑, 맙소사, 이 모든 지명에 나는 전율했다. 이름이 하나하나 덧붙여지면서 213.5킬로미터의 산악선이 형성되었다. 차로 가도 먼 길이다. 하물며 자전거로……. 4월 말, 나를 기다리고 있는 것이 정확히 무엇인지 알기 위해 답사를 가야겠다. 귀글리에르모트는 국영 TV에서 이 구간을 처음으로 방송할 거라고 덧붙였다. 다시 말해, 주자들이 카메라를 보자마자 무곡(舞曲)이 시작되는 것이다. 5월 25일, 나는 인생에서 철저히 혼자가 된다.

파브리스 바놀리에게 전화를 걸었다. 더 작은 스템이 있을 것이다. 그는 피부가 따끔거리는 것을 막기 위해 세타블롱[116] 크림을 사서 퀴사르의 새 미가죽에 바르라고 추천했다. "크림을 한 조각 떠서 새미가죽 끝에 바르게. 그리고 가죽 양끝을 서로 마찰시키게. 손가락에 묻히지 않고도 완벽하게 바를 수 있네." 재치 있는 권고였다. 곧 시험해봐야겠다. 1976년 서명한, 모 토베칸 사(社)와 맺었던 내 아마추어 경기 계약서를 발견했다. 제1조, 팡탱 (Pantin)의 수제 제작공방에서 소형 용접기로 일체 '맞춤' 제작된 자전거를 모토베칸의 대리인 이브 에티앙이 주자에게 인도한다. 우승 수당은 킬로 미터 당 1.5프랑 한정. 팡탱, 1980년대 초 내가 파리로 첫 '상경'하기 훨씬 전부터 알고 있던 이름이다. 나는 소형 용접기들이 나를 위해 연소되면서 공기만큼 가벼운 자전거가 형태와 생명을 갖추는 그런 수제 공방들을 꿈 꿨다.

내일은 모락스와 베르나르 테브네와의 점심이 있다. 열다섯 살 때, 방에 세 장의 챔피언 포스터가 걸려 있었다. 코피, 메르크스, 그리고 테브네. 미 디 리브르에서 끝을 보지 못할지라도 적어도 꿈은 꿀 거다. 아니다, 이렇게 쓰면 안 된다. 끝까지 가야 한다. 꿈은 좋게 끝날 때 더 아름답다.

내 유니폼을 그릴 사람은 다름 아닌 「르 몽드」의 예술부장 도미니크 루 아네트다. 그녀는 간단하고 멋지게 아름다움을 만드는 눈을 가졌다. 그녀 에게 말했다. "주자를 하나 그려줘." 그녀는 아직도 믿지 않는다. "정말 시 합에 참가하려고?" 그녀의 시선에서 내가 하는 일이 약간 미친 짓임을 읽 었다. 작은 깃은 미디 리브르의 색인 붉은색과 금색이 될 것이다. 「르 몽드」 의 머리글자와 우리의 몽폴리에 동업자의 머리글자도 넣을 것이다. 기자회 견은 3월 6일로 예정되어 있었다. "일이 되네." 모락스가 기뻐서 어쩔 줄 몰 라 했다. 그가 그런 말을 한 이유는⋯⋯.

---

116 Cetavlon. 감염된 피부를 치료하는 소독용 크림.

하인 베르브루겐의 낙관론에 반내림표. 코카콜라를 포함한 3개의 스폰서가 향후 사이클경기 선두 대열에 참가할지 여부를 검토 중임을 알게 되었다.

# 1월 12일

베르나르 테브네와의 만남으로 나는 어린애마냥 행복했다. 그가 여기, 모락스의 사무실에 있다. 손은 단단하게 주먹을 쥐고, 활짝 웃는 미소는 소박하고 신중하며, 쓸데없는 말은 하지 않는다. 베르나르, 그로 인해 나의 열다섯 살이 바뀌었다. 1975년 7월 어느 오후, 식인종 메르크스를 프라 루(Pra-Loup) 언덕에서 제친 사람. 나폴레옹이 오스테를리츠를 얻었듯, 하나의 전투명이 된 그곳. 그가 승리의 노랑 셔츠를 입는 것을 방영한 중계방송이 끝나자마자 나는 자전거를 끌고 나가 생 팡들롱 언덕, 닥스에 있는 조부모님 댁 근처의 가파른 경사지를 올랐다. 사르트르가 『말』에서 파르다이앙 기사(騎士)였다면, 난 베르나르 테브네였다. 여름철, 회중시계가 똑딱거리는 낮잠 시간에 나는 주방의 서늘한 타일 위에서 쇠로 된 내 피규어 주자들을 달리게 했고, 그들의 아를르캥의 꿈도 달리게 했다. 빅 팀의 오렌지색 유니폼, 푸조 팀의 바둑판무늬, 몰테니 팀의 검은색과 캬라멜색, 메르시에 팀[117]의 보라색, 무지개색, 최우수 마지막 역주자(sprinter)의 초록색 유니폼, 그 외 이탈리아 선수들의 푸른 하늘색, 벨기에 선수들의 검고 붉은색. 내 미니어처 선수들의 쇠 받침, 그 대열이 이 칸에서 저 칸으로 날아다니면서 냈던 먹먹한 소리가 아직도 귀에 선하다. 나는 이 마술판 위에서 이미 오래전에

---

117  Bic(프랑스, 1967~1974), Peugeot(프랑스, 1901~1986), Molteni(이탈리아, 1958~1976), Mercier(프랑스, 1935~1984).

베르나르에게 '우승복'을 선사했다. 하지만 지금, 더는 주사위로 그의 빛나는 의상을 정하지 않아도 된다. 보베와 앙크틸에 따르면, 그가 프랑스 챔피언이었다. 상냥하면서도 용기 있고 고집 센 턱을 가진 그는 자전거계의 피에르 페레[118]다. 인기 있고 수줍어하며, 거친 가짜 갑각 아래 민감함을 갖춘.

테브네는 여전히 검은 수염을 하고 있었다. 빤히 쳐다보는 그의 시선이 좋았다. 그는 미디 리브르의 기술부장으로서, 장 피에르 귀글리에르모트와 어깨를 나란히 할 것이다. 오늘밤 처음으로 사이클경기 꿈을 꿨는데, 내가 뒤처져 있었다……. 뒤에서 공략한다는 건 뒤처진 것을 말하는 주자들의 오래된 허풍이다. 세벤느를 가로지르는 대(大)구간 주파는 정말 인상적이었다. 베르나르 테브네에게 물었다. 언덕을 오르는 무슨 '비결'이라도 있는지. 그가 대답했다. "최고 속도 이하를 늘 유지하는 거지요." 그의 설명으로는 심장박동기를 자전거에 달면 주자들이 한계 맥박을 조절해서, 그 이상이 되면 질식 상태가 되는 것을 피할 수 있다고 했다. 그것을 넘어가면 근육에 산소가 부족해지고, 젖산이 과도하게 분비되어, 천연 '독'으로 인해 결국 주행을 견디지 못하고 발을 땅에 딛지 않을 수 없다. 그러므로 끝까지 가려면 '산소 부족' 상태가 되는 것을 피해야 한다. 한계를 측정하고 확인할 수 있도록 프랑스 복권협회 팀 닥터에게 도움을 청해야겠다. 특히 과속으로 페달을 돌리지 않기, 다른 것에 신경 쓰지 않고 오르기……. 테브네에게 그의 오랜 팀 동료 장 피에르 당기욤은 어떻게 되었느냐고 물었다. 그 투르(Tours) 사람은 코카콜라에서 일한다고 했다. 나는 당기욤이 투르말레 언덕의 난코스에서 승리한 것을 본 적이 있다고 말했다. 베르나르가 미소를 지었다. 그가 회상했다. "진정한 대가는 오르는 사람이 아닙니다. 승리한 다

---

118  Pierre Perret. 작곡가이자 음유 가수(1934~). 불어의 절묘한 맛을 소박하고 천진한 음색으로 노래하는 것으로 유명하다.

음날 그가 신문을 펼쳤는데, 제목이 '태산명동 서일필'이었어요. 그가 3류 신문을 접으며 '쥐새끼인지 아닌지 두고 봐'라고 투덜거렸죠. 그가 형 장 루이에게 전화했어요. 형은 투르 드 라브니르[119]에서 각축을 벌이고 있었죠. 그가 형에게 알렸죠. '형은 두각을 나타내는 데 관심 둬. 난 오늘 비책을 쓸 거야.' 결과는 장 피에르 당기욤이 포(Pau) 다음 구간에서 승자가 되었고, 형은 같은 날 투르 드 라브니르에서 우승했지요." 자전거의 전설에는 오만과 허풍이 서로 사이좋게 지내는 이런 일화들이 무궁무진하다. 모락스는 테브네에게 사이클경기에서 우리가 할 수 있는 교육적인 행동이 뭐가 있겠느냐고 물었다. 그랑드 부클르 2회 우승자는 주저 없이 답했다. "젊은이들에게 도핑 없이도 이길 수 있음을 보여주는 것이지요. 최고의 도핑은 훈련입니다." 그의 말이 맞다. 비가 오나 바람이 부나 안장에서 보내는 시간들. 사이클경기는 어릴 적 브라상스의 곡에 맞춰 배운 폴 포르의 시처럼 모두가 뒤에, 그가 앞에 있는데[120], 왜 항상 어린 말이 죽기를 원할까? "지금은

---

119  Tour de l'Avenir. '미래의 투르'. 1961년에 시작된 구간별 사이클경기. 1985년부터 매년 9월 개최. 1992~2006년, 25세 미만으로 자격을 제한했고, 2007년부터 19~22세로 제한.

120  폴 포르의 시 「어린 백마의 애가」(1910)의 한 구절. 아래는 전문. 훗날 브라상스(Georges Brassens, 1921~1981)가 같은 시로 샹송 「어린 말」(*Le Petit cheval*, 1952)을 썼다.
  • Paul Fort(1872~1960), *La Complainte du petit cheval blanc*.
  "궂은 날, 어린 말이 달렸지. 용기가 대단했지! / 어린 백마였지. 모두가 뒤에, 그가 앞에 있었지. // 이 가난한 풍경에 좋은 날은 결코 없었지. / 결코 봄도 없었지. 뒤에도, 앞에도 없었지. // 그래도 그는 늘 좋았지. 마을 소년들을 이끌고, / 들판의 검은 비를 뚫고 달렸지. 모두가 뒤에, 그가 앞에 있었지. // 그의 마차는 그의 멋진 작은 야생 꼬리를 좇았지. / 그래서 그는 좋았지. 그들이 뒤에, 그가 앞에 있었지. // 그런데 어느 날, 궂은 날, 아주 얌전했던 그날, / 그는 흰 번개를 맞아 죽었지. 모두가 뒤에, 그가 앞에 있었지. // 그는 좋은 날씨도 못 보고 죽었지. 용기가 대단했지! / 그는 봄도 못 보고 죽었지. 뒤에도, 앞에도 없었지."

재건의 시간"이라는 마르크 마디오의 말이 다시 생각났다.

  TV에 한 영상이 비쳤다. '프랑스 3' 방송의 냉혈한 마르크 올리비에 포지엘이 리샤르 비랑크를 취조하고 있었다. 그건 분명 인터뷰가 아니라 취조였다. 이 진행자는 더 알고 싶다는 표정으로 도핑을 놓고 산악 왕의 '주리를 틀고' 있었다. 그는 당신이 사기극을 조장하지 않았다고 단언해도 진정 당신의 말을 믿을 수 있겠느냐고 물었다. 비랑크는 이를 부인했고, 릴 법정이 무죄 석방 결정을 내린 것을 환기시켰다. 턱을 꽉 문 채, 이 우승자는 정면으로 맞서려고 했다. 문장이 문법에 맞지 않았다. 비랑크는 접속법 반과거를 부자 동네에서 배우지 않았다. 포지엘, 먹이를 물었으니 뭐가 어려울까. 비랑크는 사냥감으로는 좋은 고객이었다. 내가 무엇보다 흥분한 것은 EPO 복용을 전면 부정한 그의 어리석은 방어였다. 나는 기뇰 쇼[121]에서 남발하는 '내 의사와 무관한' 웃음을 결코 지어본 적이 없다. 비랑크는 페달을 밟았지, '예능' 재능은 없었다. 물론 그가 미테랑 정권의 프랑스가 르완다의 대량학살에 눈을 감고 있던 시절, 르완다 어린이들을 위해 자전거를 경매에 붙였던 일은 기억나지만. 비랑크의 '변호 측'은 TV 패널로 유명한 콜라르 변호사였다. 그의 첫 고객은 붉은색 풀오버로 유명한 크리스티앙 라누시[122]였다. 이 사형수의 비극적 운명은 질 페로[123]가 훌륭하게 전한 바 있다……. 수십 킬로미터 주행의 흔적이 다리에 다시 생긴 것입니까? 싸구려 도발적인 언사로 사람들에게 웃음을 유발하는 포지엘 앞에서 비랑크가

---

121 *Guignols*. 1988~2018년 Canal+ 채널에서 방영한 유명 정치 풍자 프로. 온갖 마리오네트가 출연한 뉴스 풍자극(*Les Guignols de l'info*).

122 Christian Ranucci(1954~1976)는 8세 소녀 마리 돌로레스 랑블라를 살해한 혐의로 사형을 언도받고 집행되었다. 지스카르 데스탱 정부의 첫 사형수로, 이후 2명의 사형수가 더 있었다. 당시 대대적으로 보도된 사건이다.

123 Gilles Perrault. 작가, 기자(1931~2023). 1978년 위 사건을 책으로 출간했다(『붉은색 풀오버』). 1979년에 영화화되었다.

고군분투하는 것을 보면서 테니스 선수나 축구 선수들은 잠자코 있겠구나 싶었다. 포지엘은 그걸-하지-않은-사람에게 하는 저 목소리 톤 그대로 마리 피어스나 지단에게 말할 수 있을까? EPO든 아니든 비랑크는 투르 드 프랑스의 무수한 언덕을 공략한 엄청난 노력으로 인기를 얻은 챔피언이다. 아이들이 내게 "파이팅 리샤르!"라고 외쳤을 때, 그건 대중의 진심이지만, 인기 토크쇼에서 쓸 발언은 아니다. 샤니가 말한 사이클경기의 "깊은 뿌리"를 경시해서는 안 된다. 최근에 벌어진 투르에서 봉주르 팀의 한 선수의 모습이 떠올랐다. 불행히도 그는 기관지염을 앓았는데, 코르티손 치료를 받을 수 없었다. 알프스 산맥과 피레네 산맥을 넘으려면 받아야 하는 유일한 조치였는데 말이다. 장 르네 베르노도가 *개인적인*(*intuitu personae*) 의료 처방을 허용해야 한다고 주장했지만 소용없었다. 그는 규칙이라는 이름으로 거절당했다. 편파적일 것을 감내하고라도 법은 유연해야 한다. "절대 정의는 절대 부정의다." 내 말이 아니라 세네카의 말이다……

# 1월 13일

하늘이 새파랬다. 그 김에 생 제르멩 앙 레 쪽으로 달렸다. 거의 4시간을, 별로 힘을 빼지 않으면서, 코로 바람을 맞으며, 상당 부분을 우회해서 아셰르와 메종 라피트를 건넜다. 목덜미에 즉시 고통이 느껴졌다. 다리와 심장은 견딜 만했다. 1시간 후 시리얼 바로 식사를 하고 물통에 담아온 설탕물을 마시기 시작했다. 하지만 점점 힘이 빠졌고, 물통을 잡는 데도 이따금 더듬거렸다. 잡기가 쉽지 않았다. 플라스틱이 미끄러웠고, 닫힌 마개를 매번 이빨로 열어야 했다. 공기가 빠져나왔다. 그리고 잠시 후, 손가락으로 물통의 배를 눌러 액체가 나오게 해야 했다. 별일이 아닐 수도 있지만 추운 날씨에 쉴 곳도 없이 곧장 앞으로 가야 하는 상황에서는 상당한 일이었다. 아스팔트 일부에 햇빛이 들었다. 길이 마치 내 자전거 바퀴 앞에 펼쳐진 긴 알루미늄 잎사귀처럼 보이기 시작했다. 페달을 밟는 내 그림자가 나를 추월해가는 것이 보였다. 어느 순간, 고통이 극심해졌다. 내리막길이고, 바람이 미는데도 말이다. 손닿는 곳에 있는 외부 세계가 문득 낯설어지고 다가갈 수 없었다. 길가의 광경이 모두 보였다. 이어지는 숲길에서 스쿠터를 타며 외치는 아이들, 평지에서 하는 축구 시합, 쇼핑백에 물건을 잔뜩 싣고 시장에서 돌아오는 사람들, 산보객들. 평범하고 부드러운 일상에서 갑자기 밖으로 내던져진 것 같았다. 이런 무상 훈련의 값은 나중에 치른다. 운동 후 편안히 숨을 쉬었고, 그러면서도 자전거에 푹 잠길 수 있었고, 이전에 이렇게 폐를 산소로 가득 채운 적은 결코 없었으니까. 고통은 늘 안 좋은 데서 왔다. 그래, 약간의 근육 경직이 왼쪽 장딴지 위쪽을 콕콕 찌르지만 않는다면 덜 아플 텐데, 라고 속으로 중얼댔다. 같은 고통이 오른쪽 다리라면 견딜 만하겠다고 생각했다. 이유는 모르겠다. 이어 노래 가락들, 기분 전환의 가사들. "*조용히 해, 나의 고통아, 내가 길을 가며 노래를 하잖아……*" 앙리 크라쥐키[124]가 CGT를 떠난 후 했던 한 증언이 기억났다. 크라쥐키는 아우슈비츠의 독방에서 아침부터 밤까지 혼자 있으면서 어떻게 정신 훈련을 했는지 이야기했다. 어린 시절, 연주장을 자주 다닐 기회가 있었는데 그때 들었던 클래식 음악, 오페라 서곡들의 일부를 머리로 "들었다"는 것이다. 물론 집단수용소의 세계와 내 기쁨을 위한 고통인 페달 밟기의 자유를 비교할 생각은 없다……. 그러나 이 뇌의 '아편'을 생각하다보니 시야에서 현실감이 약해졌고 ─ 나는 딱딱한 자전거 안장에 앉아 있고, 내가 스스로 한 약속을 지키기 위해 달려야 할 50킬로미터가 아직 남아 있었다 ─, 그러자 카페의 테라스, 영화관, 무료한 듯 화장을 한 여인들이 보였다. 현실이 지워졌고, 이미지들이 이어졌다. 센 강의 한 지류가 반짝였고, 깨진 맥주병 파편을 피했고, 자동차 한 대가 나를 추월하면서 넓적다리를 스쳤고 ─ 뒤퐁 라주아[125]들이 출몰한 탓에 버럭 소리를 질렀다 ─, 발라부안느[126]의 노래

124 Henri Krasucki. 프랑스 노조운동가(1924~2003). 1982~1992년 노동총연합(CGT) 사무총장을 역임했다. 비시 정권 당시 '이민자 항독 공산당 그룹'(FTP-MOI)에서 활동, 1943년 게슈타포에 체포되어 고문을 받았고, 이후 아우슈비츠 수용소로 이송되었다가 1945년 프랑스로 돌아왔다.

125 *Dupont Lajoie*. 이브 부아세(Yves Boisset, 1939~) 감독의 프랑스 영화(1974). 주인공인 카페 웨이터 라주아(Lajoie)가 친구들과 함께 떠난 바캉스에서 우연히 만난 여자를 우발적으로 살해, 이를 주변의 외국인 노동자(사이드 Saïd)에게 누명을 씌우고, 사이드는 죽음을 당한다. 라주아는 파리의 카페로 돌아오지만 사이드의 형이 나타나 그를 총으로 죽인다. 저자가 떠올린 상념들.

126 Daniel Balavoine. 가수, 작사가, 작곡가(1952~1986). 록 오페라 「스타마니아」(1976)에 출연, 1980년대 불어권에서 가장 인기 있는 가수 중 한 명이었다. 인용된 가사는 「도시에 도착하면」(*Quand on arrive en ville*, 1978, 3:40)의 일부.

에 맞춰 페달을 밟았다("도시에 도착하면, 남자다운 게 아니라 두려운 존재가 된다"). 바람이 아주 거세져서 몸을 숙이고 앞 타이어에 시선을 고정시켰다. 마치 내가 너무 빨리 가는 듯 아스팔트가 열 지어 갔다. 이 속도감에 긴장이 풀어졌고, 다리가 유연해졌다. 직선이 끝없어 보였기 때문에 멀리 보기를 피했다. 단, 도로에 차가, 혹은 트럭이, 혹은 「일상사들」에서처럼 가축차가 꼼짝 않고 있는 것은 아닌지 확인해야 할 때만 빼고. 친구들이 금속판에 부딪쳐 '부상한' 경우를 많이 봤다. 일상사들……

　어머니의 서재에서 눈에 띈 첫 번째 소설은 폴 기마르[127]의 소설이었다. 그 소설을 고른 건 얇아서이기도 했지만, 무엇보다 저자의 성이 시릴처럼 기마르여서였다. 최근 낭트 출신의 스프린터 선수인 시릴 기마르[128]가 생 클레르 산에서 가히 예술적인 주행으로 미디 리브르에서 두 번 우승한 것을 알게 되었다. 책의 제목은 『르 아브르 가』였다. 나중에 가끔 이 소설이 생각나곤 했는데, 이유인즉 그것이 언젠가 내가 글을 쓸 것임을 계시하는 '작은 조약돌'이었기 때문이다. 운명들, 뒤엉키고 얽이고 깨지는 운명들에 대한 이야기. 그때의 감상이 떠올랐다. 삶이 그렇듯, 줄거리는 아주 단순했고, 또 아주 섬세했다. 매일 아침 생 라자르 역, 교외선이 여행객들을 물결처럼 쏟아놓고, 그중 한 명의 젊은 여자가 있다. 잠시 후, 또 다른 교외선이 또 다른 여행객들의 물결을 쏟아놓고, 그중 바쁜 남자가 한 명 있다. 백화점 앞에 서 있던 주인공이 젊은 여자와 바쁜 남자를 알아봤다. 심지어 그는 확

---

127　Paul Guimard. 작가, 기자(1921~2004). 1967년 그의 가장 유명한 소설 『일상사들』(*Les Choses de la vie*, Denoël, 167p.)이 출간되었고, 클로드 소테가 이를 영화화했다(1970, 89분). 1957년 소설 『르 아브르 가』(*Rue du Havre*, Denoël, 1957, 170p.)로 기자가 쓴 소설에 주어지는 문학상인 엥테랄리에 상(Prix Interallié)수상.
128　Cyrille Guimard. 프랑스 선수(1947~ ). 1970~1980년대 지탄(Gitane), 르노(Renault) 팀 감독으로 투르 드 프랑스에서 7차례 팀 우승을 거두었다.

신한다. 하루하루 그들을 엿보고, 그들의 얼굴과 시선을 살핌으로써 이 두 사람이 서로를 위해 존재한다는 것을. 그것뿐이다. 그들은 몇 분의 간격으로 떨어져 있을 뿐이고, 그들이 *선험적*으로 마주칠 수 있는 것은 아무것도 없다. 죽음이라는 옷을 입은 운명 말고는. 화자의 죽음. 사람들이 모이고, 다시 모이고, 그 속의 젊은 여자, 바쁜 남자⋯⋯. 우연, 우연⋯⋯. 우리 식구가 라 로셸에 정착한 그해, 클로드 소테[129]는 로미 슈나이더와 미셸 피콜리와 함께 「일상사들」을 촬영했다. 레 섬의 촬영 장면에서 레이싱 카는 보비 라푸앙트[130]가 몬 그 유명한 가축차를 극적으로 피했다. 내가 이따금 머리를 든 것은 가축차와 부딪칠까 두려워서였고, 그 후 도로의 움푹 파인 곳을 요리조리 피해가며 내 궤도를 따라갔다. 90킬로미터를 달린 후 내 차에 다시 올랐다. 뒤에 앉아서 잠시 쉬었다. 다리를 앞자리에 올린 채, 심장이 마치 내게서 나오려는 듯, 쿵쿵거리는 소리를 들으면서.

돌아오는 길에 속으로 물었다. 왜 하인 베르브루겐은 나의 미디 리브르 참가 확인 팩스를 보내지 않았을까?

온수욕. 파브리스 바놀리가 내게 확인했다. 훈련하러 올 때는 다리털을 깎고 올 것. 마사지 받기가 더 편하단다.

---

129  Claude Sautet. 영화감독, 극작가(1924~2000). 「일상사들」(1970)로 국제적 주목을 받았다.

130  Robert 'Bobby' Lapointe. 가수(1922~1972). 노랫말에 각종 말장난을 섞는 것으로 유명했다. 페즈나스에서 출생, 거기서 죽었다. 배우와 작곡가로서 영화 작업에 다수 참여했고, 또한 수학자로서 '비비 이중 시스템'을 발전시키기도 했다.

# 1월 14일

호흡을 정상으로 되돌리기가 힘들었다. 심호흡을 하려고 애썼고, 두 볼을 부풀려 숨을 멈췄다가 천천히 내쉬었다. 어제는 너무 심하게 했는지 몸이 완전히 회복되지 않았다. 하지만 하늘은 여전히 새파랬다. 오후 무렵 자전거를 트렁크에 넣고 뱅센 숲으로 차를 몰았다. 추위가 물어뜯는 것 같아서 모자 밑으로 보네를 썼다. 오후의 뱅센 숲은 가족들의 마당이다. 도넛 장사의 포장마차에서 실비 바르탕의 예전 히트곡이 흘러나왔다. *"라 마리자, 나의 강……"* 순환도로에서 자전거를 타는 사람은 거의 없었고, 서로 얽혀 롤러스케이트를 타는 젊은이들의 기나긴 무리를 지나쳤다. 그들의 다리가 아스팔트 위로 느리게 아라베스크를 이뤘다. 산악자전거 선수들, 조깅족, 연인들, 롤러를 타는 꼬마들도 지나쳤다. 햇빛에 롤러의 크롬이 반짝였다. 그리고 생쥐들(ratons)이 지나갔다. 저런! 생쥐들이 돌아오고 있었다. 내가 그렇게 못 달리고 있는 것은 아니라는 표시다. 사이클 은어로 생쥐들이란 기생하여 페달을 밟는 자들로, 일명 '바퀴를 빨아먹는 자들'[131]이다. 몇 바퀴 전부터 내 트랙 안에 두 생쥐가 있었다. 그들은 창문에 코를 내놓지 않고[132] 내가 자유롭게 가게 내버려두었다. 커브길에서 그들의 그림자가 얼핏 보였다. 그들의 숨소리도 들렸다. 하지만 그들은 멀찍이 떨어져 있었다. 1시

---

131 'suceurs de roues'. 상대와 가까이 호흡을 맞추면서도 절대로 교대하지 않는 것.
132 앞서 가거나 속도를 냄으로써 상대를 시험해보는 것.

간 반 동안 적절한 리듬으로 달린 후 마침내 그들과 거리를 두게 되자, 그들은 날 쳐다보지도 않고 지나쳤다. 생쥐들은 배은망덕하다. 사람들은 주행할 때 '짐받이'에 생쥐들이 있는 걸 싫어했다. 이따금 아주 빨리 스타트해서 그들을 바퀴에서 떼어내려고 한다. 생쥐가 다시 오는 건, 그가 신중해서다. 그는 '시가를 피우는'[133] 대신, 적어도 몇 번 교대를 하면서 바람에 맞설 수 있다. 생쥐는 보이지도 들리지도 않는다고 하지만, 도착을 알리는 마지막 회전 종이 치기 시작할 때는 예외다. 그 순간, 생쥐는 페달에 꼿꼿이 서서 어떤 감사의 표시도 없이 당신을 내친다. 그룹에서 생쥐들은 인기가 없다. 햇살이 비치는 쪽에서 바람이 세차게 불어올 때, 많은 주자들에게 피곤을 덜어주는 배열인 부채꼴 모양에 그들은 결코 참여하지 않는다. 내가 어렸을 때, 사람들은 네덜란드인 요프 주테멜크[134]를 생쥐로 잘못 취급했다(주테멜크는 '설탕 우유'를 뜻하지만 요프라는 이름에서는 그 의미가 거의 없어진다). 실제로 주테멜크는 불운한 생을 겪은 용감한 우승자였다. 그의 길을 가로질러, 아니 그의 길 앞에 에디 메르크스가 있었다. 요프는 생쥐라기보다 이 벨기에 왕의 뒷바퀴가 시작된 바로 그 지점에서 자신의 재능이 무너지는 것을 본 한 명의 주자였다…….

어쨌든 대단한 문제는 아니다. 이번 외출로 안심이 되었다. 다리는 '단단했다.' 달려도 숨이 차지 않았고, 난 내가 무리하는 것이 아니라고 확신되어 「라 마리자」를 불렀다. "*내 첫 십 년, 남은 것은 아무것도 없네…….*" 과거 어

---

133 거북할 정도로 쉽게 페달을 밟는 것.

134 Joop Zoetemelk. 네덜란드 선수(1946~). 별명은 '투르 드 프랑스의 네덜란드인'. 1970~1987년 프로로 활동, 사이클 선수로는 드물게 장수했다. 투르 드 프랑스에 16회 참가, 단 한 번도 기권한 적이 없고, 베르나르 이노의 부상 기권으로 한 차례 우승했다(1980). 1974년 미디 리브르에서 라이벌인 메르크스, 테브네 등을 압도했으나 추락으로 부상, 투르 드 프랑스에 출전하지 못했다. 이후 4차례의 도핑검사에 양성 판정을 받아 영광이 퇴색되었다.

느 투르 드 프랑스 선수의 허풍이 생각났다. 경쟁자들의 기를 죽이려고 그는 휘파람을 불면서 언덕을 오르기로 마음먹었다…….

커브길을 가면서 처음으로 페달을 멈추지 않았다. 자전거 경기장에서 연습했지만, 아직 용기를 내서 해볼 생각을 못했다. 모든 것이 잘 되었고, 아스팔트를 긁지도 않았고, 자전거 위에서 긴장을 풀면서 '부드럽게' 페달 밟기를 시작했다. 다리가 저린 듯한 게 오늘 근육이 풀리지 않아 많이 아플 수도 있을 것 같다. 어제 춥게 나갔다가 온 뒤에 몸을 관리했어야 했다.

장 프랑수아 쿠브라가 전화를 했다. 기자 친구로, 그의 아버지가 예전에 「라 누벨 레퓌블리크」의 취재차 미디 리브르를 수차 수행한 적이 있었다. 그가 자크 앙크틸의 옛 동료인 로스톨랑[135]의 일화를 들려주었다. '자크 대장'이 앙발리라 언덕에서 대패한 해 — 그는 전날 밤 식이요법을 어겼다 — 팀원들이 그를 많이, 특히 가장 험한 언덕들을 넘을 때 도와주었다. 결승선에서 로스톨랑은 아주 우쭐해서 이렇게 밝혔다. "주자를 밀어주는 것은 당연히 금지되어 있죠. 하지만 우정으로 친구의 등을 툭툭 치는 것은 가능해요…….” 수천 번 회자되고, 변형되고, 부풀려진, 고통에 인이 박힌 만큼 익살스럽고도 허풍스런 도로의 거장들의 전설에서 나온 이런 이야기들을 난 아주 좋아했다. 가령 저 아센포르데르[136]는 노골적으로 소리 높여 말했다.

---

135  Louis Rostollan. 프랑스 선수(1936~2020). 1958~1967년 프로로 활동했다. 산악 전문가로, 1958년 도피네 선발전 우승, 1960~1961년 연속으로 로망디 투르(Tour de Romandie) 우승. 별명은 '소형 오토바이'(Pétrolette)였다.

136  Roger Hassenforder. 프랑스 선수(1930~2021). 앙투안 블롱댕의 추천으로 선수가 되었고, 선수 시절 그룹 최고의 견인 역할을 했다. 1953~1959년 다수의 우승을 차지, 당시 투르 드 프랑스 단장 펠릭스 레비탕은 "순도 100%의 선수"라고 격찬했다. 뛰어난 실력과 더불어 허풍과 기행으로 인기가 높아 사이클계의 전설로 남았다. 반항기가 가득해, 피에르 샤니는 그를 "선수 루이종 보베와 만담꾼 페르낭 레노가 섞인 사람"이라고 평했다.

자신은 보베 같은 선수가 양 다리에 하나씩 있다고. 보베(Bobet)가 보베트(Bobette, 작은 보베)라는 별명으로 불리던 시절, 한 번도 우승한 적 없고, 거기에 불운까지 겹쳐 자전거에서 울기까지 했던 시절의 이야기다……. 그 후 보베는 투르에서 내리 3회 우승했고, 위대한 보베가 되었다.

책상 서랍에서 디스켓을 하나 찾다가 한 파일 철에 편지 하나가 비쭉 나와 있는 것이 보였다. 우아하고 섬세한 필체였다. 1990년 봄에 쓴 루이 뉘세라의 편지였다. "한 사고로 내 일정이 완전히 망쳤어. 자전거로 외출하고 돌아오는데, 구비옹 생 시르 대로에서 경찰차 한 대가 내 진로를 막아버린 거야. 결과. 투창처럼 트럭 범퍼에 정면으로 꽂혔지. 스물다섯 바늘을 꿰맸지만 두개골은 깨지지 않았어." 당시 미소를 지으며 이렇게 혼자 중얼거렸던 기억이 난다. "대단한 루이, 경찰차 금속판을 구겨놓다니……." 그는 편지 말미에 니스로 출발한다고 했다. 그의 고향, 우리의 고향. 그가 미디 리브르를 준비해서 분명 나와 함께 달렸을 것이라고 생각하니 마음이 좀 아팠다. 왠지 노래하는 듯한 그의 악센트가 귓가에 들리는 듯했다. 고수의 눈길로, 지을 듯 말 듯 미소를 띠며 내 자전거 무게를 쟀겠지. 얼굴이 환해지는 미소, 한 마디도 안 해도 온기가 전해지는 그의 미소.

저녁에 「르 몽드」에서 도미니크 보디스[137]의 신상에 관해 준비했다. 엘리제궁이 그를 방송위원회 위원장에 임명할 경우를 대비해서였다. 에드위 플레넬이 훈련은 어떻게 되어가고 있느냐고 물었다. 나는 두서없이 어제 4시간 자전거를 탄 일, 트레이닝, 프로들과의 훈련, 매일 저녁 써야 할 기사들에 대해 이야기해주었다. 그는 이 프로젝트의 내밀한 이유를 알고 있고, 내 이름이 늘 포토리노가 아니었다는 것도 알고 있다. 나는 청소년기의 몇

---

137 Dominique Baudis. 기자, 작가, 정치가(1947~2014). 파리 아랍문화원장과 유럽의회 의원 역임.

년을 페달을 뭉개면서, 에릭 샤브르리(Éric Chabrerie)라는 이름의 소년을 영원히 떨쳐버리고 에릭 포토리노(Éric Fottorino)라는 자전거 주자가 되었다. 지역 신문에서 나의 '앞으로 빠져나오기'[138]를 다뤘다. 자전거, 그것은 대탈주다. 그룹에서 떨어져 나온 주자를 '빠져나온 자'(échappé)라고 하는 것은 그냥 하는 말이 아니다. 자전거를 타면서 나는 하나의 삶에서 빠져나와 다른 삶을 택했다. 어머니를 사로잡고, 우리 둘 모두에게 자신의 성을 준, 튀니지에서 온 거무스레한 피부의 물리치료사가 제공한 삶을. 포토리노, 자전거 선수로서의 성공에 완벽한 이름, 내게는 너무나 큰 이름, 내가 다시 그 안으로 들어가 성장해야 할 이름. 자전거를 타면서 나는 내 그림자를 버렸다. 물론 세계 챔피언이 된 적은 없다. 황금 양털인 양 꿈꿨던 노랑 재킷을 입어본 적도 결코 없다. 그러나 나는 그 그림자를 버린 유일한 주자였다.

'수 킬로미터를 먹어치우도록' 내게 용기를 북돋아준 사람은 나의 아버지다. 그에게 이 스포츠는 인생 학교였고, 훈련이라는 종교를 실천하는 엄한 환경이었다. 5년 내내 그는 일요일마다 나를 경주에 데려갔고, 용기를 북돋아주었고, 마사지를 해주었고, 조언을 해주었다. 오늘 저녁, 그런 그에게 목덜미 통증으로 전화를 했다. 그가 말했다. "등 근육을 강화시켜야 해. 의자에 앉아. 낮을수록 좋아. 팔을 뻗어서 손바닥을 천장으로 향하게 하고, 어깨뼈를 뒤쪽으로 죄어. 했니?" 사무실에서 나는 몸 비틀기를 했다. "그래, 좋아." 그에 따르면, 두 팔로 작은 풍차를 그리면서 등 위쪽 근육을 만들 수 있고, 그렇게 하면 자전거 선수의 구부린 자세를 더 잘 견딜 수 있다고 했다. 에드위가 매 구간경기 후, 저녁마다 기사를 쓸 수 있겠느냐고 물었다. 나는 할 수 있다고 했다. 물론 확신은 없다. 하지만 이번 모험은 끝까지 믿

---

138 échappée. 그룹과 거리를 둔 선두 주자나 선두 그룹을 지칭.

어야 한다. 마치 작가가 자신의 이야기를 믿어야만 독자가 그의 소설을 한 장씩 넘기게 되는 것처럼. "갈 길이 머네." 그는 이렇게 단언하며 미리 좋아했다. 이제 그도 우리의 광기에 사로잡혔다.

이야기 끝에 우리는 로제 바이양의 소설 『32만 5천 프랑』[139]에 대해 말을 나누었다. 주인공은 자전거 주자였고, 나는 오래 전 이 소설을 튀니지에서 수스의 한 서점에서 문고본으로 샀는데, 지옥의 시합에 대한 아주 생생한 기억을 남겨준 책이다. 문득 기자 친구인 로랑 그렐사메르[140]와 나눈 대화가 떠올랐다. 그는 장 프레보[141]가 스포츠에 관한 한 가장 글을 잘 쓴 작가라고 했다. 마음으로 경험하고 몸으로 겪었기 때문에. 문득 『상처에 소금』이 떠올랐다. 나중에, 아니면 회복기에 이 책들을 다 읽어야겠다.

희미한 기억. 쉬두에스트의 벨로드롬에서 달릴 때, 내게는 하드 트랙용 면 타이어, 소프트 트랙용 실크 타이어가 있었다. 그리고 붉은색 실크 재킷도 있었다. 너무 얇아서 밤에 달릴 때는 마치 웃통을 벗고 달리는 느낌이었다. 그것을 내게 준 사람은 어머니의 오빠인 삼촌 기(Guy)였다. 멍청이들

---

139 Roger Vaillant. 작가, 탐사기자, 각본가(1907~1965). 『32만 5천 프랑』(*325 000 francs*, Corrêa, 1955, 264p.)은 노동계급의 현실과 자본주의를 비판한 소설. 자전거와 산악 애호가였다.

140 Laurent Greilsamer. 작가(1953~2023). 1974년부터 기자로 활동, 1977년 「르 몽드」에 입사, 이후 2007~2011년 부사장을 역임했다. 2014년 포토리노와 함께 주간지 *Le 1*을 공동 창간, 편집 고문을 역임했다.

141 Jean Prévost. 작가, 기자, 비평가(1901~1944). 30여 종의 책과 천여 편의 방대한 글을 남겼다. 『상처에 소금』(*Le Sel sur la plaie*)은 1934년 발표한 소설이다. 1942년 루이 아라공이 창립한 전국작가협회에 가입, 지하신문 「레 제투알」(*Les Étoiles*, '별') 창간에 참여(1942), 레지스탕스 활동을 하며 매복해 있다가 살해당했다. 생텍쥐페리의 친구로, 공교롭게도 같은 해인 1944년 하루 차이로 죽음을 맞이했다. 1925년 데뷔작 『스포츠의 즐거움』(1925), 스탕달에 관한 최고의 명저인 『스탕달의 창작. 쓴다는 직업과 작가의 심리에 관해』(1942), 『보들레르. 창작과 시의 발상』(1953, 유작) 등이 유명하다.

이 하는 말로, 그는 '페달'[142]이었다. 좀 낡은 농담이지만, 그는 이 조롱에 상처를 받았고, 내가 그를 임종할 때까지 그는 딱딱한 껍질 하나를 갖고 살았던 것 같다. 멋진 곱슬 수염에, 마르셀 프루스트를 약간 닮았다. 저세상으로 가려면 무엇을 삼켜야 하는지 그는 정확히 알고 있었다. 그 나름의 좋은 빠져나감이었다. 그가 준 실크 유니폼은 어떻게 되었지? 작은 깃이 온통 무지개 색이었는데.

142  pédale. '호모'. 자전거 '페달'과 같은 표기.

# 1월 15일

하인 베르브루겐으로부터 아무 소식이 없다. 침체. 의기소침까지 왔다. 모든 것이 실패로 끝나면? 모락스와 나는 「르 몽드」 스포츠부 부서장들에게 계획까지 밝혔는데. 내일부터 프로들과 5일간 달린다. 그런데 콩스탕스의 불이 다시 붉어졌다. 중이염 같다. 서로 못 보게 될 텐데. 뿌리치기 어려움. 이 모든 게 무슨 소용이람.

길을 가는 것, 펜을 잡는 것.

약간 흔들렸다. 그래, 무슨 소용일까?

# 1월 16일

비행기가 툴롱 공항에 도착했다. 창에 빗방울이 얼룩덜룩했다. 걱정된다. 「르 몽드」에서 하루 종일 일이 많았다. 시의회 선거 기사 준비. 기자단에게 나의 훈련 상황 브리핑. 내가 주도하는 것이 스포츠부는 불안한가 보다. 다가올 훈련들을 견디려면 그 점은 너무 신경 쓰지 않는 게 낫겠지. 하루 중 유일하게 웃었던 것은 컬트 무비 「총잡이 아저씨들」[143]에 대해 필립 브루사르[144]가 쓴 다음 문장 때문이었다. "머저리들. 저걸 다 한단다. 하긴 그러니까 머저리겠지." 콜뤼슈[145]의 개그가 생각났다. "자전거를 타려면 머저리가 돼야 한다는 말이 뭘까……, 늘 벨기에인이 이기는 게 놀랄 일은 아니죠……."

필립 르 쾨르와 함께 「르 몽드」의 '사이클경기'란을 담당하고 있는 동료 이브 보르드나브를 만났다. 그는 내가 주도하는 것이 좀 생뚱맞다고 여겼다. 그런데 차 안에서 설명을 해주자 안도하는 것 같았다. 그는 어떤 경우에도 내가 그의 영역, 스포츠와 관련된 탐사와 기사를 침범하지 않을 것임

---

143  *Les Tontons flingueurs*. 로트네르 감독(주 9)의 프랑스-독일-이탈리아 코미디 탐정영화(1963, 105분).

144  Philippe Broussard. 기자(1963~). 현재 「르 몽드」 부사장.

145  Coluche. 본명 Michel Colucci. 코미디언이자 배우(1944~1986). 정치와 기존체제에 대한 불경한 태도와 유머감각으로 유명했다. 1980년대부터 큰 인기를 구가했고, 1985년 9월 '마음 식당'(Restos du Cœur)을 주창, 노숙자와 빈민들에 대한 무료급식 운동을 전개, 이후 수많은 연예인과 일반인이 참여한 대대적인 운동으로 지속되고 있다.

을 이해했다. 그에게 이런 말을 하면서 왠지 미친 짓이나 도전에 관련된, 어린 시절 품었던 어떤 시도를 변호하기가 쉽지 않음을 느꼈다. 어른들은 늘 그들의 어린 시절의 모습에 충실하게 남아 있는 자들을 비웃는다. 열정이 치기로 간주되기도 한다.

자전거를 짐칸에 실으려면 타이어 공기를 빼서 커다란 검은 백 속에 밀어 넣어야 했다. 갑자기 불협화음이 된 기이한 악기, 너무 긴 그 스템 끝에 내가 매달릴 관현악기. 우리는 라 롱드 레 모르까지 달렸다. 프랑스 텔레콤의 휴양지를 프랑스 복권협회 팀의 훈련장으로 쓰고 있었다. 마르크 마디오와 그의 팀이 카페테리아에서 나를 맞았다.

저녁 10시. 주자들은 대부분 자러 갔다. 그들은 오늘 5시간을 달렸고, 내일 날이 좋으면 7시간을 달릴 예정이다. 뒷방의 한 테이블에서 한 젊은이가 동료 두 명과 카드놀이를 하고 있었다. 내가 도착했을 때 그가 막 눈을 들었다. 사진에서 본 적이 있다. 지미 카스페였다. 그에게 다가갔다. "당신의 자전거를 타고 있습니다." 그는 손을 내밀긴 했지만, 굳은 얼굴로 딴 데를 보고 있었다.

반면 지도부는 훨씬 말이 많았다. 테이블에 먹다 남은 맥주가 몇 병 널브러져 있었다. 그들 가운데 파트릭 가니에[146]가 있었다. 물리치료사, 코치, 팀의 지주다. 20년도 더 전에 우리는 함께 달렸다. 로슈포르 근처, 그가 우승했던 시즌 초반의 한 경기에서 우리가 60킬로 이상이나 앞으로 빠져나갔던 일까지 상기시켰다. 선수들에게서 느꼈던 어색한 감정이 그의 미소 덕에 사라졌다. 우리는 몇몇 추억과 예전에 알았던 이름들을 주거니 받거니 했다. 난 미네랄워터를 주문했다. 나이가 지긋한 한 남자가 불쑥 한마디 했다. "좋아. 프로답군." 수염이 온통 하얀, 팀의 세컨드, 벨기에인 제프였다.

---

146 Patrick Gagnier. 프랑스 선수(1958~). 1981년 프로 입단 첫해에 혈액 바이러스에 감염, 아마추어 선수 당시 팔목할 기대주였던 역량을 발휘할 수 없었다. 1983년부터 프랑스 복권협회 팀의 물리치료사로서 활동했다.

나중에 그가 한 말이지만, 페스티나 사건으로 보름 동안 릴의 로스(Loos) 감옥에 있었다고 한다. 마르크 마디오가 내일 일정을 정했다. 8시 아침 식사, 9시 30분 '트럭 뒤' 집합. 정비공들이 말끔히 정비한 자전거를 주자들이 매일 꺼낼 장소다.

너무 피곤했다. 하지만 지겨운 일이 하나 남았다. 샤워를 하면서 다리털을 깎는 일. 특수 무스를 샀다. 시간이 걸렸다, 특히 넓적다리가. 배수구 주위에 검은 뭉치가 엉겼다. 전혀 다른 다리가 드러났다. 매끈하고 연약한, 설화석고 같은 다리. 물론 20년 전의 그 다리는 결코 아니다. 심드렁하게 근육을 살폈다. 문득 내일 아침 수술실로 데려갈 환자 같은 기이한 느낌이 들었다. 얼굴에서 멀리 떨어진 피부에 닿은 면도기를 보니 내 삶의 저편 어딘가 고통스러웠던 시기가 떠올랐다. 희한한 눈길을 한 외과의사 — 고문하는 듯한 태도로 우리를 치료하는 사람들도 있다 — 가 이상하게 생긴 금속 막대를 내 몸에 대고 페니스에서 방광까지 살피면서 요도의 수축을 확인했던 때가 있었다. 수술 전날 밤, 아주 상냥한 간호사가 저녁에 와서 털을 깎았다. 오늘 저녁 다리를 민 이 면도칼 탓에 왠지 이상하게 허약했던 그 순간이 생각났다. 발톱을 숨긴 검은 고양이처럼, 그때는 얼핏 죽음에 대한 생각도 했다. 간호사는 한 마디 말없이, 무심하게, 자기 일을 수행했다. 털 뭉치가 흰 시트에 떨어졌고, 내 피부가 훤히 드러났다. 믿기지 않는 이 나체 앞에서 난 벌거벗겨진 여성의 느낌이었다. 적나라한, 상처 받기 쉽고 멍청한, 말라 오그라든, 패배한, 아마도 쓸모없을 성기. 그토록 약한, 강한 성기. 강렬한 노쇠의 느낌. 당시 출간된 파스칼 키냐르[147]의 『세상의 모든 아침』에

---

147 Pascal Quignard. 작가(1948~). 2002년 『떠도는 그림자들』(*Les Ombres errantes*, 송의 경 역, 문학과지성사, 2003)로 공쿠르 상 수상, 첼리스트로 베르사유 궁의 '바로크 음악 연극 축제'를 창립했고, 영화 「세상의 모든 아침」(1991)의 각본을 썼다. 국내에 송의경의 번역을 포함, 20여 종의 작품이 소개되었다.

나온 구절이 떠올랐다. "그의 성기는 너무나 작고 얼어 있었다." 다음날 아침, 사람들이 나를 수술실로 데려갔다. 나는 떨고 있었다. 마취사가 웃는 눈으로 물었다. "두려워요, 아니면 추워요?" 입에 마스크를 하고 있어서 그의 눈만 보였다. "모르겠어요."

결코 잊을 수 없다. 난 나뭇잎처럼 떨고 있었다.

왜 기억은 자야 할 시간에 무더기로 몰려오는 걸까? 마지막 기억은 남프랑스 라 롱드 레 모르의 숙소의 불을 끄기 전에 밀려왔다. 난 그때 병원에서 『파르므의 승원』[148]을 읽고 있었다. 이 문장을 기록해두었다. 『잃어버린 시간을 찾아서』에서 한 자 한 자 다시 발견할 수 있는 문장이었다. "영원하다고 믿었던 그 많은 것들이 떨어져 내리는 것을 봤다." 공기 중에 데이킨(Dakin) 소독약 냄새가 떠다녔다. 내시경에서 피가 보였다. 작은 풍선 같은 기구에 담긴 내 소변은 딸기향 혹은 석류향의 소아용 시럽 같았다. 이제 내 자전거는 끝났다. 머릿속에서도 돌지 않는 자전거.

드디어 불을 껐다. 매끈한 다리를 손으로 만지니 기이한 느낌이 들었고, 시트의 촉감이 깔깔했다. 카페테리아를 떠나기 전, 마디오에게 이렇게 말했다. 내일 그들의 훈련을 지체시키고 싶지 않다고. 그가 말했다. "걱정 마. 그들은 널 기다리지 않아!"

---

148 *La Chartreuse de Parme*. 스탕달(1783~1842)의 소설(1839, 1842).

# 1월 17일

끔찍한 하루였다. 주자들은 추워했다. 그들은 전속력으로 캠프를 떠났다. 6킬로미터를 지나면서 나는 추격을 포기했고, 차가운 비를 맞으며 홀로 코트, 보름 레 미모사, 르 라방두, 카발레르(칼베르로 읽었다[149])로 이어지는 언덕들을 올랐다. 햇살이 넘칠 듯 환대하는 이름들이지만 오늘은 잿빛의 범람한 물과 바람이 몰아치는 곳이다. 생 트로페에 이르기 한참 전, 되돌아왔다. 더욱 거세진 비가 작은 바늘들처럼 눈을 찔렀고, 아무것도 보이지 않는 데 간신히 눈꺼풀만 반쯤 연 채 페달을 밟아야 했다.

숨을 쉴 수 없었다. 이번에는 진짜 지옥이었다. 빗발은 한층 거세졌고, 장딴지를 따라 경련까지 일었다. 이따금 언덕 정상에서 바다를 바라봤다. 위아래를 알 수 없는 바다, 그릇에서 넘치는, 미친, 창백한, 추한, 기이한 바다. 프랑스 복권협회 선수들도 되돌아왔다. 너무 추워서 마을로 되돌아갔다. 마르크 마디오는 내가 길을 잃을까봐 우려했다. 무사했다. 서로 마주쳤을 때, 그들이 신호를 보냈고, 클랙슨을 크게 울렸다. 리듬을 되찾았다. 이 친구들은 12월부터 4천 킬로미터를 달렸다고 한다. 나는 겨우 4백 킬로미터……. (마침 베를린 장벽 붕괴 후 폴란드에서 취재한 르포가 생각났다. 자기 집 창문으로 옛 공산당 주석의 동상이 여전히 서 있는 것을 보면서, 총리의 한 측근이 더딘 발전에 위축되어 약간 실망한 듯 내게 툭 던진 말이 있다. "그

---

149 'Cavalaire'를 'Calvaire'('골고다 언덕')으로 읽었다는 뜻.

들은 40년이고, 우리는 40일이죠…….") 2시간 반 동안 자전거를 타고 돌아왔다. 온수욕. 초죽음이 되어 침대 위에 몸을 뻗었다. 잠결에 물이 똑똑 떨어지는 소리를 들었다. 옷걸이에 걸어 둔 자전거 옷에서 흠뻑 밴 빗물이 떨어지는 소리였다. 물방울이 플라스틱 쓰레기통을 부수고 있었다……. 두세 시간이 흘렀다. 전화가 왔다. 파리 소식은 그다지 좋지 않았다. UCI의 회답이 늦어지고 있다. 창문으로 한 줄기 햇살이 들어왔다. 선수들은 다시 출발했다. 일어나면서 이마와 머리 위에 붉은 자국이 보였다. 야수의 발톱 같았다. 헬멧 자국이었다…….

　달콤한 위로의 멋진 저녁이었다. 마디오가 살짝 들려준 바로는 오늘 아침 선수들이 날 특별히 '출발시켰다'는 것이다. 누구는 내가 3킬로미터쯤 갈 거라고, 누구는 좀 봐줘서 10킬로미터나 20킬로미터라고 내기를 했단다. 나는 6킬로미터에서 '폭발'했다. 「르 몽드」 기자를 위한 신고식이었다……. 그런데 오늘 저녁 입을 연다. 서로 말을 나누었다. 마르크 마디오가 내게 말할 기회를 주었다. 나는 내 의도가 우호적이며, 그룹의 첩자나 '트로이 목마'가 아님을 설명했다. 긴장이 풀리고 잡담이 시작되었다. 그들은 방어적이기보다는 매우 조심스러운 듯했고, 그들의 믿음을 기꺼이, 확신해서 건넬 듯했다. 마침내 맨 먼저 카스페가 미소를 지었다. 엠마뉘엘 마니엥[150]이 말을 했다. 마니엥, 그냥 보통 사람이 아니다. 방투 구간에서 추락, 손목이 부러진 채 투르를 마친 선수다. 그랑드 부클르 출발 1주 전, 기욤 박사가 그에게 꽃가루 알레르기 요법인 케나코르(Kenacort)를 주사했다. 이 병에 유일하게 효과적인 코르티손 처방이었다. 그 처방이 투르 전담 의사들이 확인하는 그의 건강기록 카드에 기록되었다. 그들은 아무 의의 없이 그를 출발시

---

150　Emmanuel Magnien. 프랑스 선수(1971~ ). 1993~2003년 프로로 활동, 투르 드 라브니르 우승(1995), 지중해 투르 우승(1997), 마르세유 개막전 우승(2000), 파리-브뤼셀 우승(2001), 1998년 세계 8위.

켰다. 그런데 경기 종료 후 도핑으로 처벌받았다……. 신문이 반향을 일으켰다. 마니엥은 크게 상심했다. "완전 당했지요. 하지만 2년 전부터 그룹에서 많은 것이 변했습니다. 언론도 그걸 알아야 해요." 이어 입가에 미소를 띤 채 이렇게 고백했다. "오늘 아침, 우리가 당신을 출발시켰어요……." 웃음이 터져 나왔다. 누가 내 타이어를 물로 채웠다고도 했다. 하지만 그건 완전 허풍이다. 왜냐하면 타이어는 공기로 가득 차서 나무처럼 단단했으니까.

마르크 마디오가 선수들에게 열변을 토했다. '우리끼리' 있는 식당에서 그가 목소리를 높였다. 투박하고, 직설적이었다. "난 다시는…… 바지를 내리라고 요구하지 않겠습니다. 「르 몽드」 기자가 와서 우리와 함께 훈련하고 대화하게 된 것은 하늘이 내린 선물이라고 생각합니다. 우리에게도 진일보지요!" 메시지가 통했다. 식당을 나서면서 젊은이들 여럿이 내게 다가왔다. 이 모임으로 안심을 시킨 것이 역력했다. 내일은 날 기다리지 않겠지. 다만 출발은 더 평온하겠지. 진행 상황이 내심 다행스러웠다. 오늘 아침, 이들이 날 쫓아내려고 진을 쳤다고는 한순간도 의심하지 않았다. 내 몸이 딸린다고 여겼지…….

# 1월 18일

오늘은 좀 긴장이 풀린 분위기였다. 아름다운 햇살이 바다를 비췄고, 바다는 푸르고 매끈한 고요함을 되찾았다. 사진기자 마뉘는 이참에 2001년 포스터에 쓸 사진을 찍고 싶어 했다. 선수들의 의견이 갈렸다. 아침 식사 때 누군가 툭 한마디 했다. "훈련 먼저 합시다!" 교섭이 있었다. 그래도 날이 쌀쌀한데, 한여름처럼 짧은 퀴사르를 입고⋯⋯. 마디오가 결단을 내렸다. 마뉘에게 동의했다. 훈련 후에는 햇빛이 훨씬 약해질 것이기 때문이다. 정말 놀랍게도, 그들이 내게 빠진 주자의 자리를 대신해달라고 했다. 누군가 물었다. "다리 면도했어요?" 물론이죠! 허나 밋밋한 내 다리가 문제가 되겠군. 파리로 떠나야 했던 이봉 르다누아[151]를 대신한 포스터인데. 사진을 뽑은 뒤 내 얼굴을 그의 얼굴로 바꿀 것이다. 나야 내 다리와 어깨를 알아볼 수 있겠지⋯⋯. 마뉘는 원본을 주겠다고 약속했다. 내가 정말 이 팀의 19번째 팀원이 되었다. 팀원들은 내 흰 다리를 놓고 놀려댔다. 그들은 선탠크림을 권했다⋯⋯. 정말로 그들의 피부는 프랑스와 이탈리아의 햇빛으로 그을린 탁한 황금빛이었다.

어제 저녁 식사에서 내가 한 말이 주자들을 편하게 했다. 그들이 인사를 했다. (마디오가 그들에게 말했단다. "내일 그에게 안부 인사를 하세요. 그를 없는 사람처럼 대하지 마세요⋯⋯"). 스위스 챔피언 다니엘 슈니

---

151  Yvon Ledanois. 프랑스 선수(1969~). 1990~2001년 프로로 활동.

115

데[152]가 주자용으로 특별 제작된 안경을 보여주었다. 초경량의 유연한 테였다. 우리가 첫 페달을 밟자, 엠마뉘엘 마니엥이 미소를 지었다. "좀 나아요?" 출발이다. 나는 정확히 50분 동안 그들의 '바퀴 안에 있을 것'[153]이고, 1킬로미터 상당의 언덕을 전속력으로 통과할 것이다. 이따금 난 스무 살의 프로 초보인 토마 보도[154]의 뒤를 따르곤 했다. 호리호리한 운동선수로, 피아니시모로 맞춰진 메트로놈처럼 다리를 돌렸다. 우리는 떨어진 주자들을 따라잡았고, 그들은 이내 한참 뒤로 사라졌다. 대략 20명가량의 그룹이 빨리 달렸다. 요행으로 그 속에 있게 될 경우를 가늠해봤다. 그들은 사이클의 진정한 곡예사들이었다. 한 명은 K-way[155]를 입고 있었고, 두 명은 궤도를 이탈하지 않으면서 어깨를 심하게 흔들었다. 첫 번째 큰 난코스에서 나는 전력을 다해 앞쪽 바퀴들 안으로 들어가려고 했다. 벌떡이는 심장이 마치 가슴에서 튀어나가려고 기를 쓰는 것 같았다. 갑자기 다리, 장딴지, 넓적다리가 굳어졌다. 또 커브길이다. 페달 위로 몸을 세웠다. 언덕길은 달릴 만했지만 꽤 가팔랐다. 정상을 넘었을 때, 지체되고 있음을 느꼈다. 다음 언덕에서는 점프[156]해야지.

잠시 내리막길로 내달았다. 앞선 비탈길들에서 느슨했던 무리가 다시 작게 만들어졌다. 선수들은 더욱 격렬하게 클러치를 넣었다. 대열 전문용어로 "조준하고 있었다." 바람이 카드를 섞는 듯했다. 이제 일렬종대로 바꿨다. 나는 떨어지기 일보 직전이었다. 멀리 있는 작은 교각이 산처럼 험해

---

152 Daniel Schnider. 스위스 선수(1973~). 1996년 프로 데뷔, 프랑스 복권협회 팀 소속.
153 앞서 가는 주자의 호흡을 이용해서 나아가는 것.
154 Thomas Bodo. 프랑스 선수(1980~).
155 1965년 출시된 프랑스제 방수 '쿠프방'(바람막이 겉옷). 2004년 이탈리아 카파(Kappa) 사에 합병.
156 sauter. 그룹과 거리를 두는 것.

보였다. 불쑥 탄력을 받았다. 갑자기 어떤 강력한 미는 힘이 날 다시 바퀴 속으로 밀어 넣었다. 포인트 레이스 프랑스 챔피언인 프랑크 페르크[157]였다. 그가 툭 말을 건넸다. "곧 진정될 거요." 두세 번 그가 나를 앞으로 밀어 넣었지만 몸에서 에너지가 빠져나갔다. 진정되지 않았고, 나는 폭발했다. 마르크 마디오가 잠시 내 속도에 맞췄다. 차량의 유리창을 내리고 그가 이렇게 말했다. "일취월장이군!" 나는 미소를 지었다. 또 하루가 시작되었다. 지금은 나 혼자다.

대열의 광기에 이끌린 프로들의 바퀴 안에 있었다. 과회전 후 이내 현격한 격차. 동료들이 멀어지는 것이 보였다. 그들의 등이 작아지더니 더는 아무것도 보이지 않았다. 나는 땅을 팠고, 심장은 산산조각 났고, 머리는 띵했고, 땡, 그로기, 녹다운 10초가 지난 복서였다. 약간 지그재그로 달리는 것을 느낄 수 있었다. 서커스였다. 축제의 한가운데 있다가 문득 아무것도 보이지 않았다. 침묵이다. 뻣뻣해진 다리, 뻣뻣해진 얼굴. 되돌아오지 않는 숨 고르기, 가슴 진정시키기. 약간 마시기, 먹기. 숨쉬기 힘들 때는 조그만 과일 타르트도 삼키기 쉽지 않다. 먹는 만큼 숨이 막힌다. 제 리듬을 찾아야 한다. 한참 동안, 족히 30분 동안 스스로에게 물었다. 이 길에서 로봇처럼 페달을 밟으며 난 무엇을 하려는 것인가. 미셸 베르제[158]의 노래가 토막토막 생각났다.

*다시는 볼 수 없을 줄 알았지*

---

157  Franck Perque. 프랑스 선수(1974~). 트랙 전문가, 세계 챔피언 2회, 프랑스 복권 협회 팀 소속(1998~2002).

158  Michel Berger. 피아니스트, 가수, 작사 작곡가(1947~1992). 록 오페라 「스타마니아」를 작곡, 장기적인 히트를 거두었다. 가사는 「나 멀리서 왔네」(*Je reviens de loin*, 1973, 2:37)의 첫 구절.

바다색을,

저녁을.

멀리서 돌아왔네.

멀리서 돌아왔네.

못 믿겠거든,

내 수호천사에게 물어보게.


    점차 힘을 되찾았다. 속도감을 줄 수 있는 모든 것에 눈길을 쏟았다. 타이어 아래 펼쳐진 아스팔트, 뒤쪽 프리휠, 도랑의 풀. 올리브 숲을 지나쳤다. 펼쳐진 포도밭, 붉은 땅에 심어진 뒤틀리고 병든 포도나무. 말 보폭보다 약간 빠른 리듬으로 눈앞에 지나가는 것은 바로 브로델[159]의 프랑스였다. 포도나무와 올리브나무, 지중해의 시작이다. 페달 밟기가 훨씬 원만해졌다. 약간 몸을 일으켜, 머리를 들고, 고통을 열거해봤다. 발, 발목, 넓적다리, 요방형근(腰方形筋), 목 부분, 목덜미, 팔꿈치 인대가 우툴두툴한 아스팔트로 인해 아팠다. 퀴에르스 언덕 6킬로미터의 작은 고갯길을 오르기 시작했다. 폭포, 가느다란 맑은 물이 속삭이는 소리가 들렸다. 똑같은 가느다란 물이 내 입술 도랑에도 걸려 있다. 지금, 장갑 낀 손등으로는 없앨 수 없는 가느다란 침. 핸들 귀퉁이를 잡기에도 손이 모자란 판이다. 게다가 나를 보는 사람도 없다. 침은 뚝뚝 떨어지고, 닦지도 못하고, 결코 속일 수 없는 징후. 훈련의 강도가 높을 때는 우선순위가 부여된다. 박자를 끊느니 차라리 이

---

159 Fernand Braudel. 아날 학파의 창시자, 20세기 최고의 역사가 중 한 명이다 (1902~1985). 국내에 소개된 그의 지중해 책은 『지중해의 기억』(1998 ; 강주헌 역, 한길사, 2006), 『지중해 : 펠리페 2세 시대의 지중해 세계 I, II-1, II-2, III』(1949, 1966, 1993 ; 주경철, 조준희, 윤은주, 남종국, 박윤덕, 임승휘 공역, 까치, 2017, 2017, 2019).

종유석과 함께 산책하기, 이미 다리는 '사각으로' 돌고 있다……. '완전 왼쪽으로', 다시 말해 앞 드레일러는 작게, 뒷 드레일러는 크게, 가장 쉬운 기어비로 당겼다. 평지라면 기름 친 페달을 밟는 것 같겠지. 그러나 경사지에서는 모든 기계장치가 힘이 든다. 걸어서도 날 따라올 수 있을 정도다. 식물원의 미궁 언덕에서보다 더 빨리 가고 있는지 모르겠다. 생각을 않는 것이 낫겠다. 하지만 생각은 그치지 않았고, 정신은 묵직하다……. 드디어 내리막길. 가슴은 화로처럼 타올랐고, 공기가 너무 서늘해서 기침이 났고, 숨이 막혔다. 물통을 상당량 비웠다. 딸기 시럽을 약간 가미한 물이다. 얼음물. 날이 너무 추웠다. 프로들은 물통 바닥의 시럽으로 안장 위에서 7시간을 머문단다…….

혼자다. 또 언덕이다. 자연공원 한가운데의 오르막길 5킬로미터, 첫 가지가 솟은 곳까지 매끈한 몸통이 쭉 뻗은 엄숙한 코르크 떡갈나무들이 내 관객들이다. 다시 수정처럼 맑은 개울 소리, 꼼짝 않고 콧구멍으로 김을 내뿜는 말 몇 마리, 태양의 역광. 이어 비가 왔다. 찬 비. 3시간 반을 달려 훈련 캠프로 돌아왔다. 살이 하나도 없는 듯했다. 굳고, 뻣뻣하고, 얼은 뼈밖에 없다. 자전거를 든 채 방으로 올라갔다. 청소부 아줌마들을 애먹일 놈처럼.

"그 신발로 걸을 수 있어요?"

"아뇨."

온수욕. 흠뻑 젖은 옷이 쓰레기통 위로 물을 방울방울 떨어뜨렸다. 이 중국식 고문 소리도 이제 익숙하다. 침대에 쓰러졌다. 근육 통증, 헐떡이는 심장, 아직도 퀴에르스 언덕 경사지에 처져 있는 것 같다. 눈을 감으니 빙빙 도는 바퀴가 보인다.

UCI에서는 여전히 소식이 없다.

저녁 식사에서 팀에 합류했다. 파브리스 바놀리가 페스티나 사건 이후 하인 베르브루겐이 선수들에게 전하는 의견을 나누어주었다. 국제사이클연맹 회장은 도핑, 특히 EPO 방임에 대한 비난에 대해 해명했다. 파브리스가 내게도 한 장을 건넸다. "자넨 우리의 19번째 선수야. 똑같이 줄 거야." 감동. 훗날 마르크 마디오가 이런 말을 했다. "자네, 그들을 장악했군." 제라르 기욤 박사가 파리에서 왔다. 도핑이 대화의 주제였다. 의사로서 이 재앙에 대한 해법은 하나밖에 없었다. 여러 실험실에서 약품이 인체에 일으키는 반응을 체계적으로 정리하게 할 것. 그가 설명했다. "이 사안은 스포츠의 차원을 넘어섭니다. 응급실에는 그들이 무얼 삼켰는지 알 수 없는, 혼수상태에 빠진 사람들이 있습니다. 약제는 항상 더 강력합니다. 그리고 2차 효과는 늘 더하지요. 스포츠에서 이걸 적시하는 사람들의 도움이 없다면, 어떤 약품의 최초 사용, 즉 의료계에서 사용된 지식과 효과적인 테스트 사이에는 늘 수년이 걸립니다. EPO의 경우는 10여 년이 걸리겠죠."

제라르 기욤은 침착하게 말했다. 이 문제에 대해 그가 많은 성찰을 했음을 잘 느낄 수 있었다. 또한 의학과 사이클경기에 정통한 모든 이들처럼 그도 이 문제가 결코 단순하지 않음을 잘 알고 있었다. 그가 말을 이었다. "의학은 이제 질병 치료만을 목표로 하지는 않습니다. 노화 억제에 대한 연구도 대단하지요. 어떤 점에서 도핑은 이 현상과 관계가 있습니다. 자기 능력을 넘어서는 몸을 발휘하면 그건 사기지요. 하지만 그의 잠재력을 유지하도록 간호한다면 그건 윤리적 차원의 문제입니다." 왜 주자는 '충전'에 이끌릴까? 제라르 기욤은 지체 없이 답했다. "자기 믿음이 부족해서죠. 도핑을 하는 것은 이기기 위해서라기보다 자기 자신을 잃지 않기 위해서입니다."

저녁 식사 후, 프레데릭 그랍과 대화를 나누었다. 이 브장송 대학 교수는 서른여덟 살에 프랑스 복권협회 팀의 정식 코치가 되었다. 처음에는 적응에 약간의 어려움이 있었지만 지금은 팀의 완벽한 일원이 되었고, 그가 각 선수들을 위해 만든 프로그램은 필수불가결한 주행 노트가 되었다. 그는 충고하고, 격려하고, 말을 많이 하고, 언제고 만날 수 있었다. 또한 이 스포츠를 사랑하는 사람이었다. 프레데릭이 내게 젊은 주자들의 진정한 고립감을 들려주었다. 그들은 연수 하나를 마치면 그들의 체중, 실적 분석표에 몰두하면서 자신에게 골똘하게 된다고 했다. 선수들이 '코쿤족[160]'인, 매우 보호받는 축구계와는 거리가 멀었다. 젊은 프로선수들은 거의 대부분 혼자 달리고, 혼자 살고, 배경도 지원도 없다. '어리석은 짓을 할' 유혹은 이런 고립의 순간에 올 수 있다. 프레데릭은 접촉을 유지하려고 노력했다. 그가 보기에는, 건강한 주자가 있고, '돌봐야 할' 주자가 있다. 그는 지난 투르에서 엠마뉘엘 마니엥이 겪은 부당함을 거론했다. 다른 경쟁자들이 언덕 발치에서 벤톨린을 꺼내 기관지를 팽창시키고는 마치 천식인 것처럼 진단서를 만들었다고 한다.

롤랑 가로스에서의 기습적인 검사로 몇 건의 도핑이 드러났지 않았느냐고 종종 말한다. 하지만 우리는 왜 아무것도 몰랐을까? 사이클이 다른 종목을 위해 '축배'를 들어야 하나?

오늘밤 내 자전거는 전날처럼 팀의 다른 군마들과 함께 트럭에서 잔다. 매일매일 재킷과 퀴사르 보따리가 수북이 쌓이는, 세탁기까지 구비된 이동용 창고다. 내일 아침, 니켈로 된 내 '지미 카스페'를 되찾을 때면 붓과 디젤유로 말끔히 청소되어 새것처럼 반짝일 것이고, 타이어도 물통도 가득 채워져 있을 것이다.

---

160  cocoonés. 나홀로족.

# 1월 19일

버텼다. 이 페달광들의 바퀴 안에서 75킬로미터를, 종종 역풍 속에서 2시간 반을 달렸다. 이미 잘 갈고닦은 이 젊은 선수들에겐 고작 워밍업이다. 그들은 어제 6시간을 밟았고, 내일은 에스테렐 산지로 6시간을 달릴 것이다. 고약한 직업이다. 언젠가 저녁에 식당을 나서는데 한 주자가 넌지시 내게 말했다. "축구 선수들이 아침에 2시간 훈련하고 오후에 자기 일을 보는 것을 보고 난 그들과 같은 세계에 있는 게 아니라고 느꼈지요." 오늘은 잘 달렸지만 몇몇 고개에서는 부러 속도를 크게 내지 않았다. 노랫말처럼 "유명한 삼단 돛 범선[161]"을 타고 파도와 바람을 순항하는 수부랄까, 이렇게 있는 것이 행복했다……. 앞바퀴를 약간 문지르며 갔다. 가히 자동적이었다. 특히 다른 주자와 닿을 것 같으면 긴장하지 말 것. 오히려 근육을 풀어야 한다. 추락은 공포와 함께 온다. 브레이크가 있음을 잊을 것. 급정지와 브레이크는 대열에서 별로 좋은 평가를 받지 못한다. 쓸데없는 예민함의 반증이니까. 이끌리는 대로 두었다. 바닷가 풍경이 펼쳐졌다. 오늘은 고요했다. 불쑥 질풍이 불었고, 궤도가 휘어졌다. 우리의 뱀은 꼬부라지면서 전진한다.

지미 카스페가 활짝 미소를 지으며 나와 같은 속도를 유지했다. 은 귀고

---

161  fameux trois-mâts. 가수 위그 오프레(Hugues Aufray, 1929~)의 노래 「산티아노」
    (*Santiano*, 1961, 2:11)에 나오는 노랫말.

리, 김이 서린 삼각 글라스가 마치 늙은 해적 같다. 심지어 긴 타이즈 아래로 불거진 근육에서 힘이 막강할 거라는 인상을 받았다. 체조 선수처럼, 자전거에서 유연하게 포즈를 취하는, 작달막하고 다부진 체형이다. 결승 테이프 앞에서는 결코 방해해서는 안 될 멋진 주자. 청소년부에서 백여 번 우승한 후, 열아홉 살에 프로 선수 중 최연소 주자가 되었다. 늘 전력질주였다. 그가 가까이서 달리면 공기가 진동하는 듯했다. 어깨, 상반신, 눈, 모든 것이 움직였고, 유체 같았고, 가벼웠다. 고양이 같은 발만 빼고. 지미는 자신이 겪은 산악 '고행'에 대해 들려주었다. 대부분의 스프린터들은 고개를 좋아하지 않는다. "우린 서로서로 유모차를 만들었죠. 한 사람이 지치면 내가 그를 좀 밀었죠. 다음날 내가 질퍽대면 그가 승강기로 되갚았죠."

지난 번 지로의 내리막길에서 그는 심하게 뒤로 넘어졌다. 거인 치폴리니[162]의 바퀴 안에 있었는데, 그가 커브에서 실수했다⋯⋯. 바송 사건 이후 그의 신경이 약간 곤두서 있었다. "나 또한 건강한 주자입니다. 난 그걸 지붕에 올라가서 외치지 않아요." 옛 팀 동료가 주창한 "순백" 캠페인이 대부분의 주자들을 불쾌하게 만든 게 분명했다. 달렸다. 두 명의 용감한 주자가 파롱 산(山)을 향했다. 뒷 체인링 21로도 괜찮을 것 같았다. 마디오가 힘들 거라고 예고했다. 마니엥의 바퀴 안으로 들어갔다. 어떻게 손목이 골절된 채 투르에서 속도를 유지할 수 있었을까? "고통에 익숙한 사람들이 있지요." 파트릭 가니에가 짤막하게 답했다. 리샤르 비랑크의 도시, 카르케란을 통과했다. 일부가 소리쳤다. "오른쪽으로!" 마치 실추한 챔피언의 집으로 한 잔 하러 가자는 듯했다. 웃음. 계속 갔다. 핸들이 너무 멀어서 그걸 잡으려다보니 팔이 너무 팽팽했다. 조금이라도 움푹 파이고 우툴두툴한 아스

---

162 Mario Cipollini. 이탈리아 선수(1967~). 별명은 '사자왕, 슈퍼 마리오'. 최종 스프린터, 장기간의 지배(1989~2005년 동안 191회 우승), 화려한 개성으로 유명했고, 그의 세대 중 가장 훌륭한 스프린터로 평가받았다.

팔트가 매 미터 근육에 새겨지는 것 같았다. 바다. 바람. 역풍이 불자 주자들이 몸을 획 숙였고, 배를 자전거에 착 붙였고, 안장 주둥이를 궁둥이에 붙였다. 그럭저럭 편안하다. 난 바퀴에 집중했다. 어? 아무 경고도 없이, 뭔 침에 쏘였는지 선두가 속도를 폭발시키기 시작했다. 무리지어 일렬로 달렸다. '점프'할 때는 아니다. 잘 버텼다. 세 개의 작은 그룹이 만들어졌다. 난 두 번째 그룹이었다. 마침 트럭 한 대가 우리를 추월했다. 검은 매연을 한 가득 뱉어냈다. 눈은 따가웠지만 할 수 없었다. 괜찮았다. 이어 마디오의 차가 지나갔고, 그 뒤로 다니엘 슈니데가 따라갔다. 그가 범퍼 가까이 오라고 신호를 했다. 나는 돌진했다, 크랭크 핸들을 목 주위로 하고. 다시 선두에 섰다. 고참들의 꼼수……. 페달 밟기가 유연했다. 주자들 말로, "나는 티타늄 양말을 신었다." 2시간 10분을 달려 라 롱드 레 모르에 도착했다. "20분 더." 지휘부 중 한 명인 프랑크가 말했다. 선수들은 반대했지만 결국 달렸다. 마지막 역주의 오르막 언덕을 제외하고는 모두 살짝 속도를 줄였다. 나도 쭉 함께 있었다. 이제 그들은 나를 더 떼놓지 않는다.

트럭으로 되돌아왔다. 곧바로 정비공들이 자전거를 접수했다. 사과를 나누어 주었다. 「레키프」에 프랑스 복권협회 팀과 관련된 멋진 기사가 실렸다. 갑자기 카스페가 하소연하듯 마디오에게 외쳤다. "왜 그들에게 내 몸이 좋다고 했어? 못 달리면 그들이 뒤에서 비난할 텐데." 마디오가 미소 지었다. "자네 궁둥이가 멋지거든!" 왕년의 우승자의 말이다. 카스페가 멀어지면서 대꾸했다. "맙소사! 자네 앞에선 옷도 벗지 말아야겠군……." 웃음이 터졌다. 이것도 자전거 세계다. 선수들은 서로 뇌뇌(뒤뒤, 네네)[163]라는 별명을 붙였고, 그보다 더 짓궂은 짓도 하면서 긴장을 풀었다……. 오늘 일부 선수들은 다른 선수들이 1시간 반밖에 안 달렸다고 불평했다. 그들은

---

163  neuneus(Dudu, Néné).

"달린다"고 하지 않고 "일한다"고 했다. 자전거에서 일하니 그게 그들의 직업이다. 언젠가 마디오가 저녁에 한 말이 생각났다. "차량에 와서 돌아가고 싶다고 말하는 귀찮은 친구들이 나는 싫습니다."

캠프 근처의 아늑한 레스토랑 산 레모에서 점심을 했다. 옛 챔피언들의 사진, 비랑크의 사진이 액자에 끼워져 있었다. 식당 주인들도 이 세계에 정통한 것이 분명했다. 특별 메뉴가 나왔다. 3미터 밖에서도 올리브유 냄새가 나는 파스타……. 나는 마디오, 피뇽[164]과 같은 팀 동료였던 마르시알 가양[165] 옆에 자리를 잡았다. 마르시알은 시릴 기마르 팀의 다이너마이트였다. 그룹이 졸고 있으면 그가 모두를 폭발시켰다. 전사 기질에, 더없이 용감하고, 자전거 위에서 고통을 겪을 줄 아는 선수들 중 하나였다. 주자가 아니었다면 무얼 했을까? 그가 골똘히 생각한다. 아마 제빵 제과사가 되었겠지. 하지만 밀가루를 들이마시고, 꼭두새벽 기상이라……. 열여덟 살, 그는 사이클경기에 모든 것을 걸었다. 잘 달렸다. 기마르가 그를 스카우트했을 때, 그의 나이 열아홉이었다. 그랑프리 데 나시옹[166]의 타임트라이얼 경기를 위해서였다. 아직 선수 등록도 못한 상태였다. 조직위원을 구슬렸고, 마침내 그를 출발선에 세웠다. 그리고 마르시알은 우승했다. 이후 다섯 차례의 투르 드 프랑스, 빠져나오기, 각종 우승들. 빠져나오기를 말하면, 그의 눈이

164 Laurent Fignon. 프랑스 선수(1960~2010). 도로 사이클 전문, 투르 드 프랑스 2회 우승(1983, 1984). 지로 디탈리아 우승(1989). 이탈리아에서의 인기로 '인텔리'(L'intello), '교수'(Il professore)라는 별명을 얻었다.

165 Martial Gayant. 프랑스 선수(1962~). 1982~1992년 프로로 활동, 1987년 투르 드 프랑스 제11구간 우승, 사이클로 크로스(cyclo-cross) 프랑스 챔피언(1983, 1986). 2001~2022년 프랑스 복권협회 팀 감독.

166 Le Grand Prix des Nations. 1932~2004년 개최된 프랑스 타임트라이얼 경기. 첫 25년간은 140킬로미터, 1970~1990년대에는 약 90킬로미터, 이후 약 70킬로미터로 줄었다. 최고 평균속도는 랜스 암스트롱이 2000년에 작성했다(49.404km/h).

빛났다. 곧 끊어질 듯한 팽팽한 체인, 체인링과 기어비 53-11의 대격전이 눈에 선했다(프로선수들이 이끌어낸 가장 큰 진전 가운데 하나였다). 1991년 투르에서, 나이 서른에 심하게 추락하면서 선수생활이 갑자기 끝났다. 아킬레스건이 끊어졌고, '5번과 6번 사이' 척추에 손상을 입었다. 마르시알은 동료들이 나를 확실히 받아들이기 시작했다고 한다. "주자들은 '페달로' 말합니다." 그가 덧붙였다. 여기서는 사람의 평가를 자전거 위에서 한다는 말이다.

잠을 좀 자려고 했다. 다리가 뻣뻣했고, 넓적다리 끝의 근육이 아팠다. 근육통이 마치 들러붙은 것처럼 등까지 퍼졌다.

낮잠을 잔 뒤 팀의 젊은 물리치료사 프레데릭 부르봉에게 갔다. 그는 자신의 방을 마사지실로 개조했다. 어렸을 때 그는 자전거에 빠졌다. 파리-루베의 한 경쟁자와의 우정 — 열한 살 때였다 — 이 그의 천직을 결정지었다. 자전거 주자들을 위해 일하자. 병원 근무를 접었다.

그가 내 넓적다리를 살폈다. "아직도 사두근[167]이 있네요! 보통 마흔이면 사라지는데." 좋은 소식이다……. 압박, 물매질, 대퇴골 끝까지 근육을 죄었다. 얼굴을 찡그렸다. 아팠다! 그가 설명했다. "내고근을 안마했습니다. 쓰레기통이죠. 그곳에 독소, 젖산 분비물이 축적되어 있어요." 그는 근육조직을 풀려고 했고, 마침내 찾아냈다. 깊고, 느리고, 좀 강한 마사지. 이따금 나는 이를 악물었다. 그가 가로무늬근을 따라 다시 올라왔다. 항상 심장 쪽으로 향하는 정확한 행동이었다. 마무리로 오데코롱을 묻힌 장갑으로 마사지를 하니 상쾌한 기분이 들었다.

잠을 청하는 것이 불가능했다. 심장이 쿵쿵 뛰었다. 마사지 후유증이다. 몸이 경고를 했다. 내일은 쉴 것.

---

167 四頭筋. 넓적다리 앞 근육.

# 1월 20일

기욤 박사의 진료를 받았다. 주자로서 누리는 첫 진단이었다. 그가 컴퓨터에 자료를 입력했고, 내 이름은 보호해야 할 선수들 목록에 들어 있었다. 내게 이상한 체중계 위에 맨발로 올라가라고 하더니 몸의 마른 부분과 살찐 부분을 구분했고, 발바닥의 수분 량도 측정했다. 이어 둥글고 눈금이 새겨진 화면이 부착된 핀셋으로 피부 주름, 이두근과 삼두근 주름, 장골[168]의 둥근 부분 주름, 장딴지 주름에서 지방을 찾아냈다. 그가 복잡한 계산에 몰두했다. 체지방 22%. 그가 보기에는 높았지만, 어쨌든……. 어쨌든 다시 시작해야 한다. 훈련을 하면 체중이 내려갈 것이다. 68킬로그램이었다. 제라르 기욤이 말했다. "주자들은 체지방이 7%예요. 물론 그들이 정상은 아니죠!" 그가 특수 시계와 플라스틱 벨트를 내 가슴에 둘렀다. 평상시 심장박동을 측정하기 위해서였다. 침대에 누웠다. 그가 내 다리를 구부렸다가 재빨리 폈다. 그리고 옆으로 회전시켰다. 엉덩이가 뻣뻣했다. 스트레칭이 필요했다. 경직도 10.7. 최근의 집중훈련 이후에 나타난 피곤의 표시다.

제라르 기욤은 자신이 이 바닥에서 별종이라고 했다. 그는 의사의 지속적인 개입에 반대했고, 혈관에 뭔가를 주입하느니 차라리 음료를 보충할 것을 권장했다. 그가 말했다. "연습 후 30분 안에 반드시 글리코겐(당분)을 재충전해야 합니다." 또한 물통의 반은 포도주스, 반은 '비시 생 툐르'(Vichy-

---

168  腸骨. 엉덩뼈. 엉치뼈의 두 끝과 볼기뼈의 뒤쪽 위에 있는 부채 모양의 뼈.

Saint-Yorre) 광천수로 채울 것을 권했다. 탄산수소염 수치가 최고인 물이란다. 경기 당일에는 스파게티를 못 먹게 했다. 소화에 5시간이 걸리기 때문이었다. (마르시알 가양은 백포도주를 마시지 말라고 했는데. 힘줄이 건조해진다나…….) 의사는 산화방지제로 마그네슘 2와 아연을 처방했다. 앰플 두 상자를 주었다. 하나는 로열젤리, 하나는 중국에서 들여온 인삼이었다. 사무실을 나서기 전, 그는 내게 회복을 강조했다.

그 충고에 힘입어 한 시간 반 내내 파트릭 가니에와 함께 달렸다. 마침내 해가 났다. 20년 전, 파트릭과 달렸을 때, 그는 이미 자전거에 천부적 재능이 있는 전문가였다. 우아한, 타고난 자전거 주자인 그가 타임트라이얼에서 단독 우승했던 것을 기억한다. 시릴 기마르가 그를 점찍어 두었다. 하지만 프로팀에서 두 시즌을 끝내고 그의 꿈은 산산조각 났다. 심전도가 비정상으로 나왔다. 그는 심장질환을 앓은 적도, 조금의 불편함도 느낀 적이 없었지만 방안지(方眼紙) 결과는 그렇게 나왔다. 뭔가 이상했다. 허나 누구도 설명해줄 수 없었다. 스물세 살에 끝이 났다. 꼼짝없이 경주 밖으로 밀려났다. 챔피언의 장송을 치를 때까지는 시간이 걸렸다. 그와 함께 바닷길을 조용히 달려가는 것이 기뻤다. 함께 페달을 밟았던 그 경주가 생생하다. 삶이 옛 시간을 돌려주는 듯했고, 파트릭의 약간 주름진 얼굴에 젊은 시절의 모습이 되살아났다. 저녁에, 지역 소매상들을 위한 프랑스 복권협회 팀 칵테일파티에서 그는 이노, 피뇽과 같은 팀 소속이었던 시절의 일화를 들려주었다. "베르나르는 훈련을 싫어했지. 기마르가 그에게 한 판 붙자고 했어……. 하지만 그는 경주에서 자신을 혹사하는 법을 알고 있었지. 그는 종종 이렇게 말했지. '몸이 안 좋아.' 우린 그를 보호했지만, 첫 고개에서 획 질주하더군. 자기 몸이 안 좋으면 다른 선수들도 안 좋을 거라는 원칙이었지……." 그럼 피뇽은? "성질이 굉장했지. 데뷔 당시, 식탁에서 이런 말을 했지. '이노? 그게 누구야?' 우린 서로 멀거니 쳐다봤지. 몇 주 후 그가 국제 선발전에서 우승했지. 그다음엔 투르에서 우승했고."

# 1월 21일

잠에서 깨면서, 심장께 가슴 주위로 플라스틱 벨트를 묶었다. 먼저 벨트를 물에 적셔 손에 쥔 특수 시계와 연결이 되도록 했다. 폴라(Polar) 제품인 이 시계는 누운 자세와 선 자세로 심장 박동을 잰다. 작은 심장 표시가 박동 리듬에 따라 화면에 나타났다. 숫자가 나타났다. 52, 50, 51, 53, 50. 침대에 누웠다. 기욤 박사는 5분간 이 자세를 취했다가 다시 일어나라고 했다. 스톱워치는 2분 간격이었다. 77, 75, 73, 이어 68, 63. 점차 50 근처까지 내려갔다. 좋은 징조 같다. 의사가 판단하겠지.

프로 선수들은 5시간 자전거 주파를 위해 출발했다. 최대한 그들을 따라가기로 결심하고 함께 출발했다. 해가 중천에 떴고, 리듬을 유지했다. 아직 한 번도 이야기를 나눠보지 못한 한 주자가 나와 같은 속도로 달렸다. 이봉 르다누아, 투르 드 프랑스에서 종종 두각을 드러낸 힘센 녀석이다. 언제쯤 내게 말을 붙일지 궁금했다. 그는 내가 알지 못하는 한 사건으로 「르 몽드」를 명예훼손으로 고소했다(그리고 1심에서 패소했다). 「르 몽드」는 1999년 약물 복용의 선동자로 그를 고발했다. 그는 이 일로 마음에 상처를 입었다. 주초에 그를 보지 못했던 것은 판사의 소환으로 파리에 있었기 때문이다.

우리는 빨리 달렸고, 나는 호흡이 짧아져서 네, 아니오 외엔 다른 말을 할 수 없었다. 그는 고통을 느끼는 것 같지 않았다. 마치 우리가 따뜻한 난로 앞 소파에 앉아 있는 것처럼 말했다! 퀴에르스 언덕의 기나긴 고개를 오르기 시작했다. 이봉이 말을 이었다. "여름마다 사람들은 우리의 짧은 퀴사르, 멋진 유니폼, 번들거리는 다리를 보죠. 그들은 이런 지독한 훈련은 짐작도 못하죠. 완전히 탈진해서 도착한 뒤에는 자물쇠에 열쇠를 꽂을 힘조차 없다는 것도." 나는 우리 그룹 뒤로 빠져나갔다. 잠시, 나는 파롱 언덕으로 향하는 전사 부족의 어엿한 일원이었다. 이것이 투르의 빠져나가기, 반격 대열인가? 곧 환상이 깨졌다. 1미터, 2미터, 10미터를 잃었다. 뒤에서 선두 차량들이 다가와 창문을 내렸다. "매달리겠소?" 한 손을 잠시 차 문에 대고, 아니라고, 일행을 따르겠노라고 했다. 1시간 동안 바퀴 안에 있었다. 더 버틸 수 있었지만 이봉과의 대화에 힘과 호흡을 다 썼다. 후회는 없었다. 그가 기탄없이 말해준 것이 고마웠다.

우측 414미터에 바바우 언덕이라고 표시되어 있다. 8킬로미터 오르막길. 다리가 페달에 잘 맞아떨어졌다. 기어를 최대한 작게 넣었다. 구불구불한 길 초입부터 이끼와 부식토의 상큼한 냄새, 젖은 나뭇잎 향이 올라왔다. 폐에 공기가 더 잘 들어가도록 깃의 지퍼를 내렸다. 일전에 지미 카스페가 해준 말이 다시 생각났다. 등정에 앞서, 언덕 발치에서 일부 주자들이 유니폼 주머니에서 벤톨린 에어로졸을 꺼낼 때는 정신이 번쩍 든다고.

산악자전거를 타고 가는 젊은 여자 두 명을 추월했다.

"우리 좀 밀어주실래요?"

나는 미소를 지었다.

"제가 부탁하려고 했는데……."

햇살이 넘치는 길과 서늘하게 그늘진 길이 번갈아 이어졌다. 좀 쉽겠다는 느낌이 다시 들었다. 커브길을 이어가며 발밑으로 풍광이 차츰 사라지는 것을 볼 수 있는 순수한 산악인의 노력, 난 그게 좋았다. 내 옛 방식대로 먼저 앞바퀴에 집중, 속도감을 유지했다. 등정 노력을 줄일 생각에 커브길에서는 되도록 넓게 돌았다. 잠시 '댄서'[169]가 되기도 했다. 넓적다리 근육이

---

169 안장에 앉지 않고 엉덩이를 들고 좌우로 춤추듯 달리는 포즈.

이완되고 재빨리 마사지하는 효과가 있다. 단 재빨리 안장에 도로 앉아야만 한다. 그렇지 않으면 반대로 파열점에 이른다. 바바우의 마지막 킬로미터를 오르면서 남은 체력을 소진하지 않았다. 정상에 오르니 예전 산악 그랑프리의 흰 결승선이 그대로 남아 있었다. 시간의 풍상을 이겨낸 3미터 간격의 대문자 VIRENQUE. 내리막길을 질주했다. 페달을 밟고 있지만 갑자기 날씨가 추워졌다. 언덕 이름 바바우(Babaou)에서 연속극 「벨과 세바스티앙」[170]에 나오는 그랑 바우(Baou)가 떠올랐다. 어렸을 때, 내가 매주 가슴을 조이며 봤던 방송이었다. 나는 메디[171]가 나라고 느꼈다. 우리는 꽤 닮았고, 심지어 사람들이 애들에게 뭔가를 감췄을 때 드러나는 그 그늘진 모습도 닮았다. 난 메디처럼 아버지가 없었고, 난 메디처럼 내 안에 모로코인의 피가 흐른다는 것도 몰랐다. 언덕 발치에 피는 없었다. 단지 평평한 포도밭 한가운데에 프로방스 구릉의 영광을 노래하는 표지판만 보였다. 보름 레미모사에서 라 롱드로 방향을 틀었다. 그 시절……, 내 근육을 적잖이 키웠던 모르의 산봉우리와 아쉬운 작별을 고했다. 게다가 언덕에서 3시간을 안장 위에 있었다. 연수에서 달리기 전, 이런 경험은 한 번도 없었다.

프랑스 복권협회 팀 트럭에 도착했다. 열쇠로 잠근 것은 하나도 없었다. 캐비닛을 열었다. 과일 시럽, 시리얼 바, 초콜릿 크레이프, 광천수, 인삼 앰플, 로열젤리가 있었다. 화창한 1월의 일요일, 주자들이 파롱 산(山)에서 분투하고 있는 동안, 프로팀 트럭이 확보한 보물들이었다.

---

170 *Belle et Sébastien*. 작가, 각본가, 감독, 배우인 세실 오브리(Cécile Aubry, 1928~2010)의 소설 제목이자 동명의 프랑스 TV 연속극이다. 이탈리아 국경에 접한 프랑스 알프스에 사는 여섯 살 난 세바스티앙과 그의 애견 '그레이트 피레네' 종인 벨의 이야기이다. 1965~1970년에 프랑스 연속극으로 방영되었고, 20년 후 일본에서 애니메이션으로 제작되었다. 바우(Baou)는 첫 드라마의 제목 「벨과 세바스티앙, 그랑 바우의 은신처」를 연상.

171 Mehdi El Glaoui. 세바스티앙 역을 맡은 프랑스 배우(1956~). 세실 오브리의 아들.

연수를 끝내고 떠나기 전, 달려오는 제라르 기욤과 마주쳤다. "심장 테스트가 아주 좋아요. 맥박이 느리고 회복이 아주 잘 되었어요!" 나는 안심하고 출발했다. 공항에서 화물을 부치기 전, 타이어의 공기를 빼야 했다. 정말 지겹다. 이 모든 것을 다시 '어깨에서' 채워야 한다. 비행기 창문으로 보이는 우편엽서 같은 정경, 푸른 하늘색 바닷물 위에 떠 있는 작고 가벼운 배들. 튀니지 혹은 알제리의 공기, 여름 공기, 제철보다 이른 더운 공기. 여행객들이 미모사 꽃다발을 들고 있었다. 콩스탕스에게 주려고 파네트[172]의 작은 그림을 하나 샀다. 이봉 르다누아의 말이 아직도 머리에서 맴돌았다. 자신이 부당한 고소를 당했음을 설득하기 위해 그가 내게 보인 감동적이고 서툰 행동들. 카뮈의 유명한 문장이 생각났다. "정의와 어머니 가운데 난 어머니를 선택했다." 나와 함께 달렸던 그 '꼬마' 주자들—내가 접근할 수 있었다는 의미에서의 '꼬마'이다—, 나날의 출발에 앞서 아침마다 시리얼을 우적우적 씹으면서, 대여섯 시간 열을 지어 찬 빗방울과 바람 속, 그리고 가파른 바르 언덕 경사로에서 훈련을 했던 그들, 이제 그들은 내 가족이다. 누가 자신의 가족을 심판할 마음이 생길까, 그리고 왜?

---

172  Fanette Mellier. 프랑스 그래픽 디자이너(1977~).

# 1월 22일

모든 것이 끝났다. 내 모든 노력과 제라르의 노력이 다 수포로 돌아갔다. 하인 베르브루겐의 편지는 진심어린 것이었다. 그는 내 계획에 공감을 표했고, 개인적으로, 그리고 UCI를 대표하여 나의 행보를 깊이 존경하려 했다. 하지만 거절의 편지였다. 프로 사이클경기 위원회는 단호했다. 나는 미디 리브르에 참가할 수 없으며, 이유는 나와 주자들의 안전 때문이었다. UCI 회장은 내가 예외적으로 오토바이를 타고 경주를 따라가는 것을……허용했고, 나와 프로팀과의 각별한 관계를 활용, 주자들과 함께 훈련에서 계속 달리면서 미래의 내 글의 독자들에게 내 '생생한' 자전거 체험을 선사할 기회를 줄 것을 권유했다. 전화로 편지를 읽어준 사람은 제라르였다. 그는 낙담했다. 나도 믿기지 않았다. 곰곰 생각했고, 서둘러 신문사로 그를 만나러 갔다. 오후 2시 반이었다. 그는 냉정을 잃지 않고 있었다. 걸으면서 다리에 통증이 느껴졌다. 그 언덕들을 등정하고 프로방스에서 무수한 킬로미터를 주파한 것이 쓸데없는 일이라고 말할 수는 없다. 내심 졌다고 인정하고 싶지 않았다. 처음부터 모든 일이 너무 쉽게 이루어졌다. 충분히 가능한 압력들, 이방인으로서 그룹에 진입하고자 할 때의 잠재적인 위험들을 과소평가했다. 이제, 마르시알 가양이 말한 것처럼 "언덕 때리기"를 해야 한다.

하인 베르브루겐의 핸드폰으로 즉각 전화를 했다. 그는 모스크바에 있었다. 다행히 통화가 되었고, 그는 회의 중이지 않았다. 그는 내 말을 주의 깊게 들었다. 나는 나의 스포츠적이고 직업적인 엄수가 안전 지침과 부합되도록 충분히 개선한 우리의 제안을 다시 제안했다. 그가 실토하길, 사실,

편지에는 쓰지 않았지만, UCI에서 이 계획을 논의할 당시, 참석한 스포츠 지도부들은 주자들이 나에게 적대적으로 반응할까봐 우려했다고 밝혔다. 나는 최대한 그를 안심시켰다. 덧붙여, 나는 주자들보다 약간 앞서, 지역에 소재한 클럽들의 청소년들과 함께 출발하는 것을 고려 중이며, 그렇게 함으로써 우리의 작업을 자전거경주의 미래인 청소년들과 연결시킬 수 있을 거라고 했다. 그는 내 말에 매우 민감하게 반응했다. 나는 농담으로, 오토바이에 앉아 있으려고 프로들과 그렇게 언덕을 올랐던 것은 아니라고 말했다……. 그가 껄껄 웃었다. 통화를 마치면서 나는 그에게 한 번 더, 필요하다면 심의회 의원들 앞에서 변호해달라고 했다. 그가 대답했다. "아뇨. 이 모든 것을 편지로 써서 보내세요. 모스크바에서 돌아가는 대로 동의서를 보내드리리다. 그런 조건이면 가능할 겁니다." 통화를 마쳤다. 수화기를 내려놓을 때 약간 손이 떨렸다. 이번에는 되려나?

밤이 되었다. 콩스탕스가 아파트 곳곳을 자전거로 타고 다니는 것을 도와주었다. 페달을 온전히 밟는 것에는 아직 익숙지 않았지만 콩스탕스는 지치지 않고 반복했다. 반면 내 자전거는, 바퀴를 조립하지도 않고 타이어에 바람을 다시 넣지도 않은 채, 커버 안에 내버려두었다. 의욕이 없었다. 이따금, 자전거 위에서 정말 고통스러울 때는 입에서 피 맛 같은 것이 난다. 차라리 그게 낫다. 지금 이 글을 쓰는 순간 드는 구역질보다는.

# 1월 23일

11시, 프랑스 복권협회 팀이 몽파르나스에 있는 메리디앙 호텔 로비에 도착했다. 마르크 마디오가 바로 신임 그룹 사장에게 나를 소개했다. 오는 4월, 2001년 이후 프랑스 복권협회 팀이 계속 '프로' 팀을 유지할 것인지를 그가 결정할 것이다. 「르 몽드」의 독자인 이 프랑스 복권협회 팀 사장은 놀라워하는 한편 내가 자기들 편임을 알고는 기뻐했다. 마디오가 호의적인 분위기에서 주자들을 소개했다. 사장이 그들에게 말을 건넸다. "여러분의 훈련이 즐겁기를 바랍니다." 이틀 전 파롱 산을 오르기 전 헤어졌던 선수들이 일렬로 서 있었다. 모두들 하늘색 상의와 검은 바지를 입고 있었고, 미소를 짓고, 느긋하며, 날이 서 있는 듯했다. 몇몇이 내게 보충이 잘 되었느냐고 물었다. 그들 중 한 명이 나를 보더니 이렇게 외쳤다. "이런, 우리 열아홉 번째 선수잖아!" 자칫 마르크 마디오의 호출에 연단으로 오를 뻔했다. 열아홉 번째 선수라! 이런 호감의 제스처가 나를 감동시켰다. 같은 순간 나를 엄습한 의심들을 그들이 알았다면. 나는 그들의 운동에 다른 말과 다른 시선의 희망을 그들 속에 태동시켰다. 이 모든 것이 무너진다면 어떤 일이 일어날지 감히 상상도 못하겠다. 그들을 배반했다는 느낌이 들 것이다. 팀의 의사인 이탈리아인 파비오가 내게 다가왔다. "자전거와 관련해서 자네에게 할 말이 있네. 자네를 보면 자세가 아주 좋아. 자네가 누군지 모른다면 아마 프로선수로 여길 걸세." 나는 이 말을 위로로 여기고 고맙다고 했다. 파비오가 반박했다. "아니, 아니, 감사할 일이 아니야. 사실이야."

그래, 내가 주자처럼 보인다 이거지…….

회식에 기욤 박사도 있었다. 그가 내게 '식사의 일반 원칙' 복사물을 하나 내밀었다. 자리를 잘 잡았다. 풍성한 음식 주위로 사람들이 몰려들었다. 주자들은 생긴 대로다. 케이크를 탐내는 이들은 이 식탁에서 저 식탁으로 눈을 굴려댔다. 신중한 육상 선수들은 렌즈콩 요리를 휩쓸었다. 하지만 잠시 후, 프랑지판 파이, 초콜릿 케이크, 애플 크럼블……에는 버틸 수 없었다. "조금은 즐겨야 합니다." 생 디에의 젊은 에이스 선수 레지스 륄리에[173]가 속삭였다. 연수 기간 동안 서로 시선만 주고받았던 주자들과 몇 마디 나누었다. 가령 딸을 팔에 안고 있는, 1997년 파리-루베에서 우승한 프레데릭 게동[174]. 또 열한 살부터 주자가 될 것을 꿈꿨고, 머리는 노랗게 물들였으며, 다리는 가늘고 긴, 자전거의 대모험을 겪어보기로 결심한, 아이 같은 미소의 스무 살 청년 토마 보도. 지미 카스페도 거기 있었다. 희망을 가진 사람의 기쁜 표정으로. 그가 옳았다. 그룹에서 가장 빠른 사람인 에릭 자벨[175]을 독일 투르[176] 4개 구간에서 4회 연속으로 고정시켰을 때는 그가 스타임을 믿을 수 있다. 연속 마지막 역주자라니……. 지미의 아버지가 얼핏 보였다. 수수한 차림의 아담한 남자로, 클라크 게이블처럼 수염을 기르고, 줄곧 아들에게만 시선을 두었다. 마치 지미! 하고 보는 것 같았다. 발라부안느가 노래했

---

173  Régis Lhuillier. 프랑스 선수(1980~). 2001~2003년 프로로 활동.

174  Frédéric Guesdon. 프랑스 선수(1971~). 1997~2008년 프로로 활동, 파리-루베(1997), 파리-투르(Paris-Tours, 2006) 우승.

175  Erik Zabel. 동독 출신의 독일 선수(1970~). 1992~2008년 프로로 활동했고, 1990~2000년도까지 최고의 마지막 주자 중 하나였다. 전통적인 투르에서 두각을 나타내, 밀라노-산 레모 4회 우승, 파리-투르 3회 우승, 2000년 사이클 월드컵 우승, 2000~2001년 세계 1위였다. 훗날, 2013년, 한 독일 신문과의 인터뷰에서 1996~2003년 EPO에 의존했음을 인정했다.

176  Tour d'Allemagne. 'Deutschland Tour, Deutschland Rundfahrt'. 1911년에 시작된, 매년 8월 열리는 독일의 구간별 경기. 2023년 제37회.

듯, "내 아들, 나의 싸움"[177]임을 잘 느낄 수 있었다. 얼마나 많은 희망과 애정, 그리고 불안이 있었는지를 그의 시선에서 알 수 있었다.

불안? 마지막 역주자의 진정한 특성을 이해할 필요가 있다. 오직 마지막 2백 미터만을 생각하면서 2백 킬로미터 코스를 출발하는 사람은 자신의 모든 폭발물을 최종거리에 둔다. 그 순간에 이르기까지, 그는 지그재그로 가고, 바퀴들 속에 숨고, 너무 밖으로 나가지 않도록, 그의 존재를 잊게끔 하면서도 여전히 그곳에 있으려고 한다. 그는 종아리를 깨문다. 그를 떼어 놓을 수는 없다. 지치더라도 그가 바퀴를 굴리는 한 위험은 여전하다. 그를 '짐받이'에 끌고 가는 것도 불안하다. 그는 머릿속으로, 그것도 나쁘진 않네, 생각한다. 그는 몸을 아끼고, 인내하고, 심호흡을 하고, 정신적으로 긴장을 풀려고 한다. 유연하게 페달을 밟으면서, 최선을 다해 갈면서 자신의 최고 속도를 유지한다. 마지막 역주자는 성자가 낙원을 보듯 결승점을 본다. 그의 마약, 그것은 백색 라인이다. 자갈도로에 가로로 그려진 라인. 그는 그것에 열광한다. 끊임없이 그것을 생각한다. 마지막 역주자는 불굴의 정신을 지니고 있다. 승리를 두려워하지 않는다. 대신 그때까지, 한 마리 짐승이 그늘 속에 웅크리고 있다. 플래카드에 다가갈수록 호랑이 같은 것이 불쑥 나타나 모든 라인을 뒤흔들고, 핸들 뿔로 경쟁자들을 떼어놓는다. 그는 어깨와 상반신을 뒤흔들면서 거대한 기계를 가동시키고, 사람들은 공기의 진동을 느낀다. 그는 믿기지 않는 궤도를 찾아, 난간을 스치고, 보도를 스치고, 추락을 스친다. 야수, 마지막 2백 미터에서 풀려난 야수.

지미의 아버지의 눈에 스쳐간 불안한 섬광, 그것은 숨이 끊어질 지경에야

---

177 "*mon fils, ma bataille*". 1980년 앨범 「다른 나라」(*Un autre monde*)에 수록된 노래. 이혼 후 아들의 양육권을 지키려는 아버지의 이야기를 담았다. 1980년 영화 「크레이머 대 크레이머」의 메릴 스트립과 더스틴 호프만의 연기에서 영감을 받았다고 한다. 엄청난 성공을 거두어, 50만 장의 판매를 올렸다.

끝나는 이 죽음의 마지막 역주에 영원히 각인된 이미지다. 페달을 버팀목 삼아 라인에 돌진하는 자전거, 화난 고양이처럼 꼿꼿이 세운 등, 먹이에 덤벼드는 포식동물.

나의 스템이 경주 지원실에 도착했다고 파브리스 바놀리가 속삭였다. 그도 아직 풀어보지 않았지만 거기 온 것을 알고 있었다. 내가 원할 때 갈 수 있었다. 그는 속도계와 심장박동계도 넣었을 것이다.

이 모든 것이 무너진다면, 난 죽고 싶을 것이다.

오후가 시작될 즈음, 투르 회장 장 마리 르블랑[178]이 전화를 했다. 내일 보자고 했다. 아침 끝 무렵으로 약속을 했다. 희망이 되살아났다. 르블랑을 만나고 온 모락스에 의하면, 그가 우리의 계획에 흥미를 가졌다고 한다. 내 목표에 이르기 위한 외교와 계략의 모든 보물들을 펼치지 않아도 될 것 같았다!

저녁에 케이블 채널에서 부르빌이 나오는 오래된 졸작 「레 크락」[179]을 방영했다. 어렸을 때 할머니와 함께 본 적이 있다. 내 눈을 믿을 수가 없었다. 왜 오늘 저녁 저 영화, 쥘 오귀스트 뒤록의 모험담, 음탕한 미녀들과 무거운 자전거에 대한 이야기란 말인가? 파리-산 레모 경주는 비시에서 잠시 멈춘다. 그 선량한 쥘 오귀스트가 무얼 마셨냐고? 맞춰보라. 그렇다. '비시 생

---

178  Jean-Marie Leblanc(1944~). 1989~2006년 투르 드 프랑스 회장 역임. 전직 프로 선수로(1967~1971), 이후 주간지 「스포츠의 목소리」(*La Voix des Sports*)와 일간지 「레키프」(*L'Équipe*)에서 1988년까지 기자로 활동했다.

179  *Les Cracks*. '명마들'. 알렉스 조페(Alex Joffé, 1918~1995) 감독의 프랑스 영화 (1968, 90분). 손재주는 많지만 가난한 쥘 오귀스트 뒤록은 다른 자전거보다 뛰어난 자전거를 만들어 파리-산 레모 경주에서 자신이 만든 자전거의 우수성을 증명하려고 한다. 집달리가 와서 그를 체포하려고 하자, 그는 자전거를 타고 도망쳐 주자들의 그룹 속에 섞인다. 집달리는 그를 잡으려고 여러 함정을 만들지만, 자전거 덕분에 뒤록은 결승선을 첫 번째로 통과한다. 영화에 쓰인 자전거는 현재 레 랑드 지역의 노트르담 데 시클리스트(Notre-Dame des Cyclistes) 교회에 보존되어 있다.

료르', 기욤 박사가 추천한 바로 그 물이다.

콩스탕스가 내 자전거를 가둔 검은 커버 주위를 돌았다. 나는 그 수의에서 자전거를 꺼낼 용기가 나지 않았다. 아이는 수상한 듯, 안에 무엇이 있냐고 물었다. 물론, 너무 잘 알고 있다. 내가 대답을 못하자, 아이는 내 헬멧을 잡아채 자기 자전거에 오르기 전, 그것을 머리에 썼다. 나를 끈질기게 쳐다봤다. "아빠, 앞으로 나가고 싶어……."

그리하여 나의 '지미 카스페'를 꺼내, 바퀴를 달고, 타이어에 바람을 넣었다. 콩스탕스는 이겼다는 듯 작게 외쳤다. 핸들을 덮고 있는 흰 장식 끈에 손가락을 갖다 댔다. 은어로 기돌린(guidoline)이라고 부르는 것이다. 온갖 종류가 다 있다. 두꺼운 것, 가느다란 것, 거친 섬유로 된 것도 있고, 고무로 된 것도 있다. 오늘 아침, 마르크 마디오가 상기시키길, 자기 자전거에는 치넬리(Cinelli) 핸들이 장착되어 있다고 했다. 아마추어였을 때, 나 또한 그 상표를 사용했었다. 흉곽을 잘 열어주는 넓은 핸들이다. 치넬리 핸들에 캄파놀료(Campagnolo) 베어링이면, 브룩스(Brooks) 안장과 함께 최고 중의 최고였다. 그 안장은 매우 단단해서, 수천 시간을 누른 채…… 달린 후, 그걸 진정한 안락의자로 만들려면 정기적으로 기름칠을 해야 했다. 난 아름다운 기돌린을 늘 좋아했다. 나의 기돌린은, 라 로셸의 오래된 시장 뒤쪽, 한 '자전거 타던 사람'이 칠해준 벽돌색 니스 래커 고무로 덮여 있었다. 이 래커 고무로 인해 핸들이 약간 두꺼워졌고, 금빛이 도는 적갈색을 띠었다. 땀과 기름얼룩에도 불구하고 늘 깨끗하고 변함이 없었다. 만지면 거칠거칠했다. 그게 욕망을 불러일으켰다. 어떤 욕망? 모르겠다. 자전거의 관능적인 부분이다. 이탈리아 가톨릭계를 발칵 뒤집어 놓았던 파우스토 코피와 '백색의 여인' 간의 열정적인 사랑 이야기[180]를 읽으면서 그런 생각을 했었다. 젊

---

180 파우스토 코피(주 16)는 1953년 부인을 버리고 한 부유한 의사의 부인을 사랑

은 여인이 이 승자 중의 승자의 기돌린에 자신의 향수를 발라둔 거라고.

치넬리 핸들, 캄파뇰로 베어링, 여기에 포토리노라는 이름을 달면 더 이상 자연스러울 수 없다. 이들 액세서리(이처럼 핵심적인 것들을 지칭하는 데는 부적절한 용어다)와 함께, 나는 자전거, 자전거 세계에 친근해졌다. 치넬리는 캄파뇰로와 조합되고, 포토리노와 조합된다. 조합과 닮음.

자려고 하니 목이 너무 아팠다. 일요일에 바바우 언덕 경사로에서 유니폼의 깃 지퍼를 내리지 말았어야 했다. 하지만 프로방스의 그 향긋한 공기가 너무 좋아서…….

_____

하여 아들까지 낳았다. 언론에서 '백색의 여인'으로 칭한 줄리아 오키니(Guilia Occhini)다. 청교도적인 이탈리아는 코피에게 등을 돌렸고, 교황은 그가 소속되어 있다는 이유로 그의 팀의 축성을 거부했다. 1995년, 이를 다룬 영화가 나왔다(「위대한 파우스토」 *Il grande Fausto*, Alberto Sironi 감독, 180분).

# 1월 24일

위험은 지나갔다. 장 마리 르블랑과의 만남이 결정적이었다. 채 몇 분도 안 되어 우리는 오랜 친구 사이처럼 되었다. 나는 내가 예전에 이뤘던 자전거에서의 무훈들을 언급하면서 옛 공모자들에 대해 말해야 했다. 그는 내가 주니어 팀에 있을 때 써두었던 도로 노트를 뒤적였고, 나는 내 선의를 보여주었다. 그는 내 유일한 목적이 자전거임을 이해했다. 물론, 우리는 도핑에 대해, 그리고 너무 종종 자신에게 매몰되는 젊은 주자들을 보호하지 못하는 것에 대해서도 언급했다. 또한 이 스포츠의 위대함, 고귀함, 혹독함, 용맹, 용기, 인내에 대해서도 언급했다. 그는 페스티나 사건 직후 어느 프랑스 '프로'가 한 고백을 슬쩍 알려주었다. 그 주자는 UCI에 반대한 모든 기사들, 자신(르블랑)을 고소한 것에 대한 혐오를 전했다고 한다. 그는 "도핑 없이도 투르에서 노랑 셔츠를 입을 수 있다고 말할 수 있습니다"라고 덧붙였다. 이어 지난해에 그 유명한 튜닉을 걸친 한 젊은 주자의 이름을 거론했다. 르블랑이 중얼거렸다. "그 청년들을 놓쳐서는 안 되죠." 그의 말이 맞다. 일단 그 속에 들어가면, 팀과 멀어지고 나약해져서, 능수능란한 사기꾼의 말에, 마법의 칵테일의 옛 프로 전문가들의 말에, 또 선수들을 실험용 동물로 여기는 사이비 의사들의 말에 귀 기울이게 된다는 건 능히 생각할 수 있다. 르블랑이 고백했다. "만약 내게 열여섯이나 열일곱 살의 아들이 있어서 그가 자전거를 타고 싶어 한다면 좀 불안했을 겁니다." 물론 가끔 프로선수들보다는 아마추어선수들 사이에서 사이클경기는 더 악화된다. 핸들 튜브 속에 주사기를 감추거나, 박차를 가하기 위해 도착 전 30킬로미터에서 '포 벨주'[181]를 주사하는 주자들의 이야기는 수없이 많다. 그들은 그룹의 꽁무니로 빠진 후, 일련의 공모를 통해 시선을 피해 퀴사르 밑으로 근육주사를 놓는다. '능숙한' 감정가들이 속임수를 쓰는 선수들에게서 피부 표시가 반복되는 것을 알아챘다. 승리의 표시로 팔을 하늘로 쳐들었을 때 그들의 팔을 덮고 있는 닭살…….

열아홉 살, 바칼로레아를 치르고 난 해, 내가 자전거 세계에 '진입하기' 위해 한 해를 투자했을 때 누군가 나를 맡았더라면, 아마도 나는 더 멀리 갈 용기가, 프로팀에 등록될 만큼 길에서 약을 할 용기가 있었을 거다. 이미 나는 자전거 위에서의 고통의 한계에 닿기 시작했다. 피레네 언덕에서, 앙리 베르나르 배(盃)를 끝으로 나는 아버지께 말했다. "여기 오르는 건 이게 마지막이에요." 다음 일요일에도 나는 안장에 있었다. 하지만 무엇이 나를 포기하게 만들었는지, 난 그걸 너무 잘 알고 있었다. 70년대 말, 우리 아마추어그룹에 팽배했던 그 정신. 지역 마피아들은 필요하면 협박을 해서라도 상금과 코스들을 독점했다. 그 1등급 시합을 잊을 수 없다. 트랙경기를 싹쓸이하는 것으로 살아가는 그 '아마추어 밀매단'의 면전에서 나는 뻔뻔하게도 상당액의 상금을 낚아챘었다. 그들은 7~8명의 장정을 배치해서, 코스, 빠져나가기, 마지막 역주를 통제했다. 도착 후, 그들은 차 뒤에서 상금을 나눴다. 그 자동차에는, 스피커에서 호명이 있기 전, 기이한 집단 주사소동이 둥지를 틀고 있었다. 돈과 마약, 지각이 없거나 유혹에 끌린 부모들은, 자식의 자전거에 공기를 넣어주고, 다리 마사지를 해주고, 이따금 구두끈을 매주고, 머리에 모자를 씌워주고…… '세컨드들'이 하는 대로 내버려두었다. 그런 풍경이었다. 나는 아무것도 손대지 않았지만, 내가 알기로 동료들 중 일부는 다른 쪽으로 넘어갔다. 거기서 꿈은 금이 갔고, 자전거경주의 어

---

181  pot belge. 불법 마약 혼합물.

두운 부분이 내게는 배반으로, 친구 사이의 도둑질로 보였다.

그 두둑한 상금은 어느 작은 마피아의 목에 걸린 가시였다. 탁 트인 평원에 이르렀을 때, 그룹의 한 '보스'가 내게, 다음번에 이 경기를 즐긴다면 도랑에 처박힐 거라고 경고했다. 나는 아무 말도 하지 않았지만, 수 킬로미터 후 내 앞쪽 튜브에 구멍이 뚫려 있었다. 도망칠 좋은 기회였다. 자전거에서 죽고 싶다는 욕망이 가끔 일었다. 그 정도로 아팠다. 최소한 한 순간만이라도, 그것이 멈추게 뭔가가 일어나기를 고대했다. 하지만 그날 나는 페달을 느끼지 못했고, 아주 새로운 '코스'로, 투르 팀의 푸조 차로 날아갔다. 다리는 아프지 않았지만, 배가 아팠다. 그 일 이후, 나는 벨로드롬 외에는 아무데서도 달리지 않았다. 상쾌한 저녁시간, 거의 인적이 없는 관중석 앞에서 무의미한 승리를 휩쓸었다. 그곳에서는 포도주 냄비가 계속 따끈하게 유지되었고, 그러는 동안 이베트 오르네[182]의 오래된 카세트테이프에서 예전의 6일 경주가 떠듬떠듬 흘러나왔다. 나는 종이 인디언 그림자를 향해 공포를 쏘면서 장터에서 이력을 마친 버펄로 빌[183]이었다. 꼬마 주자 생활의 끝을 알리는 시작이었고, 월요일 아침마다 베르덩 광장 가판대 신문에서 나의 이름, 나의 존재를 입증해주는 몇 줄을 찾으며 가슴 뛰던 생활이 끝이 났다. 나는 법을 공부하기 시작했고, 그것에 관심을 가졌다. 친구들이 나를 이 새로운 열정으로 이끌었고, 「쉬두에스트」가 나를 저널리스트로서 스포츠 란

---

182　Yvette Horner. 아코디언 연주자(1922~2018). 1952~1964년, 투르 드 프랑스의 각 구간마다 결승점 연단에서 연주했다. 트랙 사이클경기인 '6일 경주'(Six Jours)의 여왕이기도 했다.

183　Buffalo Bill. 서부시대의 전설적 인물(본명 William Frederick Cody, 1846~1917). 군인, 버펄로 사냥꾼, 흥행사였고, 일명 '버펄로 빌'로 불렸다. 그가 조직한 카우보이를 주제로 한 쇼들로 유명했다. 그러나 1976년 로버트 알트만 감독, 폴 뉴먼 주연의 「버팔로 빌과 인디언들」(Buffalo Bill and the Indians, or Sitting Bull's History Lesson) 상영으로 이제까지의 신화가 뒤집혀졌고, 제국주의의 상징, 협잡꾼으로 묘사되었다.

에 첫 기사들을 쓰도록 용기를 북돋았다. 글쓰기가, 조금씩, 이어지기 시작했다.

장 마리 르블랑과 함께, 마침내 나의 미디 리브르 참가라는 핵심적인 문제에 이르렀다. 그는 자신이 하인 베르브루겐의 첫 응답에 일말의 영향을 준 사람임을 숨기지 않았다. 본질적인 문제는 안전 때문이었다. "당신의 기획에 선례가 있었던 것을 아세요? 전쟁 직후였지요. 당시 「레키프」 기자였던 피에르 샤니가 밤에 보르도-파리 그룹에 슬그머니 끼어들어 갔어요. 주행 동안 자크 고데[184]가 자신의 암양들을 세기 시작했지요. 세고 또 셌지만 헛수고였어요. 주자가 한 명 초과였거든요. 그가 기가 막혀서 그들 중 한 명에게 다가가 소리쳤지요. '샤니!' 당장 자전거에서 내리라고 했습니다. 샤니는 경주를 자동차로 마쳤지요. 파리에서 고데가 말했어요. '샤니, 감독으로서 나는 자네를 비난하네. 하지만 스포츠 관계자로서 나는 자네에게 축하를 보내네!'" 웃음. 좋다. 하지만 우리 건은? 나는 장 마리 르블랑에게 우리의 수정된 계획을 보여주었다. 주자들에게 어떤 위험도 주지 않는 안이었다. 젊은이들을 참여시킨다는 발상이 그를 기쁘게 했다. 이번에는 확실했고, 더는 주저할 게 없었다. 몸이 부서져라 매일매일 이 모험에 투신한 지 한 달이 되었다. 르블랑도 반대하지 않을 것이다. 하인 베르브루겐의 동의가 또다시 유예되지는 않을 것이다. 밖으로 나왔을 때, 파리의 날씨가 화창했다. 샹젤리제 거리. 세상에서 가장 아름다운 거리의 투르의 첫 결승점? 1975년, 승자는 테브네였다. 하늘은 내 편이었다. 우리는 서로의 이름으로 인사했다. 르블랑이 거듭 말했다. "보셨죠, 날이 얼마나 따뜻한지." 그래, 또

---

184 Jacques Goddet. 언론인(1905~2000). 1931년 앙리 데그랑주의 후임으로 「로토」 (*L'Auto*)의 대표가 되었고, 1936~1987년 동안 투르 드 프랑스 회장을 맡았다. 전임자와 달리 기술 개발에 긍정적이어서 드레일러가 도입되었고, 구간별 점수제가 채택되었다.

하루가 시작되었다. 뱅센 숲으로 가서 3시간 달려야겠다.

"어떻게 신문이랑 책이랑 다 하시는지……." 나의 새 동맹군이 놀라워했다.

"그러니 제가 정신이 좀 나갔지요……."

나는 프로선수처럼 점심을 했다. 올리브유와 유채유(colza. 기욤 박사가 추천한, 비타민 보조식품)가 곁들여진 파스타 한 접시. 나중을 위해 차 트렁크에 생 툐르를 가져갔다. 뱅센에서 페달을 밟기 시작할 때, 하늘이 매우 청명했다. 헬멧을 쓴 어린 보병들을 앞질러갔다. 그들은 귀여운 노란색 유니폼에 둘러싸여 있었다. 수요일이다. 자전거경주학교가 야외수업을 했다. 머리를 가지런히 땋은 한 혼혈 소녀가 눈에 띄었다. 뒤숭숭한 마음에, 그녀와 같은 속도를 유지했다. 에티오피아 소녀, 15년 전, 사람들이 내게 리옹 누아르 다디스 아베바 병원으로 데려가라고 했던, 그러나 내가 거기 그대로 두었던 한 소녀, ─ 전처는 이를 두고 나를 비난했다 ─ 내 삶에서 일어났던 한 그림자다.

여덟아홉 살 된 한 사내아이가 바람 속에 열심히 밟고 있었다. 그 옆을 지날 때 보니, 아이는 혼자 중얼거리고 있었다. 혼자서 무슨 이야기를 하고 있을까 궁금했다. 어쩌면 아이는 이미 투르 드 프랑스나 파리-루베에 있을지도 모르겠다. 그 나이 때 나는 하얀 자전거를 타고 보르도를 가로질러 학교에 가곤 했다. 어머니와 함께 그랑 파르크 단지에 살았다. 춥고 바람이 많이 부는 대단지, 모든 것에서 멀리 떨어진 듯한 곳이었다. 할머니가 아직도 살고 계시는 코데랑 구(區)에서도 멀었고, 그녀의 창문 아래로 보이는 나의 학교에서도 멀었다. 당시 나는 아침마다 자전거 페달을 밟았다. 앞 건물의 관리인 여자는 내가 지하실로 자전거를 찾으러 가는 것을 주시했다. 그녀는 잠옷 바람으로 집에서 나오곤 했는데, 마치 페레의 노래에서처럼 카페오레 향이 나는 숨결로, 선량한 사람들이 하는 몇 마디 말을 내게 건넸다. "조심해! 춥지 않게." 그녀가 목도리를 다시 매주었고, 나는 푹 파묻혔다.

145

이따금 지나가는 사람들이 내게 소리쳤다. "파이팅, 보베!" 메도크 문 근처의 길에 늦게 도착했는데, 그 문의 이름을 한번도 안 적이 없었고, 그저 핵심만 기억난다. 공중에 떠다녔던 사과설탕조림 냄새. 수년 간 더는 그 생각을 하지 않았다. 그러던 어느 날, 미셸 조나스의 노래 「쇼송 오 폼므」[185]를 들으면서 모든 것이 되살아났다. 관리인 여자의 입맞춤, 보르도 거리를 가로질러 다니던 그 아침 길, 그리고 가슴 가득 숨 쉬곤 했던 달착지근한 설탕조림 냄새. 어느 날 아침, 자전거 손잡이가 툭 부러졌다. 한 학교 친구가 작업실이 있는 자기 아버지에게 내 자전거를 다시 용접해주실 수 있는지 물었다. 그는 안 된다고 했다가, 내가 당황해하는 것을 보고 결국 해주었다. 자전거를 받아 보니, 튜브 끝이 거칠게 부풀어 있었다. 그가 덧칠을 빼먹었던 것이다. 하지만 나는 임금처럼 행복했다. 지미 카스페의 자전거를 처음 만졌을 때, 나는 자전거 프레임에 분명 의도적으로 놔둔 작은 용접 자국들을 손가락 끝으로 가볍게 만졌다. 그게 내 하얀 자전거, 내 아홉 살을 상기시켰다. 그 시절 나는 담배를 피웠다. 인생에서 나는 주자가 되기 위한 출발을 잘 한 것은 아니었다. 게다가 인생도 잘 출발한 것은 아니었다. 내 이름은 포토리노가 아니었다. (이 글을 쓰는데, 신문사 친구 하나가 나를 "포토리노-자전거-타다"로 부르는 소리가 들렸다.)

그들의 엔진 위에 잘 안착한 몇몇 주자가 규칙적인 메트로놈 리듬으로 페달을 밟으며 나를 추월했다. 그들의 근육은 시계 방추처럼 날씬했다. 마치 시간의 개념을 가지고 있는 듯했다. 나도 나의 기계와 하나가 된 그런 인상을 주면 좋겠다. 젊은 주자들의 소그룹이었다. 맨다리였다. 그중 한 명의 발목에 체인 문신이 새겨져 있었다. 도망을 꿈꾸는 도로의 작은 도형

---

185 Michel Jonasz, *Le chausson aux pommes*. 1978년 출시한 앨범 「기기」(*Guigui*)에 수록된 노래('사과파이 빵'). 미셸 조나스(1947~)는 가수, 작사가, 작곡가, 배우.

수……. 한 그룹이 나와 합세했다. 잠시 그 속에 칩거했다. 꽤 빨리 달렸다. 바람이 불어 진로를 변경해야 했다. 그룹은 정말 이상하다. 혼자서 열심히 곡괭이질을 하다가, 갑자기 바람이 한 번 불면 실려 가고, 마른나무가 탁 탁 타는 듯 자전거 변속장치 소리에 잡힌다. 다시 힘을 내고, 옆 사람과 서너 마디를 주고받는다. 지하철에서보다 더 유쾌한 대화다. 서로 재질에 대해 묻고, 페달 브랜드가 뭔지, 그 신발이 얼마인지(콜롬보 형사가 혐의자들에게 자주 한 질문이기도 하다……) 묻는다. 그리고 수 킬로미터를 열 지어 간다. 그룹은 실 뭉치를 짠다. 공기구멍, 뒤에 한 코, 추위가 닥치면 그 지점에 한 코, 자전거 뜨개질은 쉽다. 하지만 주의를 느슨히 하면, 맞바람에 바퀴에서 발을 약간 더 떼면, 접촉을 잃고 갑판 위로 난파자가 된다. 대형여객선들의 항적 속, 갑자기 사나워진 바다에 놓인 망연자실한 갈매기가 된다. 의도적으로 나는 두세 번 거리를 두었다. '도로 들어갈' 에너지가 내게 있음을 입증할 이야기로 말이다. 빠져나가기는 강렬한 쾌감을 일으킨다. 물론 따돌려지면 반대효과가 일어난다. 특히 훈련이 지겨울 때는. 그러면 바람을 납으로 바꾸는 실패한 연금술사가 된다. 그는 계곡의 잠자는 사람이 되고 싶을 것이다. 오른쪽 옆구리 — 암튼 — 에 두 개의 붉은 구멍 없이, *"자연이여, 그를 따뜻하게 흔들어 재우렴."*[186] 근육은 이따금 그렇게 스트레스를 받아서 현실 감각을 잃었으면 하고, 보이지 않는 어떤 미지의 힘이 적절히 우리를 끝내주었으면 할 거다. (나는 그 비슷한 욕망을 배 갑판에서 한 번 경험했다. 튀니지와 사르데냐 사이에서 배 멀미를 했던 어느 날이었다.)

가는 자갈이 깔린 커브길을 빠져나오면서 스스로도 놀랐는데, 들러붙어 있는 자갈로 인해 타이어가 펑크 나지 않도록 나도 모르게 장갑을 타이어 위에 갖다 대고 있었다. 그것은 브레이크 없이 고정 톱니바퀴만 있는 자전

---

186 랭보의 시 「계곡의 잠든 자」에 나오는 시행.

거를 멈춰 세우기 위해 트랙 사이클 선수가 하는 행위였다. 그런 자전거는 시멘트나 나무로 된 '링'에서 사용한다. (잔디 벨로드롬도 있다. 다람쥐들의 윔블던, 올레롱 섬의 명물.) 주자용 장갑 ― 손가락 끝이 잘려 있고 손바닥이 새미 가죽으로 두툼하게 내피가 된 장갑 ― 을 꼈다고 생각하고 맨손을 앞쪽 타이어에 댔던 날이 기억났다. 직선이건 끊겼건, 손금의 생명선은 그때의 불의 감정을 늘 지니고 있다.

마지막으로 몇 바퀴 뱅센 숲을 돌면서, 편안히 앉아서 가는 한 선수를 추월했다. 다리는 좌석 아래 붙이고, 커다란 바퀴를 열심히 밀고 있었다.

헐벗은 나무들에 돋아나는 새 잎에 햇살이 닿았다. 차를 주차시켜 놓은 대로에서는 차에 가로등 빛이 희미하게 반사되고 있었다. 잘 달렸다. 심장은 평온했다. 기사(騎士)들과도 마주쳤는데, 그들의 말이 생각났다. "전진, 조용히 그리고 똑바로."

어린이집에서 콩스탕스를 찾아오기 전, 아이에게 줄 색칠공부 책을 한 권 샀다. 톰과 제리의 모험이다. 집에서 아이는 첫 장을 펼쳤다. 톰이 커다란 돌에 부딪치면서 자전거에서 앞으로 꽈당 넘어졌다. 바퀴는 펑크 나고, 핸들은 날아가고, 고양이의 혀가 옆으로 늘어졌다. 안다, 우스운 이야기라는 것을. 콩스탕스도 깔깔거리며 웃었다. 그래, 하지만 파리에서 팔리는 3만 6천 권의 그림책들 중, 왜 하필 첫 장이 그런 그림일까?

# 1월 25일

하인 베르브루겐이 전화했다. 지난 번 나의 서면 제안에 대해 우호적인 의견을 내놓았다. "첫날엔, 주자들이 따라잡거든 그들을 가게 내버려 두게. 경우에 따라서는 자전거에서 내리고. 하지만 그다음 날부터는, 달리게, 바짝 쫓아보라고……." 나는 기뻐서 어쩔 줄 몰랐다. 세계 자전거대회 회장이 직접 내게 내렸던 규칙을 이제 파기하겠다는 것이다! 완전 안심이다.

제라르 모락스의 비밀은, 암 투병 당시 그가 자전거대회 우승자인 랜스 암스트롱을 모델로 삼았다는 것이다. 집요함의 모델인 암스트롱이 그의 치유를 도왔음이 분명하다. 오늘날 암스트롱은 대중에게 거추장스런 존재로 통한다. 하지만 이 미국인이 어떻게 준비를 했는지 누가 정확히 말할 수 있을까?

# 1월 26일

　장 마리 콜롱바니의 사무실에서, 나의 미디 리브르 참가 계획이 최종 채택되었다. 시합을 다루는 것 ─스포츠 란에 게재될 예정이다─과 나 자신의 모험담을 분리하고, 후자는 1995년 「르 몽드」가 새롭게 판을 짠 이래 나의 '자연스런 공간'이 된 '지평'(Horizons) 란에서 매일 이야기하게 될 것이다. 나의 목적은 자전거를 탄 한 남자, 달리는 한 남자의 이야기를 통해 대중을 매료시키려는 데 있다. 에드위 플레넬이 주도하기로 했다. 스포츠부에서도 더는 반대하지 않았다. 이제 시작이다. 갑자기 피곤이 몰려왔다. 훈련과 계속된 신문사 업무에 더해 이 반복된 '통과시험'으로 진이 빠졌다. 프레데릭 다르의 산 안토니오[187] 시리즈 최근작 『시리얼 킬러』(*Céréales Killer*)를 연재물로 출판할 수 있는지에 대해 협상했고, IBM과 유대인 대학살을 다룬 한 책에서 몇 대목을 선별해야했다. 피곤과 안도.

　내일, 훈련.

---

187　San-Antonio. 작가 프레데릭 다르(Frédéric Dard, 1921~2000)의 17개의 필명 중 하나로, 같은 이름의 수사반장이 등장하는 연작 탐정소설의 제목. 그가 쓴 총 288편의 소설 중 '산 안토니오 시리즈'는 무려 175권에 이른다.

# 1월 27일

자전거를 3시간 탔다. 뱅센 순환도로 약 90킬로미터를 빠르게 달렸다. 스 템을 정말로 바꿀 때가 되었는지, 팔꿈치 인대가, 특히 오른팔 쪽이 너무 아 팠다. 보통 나는 바람 속을 혼자 달렸다. 어쩌면 미디 리브르가 될 수도 있 는 대전을 모의 가정해보면서, 지체되기보다 앞으로 빠져나가려 애썼다. 따라오는 사람이 있다고 상상하는 게 정신에 더 좋았다. 내 그림자가 달려 가면서 길 왼쪽으로 교묘히 빠져나가는 것을 보면서, 어쩌면 나의 삶은 온 통 거기에, 지워지지 않는 한 얼룩을 쫓는 조금은 헛된 추구에 있었는지 모 르겠다. 깃털처럼 가볍지만 그리 안락하지는 않은 자전거로 응축된 형체, 젊은 날에 날아가 버린 그 형체에. 아이들이 나를 추월했다. 나는 또 다른 아이들을 추월했다. 나는 열다섯 살의 유소년 아니면 열여덟 살의 주니어 였다. 해마다 봄이면 자기 학생들의 나이를 간직한다고 여기는 캠퍼스의 교수들처럼 그렇게 늙지는 않았다. 끈 풀린 개 한마리가 자전거 주자들 한 가운데로 돌아다녔다. 외침과 호각 소리.「세자르와 로잘리」에서의 이브 몽 탕의 목소리가 머릿속에 들려왔다. 세자르의 새 복장에 대고 늑대개가 갑 자기 들판으로 뛰쳐나가 흥분하며 껑충껑충 뛴 대목이다. "뭐야, 저 멍청 한 개야 뭐야?" 샤랑트 마을에서, 아침 일찍 자전거를 타기 위해 펌프를 꺼 내는데, 사나운 개 한마리가 발목을 물려고 했다. 우리는 잠든 마을을 지나 갔다. 반쯤 열린 덧문들, 방의 창문으로 계속 눈길이 갔다. 선잠으로 아직 온기가 남아 있는 겹 시트가 이따금 거기에 걸려 있었다. 새벽부터 한 훈련 으로 관능적 쾌감이 일었다. 사람들이 다 있는 집에 도둑이 의도적으로 들

어가 그들의 일상의 삶을 조금 훔친다는 심농의 한 소설이 생각났다.[188]

무거운 다리를 이끌고 귀가했다. 한 시간 더 달릴 수도 있었다. 한 순간이 지나면 권태가 온다. 텅 빈 의미 없는 권태가 아니라, 자기 자신과 대면하는, 잿빛 존재의 순간들을 재차 방문하게 하는 기계적인 내성으로 풍덩 빠지는 그런 권태. 페달을 밟을 때 내가 나 자신과 항상 좋게 지냈던 건 아니다.

---

188 『메그레와 게으른 도둑』(*Maigret et le Voleur paresseux*, Presses de la Cité, 1961, 186p.)
을 말한다. 국내 미출간. 심농(Georges Simenon, 1903~1989)은 벨기에 출신의 프
랑스 작가로, 200권이 넘는 다작에, 연작 추리물 『메그레 경감』이 유명하다. 국내
에 20여 종 출간.

# 1월 30일

  스포츠 클리닉의 포르트 박사가 나를 기억했다. 나의 훈련테스트를 목요일 저녁으로 잡았다. 그가 분명히 했다. "꽤나 격할 겁니다. 하지만 15분 이상은 걸리지 않습니다." 좋아, 별로 걱정하지 않아도 되겠지. 어쨌든 지금까지는 심장이 잘 버텨주었고, 내가 따로 관리한 것은 없었으니까.

  오후가 시작되면서 날씨가 정말로 춥고 흐렸다. 「르 몽드」의 한낮 회의 (어휘에 관해, '반하여'에 대하여 '반대로'가 유감스럽게 승리한 것에 대해 이야기했고, '시작하다' 대신에 '개시하다'는 말로 제목을 잡은 것에 얼굴들을 찌푸렸고……)를 마치자마자 변신을 위해 빠져나왔다. 트렁크 속 자전거, 뱅센 방향. 2시간 반을 돌고 또 돌았다. 그룹과 고양이와 쥐 놀이를 했다. 덧신으로 감쌌는데도 발이 쉬 더워지지 않았다. 3천 2백 미터 순환도로를 평균 30으로 둥글게 도는 것은 이따금 헛일 같다. 머리는 비고, 매번 돌 때마다 그만두고 싶은 유혹이, 주자들이 하는 말로 "화살을 놓고" 싶은 유혹이 있다. 하지만 내 정량이 없는 만큼, 그래서 더 오래 했다. 계획은 세 시간이었는데, 추위로 30분 줄였다. 하늘에서 눈이 내렸다. 다리에 첫 햇살을 느끼고자 너무 서둘렀다. 미디 리브르 때는 봄이겠지.

  저녁에 신문사로 돌아왔을 때 마침 베르브루겐에게서 팩스가 왔다. 이번에는 우호적인 견해였다. 단 주행이 진행되도록 내가 멈추어 선다는 조건이었다. 하지만 내 힘이 허락하는 한, 챔피언들의 바퀴에 나를 붙들어 매는 것에 실제로 그가 동의하고 있음을 나는 안다. 그는 그것을 서면으로 할 수 없었고 내게 말로 했다. 말로 충분했다. 이제 내 바퀴 아래 더는 장애가 없는 것 같았다. 4월에 가서 달리기 전, 곧 이름들을 알아두어야 할 그 언덕들만 빼고. 최종 주행트랙을 전달받았다. 세벤느를 통과하는 금요일 구간에 관심이 갔다. 난이도 1등급의 언덕으로 망드에 도착하는 내일 구간도 어렵지 않은 것 같았다. 프레데릭 그랍이 다음 두 주간의 훈련프로그램을 내게 메일로 보내왔다. 반복훈련에 익숙해지려면 인내와 저항, 이틀 연속 외출이 필요하다.

뭔가 몸에 변화가 있었다. 바지가 헐렁헐렁했다. 쉬었는데도, 앉아 있는 기간이었는데도 고통이 계속 떠나질 않았다. 고통이 진을 치고 자리를 잡았다. 오후 훈련에서, 바람 속을 무리지어 달려가는 힘센 녀석들의 궤적을 따라가는 데 힘이 들었다. 그들은 크랭크 핸들이 부서져라 움켜쥐었고 교대도 하지 않았다. 뒤에서 스스로 물었다. 이 대열을 얼마동안이나 지킬 수 있을까? 놓았다가, 되돌아갔다가, 매달렸다가, 또 다시 놓았다가 되돌아가기를 거듭했다. 손목시계 숫자판에서 시간은 얼어붙은 듯했고 분은 끝이 없어 보였다. 피카르디 색깔의 유니폼을 입은 그 주자의 이미지가 계속 머리에 남아 있다. 수백 미터 분쇄기, 크고 거대한 평지의 연마기, 끝없는 평원에서 망가진 그 아이들 가운데 하나. 그들은 머리를 낮추고 특히 아무런 불평 없이 달려갔고, 그리고 쿵, 퍽, 가장 힘든 지점에서 변속장치 작은 체인링의 속도를 낮추어 빨간 불에서 톱니 11 혹은 12개의 이를 유지한 자전거의 대장장이들. 놀라운 기어비다. 페달을 밟을 때마다 십 킬로미터를 나아가는 그 에너지가 어디서 오는지 궁금했다. 북부 어느 지옥의 불꽃에 넓적다리와 종아리를 담금질했는지도 모른다. 그 피카르디 아이가 나를 힘들게 했다. 그는 결코 그 사실을 알지 못했을 것이다. '부지불식간에 쥐새끼'가 되어버린 나의 한숨소리를 듣지 않는 한, 그가 저 야만적인 페달질을 하면서 한 번이라도 되돌아볼 거라고는 생각지 않았으니까.

아침에 로열젤리 작은 병을 하나 마셨다. 인삼까지는 아직 못 마셨다. 너무 강했다. 하지만 시도해보아야 할 것이다.

파리에 진눈깨비가 왔다. 다리가 무거웠다. TV 채널에서 「도시의 왕자들」[189]이 나왔다.

*하지만 진정 확실한 건 없어,*
*미래도 부서지기 쉬워,*
*도시의 왕자들에게는.*

기이한 생각들…….
그 모든 것이 단지 그의 자살을 화려하게 구성하는 하나의 방식에 불과했다면? 화려함은 중요하다, 특히 패배에서는.

---

189  *Les Princes des villes*. 미셸 베르제의 노래(1983, 싱글 4:44, 앨범 6:38).

# 1월 31일

뱅센 순환도로를 다시 2시간 반 달렸다. 비는 오지 않았지만, 대신 곤죽이 된 잿빛 풍경에다, 추위가 발과 손가락을 물어뜯었다. 정물 속에서 페달을 밟았다. 결국 반 고흐식의 황금빛 머리를 한 해바라기의 환경, 혹은 클로드 모네식 붉은 개양귀비 속에서 페달을 밟는 것이 더 나을 것이다. 인내. 단조로움을 깨고자, 일요일마다, 겁먹은 소녀들이 승자에게 들려주던 꽃다발을 생각했다. 그들은 휘장과 겉만 요란한 직함의 선발아가씨들이 아니었다. 그들의 이름은 미리암 혹은 이자벨이었고, 도착을 몇 바퀴 앞두고 주자들의 여형제들, 지도부의 여조카들 가운데서 선발된 아이들이었다. 이따금 예쁘기도 했지만 늘 그런 것은 아니었고 또 그게 중요한 것은 아니었다. 때가 왔을 때, 그녀들은 커다란 꽃다발을 팔에 안고서 의도적으로 그 뒤로 모습을 감췄고, 기자들의 플래시에 양귀비처럼 붉어져서 미소를 지었으며, 땀이 방울방울 떨어지는 승자 쪽으로 나아가 봄에 고른 그 꽃을 내밀었다. 흔히 그것은 들꽃이었고 아주 드물게는 아룸과 장미였다. 운 좋은 승자는, 관행에 따라, 셀로판 조각을 열어 꽃 한 송이를 소녀에게 제공했다. 나에게도 몇몇의 미리암, 이자벨의 추억이 있다. 그들 뺨의 보드라움도. 그들의 목소리를 들은 적은 없었던 것 같다.

자전거가 내 삶을 구했다.

# 2월 1일

　내 생애 한 시간, 결정적인 한 시간이었다. 제라르 포르트 박사가 자신의 스포츠 클리닉 실에서 나를 맞았다. 엄청난 앞 드레일러에다 흰색의 장식 없는 자전거 한 대가 나를 기다리고 있었다. 저녁 여섯 시 반이었다. 벽에는 2001년 투르 드 프랑스 코스가 붙어 있었다. 상담이 시작되었다. 쉴 때 심장박동이 55. 그가 대번에 말했다. "하루가 끝날 시간에 '일반'인으로서는 꽤 이례적이네요." 나는 매번의 심장박동에 들리는 일종의 '제3의 박동'을 그에게 말했다. 위험하지 않은 비조직성(anorganique) 잡음으로, 열일곱 살 때 한 의사가 알아낸 것이다. 그는 개의치 않는 듯했다. 잘된 일이다. 심장박동이 느렸다. 좋은 점수다. 웃통을 벗었다. 제라르 포르트는 과산화수소수를 묻힌 솜으로 나의 몸을 열심히 문질렀다. 접촉이 매우 차가웠다. 그가 분명하게 말했다. "전극을 잘 통하게 하기 위해서입니다." 그는 심장, 옆구리, 그리고 등에 여러 개의 동그란 테이프를 올려놓았고 거기에 전깃줄을 연결시켰다. 이제 내 몸에 '전기가 돌았다'. 페달 발끼우개를 조였다. 박사는 이제 100와트에 맞춰진 항력의 페달을 분당 70회로 밟으라고 했다. 핸들 앞에 고정된 스크린을 통해 모든 정보를 알 수 있었다. 매 분마다 그는 훈련의 강도를 높였다. 120, 140, 160, 180, 200와트. 매 단계 갱신될 때마다 팽팽해졌다. 260와트까지 올라갈 것이다. 심장박동은 168이었고, 혈압은 13-8에서 18-6으로 이동했다. 빨간불에 이르기 전까지 내게 '허락된' 최고 맥박은 숫자 220에서 내 나이를 뺀, 즉 220-40인 180이었다. 그러므로 최고 강도에까지 이르진 않았다. 제라르 포르트는 내가 테스트에 앞선 이틀

간 자전거를 타지 않았다면 더 밀어붙일 수 있었을 거라고 평가했다. 마지막 3분 동안 얼굴, 어깨, 상반신에서 땀이 방울방울 떨어지기 시작했다. 땀방울이 자전거 바닥에 모였다. 한 이미지가 떠올랐다. 에디 메르크스가 닫힌 방에서 실내용 자전거를 타고 있고, 이마에 땀방울이 맺히고, 바닥에 물웅덩이가 생기고, 카메라는 그 웅덩이를 클로즈업시키는 이미지. 「선두 주행」[190]이라는 이름의 이 놀라운 영화는 전적으로 에디 왕에게 바쳐진 것이었다. 나는 그것을 라 로셸의 대형극장 올랭피아에서 봤는데, 그곳은 심농이 예전에 말을 타고 오곤 했던 카페 드 라 페 위층에 있었다 (그는 벽에 고정된 한 고리에 자신의 말을 매어두곤 했다).

결과는 내 예상을 뛰어넘었고, 마침내 안심이다. 박사는 체력 측정표에 내 회복이 "혈압과 심장박동에서 뛰어남"이라고 적었다. 5분 휴식 뒤에 심장박동이 88로 내려갔고, 6분 뒤에는 81로 내려갔다. 이는 1월의 맹렬한 훈련에도 내가 지치지 않았고, 내가 '과도하게' 하지 않았다는 증거다. 더 개선될 여지가 많이 남아 있다. 제라르 포르트가 흥분했다. "멋지네요. 앞으로 지내게 될 일이!" 4월에 재측정하기로 했다. 온수로 샤워를 하고, 올 때와 마찬가지로 스포츠 가방을 매고, 완벽한 심전도를 가지고 다시 출발했다. 안심이다. 좀 더 강화할 수 있겠다고, 몸을 좀 더 자극시킬 수 있겠다고 속으로 생각했다. 이제 일주경기 의사가 분명하게 보증한 내 힘의 임계점을 알게 되었다. 긴 구간, 다시 말해, 가속 없이 안장에 있는 시간에는 심장박동을 115에서 135 사이로 유지해야 한다. 지구력 구간에서는 '모터'를 150까지 올릴 수 있다. 긴 분할구간(추격, 긴 주파)에서는 격차를 150에서 165사이로 해야 한다. 그 이상이면, 만약 마지막 역주를 하

---

190 *La Course en tête*. 조엘 상토니(Joël Santoni, 1943~2018) 감독의 프랑스-벨기에 다큐멘터리 영화(1974, 102분).

게 된다면, 매우 짧게 해야 한다. 카스페 자전거인데, 모든 것에 대비해야
한다…….

# 2월 2일


　자전거가 내 삶을 구했다. 오래전 일이다. 열일곱 살이었는데, 죽을 것만 같았다. 그 생각은 고정이 되어, 잠이 깰 때부터 잠자리에 들 때까지 나를 놓아주지 않았다. 졸업반이었고, 자전거 시즌이 막 끝났는데, 철학 선생이 우리에게 말하길, 어떤 일을 너무 생각하면 그 일이 일어날 수 있다고, 일종의 자기암시라고 했다. 그는 지나는 말로, 심신상관병이 그런 경우라고 했다. 졸업하면서 나는 뇌종양이라고, 그로 인해 열여덟 살을 못 넘길 거라고 확신했다. 머릿속에서 이 생각을 지울 수 없었는데, 더구나 그것이 생각만이 아닌 것이 종양이 거기 숨어 있다고 확신했기 때문이다. 나는 "종양이야(tumeur), 넌 죽어(tu meurs)"를 반복했고, 이 생각에 미쳐버렸다. 다행히 밤에는 잤다. 그러나 낮에는 고통 속에서 지냈고, 변화를 주면 작은 목소리가 늘 들려왔다. "죽게 될 거야." 마침내 한 친구에게, 그 불길했던 자기암시 철학수업을 상기시키면서 용기를 내어 이 이야기를 했을 때, 그는 웃기 시작하더니 이렇게 말했다. "저런, 그럼 나는 이제 내가 똑똑하다고 생각해야겠네." 나는 혼자였고, 아버지는 내가 하는 말을 전혀 이해하지 못했다. 어머니만 유일하게 내 생애 최초의 이 의기소침을, 내가 자전거를 내려놓고 며칠 후에 보였던 그 의기소침을 심각하게 봤다. 청소년기 첫해가 막 끝났던 시기, 수차 2위 자리를 누렸던 아름다운 시절, 1978년에는 온갖 희망이 내게 허락되었다. 유일하게 그것, 그 머리의 질병, 그 못된 힘만이 내 두개골을 망가뜨렸다. 분명한 것은, 누군가 나를 검사하고, 피를 분석하여 만에 하나 뭐라도 확인한다면…… 하는 생각에 공포에 떨었다. 어느 날 아침, 주방에서, 뜨거운 코코아가 가득 든 사발을 세차게 쳤다. 그것은 방을 가로질러 날아갔고, 이 일로 아버지는 화를 내셨다. 그는 내가 잘 아는, 병으로 진짜 고생하는 분들에 대해 이야기했다. 그분들……. 주말에 나는 내가 수상한 은제 트로피들을 보면서 방에서 의기소침하게 보냈고, 수집한 「사이클 경기의 거울」[191] 잡지에 빠져 지냈고, 그래도 낮지 않을 때는, 홈 트레이너 위에 올려두었던 내 새빨간―콩스탕스의 자전거처럼 새빨간―트랙 자전거를 꺼내곤 했다. 찢어질 듯한 롤러 소음 속에서 페달을 밟았다. 소음이 생각을 덮어버렸다. 잠깐의 휴식. 어떤 의사도 만나지 않았다. 하지만 위기가 지속되자 아버지는 나를 고모 준느와 고모부 앙드레가 사는 루아양 근처의 그들 집으로 보냈다. 나를 그 집으로 데려갈 때, 아버지는 내 자전거를 조심스럽게 트렁크에 넣었다. 그들의 집에서 나는 거대한 서재에서 오랜 시간을 보내곤 했는데, 서재에는 앙리 라보리와 자크 엘륄[192]의 논집이 가득했다. 따뜻한 남서부 악센트의 앙드레는 내가 정상이 아님을 아버지를 통해 알았던 것 같다. 그는 전혀 내색하지 않고, 대신 이런 말을 했다. "좋아, 코즈 언덕 쪽으로 달려. 오르기에 좋은 아름다운 언덕들이 있어." 북아프리카 출신의 착한 준느는 나의 섭생을 돌봤고, 소식(小食)으로 나를 진정시켰다. 한겨울 2월의 그 추운 잿빛 날들이 마치 환한 태양 같았다. 마침내 나는 매일 여러 시간 자전거를 타러 나갔고, 강박관념은 빠르게 흩어졌다. 죽

---

191 *Miroir du cyclisme*. 1960~1994년 동안 총 480호가 발간된 전설의 사이클 월간지.

192 Henri Laborit, Jacques Ellul. • 앙리 라보리는 의사, 작가, 철학자(1914~1995)로, 전문분야는 향정신성 약물, 스트레스시 신체조직반응연구(eutonology), 기억이다. 그의 이론에 감명한 영화감독 알랭 레네가 「내 미국 삼촌」(*Mon oncle d'Amérique*, 1980, 125분)에 그를 출연시켰다. • 자크 엘륄은 철학자, 법학 교수, 사회학자, 개신교 신학자, 기독교 무정부주의자(1912~1994)로, 기독교와 정치학을 접목시켰고, 기술사회에 관한 저서가 여럿 있다. 국내에 '자끄 엘륄 총서'(대장간, 2010~2018) 등 40여 권이 소개되었다.

음에 대한 생각이 들긴 했지만, 한참동안 그것을 잊을 수 있기에 이르렀다. 작은 목소리는 부메랑처럼 불쑥 다시 나타났다. "죽게 될 거야." 하지만 자전거 연습에 다시 취미를 갖게 되면서 그 생각에 사로잡히는 일이 점점 희미해짐을 잘 느낄 수 있었다.

자전거가 내 삶을 구했다…….

그해, 나는 어떤 남자를 알게 되었다. 그와 성은 다르지만 나의 날들을 만든 장본인이었다. 아버지는 나를 툴루즈행 기차에 태웠는데, 선로 저쪽 끝에서 그 남자가 나를 기다리고 있었다. 우리는 한참을 서로 처다봤고, 그는 의사로서 나를 자세히 살폈다. 그의 커다란 집을 봤다. 정원 끝에 테니스장이 있는 그 모든 공간을. 잠시 옛날로 돌아가 봤다. 어머니를 생각했고, 뭔가 배신했다는 아픈 느낌을 가졌던 아버지를 생각했다. 나는 그 남자의 아이들과 함께 자전거를 탔다. 그는 모로코 출신으로, 유대인 이름을 가지고 있었다. 그에게는 나보다 어린 아들이 두 명 있었다. 매우 얌전했다. 우리는 함께 떠났는데, 아무 재능이 없었고, 나는 그들을 집 근처 언덕에 버려두었다. 도로 혼자가 되었고, 멀리 있었다. 라 로셸로 다시 떠날 때, 그 남자가 「레키프」를 사라며 내게 200프랑을 찔러주었다. 너무 많았다. 나중에, 나는 죽고 싶었다. 마치 이 거울을 통과하지 못할 것 같았다. 정신을 잃었는데, 그것은 생명을 잃는 것보다 더 심각했다. 명망 있는 신경과 의사들이 나를 직관한 후 이렇게 확인해주었다. 평평한 뇌전도는 한 인간의 죽음을 의미한다. 그러나 멈춘 심장은 다시 뛸 수 있다고 했다. 죽음은 머리, 무엇보다 머리로부터 왔다. 그때 나는 죽었었다.

자전거가 내 삶을 구했다. 내 오랜 친구 중 한 명이 오늘 내게 고백했다. 삶에서 암울했던 시기, 걸어서 집에 갈 용기가 더는 나지 않았을 때, 자기를 심연에서 끌어내준 것 또한 자전거라고 했다. 그의 말에 따르면, 그것은 친구들의 계략이었다. 그것을 이해할 수 있는 사람, 자전거에 매달려 그 위에서 죄인처럼 고통스러워하며 거기서 자신의 구원을 찾을 수 있음을 이해할 수 있는 사람은 친구들밖에 없다. 남자들의 일······. '팅커벨들'은 어떻게 생각할지 모르겠다. 그는 최근 「레키프」에 실린 벨기에 우승자 뮈세우[193]라는 인물에 대해 이야기했다. 심각한 오토바이 사고 후, 사람들은 그가 끝났다고 했다. 두 발로 섰을 때, 과거 눈부신 마지막 역주선수였던 그는 더 이상 자전거로 몇 미터조차 달릴 수 없었다. 기자에게 그는 자기 심장을 가리키며 이렇게 말했다. "자전거는 여기에 있어요." 기적적인 사람, 기적 같은 사람.

지금도 나는 자전거가 삶을 구한다고 믿는다.

나의 뇌에 종양은 없었지만, 내 나날의 장본인이었던 그 남자, 그러나 내게 아무 권리도 없었던 그는 뇌졸중에 걸렸다. 정확히 말해, 내가 「르 몽드」에서 피질의 기능에 대해 탐사보도를 하던 그 시기에. 다행히 그는 회복되었다. 하지만 나를 계속 괴롭힌 일이 하나 더 있었으니, 트뤼포[194]의 작품과 나와의 친연성이다. 시네마에 관한 그의 책, 서한, 그가 글 혹은 영화로 남긴 모든 것, 심지어 죽은 자들에 대한 열렬한 오마주로 영화가 나오자 그토록 비난을 받았던, 하지만 대단했던 영화 「녹색 방」[195]에 이르기까지. 오래

---

193  Flandrien Museeuw. 벨기에 선수(1965~, 본명 Johan Museeuw). 별명은 '플랑드르의 사자'. 플랑드르 투르와 파리-루베 3회 우승, 1996년 세계 챔피언으로, 1990년대 최고의 선수였다. 파리-루베에서 추락(1998), 무릎이 박살났고, 심한 감염으로 거의 다리를 잃을 뻔했는데, 그 후 다시 오토바이 사고를 당했다. 2000년 파리-루베 결승선을 넘으면서 왼쪽 다리를 들어올려 2년 전 부상으로 끝날 것 같던 자신의 경력을 상기시켰다고 한다.

194  François Truffaut. 4반세기 동안 프랑스 영화산업의 아이콘이었던 감독, 각본가, 배우, 제작자, 평론가(1932~1984). 누벨바그를 이끈 사람 중 하나이다. 1983년 뇌종양 진단을 받고 이듬해 파리에서 죽었다.

195  *La Chambre verte*. 헨리 제임스의 단편들 — 「죽은 자들의 제단」(*The Altar of the Dead*, 1895), 「정글의 야수」(*The Beast in the Jungle*, 1903), 「친구들의 친구들」(*The Friends of the Friends*, 1896) — 을 각색한 트뤼포의 영화(1978, 94분).

전, 아직 나를 잘 모르던 어떤 사람이 어느 날 내게 「방종한 생활」[196]의 저자에 관한 책 두 권을 주면서 이렇게 말했다. "당신 분명 감동 먹을 거요." 그가 보고 예견하고 느낀 것이 무엇이었을까? 나는 이미 트뤼포에 미쳐 있었고, 모든 것을 봤고, 그에 관한 것을 거의 모두 읽었었다.

트뤼포와 주소를 남기지 않고 사라진 그의 유대인 아버지 찾기.

트뤼포와 그의 뇌종양. "종양이야, 넌 죽어."

자전거는 정말이지 내 삶을 구했다.

오늘은 페달을 밟지 않았다. 그 생각만 했다.

---

196 *Quatre cents coups*. 국내에 「사백 번의 구타」로 잘못 번역되어 알려진 트뤼포 감독의 영화(1959, 99분).

# 2월 3일

비. 뱅센 숲 순환도로를 혼자서 한 시간 반 돌았다. 안경을 벗었다. 나에게는 너무 긴 '지미 카스페'의 자세에 마침내 익숙해졌다. 수 킬로미터 몸풀기 운동을 한 후, 핸들 바를 움켜쥐고 바람에 맞서 등을 납작하게 했다. 곧 숨쉬기가 변했다. 배가 움직였고, 더는 흉곽이 아니었다. 아버지가 이런 횡격막 호흡을 가르쳐 주었다.

겨울 저녁, 몇 번 라 로셸 공원으로 나가 해안까지 달렸다. 모래사장에서 마지막 역주를 했다. 그것은 발목에 좋았고, 특히 힘이 들어 심장이 마구 뛰었다. 그리고 나서 등을 대고 누우면, 아버지가 내 배를 발로 눌러 배로 숨쉬게 했다. 머리를 낮추고 페달을 밟으며 그 순간들을 되살리다보면, 너무나 놀랍게도 복식호흡을 되찾게 된다. 그렇게 자전거에 납작 엎드리면 속도가 증가했다. 기어비를 '맞췄다.' 뒤쪽에 13단, 때론 12단, 하지만 앞쪽 작은 체인링은 39. 그렇게 하면 체인이 일렬로 잘 간다. 그렇지 않으면 체인은 '게처럼' 돌면서 쇠 긁는 소리를 낸다. 여러 번 돌고 나서, 바람에 꼿꼿이 서서 똑바로 갔다. 마치 타임트라이얼에서 달리는 것처럼 힘과 공기역학을 찾으면서. 머리로는 몽플리에 거리를 매우 빠르게 지나가고 있었다. '크로노' 구간이었다. 넓적다리에서 올라오는 고통은 견딜 만했다. 온 사지가 반응했다. 비 때문에 타이어의 부드러운 초록색 덮개가 발광체 같이 되었다. 만화가 펠로스에 의해 불멸의 존재가 된 '초록 이빨의 마녀'가 생각났다. 언덕들 정상에 숨어 있는 '망치 든 남자'와 함께 그 마녀는 고장, 펌프질, 종말의 시작……을 상징했다.

계속 돌았지만 비슷하지는 않았다. 갑자기 한기가 느껴졌다. 그리고 몇 킬로미터 전부터 넘어질 것 같은 예감이 들었다. 길은 흠뻑 젖어 있었고, 얇은 물막이 아스팔트를 덮고 있었다. 엉뚱한 생각이 머리를 스쳐갔다. 만일 미디 리브르 주자들이 내 리드를 거부한다면, 만일 공교롭게 간격이 벌어져 사고를 불러온다면, 아마추어라고 포기를 강요받는다면……. 만일 '어릿광대'에게 경기를 떠날 것을 요구한다면, 내게 곱지 않았던 위원회와 불만에 찼던 입술들은 엄청 안도하겠지. 이미 익히 들었던 말, "예견된 바요. 미친 짓이지. 이제 충분히 했고, 우리 이미지도 타격 받았고."……

페달을 힘껏 밟으며 이런 나쁜 생각들을 쫓아버렸다. 자전거 위에 잘 자리 잡았고, 궤도도 직선이었다. 추락을 생각한 것은 어쩌면 추락하고 싶어서일지도 모른다. 더는 생각하지 않았다. 그렇게 어려운 일은 아니다. 언젠가 죽고 싶다는 생각을 그만두면서 이미 더 힘든 것도 했으니까.

'파리 프르미에' 채널에서 방영된 '배우의 스튜디오'에서 토머스 립튼[197]이 한 말이 머릿속에 떠올랐다. "더 원하면 더 주어라 *If you want more, give more*". 이 '더'라는 말이 더욱 맘에 든다.

너무 피곤해서 '지미 카스페'를 차에서 꺼내놓을 수 없었다. 날씨는 추웠고, 밤이었고, 집에서 먼 곳에 주차를 했다. 자전거를 두면서 조금 걱정이 되었다. 창문을 깨고 자전거를 훔쳐 가면 어쩌나?

---

197 Thomas Lipton. 미국 시인이자 배우인 제임스 립튼(James Lipton, 1926~)과 착각한 듯하다. 립튼은 폴 뉴먼 등과 '배우의 스튜디오'(*L'Actors Studio*)를 설립, 1994년 6월, 미국 유선채널 '브라보'(Bravo)가 제작한 동명의 프로의 진행자가 되었고, 이 프로는 이후 미국 4천 2백만 가구와 전 세계 125개국에 방영되었다. 베르나르 피보(주 43)가 기획한 프랑스의 전설적 문학 프로그램 '배양액'(*Bouillon de culture* '문화의 수프', 1991~2001년 방영)에서 착상했다고 한다.

# 2월 4일

여전히 비. 차를 생 제르멩 앙 레 수영장 뒤에 주차시켰다. 하늘에서 내리는 모든 물이 지난밤 이미 젖어버린 구두와 축축한 장갑 위로 굴러 떨어졌다. 내리막길에서 어떤 차와 부딪칠 뻔했다. 급격히 거리를 둠으로써 피할 수 있었다. 하지만 한동안 심장이 관자놀이를 때렸다. 훨씬 잘 오를 수 있는 언덕 순환도로를 택했다. 거의 4시간, 족히 백여 킬로미터를 달렸다. 오늘도 나는 기어비를 당겼다. 오늘도 나는 핸들에 머리를 집어넣었다. 우기기를 잘했다. 완전 오르막길에서 공기의 흐름이 격렬하여 몸을 숙이지 않을 수 없을 때, 자전거에서 어떻게 해야 할지 자문하게 된다. 온몸이 불같다. 이따금 안장에 더 이상 앉아 있을 수 없게 되었는데, 퀴사르가 쓸려 견딜 수 없게 되었기 때문이다. 댄서 자세를 취했고, 그때는 엉덩이가 터졌다. 그래서 다시 앉으면 다른 데가 또 아팠다. 이럴 때, 덜 아프게 하려면 자세를 어떻게 해야 하는지 더는 모르겠다. 합리적인 사람이라면 멈출 생각을 할 것이다. 하지만 사이클 선수는 합리성과는 거리가 멀다. 길가에 나와 주자들에게 박수갈채를 보내는 사람들은 주자들이 매일 어둑어둑할 때 나가서 펼치는 훈련의 양을 상상도 못한다. 4시간 자전거를 탔더니 무기력해졌고, 얼이 빠졌다. 미디 리브르에서 하루 평균 2백 킬로미터, 최소 6시간, 간혹 7시간을 어떻게 안장에서 견딜 것인가. 5월이면 바로 내일이다. 길에서 바람을 쐬며 서 있는데, 이런 생각이 엄습했다. 나이에 맞지 않는 이 환상의 추구를 고집하는 대신 지금 포기한다면. 챔피언들은 평범한 사람들이 아니다. 도핑을 하건 안 하건, 그들은 인간의 일반적 조건에서 벗어나 있다. 이해하기 어렵지만 자전거에 오른다는 것은, 첫째로 들어오는 사람에게만 해당되기 때문이다. 오르막길이거나 바람이 불면, 상황은 완전히 달라진다. 그때는 뭔가 아주 놀랄 일들이 예상된다. 색색의 옷에, 발에는 꼬마 악마 신발을 신은 친구들이 수 킬로미터의 경사로를 전속력으로 집어삼키는 것을 볼 수 있다. 누구든 그들의 입장이 되어 보면 불쑥 생생히 퍼지는 고통을 느낄 것이고, 쉽다는 인상이 이내 지워질 것이다. 보이지 않는 손이 머리를 물속으로 집어넣으려는 듯한 무게가 목에 느껴질 것이다. 허리에, 그리고 그 위 상체에 내내 기이한 뒤틀림이 느껴질 것이다. 그것은 방전과는 다른 일종의 지각마비 같은 것이다. 그리고 이 엄습하는 고통에 맞서는 유일한 방법, 이 꺼져가는 몸의 시도에 맞서는 유일한 방법은 페달을 밟고 또 밟는 것, 길 끝까지 페달을 밟는 것이다.

달리면서 이 모든 것을 생각했다. 이를 의식하지 못하고 여러 마을을 가로질렀고, 뭔가 부재와 흡사한 최면 상태에 있었다. 마치 내가 거기 없는 것 같았다. 몸은 작동하는데 정신은 떠돌았다. 가는 내내 무슨 생각을 했던가? 강철 같은 나의 꼬마 주자들의 유니폼을 생각했다. 전엔 그것을 잊고 있었다. 또한 블롱댕, 팔레를 생각했다. 그들은 차에 앉아서든 혹은 좋은 술잔, 아니 좋은 술병을 앞에 두고 자전거를 사랑했던 사나이들이다. 그들이 진정 옳았다. 『자디스 씨』[198]의 첫 부분을 확인해봐야겠다. 이렇게 시작했던 것 같다. "오랫동안 나는 내 이름이 블롱댕이라고 믿었습니다. 사실, 내 이름은 자디스입니다." 한 달 전부터 내 이름은 카스페다. 횡대를 따라 있는 흰 메달에 그렇게 쓰여 있다.

정지하는 순간, 페달에서 발을 뺄 힘도 없었다. 어깨를 겨우 차에 기대고

---

198 블롱댕의 소설 『자디스 씨 혹은 야간학교』(*Monsieur Jadis ou L'École du soir*, La Table Ronde, 1970, 240p.)

발을 땅에 디딜 힘만 있었다. 뒷좌석에 앉자마자 다리를 머리 지지대 위에 올려놓았다. 피가 역류했고, 막연한 행복감이 엄습했다. 그러는 동안 아침에 준비해온, 포도 주스와 생 툐르 물을 반반씩 채운 물통을 말 그대로 빨았다. 하루 2백 킬로미터를 평균 30내지 35로 집어삼킬 수 있을까? 해야한다. 그리고 매일 저녁 기사를 한 장 쓴다고? 그것도 해야 한다. 아, 난 정말 미쳤거나 오만하거나, 어쨌든 정상은 아니다. 진짜 자전거 주자다.

라디오에서 프랑스 갈의 목소리가 들려왔다.

> *그리고 나는 울었네 바보 같은 짓에,*
> *아무것도 아닌 것을 사랑했네,*
> *당신처럼*
> *당신처럼*[199]

아버지가 전화했다. 「레키프 매거진」에 실린 프랑스 복권협회 팀의 기사를 알려주었다. 문제는 두 명의 주자가 없는 상태에서 찍은 그룹 사진이었다. 기자는 그중 한 명이 「르 몽드」 편집부장으로 대체되었다고 명시했다……

---

[199] 「최상의 나」(*Le meilleur de soi-même*, 1978, 3:51) 일부. 프랑스 갈(France Gall, 1947~2018)은 한 시대를 풍미한 가수.

171

# 2월 6일

 몽플리에의 「미디 리브르」 지국에서 실무 회의가 있었다. 지도부 전체가 노엘 장 베르즈루를 중심으로 다 모였다. 날이 좋았고, 마침내 햇살, 지중해 공기다. 편집국장 알렝 플롱바의 뜨거운 열정이 보기 좋았다. 그는 질문을 많이 했다. 거북스런 질문까지. "사흘 지나 자네가 버려지면? 생각해 봤나?" 그렇다. 매일 생각했다. 시합(l'épreuve) 때,—처음에 나는 '입증(la preuve) 때'라고 썼다……—그런 쓴맛을 겪지 않으려고 진즉 생각했다. 위험과 불확실한 것들이 남아 있다고 다들 의식하고 있는 듯했다. 그것이 없다면 모험은 진정한 모험이 아니다. 미디 리브르 경기를 마치고 매일 저녁 어렵지 않게 「르 몽드」 기사를 한 장 쓸 거라고 미리 말할 수 있다면 그만큼 관심은 줄어들 것이다. (히치콕의 이야기가 하나 생각났다. 조련사가 사자에게 잡아먹힐 것을 볼 희망으로 매번 서커스를 보러 가는 한 남자의 이야기…….) 늘 그렇듯, 가슴을 뛰게 하는 것, 어쨌거나 내 가슴을 뛰게 하는 것은 바로 이 '어쩌면'이다. 아르투르 루빈스타인의 이야기로 내 심정을 설명하려 했다. 그는 콘서트 당일 연주할 작품을 결코 전곡으로 연습하지 않았고, 그 일부를 비어두었다. 발견, 즉흥, 그리고 체험하기 전에는 쓸 수 없는 것에서 태어날 감성에……. 비교가 지나쳐 보일 수 있다. 점심시간에 우리와 합세한 스포츠회 회장 조르주 뷔리는, 투우 중에는 황소에게 항상 출구를 남겨둬야 한다고 했다. 내 출구는 잉크를 머금은 백지다. 내 투우 창은 깃털처럼 가볍다. 자전거에서는 가벼움을 꿈꾸어야 한다. 물론 나는 끔찍한 패배를 피할 수 없다. 패배가 엄습하면, 나는 이를 말로 바꿀 것이다. 이것이 언어에 대한 내 내면의 문법, 하나의 병이다.

　돌아오는 비행기에, 아이를 둘 데리고 있는 금발의 젊은 여자가 있었다. 한때 말을 타고 투우를 했던 투우사 마리 사라였다. 그녀가 황소 앞에 있는 모습이 잘 상상이 가지 않았다. 청바지를 입은 그녀는 가냘프고, 어린 사내아이의 시선 속에서 갓난아기를 어르느라 바빴다. 그녀 또한 이따금 스스로에게 물었을 것이다. 짐승의 눈, 척추, 검은 망토를 노려보면서 투우장 한가운데서 자신이 무엇을 하고 있는지를.

　시합 중 나를 보호할 안전조치가 마련되었다. 차 한 대와 두 명의 오토바이 운전자가 길에서 나를 호위할 것이다. 차에는 응급처치 의사가 한 명 타고 있을 것이고…….

# 2월 7일

프랑스 복권협회 팀 경주 지원실에서 크리스티앙 로스트가 숨을 내쉬기 시작했다. 이틀 동안 50개 이상의 자전거에 올라야 했다. 개막 그랑프리와 함께 마르세유 프로 시즌이 시작된 것이다.[200] 그리고 에투알 드 베세주[201]와 지중해 투르[202]가 이어질 것이다. 크리스티앙은 전직 군인이다. 그는 33년을 달렸다. 주엥빌 대대에서는 마디오, 피농의 '보호자'였다. 진정 자전거의 제페토였다. 완전 헐벗었던 배경이 눈 깜짝할 사이에 생명과 영혼을 얻었다. 그는 브레이크 레버, 핸들을 놓고, 바퀴와 바큇살을 고치고, 체인과 케이블을 당겼다. 그의 작업실에는 이가 53, 54, 55, 56인 체인링이 있다. '꼬마 여왕'에게는 어떤 것도 결코 너무 크지 않았다. 크리스티앙은 자전거 크로스컨트리 경주 우승자이다. 얼마 전까지만 해도 그의 심장박동은 1분에 36회였다. 지금은 45회로 올라갔다……. 그의 가까이에 크로노 자전거들이 있는데, 핸들이 마치 부메랑 같았고, 포크는 진회색이었다. 훈련에 대해, 이 궂은비에 대해 이야기들이 있었는데, 비와 흙이 섞여 자전거들을 알

---

200  Grand Prix La Marseillaise. 1980년 창설. 마르세유에서 매년 1월 마지막 주 일요일 하루 열리는 도로경기. 그해의 첫 유럽 경주다.

201  l'Étoile de Bessèges. 1971년 창설. 마르세유 오픈 다음날 열리는 구간 사이클경기. 그해의 첫 구간 사이클경기다.

202  le Tour 'med'. 1974년 창설. 매년 2월 열리는 그해의 첫 프랑스 도로경기. 2014년 폐지.

아볼 수 없다고 했다. 그는 노련한 페달꾼으로서 내게 불쑥 이렇게 말했다. "자기 코스를 얻는 것은 겨울이지." 우리는 추억을 공유하고 있다. 1월 아침마다, 다리를 목 주위에 놓고, 내리막길과 언덕을 중단 없이, 고정된 뒷 드레일러로 수없이 외출을 했다. 그리고 나서 변속장치를 다시 잡는 것은 진짜 축제였다. 파브리스 바놀리가 막 도착했다. 그가 스템 110과 속도계, 심장박동 측정기를 가져왔다. 그 또한 아마추어로 달린 적이 있다. 그리고 나서 슈퍼 U팀의 전성기에, 기마르 팀에서 10년을 정비공으로 지냈다. 그가 프랑스 복권협회 팀의 새 핸들을 달아주었다. 네잎 클로버와 행운의 숫자가 점점이 뿌려져 있었다. 시즌이 끝나면 프로들의 자전거가 팔리는데, 아마추어들이 무척 좋아한다. 그들은 첫 번째 소유자의 이름이 그려진 메달이 세팅된 일주 자전거를 얻으려고 1만에서 1만 5천 프랑을 쓴다. 그들은 결코 그것을 지우지 않는다. 그것은 하나의 부적이고, 제조사 브랜드며, 자랑스러운 그들 말의 상처 자국이었다.

파브리스는 장 드 그리발디[203]와도 함께 일을 했다. 그는 '자작'(子爵)이고, 매력적인 인물이었는데, 여기저기서 긁어모아 팀을 만들지만 대단한 우승자로 드러날, 가령 숀 켈리[204] 혹은 플랑드르 투르의 깜짝 우승자 룩스[205]같이 잘 알려지지 않던 이들을 모아 훌륭한 코스를 늘 성공적으로 싹 쓸어갔다. '드 그리'는 어느 핸가 한 나무꾼을, 자연의 힘을 충원했다. 그 사람은 특히 '크로

203 Jean de Gribaldy. 프랑스 선수, 감독(1922~1987). 1945~1954년 선수로 활동, 1964~1987년 감독으로서 '유망주 발굴자'로 명성을 얻었다.

204 Sean Kelly. 아일랜드 도로경주 선수(1956~). 프로(1977~1994) 기간 중 클래식 경기 9회, 프로 경기 193회 우승, 투르 드 프랑스 포인트 레이스 4회 우승, 파리-니스 7년 연속 우승(1982~1988), 1989년 최초로 UCI 도로 월드컵에서 우승했다.

205 Steven Rooks. 네덜란드 도로경주 선수(1960~). 오르막이 장기다. 1988년 투르 드 프랑스 알프 뒤에즈의 산악왕(땡땡이 셔츠), 1991년과 1994년 네덜란드 전국 도로경주 챔피언.

노'에서 굉장했다. 하지만 그는 8개월 지나 그만두었다. 그 상황이 그를 열광시키지 않았던 것이다. 그는 자기 나무들에게로 돌아갔다. 장 드 그리발디, 그는 교통사고로 죽었다. 그에 대한 기억으로, 파묻혀 있던 아주 오랜 추억이 되살아났다. 내 나이 스물다섯, 「경제 트리뷴」 지의 젊은 기자였을 때였다. 그것은 전직 「르 몽드」 사람들이 활기를 불어넣고 있던 일간지로, 거기서 나는 주요 열대산물, 커피, 카카오, 바닐라, 일랑일랑 등에 전문이었다……. 일 년이 지나, 우리는 이 신문을 창간한 사주의 방식에 고통 받아, 쫓겨나야 할 서른 명의 기자 신세가 되었다. 나는 몇 주간 남아 나의 미래에 대해 자문했다. 바로 그때 장 드 그리발디와 접촉하고 싶은 유혹을 느꼈다. 내가 알기로 그는 가끔 특별히 상을 받지 않은 비전형적인 주자들을 모집했는데, 이유인즉 그가 단지 모르는 사람을 믿었거나 또는 그들에게서 확신을 얻는 것을 좋아해서였다. 하지만 「르 몽드」가 내게 고정직을 제안해왔고, 그렇게 하여 결정적으로 페달 밟는 떠돌이의 꿈을 땅에 묻었다. 더는 '드 그리'를 생각하지도 이름을 거론하지도 않았다. 경주 지원실에서 보낸 이 순간 전까지는 말이다.

깜짝 선물이 나를 기다리고 있었다. 파브리스가 나를 양품 코너로 데리고 갔다. "자네는 우리의 열아홉 번째 선수야. 잊지 말게." 그는 내게 새로운 장비 일습을 준비시켰다. 칼톤 가방에 럭비용 티셔츠를 채웠고, 트레이닝복, '팀' 내의, 심지어 멋진 가죽 저고리도 넣었다. 이예르 훈련 때 젊은 주자들이 부러움에 침을 흘릴, 아에로포스탈 시절, 질풍에도 불구하고 툴루즈의 천 작업 여인들의 제비꽃 향이 솔기에 그대로 남아 있는 아마포 날개를 단 비행기 시절, 라테코에르 작업실 앞의 메르모즈[206] 식 비행사 저고리였다.

---

206  Jean Mermoz. 라테코에르 사의 우편 비행사(1901~1936)로, 거기서 생 텍쥐페리를 만났다. 1936년 라테코에르 300으로 우편 비행 중 엔진 결함으로 추락, 실종되었다.

파브리스는 또한 로열젤리와 인삼젤리도 한 상자씩 주었다. 기욤박사의 '중국식 처방제'였다. 나는 다시 혼자 떠났다. 내 자전거에는 새로운 스템, 시간의 흐름이 매번 숫자로 돌아가는 두 개의 작은 화면이 앞으로 나와 있는 핸들이 장착되어 있었다. 또한 프리휠도 있었는데, 숲을 오를 때, 혹은 남부지방 언덕을 기대하며 적어도 슈브뢰즈 계곡의 덤불숲을 통과할 때 사용할, 더 넓은 (이 23개) 극대화된 체인링이 달려 있었다.

차로 되돌아오면서, 머릿속이 온통 마르크 마디오의 사무실과 양품점 벽에 붙어 있던 주자들의 사진으로 가득했다. 나종[207]은 베세쥐 언덕 마지막 역주에서 승리한 모습이었다. 카스페는 둘이 앞으로 빠져나가기에서 힘을 쓰는 감동적인 모습이었다. 게동은 파리-루베 결승점에서 뒤에 있는 로또[208]들을 꼼짝 못하게 하는 순간의 모습이었고, 그동안 앞으로 빠져나간 사람들 대부분은 코트 다쥐르 해안을 따라 옴짝달싹 못하고 있었다 (트랙경기 선수들 말로 하자면, 잔디를 따라 트랙 가에 펼쳐진 푸른 띠에 관한 것이었다). 조금 전, 작업실, 기둘린 조각들 사이로, 얼핏 한 쓰레기통 바닥에 옛 주자들 사진이 몇 장 보였다. 그중 한 명은 날렵한 모습이었다. 심리적으로 심각하게 좌절한 후 일을 그만 둔 것 같았다. 자전거에서 추락은 결코 멀지 있지 않다. '지미 카스페'의 튜브를 쥐었다. 바람이 구름을 밀어냈다. 내일 비가 오지 않으면, 슈브뢰즈 계곡에 있어야겠다.

집으로 돌아오면서 자전거를 유심히 살폈다. 전과 같았지만 뭔가 달라졌다. 심장박동 측정기의 얇은 감초 실이 브레이크 케이블 주위로 마치 칡처럼 뙈리를 틀고 있었다. 핸들은 터키옥 색과 검은 색의 미세한 스크린으

---

207  Jean-Patrick Nazon. 프랑스 선수(1977~). 1997년 프로로 전향, 2002년까지 프랑스 복권협회 팀 소속이었다.

208  Lotto. 1985~2004년 운영된 벨기에 도로주행 사이클 팀. 벨기에의 국민복권협회가 후원사였다.

로 장식되어 있었고, '폴라' 시계에는 선명한 붉은색 누름 단추가 달려 있었다. 이번에는 스템이 맞는지 확인해보고자 안장에 오르고 싶은 것을 참지 못했다. 오금은 맞는 것 같은데, 하지만 달리다보면 확실해지겠지.

TV에서 「블랙 믹 맥」[209]의 첫머리 자막이 나왔다.

*킨샤사로 갔네, 너무 고통스러웠지*
*브라자빌로 갔네, 너무 고통스러웠지……*

내 상황에 대입했다.

*미디 리브르로 갔네……*

---

209  *Black Mic-mac*. 1986년 제작된 토마 질루(Thomas Gilou, 1955~) 감독의 코미디 영화(93분). 파리에서 건물을 무단점거한 아프리카인들이 퇴거 위기에 몰리자, 관료정치에 저항하여 마술사에게 도움을 청하면서 벌어지는 해프닝을 그렸다.

# 2월 8일

궂은 하루였다. 물론 비도 여전히 왔다. 하지만 무엇보다도 아침 6시부터 설사로 — 세부묘사를 용서하길 — 장이 비워졌다. 뭔지 잘 모르겠으나 안 좋은 음식, 어제 낮에 프랑스 복권협회 팀에서 먹은 달콤한 사과 순대 때문이 아닐까 싶은데, 하지만 그 생각을 하니 구역질이 났다. 규정식에서 조금만 이탈해도 톡톡히 값을 치른다. 아침에 아무것도 먹지 않고 라 쿠폴에서 차만 마셨다. 거기서 산 안토니오 최신판을 「르 몽드」에 실을 것인지를 협상했다.

아침 우편물 가운데, 책상 위에, 미디 리브르의 첫 50회 경주를 다룬 책 한 권이 노엘 장 베르즈루의 말과 함께 있었다. "자네가 내 사무실에 코도리(cache-nez)를 두고 갔네. 경건하게 보관하고 있다가 생 클레르 산 정상에서 돌려주겠네……." 말장난이다. 어렸을 때, 내가 너무 보다가 기절할까봐! 어머니가 감추려고(cacher) 했던 생 클레르 언덕(col)처럼 '목도리'(cache-col)를 내게 돌려주겠다는 말이다.

식사를 하려고 11시 반에 신문사 구내식당으로 내려갔다. 배는 고프지 않았지만 슈브뢰즈 계곡 언덕을 오르려면……. 2시, 함께 자전거를 타기로 한 친구 질이 오지 않았다. 그가 말했었다. "비가 오지 않는 한, 갈 게." 비가 왔다. 나는 뱅센 숲으로 다시 출발했다. 계기판과 새 스템, 그리고 이 23의 뒷 체인링을 처음 사용할 것이 기뻤던 언덕주행을 오늘 못하게 된 것이 결국 불만스럽지는 않았다. 숲에 오니 비가 두 배로 되었다. 처음 몇 번 페달을 밟고 나서 곧 나의 상태가 최악임을 알았다. 힘이 없고 거의 불편했고,

이상하게 허기가 지고 배가 아팠으며, 다리는 후들거리고, 호흡은 짧고, 몽롱하고 답답했다. 어디 누워서 자고 싶었다. 포기? 아니, 그래도 페달을 밟아야지. 너무 힘들이지 말고. 평균 25를 유지하려 했다. 하지만 계기판이 바람을 감지하여 내가 시속 19킬로미터에 근접하고 있음을 나타냈다. 자존심이 많이 상했고, 그래서 헐떡일 만큼 연습하여 다시 평균으로 올렸다. 갑자기 자전거의 이 모든 숫자들이 끔찍해졌다. 수평 바와 새 기돌린에 있는 숫자들, 나의 초라한 속도를 표시하는 계기판의 숫자들, 페달 박자, 변화될 때마다 기어비, 100미터씩 주행 킬로미터에서 빠지는 지겨운 공제. 정보의 홍수를 나타내는 데에는, 고무 속 브레이크 레버 양쪽에 있는 미세한 똑딱단추에 기대는 것으로 충분했다. 심장 박동기에 나를 연결시키지 않은 것만으로도 다행이었다(가슴 띠가 없었다. 파브리스 바놀리가 우편으로 내게 보내줄 것이다). 현기증이 났다. 계기판의 자료들을 너무 고정적으로 보지 말라는 주의 사항의 경고가 이해되었다. 잠을 자거나 최면 상태이거나 아니면 의기소침 같은 것이었다. 첫 한 시간을 초라한 28킬로미터 다리로 마쳤지만, 솜처럼 물러진 이 두 개의 사지를 진정 다리라고 할 수 있을까? 더는 힘이 없었다. 토할 것 같았다. 반응을 보일, 굴복할 준비가 되었다. 5명의 주자들 소그룹이 내 왼쪽으로 추월해갔다. 나는 바퀴들 속에서 한 바퀴 돌았다. 작은 한 바퀴. 그리곤 가버렸다. 유감. 계기판은 시속 39킬로미터까지 올라갔지만, 곧 혼자 바람을 맞으며 검고 굵은 숫자가 26, 그러다가 도로 22로 떨어졌고……

이 고집 센 서기, 이 장딴지의 흥을 깨는 자에게 익숙해져야 한다고 생각했다. 속도를 낸다고 했는데, 계기판은 시속 25킬로미터이다. 숫자를 좋아한 적은 없었고, 오늘이라고 해서 그것이 변하지는 않을 것이다. 심지어 이 침입자를 없앨 생각을 심각하게 했다. 그것을 안 볼 수는 없었다. 바퀴의 끝에 시선을 고정시키면 바로 조준선으로 떨어진다. 당황스럽지만 무시하고 달릴 방도가 없었다. 느려지고 있음을 은근히 광고라도 하듯, 속도가 — 말

하는 듯 — 풀려나갔다. 설사를 하고 저혈당이 된 날에, 이 의기소침함의 도
구는 '자만에 찬 사람들의 종착역'이었다. 자전거 친구인 오디아르라면 그
렇게 말했을 것이다. 돌고 또 돌면서 나는 거의 코마에 가까운 부재 상태로
들어갔다. 사냥 뿔피리 소리가 들렸고, 피리들은 큰 나무 밑 작은 초목들을
지나, 사냥꾼의 함성에 앞서 승리에 찬 공격의 억양을 보내왔다. 순환도로
에 개는 없었다. 아마도 내가 사냥감인가보다. 뱅센 숲의 청회색 오후 시간
은 '게임의 법칙' 같은 분위기가 지배적이었다. 부분적으로는 인간 사냥이,
그리고 자신의 '꼬마 여왕'에게 배반당한 사냥터지기 슈마허의 원한과 함
께. 그렇다. 내가 슈마허다. 장 르누아르[210]의 목소리가 아직도 들린다. "삶
에서 문제는 모든 사람이 다 이유를 가지고 있다는 것이다." 나는 멈출 것
이다. 자전거에서 내릴 것이다. 나에게도 이유가 있다.

　나를 비웃기라도 하듯, 한 젊은 주자가 세차게 나를 추월했다. 자전거를
탄 모습이 감탄스러웠는데, 가상의 타임트라이얼 경기를 하는 듯했다. 순
환도로의 시작을 표시하는 돌 사리탑, 그리고 커브길을 그는 우아하고도 힘
있게 돌파했다. 부러운 시선으로 그를 쳐다봤다. 그의 신발은 섬세한 커버로
덮여 있었는데, 마치 신데렐라의 구두를 신은 것 같았다. 어떤 일이 있어도
자정 전에 도착해야 하는 유리 신발, 군화. 이탈리아 챔피언 발레리니[211]를
생각했다. 로베르 샤파트[212]가 자전거를 탄 그의 우아함, 발레리나 같은 그
의 유연함을 절대 빠지지 않고 강조했던 그를.

---

210　Jean Renoir. 영화감독, 각본가, 배우, 제작자, 작가(1894~1979). 화가 르누아르의
　　　둘째 아들이다. 「게임의 법칙」(*La Règle du Jeu*, 1939, 110분)은 현대 프랑스 사회를
　　　풍자한 영화.
211　Franco Ballerini. 이탈리아 선수(1964~2010). 파리-루베 클래식 사이클 경주에서
　　　두 번 우승(1995, 1998).
212　Robert Chapatte. 프랑스 선수(1922~1997). 은퇴 후 TV 스포츠 기자로 활동했다.

크로노미터 훈련은, 시계바늘을 반대 방향으로 돌리려는 꿈, 적어도 그 것의 순환을 정지시키려는 꿈을 가지고 시계바늘을 되돌리는 기술이다. 배 속에 크로노미터를 가지고서, 가장 작은 초침, 때로는 그것을 통해 최악에 이르는, 다시 말해 실패에 이르는 그 초침에 도전하는 것이다. 시간을 잃 는 것은 우선 초(秒)의 문제다. 하지만 시간은 세월의 큰 도둑이다. 사람들 은 단 몇 초를 양도하는 거라 생각했지만, 그 간격은 이따금 분(分)으로 숫 자표시가 된다. 바늘 칼의 이 고독한 투쟁이 진정한 시합이다. 한동안 시간 의 세계기록 보유자였던 덴마크인 올르 리테[213]나 프란체스코 모제르는 말 할 것도 없고, 앙크틸에서 메르크스까지, 리비에르에서 인두라인까지 크로 노미터는 자전거의 귀족계급을 만들어냈다. 기어오르는 자들은 땅보다는 하늘에 더 근접한 사람들이다. '마지막 역주자들은 빠르다'('가다'라는 말 보다 '이다'라는 말을 적용할 수 있는데, 왜냐하면 순수 속도는 상태이기 때 문이다. 마치 키가 '크다'라고 하듯 속도가 '빠르다'고 하는 것과 같다). 타임 트라이얼 전문가들은 특이한 모터를 가지고 있다. 그 모터를 통해 그들은 자신들 고유의 무게, 분신과의 대결에서, 승자로서 빠져나올 수 있다. 르노 마티뇽[214]은 '앙투안'에 대해 말하면서, 유령을 수갑으로 잡을 수는 없다고 썼다. 타고난 주자들은 시간을 바람의 화살처럼 통과하는, 있을 법하지 않 은 유령들이다. 크로노미터가 멈추고 그것을 다른 불운한 상대들과 대조해 보면 교훈은 즉각 나온다. 유연하고도 잔인하게 페달을 밟는 메트로놈 같

213  Ole Ritter. 덴마크 선수(1941~). 타임트라이얼 전문이다. 1967년 지로 디탈리아 의 개인 타임트라이얼에서 에디 메르크스, 자크 앙크틸을 누르고 우승했다. 1968 년 멕시코에서 페르디낭 브라크(Ferdinand Bracke, 1939~)의 기록에 573미터를 추가한 시속 48.653킬로미터로 세계기록을 갱신, 1972년 앙크틸이 이를 갱신할 때까지 기록을 보유했다.
214  Renaud Matignon. 기자(1935~1998). 「피가로」지 문학 담당.

은 주자들이 있다. 그들은 두 다리로 순수한 힘의 서열을 세운다. 다른 주자들이 늦는 게 아니라 이들이 빠르다. 더는 주행 상황이나 잡아야 할 토끼의 문제가 아니다. 시간의 벽을 통과하는 문제에서 그들은 자신들이 다가가도 지평선이 물러나지 않았다고 말할 수 있는 유일한 사람들이다. 그들은 국경을 통과하듯 지평선을 건넜다. 크로노미터의 왕들은 시공간을 정복한 사람들이다. 여기저기서 따온 초(秒)들, 허허벌판에서 뽑아온 분(分)들이 모여 그들에게 영원을 수여하듯, 그들 주위에는 존경의 후광이, 신비로 짠 후광이 있다.

시계와 대면하는 일을 싫어하지 않았던 저 멋진 후고 코블레트[215]는 얼마나 여러 번 대천사의 칭호를 획득했던가.


계기판에 56킬로미터, 안장에서 2시간 있었다. 집에 돌아왔다. 다리가 아프지 않았다. 심지어 몸을 아프게 하는 데까지도 못 갔다! 몸에 몰두하지 않았다는 느낌, 거기에 있지 않았다는 느낌, 혹은 내부로부터 풀어져, '희뿌연' 상태라는 느낌. 미디 리브르에서 이와 유사한 불운이 닥친다면, 포기해야 할 것이다. 아이들의 잔인한 놀이에 혼쭐이 난 곤충들이 자기들 은신처로 들어가 다시는 나오지 않는 것처럼, 나는 나의 굴속으로 들어갈 것이다.

열수욕을 하는 가운데, 다리에 소름이 돋았다. 하지만 포 벨지를 한 것은 아니었다. 오늘 나는 젖은 암탉이었다. 물론 아팠고, 비도 왔다. 다른 사람 같으면 분명 자기 몸을 별로 돌보지 않고 계속했을 것이다. 또한 다른 사람 같으면 코를 밖으로 내놓지 않았을 것이다. 차로 집에 돌아 올 기운조차 없

---

215  Hugo Koblet. 스위스 선수(1925~1964). 별명은 '멋진 코블레트', '매력적인 페달꾼'. 1947~1954년 스위스 챔피언대회에서 연속 우승했고, 1951년 개인 타임트라이얼 세계챔피언 경주인 '그랑프리 데 나시옹'(Grand Prix des Nations)에서 파우스토 코피를 눌렀다. 같은 해 투르 드 프랑스 5개 구간에서 우승했다.

었다. 발에 걸었던 자전거 신발을 클러치에 건 채, 뭘 마실 수도, 뭘 할 수도 없었다.

# 2월 11일

라 로셸 옆, 에스냥드에 있는 집에서 한 주 휴가를 보냈다. 어린 시절의 작은 길들, 샤롱 뒤의 늪지 길, 소금에 단 타마린드, 지겨운 왜가리들의 비상, 멀리 물러난 바다 거울 위로 마치 커다란 흰 솜 덩어리 같은 갈매기를 다시 봤다. 아침이 끝나기를 기다려, 60여 킬로미터를 달렸다. 안개 장막이 들판을 덮었다. 마을을 벗어나자, 얼핏 두 명의 사냥꾼이 들판을 가로 질러 산보에서 돌아오는 것이 보였다. 민첩한 손이 산토끼의 흰 배를 가죽 전대 속에 들이밀었다. 아직 따뜻할 것이다. 콩스탕스가 저걸 보지 않아 다행이다. 엘사와 함께 있으라고 두고 왔다. 열다섯 살의 유소년. 둘의 모습이 닮았다.

얼마간 페달을 밟은 후 니욀 쉬르 메르에 닿았다. 1970년에 거기서 살았다. 우리는 보르도에서 왔다. 이 길들 위에서, 이 육수화들 속에서, 당시 나처럼 10살이던 올리비아 옆에서, 나의 새로운 성, 포토리노를 처음 사용했다. 전에 심농이 살던 집 앞을 지나갔다. 이제 칼베르 언덕이다. 짧지만 가파른 이 언덕은 다리에 격렬한 훈련을 요한다. 안장에 앉아서는 기어 오를 수 없다. 나는 마치 길 위의 악마처럼 흥분하여 기어비를 당겼다. 말 그대로 '몸을 뽑아내야' 했다. 정상에는 여전히 예수 수난상이 있었다. 십자가의 예수만 사라지고 없다. 십자가에는 못의 충격이 남아 있다. 마치 내가 없는 가운데 부활이 일어났음을 알려주는 것 같았다. 그간 이곳에서 멀리 떨어져 있었고, 그간 살아 있다고 생각했었다. 정말로 기이한 느낌이다. 15살 되던 해, 첫 자전거선수 시절의 길을 똑같이 가고 있는 것이. 그때는 학교를 마치고 자전거에 뛰어올라 돌고 또 돌았다. 4킬로미터 순환도로를 때로는 이 방향으로 때로는 저 방향으로 완주했다. 한 번은, 두 해 전 여름, 나도 모르게 이 길의 일부에 있었다. 뒤로는 바다가 있었다. 예수 수난상을 돌고 있다고 느꼈을 때, 어떤 유치한 기쁨이 나를 사로잡았다. 고향에 돌아왔고, 나도 모르는 해안도로를 지나면서 —'나 때'는 차가 다닐 수 없었던— 나도 모르게 이 마술의 장소에 와 있던 것이다. 블롱댕이 제본한 작품 서두에 있는, 세르반테스의 『돈키호테』의 명구가 생각났다. "……. 그리고는 자기의 탈 것이 원하는 길에 다름 아닌 길을 계속 갔다. 모험의 본질이란 바로 거기에 있다고 그는 생각했다……." 자전거를 만지지 않고 긴 사흘을 보낸 후라(신문사 일을 더 빨리 해야 했고, 금요일 밤 여행……), 오늘 몸이 최상은 아니었다. 스템이 더 짧아졌는데도 여전히 팔꿈치가 아팠다. 지금 생각해보니 주행 중인 자전거에서 진정 편안한 적은 없었던 것 같다.

공기가 뜨듯했다. 오르막길에서 풀 향기를 맡았다. 배경이 마치 불변이라는 듯, 25년 동안 변하지도 않았다. 커브길의 자갈들은, 깜빡하고 장갑을 두고 왔을 때 튜브 없는 타이어 커버를, 손바닥 두툼한 곳을 은근히 위협했던 것처럼, 여전히 소소한 보초병들일까? 마르실리 언덕길을 크게 돌면서 예전의 반응을 되찾았다.

예수 수난상을 기어오를 때, 갑자기 한 자전거 주자가 반대편에서 나타났다. 로지에르 방향으로 급히 내려오고 있었다. 저 모습, 저 얼굴……. 나는 소리쳤다. "알랭!" 하지만 그는 지나쳐갔다. 나는 되돌았다. 반 바퀴 돌려 그를 좇아가려 했다. 내가 선수 생활할 때 친구인 알랭 마르셰가 확실했다. 그는 힘이 세고 영악했으며, 종종 '우수'(다시 말해 훌륭하게 앞으로 빠져나가기, 끝까지 잘 가기)에 속했었다. 심한 추락으로, 하마터면 눈 하나를 잃을 뻔했다. 이로 인해 눈초리에 상처가 생겼고, 이로써 영원히 웃는 녀석의 모습이 되었다. 몇 장면이 생각났다. 비가 오는 가운데, '던롭 첫걸음' 구(區) 최종전에서, 로카르라는 사람이 1등을 하고 마르셰가 2등, 그리고 내가 그들을 뒤이었다. 다음날 「쉬두에스트」에는 제목이 "마르셰 앞에 로카르"라고 나왔다. 그리고 셋 모두 진흙으로 더럽혀진 채 손에 은잔을 든, 파리-루베 경기 후의 환하게 미소 짓는 사진이…….

그가 다시 나타났다. 알렝이 맞았다. 그가 반 바퀴 돌았다. 악수, 아니 장갑수……. "어제 아버지하고 네 이야기를 했는데……." 그의 첫마디였다. 1978년 아니 79년 이래 서로 보지도 못했는데! 어찌하여 내가 갑자기 그들의 대화에 등장했을까? 아무 일도 아니라는 듯 우리는 달렸고, 그가 소식을 전해주었다. 1988년까지 달렸다고 한다. 그 전에 몇 년간 그만두었다가 일 년간 실직하면서 다시 타게 되었다고 했다. 그가 숨을 몰아쉬었다. "일을 하지 않으면 걷지." 눈가에 상처, 미소, 목소리, 모든 것이…… 다시 보였다. 지난해 자전거로 술로르 언덕과 투르말레 언덕을 거쳐 일주경기 한 구간을 주행했다고 한다. 자전거로 8시간 반. 많이 고통스러웠다고. 8시간 반이라니! 미디 리브르 구간을 완주하는 데도 같은 시간이 걸린다면, 아마 사람들은 밤이나 되어야 나를 찾아올 것이다! 다행히 내가 올라가는 데는 그렇게 힘든 언덕은 없을 것이다. 이제는 그가 니윌에 산다. 그의 아내와 두 딸이 길 끝에서 걸어왔다. 알렝은 집에 가는 길이었다. 우리는 작별인사를 했다. 나 혼자 계속 갔다.

바람에, 바람에, 또 바람에……. 잊지 않았다. 바람에 맞서 계기판은 시속 22킬로미터에 근접했다. 그렇게 좋아할 일은 아니었다. 맞바람을 맞으며 집으로 갔다. 안개가 걷혔다.

오후 5시에 다시 출발하여 1시간 반 자전거를 탔다. 40킬로미터를 더 갔다. 하늘은 파랬고 대기는 가벼웠다. 빌르두로 돌아서 다시 니윌 순환도로로 돌아왔다. 화요일 혹은 수요일이 기다려진다. '난바다'로, 방데 방향 혹은 로슈포르 언덕, 내부 지방으로 떠날 것이다. 니윌 거리에서 아는 얼굴들이 있나 알아보려고 애썼다. 오늘 아침, 친구 르네가 집으로 인사하러 왔다. '주자 차림'이었다. 준비가 되었다면 그를 따라나섰을 것이다. 르네, 내가 열세 살 되던 해, 나를 자전거로 인도한 사람이다. 그는 자전거여행을 했고, 3,4백 킬로미터의 긴 산보를 떠나곤 했다. 그는 밤낮으로 1,200킬로미터를 달리는 파리-브레스트-파리 구간을 준비했다. 우리 집 바로 앞에 살았다. 그가 지나는 것을 보노라면, 그가 내게 상냥하게 인사를 했다. 스무 살이었던 것 같다. 지금 키네지(사람들이 키네지로 불렀고, 세 음절이 축약의 유행을 이겨냈다[216])의 아들 포토리노로 불리는 나는 그렇게 해서 한 '위인'의 눈에 들어갈 수 있었다. 어느 날 내가 그에게 물었다. 나를 데려가고 싶으냐고. 그렇게 해서 「나의 아저씨」[217]의 마을과 같은 이 마을에서 모든 것이 시작되었다. 르네의 아버지는 '방트라슈'[218]로, 거무스레하고 체격이 좋은, 성마른 착한 남자였다. 자전거 핸들 모양의 구레나룻을 한 앙리 영감, 그는 도로 작업원이었다. 르네에 대해서는, 르네와의 주행에 대해서는 나중에 다시 이야기하겠다.

몇 년 후 니콜 아브릴이 그녀의 소설 『아버지의 정원에서』[219]를 출간했을 때, 그녀가 니윌 쉬르 메르 출신이고, 그녀의 아버지가 거기 살았고, 그녀가 어린 시절의 추억을 가지고 있음을 알고 무척 놀랐다. 나의 아버지는 정원은 없었지만, 불멸의 에덴동산을 나에게 제공했다. 거기서는 누구도 나를 쫓아버린 적이 없고, 아침 바람만큼이나 질긴 저녁바람조차 내게 여전히 페달을 밟을 태세가 되어 있는지를 스스로 심각하게 묻게 만들었다.

어둑어둑해질 때 돌아왔다. 콩스탕스가 기뻐서 소리를 질렀다. "아빠!" 마

---

216  kinési. '물리치료사'(kinésithérapeute)의 축약어.

217  *Mon oncle*. 자크 타티(Jacques Tati, 1907~1982)가 첫 제작한 프랑스 영화(1958). 전후 프랑스의 현대 건축과, 기계화되고 미국화된 소비사회를 그린 코미디 영화. 십여 개의 국제영화제 수상을 포함, 1959년 오스카 최고 외국영화상을 수상.

218  ventrachou. 프랑스 서부 '방데 지역'(la Vendée) 사람을 일컫는 말.

219  Nicole Avril. 프랑스 교사, 배우, 모델, 작가(1939~). 『아버지의 정원에서』(*Dans les jardins de mon père*, 1991)는 자전적 이야기다.

치 공격의 함성 같다. 빨간 자전거를 탄 꼬마아이, 그녀가 아빠의 정원에서 행복했으면 좋겠다.

오늘, 계기판에 100킬로미터, 영광 없이, 그저 열심히, 하지만 어쨌거나 100이다. 더는 끝나지 않을 추억들은 세지 않더라도 말이다.

# 2월 12일

　과거를 되살리기 위해 미래에서 온 이 자전거를 보는 아버지의 시선. 그는 자전거를 찬찬히 뜯어보고 검은 눈썹을 치켜세웠다. 7킬로그램도 안 되잖아, 안 그래? 모르겠다. 물론 나의 '지미 카스페'는 매우 가볍다. 그는 뒷체인링을 세어보고 그렇게 살이 적은 것에, 나의 자전거에서 도출된 꼿꼿함에 그만 입을 다물었다. 그는 브레이크 레버로 속도 변화를 시도했다. 아이 같은 미소. 웃을 때 아버지는 어딘가 어린아이 같다. 눈이 반짝반짝 빛났다.

　그는 까다로운 청중이 아니었다. 별 거 아닌 허풍으로, 오래 전 추억으로 그를 수중에 장악하기는 쉬웠다. 그에게는 애달픈 향수가 없었고, 과거로 인해 그가 눌리는 일도 없었다. 30년 전 그를 알았을 때, 그는 대번에 나의 영웅이 되었다. 1970년이었다. 그가 노레브 상표의 꼬마자동차 일습을 내게 주었고(내 꿈의 실현), 그러는 동안 어머니는 크레이프를 만드셨다. TV에서는 펠레가, 노란색 유니폼의 그 믿을 수 없는 팀의 모습이 보였다. 펠레에 대해서는 들어본 적이 없고, 심지어 대서양 건너 어딘가에 브라질이 존재할 수 있다는 것조차 몰랐다. 그 무렵 나는 『골』(Gaule) 지를 사기 시작했다. 이탈리아 챔피언, 아마 리바였을 거다, 그가 있는 표지들이 기억났다. 아버지는 나를 보르도의 지롱드 소년 팀에 등록시켰다. 스파이크 슈즈, 정강이뼈 보호구를 내게 제공했는데, 거기서 나는 그의 애정의 표시를 봤다. 긴 양말 속으로 밀어 넣는 그 이상한 판을 내게 주었을 때, 이는 내가 다치지 않기를 바란다는 것이므로. 어느 날 저녁, 그가 내 방에 들어와 침대에 앉았다. 나는 초록문고의『여섯 명의 친구들』모험담을 읽고 있었다. 그는 목소리를 가다듬기 위해 헛기침을 하더니 매우 부드럽게, 눈썹을 찌푸리는 아이 앞에 있는 것처럼 거의 겁을 먹은 채 내게 말했다. "그래, 난 너의 어머니와 결혼할 거야. 괜찮다면 날 아버지라고 불러도 좋고, 또 괜찮다면 같은 성을 써도 좋아." 에릭 샤브르리로서 나는 지롱드 소년 팀에서 보잘 것 없는 골키퍼의 기억만을 남겼다. 마술 막대기로 탁! 에릭 포토리노로 바뀐 나에게 두 번째 기회가 주어졌다. 결코 죽지 않는, 왜냐하면 그러면 또 다시 하면 되니까…… 그런 아이들 놀이에서처럼, 두 번째 삶이 내게 주어졌다.

우리는 보르도를 떠나 라 로셸로 갔고, 나는 샤브르리를 버리고 포토리노가 되었다. 그 모호한 기원들을 버리고, 꿈꾸어왔고 상상해왔으며 그 후로 천 번도 더 이야기된, 그리고 수없이 방문한, 특히 남부, 튀니지의 빛으로 갔다. 자전거로 길을 달렸다. 그가 나를 따라왔다. 주마다, 일요일마다, 내가 달리는 곳마다, 아나운서의 고시를 들으며, 앞으로 빠져나간 주자들의 백 넘버가 알려질 때면 전율하면서, 17번 혹은 63번이 나라는 것을 알기 위해 그가 참가자 목록을 살펴볼 필요는 없었다. 내가 가는 곳마다 그는 종종거리며 따라왔고, 멀찍이서 나와 소통했고, 내게 물통을 건네주었다. 하지만 대개는 아무 말도 하지 않았고, 내게 공모의 눈길을 보내는 것에 만족했다. 이 묵인의 눈길이 한 순간 나의 '지미 카스페'에 놓이는 것이 보였다.

체력 준비에 대해 그에게 이야기했다. 이 모험의 목적에 대한 나의 의구심을 그에게 알렸다. "적어도 거기 참여하는 것에 후회는 없잖아?" 그렇다. 조금도 후회하지 않는다. 다만 시합 때까지 머리에서 떠나지 않는 불안감이 있었다. 자전거 타기의 고통을 나는 안다. 그 고통, 그 긴 시간을. 하지만 그 정도로까지 고통을 견딜 수 있을지, 그렇게 오래 페달을 밟을 수 있을지, 연속 엿새를 달릴 수 있을지. 거기에 미지, 불확실, 모험, 위험의 부분이 있었다. 아버지께 고통스런 팔꿈치를 보였다. 건염(腱炎)일 거야. 그가 확신하지는 못했다. 그에 따르면, 면 수건에 얼음을 싸 그 위에 팔꿈치를 얹어야 했다. 어머니는 연고 쪽이셨다. 가령 볼타렌느를 바르라고. 두고 보면 알겠지.

# 2월 13일

도미니크 올리비에는 마흔일곱 살이다. 멋진 구레나룻에, 눈동자는 밝은 푸른빛이고, 외양은 스튜디오 시대[220] 미국 배우 같았다. 이게 다는 아니다. 그는 나의 고향 에스낭드에서 정육점을 한다. 이것이 또 다는 아니다. 스무 살에 이 전직 간호사는 그의 아버지의 '고향 정육점'에 부름을 받았다가 자전거를 발견했다. 그 후로 그는 자전거를 놓지 않았다. 언덕을 따라, 바람을 따라, 페달을 밟은 지 스물일곱 해다. 그는 80, 90킬로미터 경기에 참가했다. 어제 농가 닭다리를 사면서 난 그의 부인에게 말했다. 그와 함께라면 잘 달릴 거라고. 갑자기 집 뒤 골목에서 그가 트럭 클랙슨을 울리는 소리가 났다. 그가 한 바퀴 돌고 오는 길이었다. 새벽 네 시에 일어나, 채 썬 당근 샐러드, 파테, 몇 가지 과자들을 준비하고, 고기를 썰어 싣고서, 마을을 돌며 떠벌였다. 한 시에 돌아와 국수와 홉으로 식사를 하고, 자전거에 올랐다.

그는 멋진 '베르나르 이노'를 타고 나를 찾으러왔다. 우리는 떠났다. 레 섬의 곶. 날씨는 최고여서, 하늘은 푸르고 바람이 뒤에서 불었다. 그는 돌아오는 길이 힘들 거라고 반복하여 말했다. 그가 좀 걱정스러웠다. 점심 식사를 소화할 시간이 없었던 것이다. 하지만 지금 계기판은 시속 35로 올라갔다. 삶이 아름다웠고, 레는 우리의 것이었다. 갑자기 우리 앞으로 다리가 우뚝

---

220  le temps des Studios. 1920~1960년대를 말한다. 할리우드는 1930~1945년대를 스튜디오 시대의 황금기로 본다. 스튜디오 시스템으로 영화 제작, 배급, 상영이 수직 통합되고, 조립 공정으로 표준화를 통해 영화의 대량 생산이 가능해졌다.

섰다. 3킬로미터를 올라가야 했다. 하지만 바람이 여전히 우리를 밀고 있었다. 바다 위를 가듯 가볍게 페달을 밟았다. 리브두 해변을 따라, 표류해온 해조류의 냄새, 밀려간 바다 냄새가 났다. 번들거리는 물밑 진흙 속에 바다가 자신의 흔적을 남겼던 것이다. 커브길을 벗어나면서, 자전거 길에, 한 무리의 갈매기가 막 우리 앞으로 날았다. 손만 뻗으면 그들이 잡힐 것 같았다. 하나의 이미지가 바로 떠올랐다. 나의 큰딸들 알렉상드라와 엘사가 메르모즈 다리 위에 있고, 협만에 순항 함대가 있는 이미지. 흰 빛, 깨끗한 하늘과 함께, 라 로셀과 똑 같은 베르장 마을 아득한 정상에서 우리는 오후 시간을 보냈다. 그리고 바다로 나갔다. 갈매기들이 다리 근처를 오랫동안 날아다녔다. 엘사가 그들에게 빵부스러기를 내밀었고, 그들은 날갯짓으로 와서 쪼아 먹었다. 놀라운 순간. 아주 짧은, 거의 일초의 시간, 게걸스러운 갈매기의 눈이 딸아이에게 놓였다. 그 순간을 미셸 마이오피스가 마치 기적의 어부처럼 렌즈에 담았다. 떠나기 전, 알렉상드라와 엘사가 베르장 항구, 한 배의 밧줄 위에 걸터앉아 있었다. 벨르빌 작은 식당의 시인 사진사인 마이오피스는 나의 두 '새'가 타르를 입힌 밧줄 위에 있는 모습도 포착했다. 이 모든 것에서 나는 생각나는 대로 몇 자 적었다. 그러는 동안 내 눈에는 지난번 리브두의 갈매기들이 남긴 흰 깃털 요정 나라가 보였다. 병원 침대에서 그 작은 글을 수정했다. 혈관주사를 맞고 있어서 작은 수첩에 짤막한 이야기를 쓰는 것 외에 다른 것을 할 여지가 없었다. 제목은 단순히 '마이오피스의 사진'이라고 했다. 물론 보르헤스 식은 아니지만, 내 아이들과 보낸 행복한 순간의 기억에 매달리듯 나는 거기에 매달렸다. 하늘과 땅 사이에 마치 나의 딸들이 밧줄에 매달린 것처럼, 우리들의 시선에, 그리고 새처럼 가벼운 엘사의 손에 갈매기들이 매달린 것처럼.

*마이오피스의 사진 속*
*북쪽의 한 항구에*

아직 한참 어린 두 소녀가
밧줄에 걸터앉아
상갑판의 난간을 바라본다
배가 미끄러져 가기를 고대하며

깃털 반드르르한 두 마리 갈매기
부리를 바람에 대고
둥근 눈을 아이들에게로 향하여
특무상사 두 갈매기
가벼운 영혼과 강한 가슴으로
자신들의 직무를 기다린다

벌써 경찰 사이렌
소녀들에게 겨우 남은 시간은
바람의 새들에게 올라타는 것
이 북쪽 항구를 떠나
죽음보다 더 빨리 가야 한다
두 눈을 감고 심연 위로

마이오피스의 사진 속
알바트로스 두 갈매기
위험을 비웃네
내기에 이겨
두 소녀에게 삶을 되돌려주니
맑은 공기는 즐거움

195

*마이오피스의 사진*
*그가 견디며 찍고*
*검은 종이에 현상한*
*두 마리 갈매기와 두 아이의 흑백사진*
*시간이 미끄러져가기를 기다린 그들*


자전거 트랙에는 우리밖에 없었다. 우리는 깨진 병 파편 조각들에 대해 투덜거렸다. 나는 기계적으로 앞뒤 바퀴 덮개에 장갑을 갖다 댔다. 오늘 아침 라 로셸, 미나쥐 거리, 햇빛이 너무 강하거나 간혹 지난 몇 주처럼 비가 많이 올 때 행인들이 비를 피할 수 있는 오래된 아케이드의 자전거 가게에서 고무를 망가뜨리지 않게 하는 가볍고 편편하고 송진으로 된 바퀴 떼는 기구를 샀다. 그것을 깜빡 잊고 집에 두고 왔음을 알아차렸다. 돌진할 때는 아니었다. 운모판처럼 길에서 반짝이는 유리 조각들이 얼굴 표정 같은 효과를 냈고, 죽어버린 튜브의 독특한 소음이 벌써 들렸다. 그룹으로 달릴 때 이따금 장난으로 그 소리를 흉내 내곤 하는데, 그러면 각자는 흥분해서 혹시나 자기 것에 구멍이 났는지 확인하고자 바퀴를 흘끔흘끔 쳐다봤다……. 다행히 아무 일도 없었다. 하지만 이미 우리는 방향을 바꿨고, 바람이 거세게 불었다. 도미니크와 이따금 교대를 했는데, 힘이 들었다. 그는 약간 체념한 듯 이렇게 말했다. "자전거에서는 아플 줄도 알아야 해." 평균속도가 심각할 정도로 감소했다. 다리를 반대 방향으로 다시 오를 때, 나는 페달 위로 몸을 세웠다. 도처에서 잡아당겼고, 자전거는 지그재그로 갔으며, 이따금 엎친 데 덮친 격으로 거기서 '벗어나려' 애쓰면서 나는 핸들에 대고 무릎질을 했다. 대륙 쪽으로 해서 돌아왔다. 라 팔리스, 뤼모, 니윌, 학교 다닐 때의 덤불길이다. 도미니크는 에스낭드로 달려갔다. 트럭을 준비하고 파테가 익는 것을 살펴보겠지. 그러면 자신의 생체 리듬에 맞는 훈련 조언을 알아낼 것이다. 브라보, 정육점 주인 씨. 그렇게 일찍 일어나 하루에 여러 가지 삶을 사는 사람에게 페달 밟기는 성스러움이다. 80킬로미터를 완주하기 위해 나는 니월 순환도로를 계속 달렸다. 칼베르 언덕을 반대 방향으로 올라갔다. 그 길이 더 길었지만 덜 가팔랐다. 이따금 로지에르로 달렸다. 굴 양식장이 있는 마을. 멀리 풍차가 보였다. 커다란 새 풍차가 바람에 날개를 움직였다. 돈키호테가 멀리 있지 않았다. 손을 풀기가 어려웠다. 질풍으로 거의 땅에 쓰러질 뻔했고, 앞바퀴가 갑자기 궤도를 이탈했다. 막연히 저혈당이 느껴졌다. 배가 고프다는 생각, 힘이 빠진다는 생각을 하지 않으려 했다. 계기판에 겨우 65킬로미터였기 때문이다. 80킬로미터까지 가야 한다. 밤까지.

에스낭드로 돌아왔다. 아침에 아케이드 시장에서 사다 놓은 사과를 덥석 집어 들었다. 그리고 초콜릿 몇 조각. 그리고 오렌지 샤모니 비스켓. 이 모든 것이 '직업적인' 주자에게는 권고 사항이 아니라는 생각이 들었다. 하지만 낭패다. 초콜릿이 나보다 더 강했고, 샤모니 비스켓, 그것은 마구 달려오는 어린 시절이었으니까. 감식가들에게 오렌지 샤모니를 맛보는 최고의 순간이란 포장의 섬세한 알루미늄 종이를 들어 올릴 때다……. 콩스탕스가 벽난로 근처, 나에게로 왔다. 보이지 않는 나의 고통을 알기라도 하듯, 내게 이렇게 말했다. "괜찮을 거예요, 아빠."

# 2월 14일

계기판에 140킬로미터. 햇빛 눈부신 길로 미친 듯이 페달을 밟았다. 바람에 햇살이 사방으로 흩어졌다. 특히 우리가 가는 방향과 반대 방향으로. 오후가 시작되면서 도미니크와 함께 출발하여, '신사들'과 합류했다. 수요일 오후, 전속력으로 달리는 페달광 클럽이다. 거기서 옛 주자들을 만났다. 그들은 이미 길이 든 페달 밟기로 기회가 닿으면 아직도 달리고 있었다. 놀랍게도, 20년 전 얼굴들이 보였다. 그들은 거의 변함이 없었고, 내게 다가와 친절하게 인사를 하고, 안부를 물었다. 그들 가운데 필립 주르뎅이 있었다. 나의 열여덟 살 시절 공모자요 프로 트럼펫 연주자로, 우리는 주니어 팀에서 함께 달려 우승했다. 미소는 여전했고, 예전에 자전거 위에서 '고통스러워하기' 위해 가졌던 열정도 여전했다. 그리고 다니엘 프동. 옛날 경쟁자다. 나는 그가 프로로 갈 거라고 한동안 믿었었다. 그는 내가 자기를 알아보지 보려고 무표정하게 인사했다. 변하지 않았다. 여전히 거무스레한 피부에 강건한 표정. 자전거를 쉽게 탔고, 놀랄 만치 쉽게 기어비를 바꿨다. 주행 끝에, 내가 힘들어지면 그가 구원의 자전거 밀기를 두세 번 해줄 것이다! 한 젊은이가 와서 인사를 했다. 베르트랑 게리. 30세 이상자 경기의 프랑스 챔피언이었다. 나는 그의 형 알렝과 함께 달렸었다. 아주 잘 생긴 주자였다. 그를 다시 보고 싶다. 이 미지의 무리들이 갑자기 내게, 실패하지 않는 친구들의 진면모를 보여주었다. 그리고 필립 주르뎅이 속삭였다. 그 또한 니월에 산다고……. 바퀴가 돌았다. 끝까지 살아남았다는, 또는 시간을 거스르는 기계에 올라탔다는 기이한 느낌. 마을들, 광고판들, 작은 언덕들이 이어

198

졌다. 바람이 너무 세차 마치 사람들이 '스카치테이프로 붙여져' 있는 것 같았다. 내가 교대할 차례가 되었는데, 거리를 둘 시간이 별로 없었다. 주행 끝 무렵, 라 로셸에서 18킬로미터 떨어진 곳에서, 나는 갈라진 틈으로 '점프' 했다. 이번에는 바람이 등에서 불었다. 어제 그리고 오늘 한 훈련이 다리에 느껴졌다. 정말 짐승처럼 달렸다. 도미니크가 앞에 있다고 생각했다. 그는 에스낭드로 되돌아가 트럭과 정육점을 준비해야 했다. 나 혼자 남았다. 고통으로 다리는 옴짝달싹 못했고, 근육은 끝이 뾰족한 유리 같은 것에 끊어 지거나 혹은 부서지기 일보직전이었다.

오늘 아침, 안경점에 가서 안경을 목에 걸 수 있는 뷔아르네 줄을 하나 샀다. 그것을 이용하여 테를 다시 죄었다. 결과, 그것을 다시 코에 거느라 더는 시간을 낭비하지 않아도 되었다. 그래도 생생한 목의 통증은 여전 했다. 피부를 찌르는 것 같은 따끔거림 혹은 뭔가 절단기로 자르는 것 같았다. 자전거에서 나의 포지션은 좋은 것 같았다. 덜 아프려면 훈련을 더 많이, 더 오래 해서 견디는 수밖에 없었다. 체력도 필요하지만 정신력도 필요하다. 자전거경주에서는 가장 강한 사람이 늘 이기는 것은 아니다. 머리가 농간을 부려 포기하라고 할 수도 있고, 이제 그만하면 충분하다고 말할 수도 있다. 몸이 포기하려는 결정적인 순간은 늘 있다. 정신은 몸의 판단에 따를 준비가 되어 있다. 그것은 마치 만화에서 꼬마 악마가 주인공에게 쉬운 해결책을 속삭이는 것과 같다. 매달려! 우겨! 핸들을 쥐어! 무릎을 더 높이 올려! 좀 더 유연하게 페달을 밟아! 페달을 어루만진다는 느낌을 주라고! 그래서 기어비를 안으로 치는 것이 아니라 스치듯 하라고! 그러면 통과. 고통이 아니라 그 고통을 끝내고 싶은 욕망이.

저녁 해. 역광 속으로 나의 그림자가 나를 추월했다. 기이한 질문이 하나 일어났다. 열다섯 살의 내가 지금 나를 앞질렀을까? 그 그림자를 따라가야 할까? 니욀 순환도로에 닿았을 때 계기판은 93킬로미터였다.

욕조에서 잠이 들 뻔했다. 나를 이 몽롱함에서 끌어내준 것은 콩스탕스였다. 오후에 서로 보지 못했다. 물이 뚝뚝 흐르는데도, 아이는 자기를 안아 주길 고대하고 있었다. 몸을 일으키자, 넓적다리가 터질 것 같았다. 이번엔 결정했다. 파트릭 가니에가 준 방향제 병을 집어, 벽난로 불 앞에서 처음으로 마사지를 해봤다. 라벤더 냄새가 주방에 퍼졌다. 하얀 크림을 다리에 펴 바르고 손가락으로 넓적다리를 깊이 눌렀다. 대퇴골을 강하게 누르면서 손바닥으로 문질렀다. 물론 아팠지만, 독소가 빠져나가는 느낌이었다. 크림이 약간 화끈거렸다. 내일은 아버지한테 가서 등을 포함하여 진짜 마사지를 받아야겠다. 아래와 마찬가지로 위도 아팠기 때문이다.

파리에서 모락스가 붉은색과 금색으로 된 미디 리브르 색깔의 내 유니폼 모델을 봤다. 퀴사르도 같은 톤이 될 것이다. 광대 옷을 입고 젊은 주자들의 바퀴 궤적을 따라가는 내 모습이 상상되었다. 왜 앙투안 블롱댕의 이 문장이, 파셀 베가 안에서 죽은 로제 니미에[221]의 비극적인 죽음에 관해 한 말이 생각나야 했을까. "세월은, 나름의 방식으로, 나이 들어서건 젊어서건 침대에서 죽은 내 친구들을 이겨냈다. 몇몇은 잔인하게 부서진 고철 이불 속에, 추억으로 보면 너무 일찍, 너무 빨리, 그토록 많은 약속들로 채워져, 오늘날 내가 보기에는, 아이들보다 더 오래 살아남는 것 같다." 분명 이 마지막 문구 때문일 것이다. 내가 '바퀴를 빨게' 될 그 아이들보다 더 오래 살아남을 거라는 느낌 때문에. 하지만 그들이 나를 가혹하게 다루지 않을 것임은 확실하다. 프로 대 주행에서 앞서 달려갈 것이고, 자신들을 빠져나온 사람들 그룹이라고 상상할 수도 있을 테니까 말이다.

인삼 앰플을 꿀꺽 삼켰다. 마침내 양이 꽤 늘었다. 공복으로 연습하면 구

---

221  Roger Nimier. 소설가, 기자, 각본가(1925~1962). 1950년대 사르트르의 실존주의와 참여문학에 반대, 순수문학을 지향한 '경기병파(派)'(앙투안 블롱댕, 드리외라 로셸……)의 수장이었다. 1962년 고급 스포츠카 파셀 베가(Facel Vega)를 몰고 과속으로 달려 자살했다.

역질이 났다. 제라르 기욤이 처방한, 활성산소 방지 연질 캡슐도 삼켰다. 내 소식을 듣고자 어제 그가 전화를 했다. 그는 곧 지중해 투르로 갔다가 다음에 소피아 안티폴리스 팀 훈련에 있을 거라고 했다. 적어도 내가 사흘은 참여할 수 있게 내게 일이 없기를 바랐다. 시즌 첫 시합으로 훨씬 더 예리해진 젊은 주자들과 계속 접촉을 유지하려면 동의해야 할 훈련이 벌써 걱정이지만 말이다.

잘 시간에 필립 브뤼넬의 훌륭한 책 『투르 드 프랑스의 속살』[222]을 방으로 가져왔다. 흑백사진에는 놀라우리만치 지적이고 감성적인 최고챔피언들의 초상이 있었다. 바퀴 교체가 금지되어 있던 시절, 튜브 없는 타이어를 이빨로 물어뜯는 보테치아[223]가 보였다. 영웅적인 시기의 자전거선수들은 굴뚝 소제부를 닮았다. 먼지와 진흙에 땀이 들러붙어 피부에조차 그을음의 수를 놓았다. 한 사진은 후고 코블레트가 포기하는 모습이었다. 차 한 대가 그를 지나쳐 갔고, 차 문에는 이런 광고문구가 있었다. "주자들 밀어붙이기 금지……." 브뤼넬이 코피와 바르탈리[224]에 관해 쓴 글을 다시 읽었다. 심장이 너무 느리게 뛰어서 아침에 한 개비, 저녁에 또 한 개비, 그리고 승리했을 때 한 개비 더 담배가 허용되었다고 했다. 또 다른 시기의 사진들에서는 메르크스가 일주경기에 온 부인 클로딘에게 살짝 입을 맞췄고, 페르디 퀴블

222  Philippe Brunel(1956~), 『투르 드 프랑스의 속살. 길 위의 귀족과 노역자들』(Le Tour de France intime. Seigneurs et forçats de la route), Calmann-Lévy, 1995, 158p.

223  Octavio Bottecchia. 이탈리아 선수(1894~1927). 투르 드 프랑스의 첫 이탈리아인 우승자.

224  Gino Bartali. 이탈리아 선수(1914~2000). 지로 디탈리아 3회, 투르 드 프랑스 2회 우승(1938, 1948). 경쟁자는 파우스토 코피였고, 전후 이탈리아는 이들의 경쟁으로 양분될 정도였다고 한다. 북구 피에몬테(코피)와 중부 토스카나(바르탈리), 농민(코피)과 노동자(바르탈리), 현실주의자(코피)와 신비주의자(바르탈리)…… 등에서.

레는 눈물을 흘렸으며, 두 경쟁자는 함께 목욕을 했다. 보베는 기권 선수용 자동차로 일주경기를 떠났는데, 그 시선이란, 맙소사! 그 시선에는 「나는 비밀을 알고 있다」에서 혹은 「이창」에서 제임스 스튜어트가 지었던 것과 비슷한, 뭔가 눈 속에 악마적인, 믿기지 않지만 의도적인 뭔가가 있었다.[225] 마치 승리를 위해 다시 오겠노라 약속하는 듯한. 그는 다시 왔고 1953년, 54년, 55년 세 번 승리했다. 대단한 보베다(앵콜).

이 감탄스러운 장들을 가득 채워야겠다. 사이클경기에 관한 나의 서가가 여기에 있다. 황홀했던 추억들을 일깨워야겠다. 나는 1903년 이래 일주경기 승자들의 이름을 모두 알고 있고, 또한 프랑스가 진정 더는 프랑스가 아니었을 때, 일주경기가 중단되었던 그 몇 해도 알고 있다. 과장하는 이들은 일주경기가 우리나라의 역사와 '공존'한다고 말할 것이다. 그래서일까 나는 아르콜 언덕과 리볼리……에서의 보나파르트의 승리보다 트루셀리에[226], 프티 브르통[227] 또는 모리스 가렝[228] 등에 더 친숙했다. 나는 그랑드 부클르 수상자 명단을 거꾸로, 가령 이노의 첫 승리에서 가렝으로, 거슬러 외울 수

---

225 「나는 비밀을 알고 있다」(*The Man Who Knew Too Much*, 1956), 「이창」(*Rear Window*, 1954)은 알프레드 히치콕의 영화들로, 모두 제임스 스튜어트가 출연했다.

226 Louis Trousselier. 프랑스 선수(1881~1939). 별명은 '트루 트루'로, 1905년 투르 드 프랑스 우승, 같은 해 파리-루베에서도 우승했다.

227 Petit-Breton. 프랑스 선수(본명 뤼시앙 마장 Lucien Georges Mazan, 1882~1917). 별명인 '작은 브르타뉴인 뤼시앙'으로 널리 알려졌고, 투르 드 프랑스에서 우승했다(1907, 1908). 로또 당첨으로 자전거를 경품으로 받으면서 자전거를 타기 시작했고, 번듯한 직업을 갖기를 원한 아버지의 눈을 피해 뤼시앙 브르통이라는 이름을 썼다가 동명의 선수가 있어 '프티 브르통'으로 이름을 바꾸어 활동했다고 한다.

228 Maurice Garin. 프랑스 선수(1871~1957). 투르 드 프랑스의 첫 우승자(1903), 별명은 '굴뚝청소부'였다. 이탈리아에서 프랑스로 이주, 21세인 1892년 프랑스 국적을 취득했다. 투르 드 프랑스 100주년(2003)에 모뵈주(Maubeuge)에 그의 이름을 딴 거리가 생겼다.

도 있을 것 같다. 필립 브뤼넬의 작품에서 *끄집어낼* 수 있는 또 하나의 문장은 자크 앙크틸을 정의한 제미니아니의 말이다. "제트엔진, 증류기, IBM 기계."

# 2월 15일

전(前) 방데 챔피언이고, 현재 봉주르 팀의 단장인 장 르네 베르노도에게 전화를 했다. 파리-니스 투르 출발 전날 밤, 느베르에서 만나기로 했다. 내가 라 로셸 사람인 것을 알고, 또 방데 경기에서 승리한 것을 알고 그가 소리쳤다. "그래요, 시작이 좋네요. 잘 되겠네요!"

지중해 투르에서 선수들과 함께 있는 마르크 마디오와 합세했다. "오늘 라 센 쉬르 메르에 도착. 카스페 주자들의 승리 고대." 그들을 위해 행운을 빌었다. 내가 할 수 있는 전부였다. 다리가 너무 무거웠으니까. 10시에 아버지의 작업실에 갔다. 마사지 크림을 가지고 갔다. 배를 깔고 누워, 그가 손으로 어깨와 등을 문지르는 것을 느꼈다. 그는 힘을 줄 줄 알았다. 그는 내 다리가 튼튼해지고, 넓적다리 근육이 자전거 타기에 아주 잘 '포맷'된 것을 알아차렸다. 오른쪽 넓적다리에서, 덜 세게 눌러달라고 했다. 그가 마치 뼈를 생생하게 '치는' 것 같았기 때문이다. 젊은 선수들에 대해 말할 때 이곳 사람들이 하는 말로 내가 "웃기는 녀석"이었을 때, 같은 느낌을 가졌었다. 작업실에 라벤더 물파스 냄새가 퍼졌다. 날이 너무 좋았다.

자전거로 2시간, 무리 없이 50킬로미터를 달린 것을 내 프로그램에 입력했다. 다행히 오늘은 바람이 잦았다. 늪 일부를 가로질러 가기로 마음먹었다. 오래 전 나는 "바람과 조수(marées)"를 "바람과 늪(marais)"으로 표현을 바꿨다. 좀 운이 좋으면 왜가리와 까투리를 볼 것이다. 친척 가운데 한 친구가 생각났다. 그는 아침 일찍 말을 타고 나가 들판을 가로질러 갔고, 나중에 어린애 같은 시선으로, 비밀을 이야기하는 투로 우리에게 고백했다.

"새벽에 여우를 봤어." 신비의 세계, 침묵만 지킨다면 포착할 수 있는 동물들의 내면세계가 상상이 되었다.

말을 탈 때와 마찬가지로 자전거에서도 사람은 소리 없이 배경으로 사라진다. 앙크틸이 생각났고, 죽음에 대한 그의 두려움, 끝이 생각났다. 그는 잠과 씨름했고, 야생 멧돼지를 감시하며 밤을 보내곤 했다. 아버지가 마침내 내 다리 손질을 마치셨다. 내가 잊지 않고 있는 행동을 그가 다시 했는데, 즉 손과 손바닥으로 나의 발바닥을 쓰다듬는 것이었다. 그렇게 하면 갑자기 신경이 풀어지고, 피가 풀려 대동맥 방향으로 다시 가는 것 같다. 놀랄만치 편안해진다. 잠시 지상의 관성을 벗어나듯, 더는 아무런 무게감도 느껴지지 않는 듯했다.

햇살 아래 긴 의자에 앉아 「레키프」를 읽으며 졸았다. 한 이탈리아 젊은이가 파롱 산(山) 정상, 지중해 투르 제1구간에서 승리했다. 내가 1월에 함께 달렸던 니콜라 보공디는 선두 주자 그룹으로 도착했다. 오후 3시경, 늪을 가로질러 샤롱의 직선로를 달렸다. 왜가리는 없었지만 바람도 없었다. 나는 어린 시절의 길로 달려갔고, 힘들지 않았으며, 계기판도 그 웃기는 숫자들로 나를 고문하지 않았고, 삶이 거의 아름다웠다. 생 상드르를 가로지르며, 20년 전, 자전거를 타고 주르뎅의 집 앞에 있는 내가 보였다. 나는 이 집안사람들의 사랑을 받았다. 모두들 웃으며 잘 맞아주었고, 예고 없이 가도 늘 반가워했다. 필립이 나와 함께 달렸다. 그의 두 명의 누이, 로랑스와 엘렌느도 있었다. 우리는 함께 테니스를 치기도 했고, 여름에는 이따금 레섬으로 해수욕을 가기도 했다. 키모도 있었다. 로랑스의 말로는, 세상에서 유일하게 웃을 줄 아는 개였다. 실제로 이 집안사람들과 마찬가지로 키모는 현관에서 날 보면 축 늘어진 입술을 말아 올리며 웃었고 쓰다듬어 달라고 했다. 훨씬 나중에 바사니의 소설 『핀치 콘티니 가의 정원』을 읽으며, 엘뮈 베르제와 도미니크 산다가 나오는, 이 소설의 영화 버전을 보면서 근심 없던 그 시절의 분위기를 다시 발견했다. 삶이 못되게 굴지 않던 시절, 자전거, 테니스 시합, 평온한 우정, 그리고 지금은 바랬지만, 사춘기의 연애가 당시에는 그 나름의 향기로 존재를 가득 채우던 시절 말이다. 주르뎅 부인은 오랜 병 끝에 갔고, 그래서 그들의 집 근처를 지날 때면 가슴이 에이지 않을 수 없다.

니월 길에서 속도감이 느껴졌다. 감각에 관한 것인데도 그것을 감정으로 말하는 이유는 뭘까? 두 경우 모두 우리는 무언가를 경험한다. 하지만 나는 감정에 대해 말하는 것을 더 좋아한다. 자전거에서 피상적인 것은 없다. 즐거운 것이건 고통스런 것이건, 현실은 곧바로 그것의 바닥에 닿는다. 사람들이 시합을 끝내면서 늘 느끼는 것은 "도착했어. 드디어 벗어났어"라고 하는, 살아남은 자의 본능 같은 것이다. 그러므로 그것은 감정이다. 그 안에 사랑이 있고 분노가 있으므로. 그것은 깊은 뿌리와의 만남이고, 피에르 샤니의 말을 따르면, 기억에 아로새겨져 더는 잊히지 않는 하나의 정서다. 여인에 대해 그렇게들 말하지 않는가? 거리를 지날 때, 길을 건너는 여인들을 본다. 내가 다가가서 침묵하는 것일까? 이따금 나는 이 지나가는 여인들에게 너무 가까이 간다. 그러면 마치 페달 밟는 훈련을 할 만하다는 듯, 도둑맞은 존재의 비밀인양 때로 이 여인들에 보이는 시선, 그 놀라는 표정, 건너는 순간 잠시 잃어버리는 그 표정을 낚아챈다.[229]

마디오가 전화했다. 하루 종일 선수들이 선두를 지켰는데, 신호 착오로 도착지점에서 상황이 뒤집어졌다고 했다. 그는 5위와 6위를 '했다'. 잡지 *VSD*[230]에 마르크가 선수였을 때를 다룬 가혹한 기사가 있었다. 전 VTT 챔피언으로서 도핑을 인정한 제롬 시오티의 곧 나올 책에서 발췌 인용한 부분과 함께. 시오티는 말하길, 파리-루베 2연승자가 자기를 처음 도핑에 입

---

229 보들레르의 시 「지나가는 여인에게」를 연상시키는 대목.
230 *VSD*. 시사 레저 주간지. 불어의 '금, 토, 일'(vendredi, samedi, dimanche)의 첫 자를 따서 만든 이름. 1977년 창간.

문시켰다고 했다. 마디오는 부정했고, 이런 거짓말을 퍼뜨리는 사람은 누구
든 추적하겠다고 위협했다…….

# 2월 16일

아침 10시, 안개가 걷힐 것 같지 않았다. 물통은 석류 시럽을 넣은 붉은 물로 채우고, 주머니는 시리얼 바로 채웠으며, 타이어에는 공기를 넣었다. 10시. 5시간 동안 자전거를 타러 떠났다. 늪을 가로질러 갔다. 늪은 긴 안개 머플러 속에 잠겨 있었고, 여기저기 자동차의 희미한 전조등이 그 속을 뚫고 나와 비췄다. 너무 무리하지 않게 달렸다. 싱커페이션으로 페달을 밟으며 수 킬로미터 '스윙 댄스'를 췄고, 머릿속으로는 누가로의 노래 「네 개의 가죽 공」을 생각했다. 치고, 치고,[231] 계기판의 숫자를 봤다. 시속 27, 28로 달리고 있었다. 바람은 별로 불지 않았다. 늪은 잿빛으로 고요했고, 물을 잔뜩 머금고 있었다. 들판에서는 땅이 뭉게뭉게 김을 피워 올렸고, 경작이 계속되고 있었다. 멀리 밀레(Millet)의 장면들이 보였다. 두 사람이 고랑 끝에서, 머리를 숙이고서, 마치 앞으로의 수확을 위해 하늘에 자비를 구하듯 이야기하고 있었다. 빗질이 잘 된 이 들판은 어렸을 때 내가 감자 퓌레에다 했던 포크질의 흔적을 생각나게 했다…….

12시 반 경, 구름 천 아래로 태양이 빠끔히 내다봤다. 하지만 그것은 보이자마자 곧 사라져버리는 눈으로, 무대 커튼 뒤에서 자신의 등장이 성공적일지를 묻는 불안한 배우의 눈이었다. 잠시 숨었다가 마침내 모습을 드러냈을 때, 그것은 '수도승처럼 머리를 깎은' 자그마한 태양이었다. 「아버지

---

231 'Boxe, Boxe'. 「네 개의 가죽 공」(*Quatre boules de cuir*, 1968) 가사의 일부.

의 영광」에서 파뇰[232]의 이미지가 떠올랐다. 평평한 고장, 음울한 들판, 지속적인, 그러나 이번엔 그리 격하지 않은 바람. 작은 자갈이 깔린 커브길에서 하마터면 쓰러질 뻔했다. 자전거가 기적적으로 균형을 맞췄지만, 이미 나에게는 일이 시작되었다. 계속 가면서 발목이 후들거렸는데, 방금 전의 일이 생각나 두려워서 발목이 후들거리는 느낌은 기이했다. 헤밍웨이가 『오후의 죽음』 서두에서, 황소가 오자 투우사가 다리를 후들거린 대목이 더 잘 이해되었다. 이따금 핸들을 아래로 잡고, 머리를 숙여 박자를 강화했다. 꽤 유연하게 페달을 밟았고, 기어비는 너무 많이 변화시키지 않았다. 이 자세로 계속 갈 것 같았지만, '가축 차 신드롬'으로 이따금 눈을 들어 길에 아무것도 없는지 확인하지 않을 수 없었다. 쇠스랑을 꺼내놓고 도랑가에 서 있는 트랙터 한 대면 충분하다. 마을 종루로 시간을 알았다. 마침내 시간이 흘렀다. 계속 달렸다. 3시간, 3시간 반, 곧 4시간이다. 자전거에 팔꿈치를 기대어 접어야 했고, 구부러져야 했다. 뻣뻣한 삼각 뼈대와 쇠처럼 단단한 두 개의 바퀴를 가진 자전거가 굽힐 리는 없으니까.

시간이 지나면서 확실하게 어떤 예감이 들었다. 내가 하려는 시합이 매우 고되고 매우 고통스러울 거라는 예감, 오르막길에서는 언덕을 저주하게 될 것이고, 도처에서 아프게 될 것이며, 자전거의 한 점에 시선을 고정하고 죄수처럼 갇혀 있는 한 풍경의 4분의 1도 보지 못하리라는 예감─오늘 내가 측면 조준으로 계속 바라본 것은 브레이크 레버의 끝이다. 마침내 파란 하늘. 고요한 운하를 따라 달렸다. 외양간에서 냄새 나는 온기가 발산되고 있었다. 학교, 아이들 소리로 가득 찬 놀이마당을 따라 달렸다. 외딴 집

---

232 Marcel Pagnol. 작가, 극작가, 감독(1895~1974). 영화 「마농의 샘」(1952)이 유명하다. 1946년, 영화감독으로는 최초로 한림원 회원에 선출되었고, 이후 영화와 연극을 접고 『어린 시절의 추억들』 시리즈, 특히 자전소설 『아버지의 영광』과 『어머니의 성』을 집필했다. 국내에 『마농의 샘』, 조은경 역, 펭귄클래식, 2015.

들을 지나갔다. 김으로 뿌연 창문에는, 아궁이 한가운데 불길들이 춤을 췄고, 삶이 바깥에 있음을 벌써 아는 꼬맹이들의 바짝 들러붙은 작은 코들이 있었다. 고양이 혀처럼 우툴두툴한 길을 달렸다. 4시간을 안장에 있은 후, 니윌의 순환도로에 도착했다. 거기서 나는 내가 예정한 5시간에서 10분 전에 출발하려고 한다. 주머니를 비웠고, 물통을 비웠고, 다리를 로봇처럼 돌렸다. 계기판에 126킬로미터, 오후 3시, 나는 뭔가 다른 사람이 되어 있었다. 불확실한 몸짓으로 약간 모호한 인물, 부적의 플라스틱 장식 끈에서 근육이 떨리는 주자가 되었다.

　뜨거운 물에 몸을 담갔다. 콩스탕스가 내 다리를 살폈다. "내가 간호해줄게. 나을 거야, 아빠."

　아버지의 전화. 마사지를 제안하셨다. 급히 가다가 아킬레인 크림을 잊었다. 부드러운 아몬드 유가 적당할 것이다. 아버지는 오늘 하루의 손상을 곧 알아채셨다. 그가 막 내 오른쪽 넓적다리 끝을 만졌다. 근육이 아니라 뼈만 있는 느낌이다. 아버지는 문지르고, 마사지를 하면서, 근육 섬유들이 뭉치는 것에 대해 설명하셨다. 발밑에 가죽 침목을 대고, 그는 조심스럽게 계속했다. 이번에는 괜찮았다. 덜 아팠다.

　마사지가 끝났다. 넓적다리를 두드렸다. 화장지로 닦았다. 아침 안개처럼 마침내 고통이 사라졌다. 고통이 거기 웅크리고 숨어 있다가 내가 차의 클러치 페달을 밟자 다시 느껴졌다. 하지만 이번에는 얌전했다. 근육이 유연함과 부피를 되찾았고, 피가 돌았다. 내일은 자전거를 타지 않을 거다. 바닷가로 가서 콩스탕스와 조약돌을 던질 거다.

# 2월 17일

「레키프」를 펼쳤다. 자전거경주는 마지막 페이지로 밀려나 있다. 굵은 활자의 제목 "카스페, 게임 끝내다." 그리고 지중해 투르 제3구간 결승점인 그레아스프 살롱 드 프로방스에서, 랑프르, 스보라다, 그리고 키르시퓌 언덕의 마지막 역주자를 라인에 꼼짝 못하게 붙박아놓은 지미의 사진. 끝으로 한 해 반 공백 후의 승리. 기사는 이 피카르디 젊은이의 감동 어린 눈물, 마디오의 기쁨을 전해주었다. 그들로 인해 행복했다. 정오에 마르크의 핸드폰에 전화해서 축제 기분을 나누었다. 그가 지미를 바꾸어주었다. 나는 '지미 카스페'로 달리는 것이 더욱 자랑스럽다고 그에게 말했다.

# 2월 18일

완전 구름으로 뒤덮인 하늘 아래, 2시간 동안 자전거로 달렸다. 계기판에 55킬로미터. 유감스럽게도 이 들판을 떠나 파리로 되돌아간다. 윗부분에 잎이 없는 육수화들, 늘어선 서양물푸레나무가 여기저기 베어진 곳, 그리하여 도랑가에는 오로지 밝은 그루터기만 남아 있는 이 들판이 아름다워서가 아니다. 유일하게 눈에 띄는 것이 급수탑과 낟알 창고인, 꽤 단조로운 들판이다. 하지만 나는 안다. 오로지 세월만이 줄 수 있는 그것의 매력들을. 나무 태운 냄새, 불어오는 바람에 한꺼번에 실려 오는 캐러멜, 요오드, 그리고 늪의 향기. 자전거 위에서 편안했다. 북서풍이 나를 등에서 밀었다. 손을 핸들 아래쪽에 놓은 채, 토 자세로, 시속 40이상으로 달렸다. 최근 5시간의 외출로 다리는 더욱 단단해졌다. 뒤의 이를 15로 하고, 이 53의 '둥근 판'을 당겼다. 빨리 갔다. 넓적다리로 고통이 올라왔지만 견딜 만했다. 속도와 제어를 실감했다. 훈련이 결실을 맺었다.

니윌로 들어가는 길에서, 온통 붉게 옷을 입은 옛 친구 자크 루아를 만났다. 내가 트랙경기 지역 챔피언 타이틀을 갖게 된 것은 그의 덕분이었다. 그는 모든 마지막 역주에 뛰어난 솜씨로 나를 데려갔다. 그 솜씨로 나는 라 로셸 벨로드롬 포인트 레이스에서 범접할 수 없는 인물이 되었다. 봄을 고시하듯, 하늘에서는 두루미들이 V자형으로 날아갔다. 20년 전, 자크는 구항(舊港)의 생 니콜라 탑으로 라 로셸 마을의 재건 모형을 보러가자고 했다. 녹음테이프가 돌아갔다. 리슐리외, 개신교도들, 끔찍한 함정, 긴 체인으로 닫힌 항구. 그는 마분지로 된 구역 모형 몇몇에 몇 개 와트로 불을 밝혔고, 우리는 불타는 로마를 바라보는 네로가 되었다. 종이 울리고, 대포가 터지고……. 자크는 곧바로 나의 '프로' 자전거를 살펴더니, 체인 긁히는 소리를 듣고 기름 부족을 알아냈다. 프랑스 복권협회 팀 친구들과 떨어져 내가 곤란에 처하는 일이 생길 때 나를 구해줄 수 있는 사람이 바로 그다. 자크는 자전거에 관해 모든 것을 할 줄 안다. 부러진 체인 수리를 포함해서!

카스페가 지중해 투르 마지막 구간, 결승점 마지막 역주에서 심하게 추락했다는 것을 알게 되었다. 일주일, 어쩌면 그 이상 부목을 해야 할지도 몰랐다. 출발은 아주 좋았다. 증인들에 따르면, 아주 인상적인 추락이었다고 했다. 두려움과 고통, 저주 받은 지미. 갑자기, 일전에 그의 아버지의 시선에 나타났던 불안한 표정이 생각났다.

# 2월 19일

신문사로 돌아왔다. 번쩍거리거나 이따금 연기 자욱한 회의 분위기에 다
시 빠져들기는 늘 어렵다. 쿠르드 난민선이 도착한 것에 대해 이야기가 오
갔고, 생전에 이미 스타였던 망자들인 발튀스[233], 샤를 트레네의 부고를 실
었다. "한동안, 한동안……."[234] 하루를 빛내줄 선물. 도미니크 루아네트가
내게 멋진 주자 유니폼을 그려주었다. 팝아트 스타일로, 붉은색과 노란색,
아니 차라리 핏빛과 금빛이다(세트 쪽 말로 하자면 '상게오르'[235]다). 세트,
나르본느, 미디 리브르 주행, 그래, 나에게 그것은, 지난밤 빠져나와 시인들
의 천국으로 간 샤를 트레네의 황홀한 길처럼 보였다. 유니폼 한쪽 소매에
미디라는 단어가, 다른 소매에 리브르라는 단어가, 그리고 몸통 한가운데에
노란색 삼각형이 그려져 있다. 몽플리에 신문사 로고다. 그 안에는 가파른

---

233 Balthus. 폴란드계 프랑스 화가(1908~2001.02.18, 본명 Balthasar Klossowski). 독
학으로 그림을 배웠다. 타락과 유약함이 공존하는 소녀 이미지를 많이 그렸고,
가장 르네상스적인 화풍의 현대화가였다. 국내에 그의 형 피에르 클로소프스키
(1905~2001.08.12)의 주저가 소개되었다(『니체와 악순환』, 조성천 역, 그린비,
2009).

234 '*longtemps, longtemps……*'. 트레네(1913~2001.02.19)의 노래 「시인들의 영혼」(*L'âme
des poètes*, 1951).

235 'sang et or'(핏빛과 금빛)은 '상에오르'로 발음되는데, 세트 지방에서는 이를 연음
하여 '상게오르'로 발음한다는 뜻. '상게오르 셔츠'(maillot sang et or)는 미디 리브
르 승자의 셔츠.

언덕을 오르는 주자의 실루엣이 새겨져 있다. 세르게이가 그린 것으로, 절충주의자 세르게이, 그는 니스 카니발에서 여러 개의 수레를 장식한 이후, 나의 자전거선수용 튜닉에 그의 기량과 광기를 집어넣었다. 도미니크는 이 경이로운 소품 한 점을 내게 주려고 했는데, 그녀의 프린터가 계속 초록빛이 도는 색깔을 뱉어냈다. 기다리는 동안, 나는 이 투우사 복을 입은 내 모습을 상상해봤고, 아이 같은 기쁨이 올라오는 것을 느꼈다.

# 2월 21일

　자전거를 4시간 탔고, 계기판에는 120킬로미터가 조금 넘었다. 친구 질레미는 나를 슈브뢰즈 계곡으로 달리게 하려고 빨판상어[236] 역할을 했다. 전화로 그가 말하길, 출발은 "크리스 드 사클레"[237]에서 한다고 했었다. 머릿속에 슈테판 츠바이크[238]의 작품에 자주 등장하는 말레이시아 단도들의 이미지, 쿠알라룸푸르의 컴컴한 길을 가로질러가며 흰 무기로 사람을 죽이는 '아모크'들의 광기가 떠올랐다. 돌아가신 나의 할머니라면 그 모든 것을 찾으러 어디로 갈지를 잘 알아봐야 한다고 말씀하실 거다. 하지만 지시판은 제대로 알려주었다. 우리는 크리스 드 사클레로 가고 있었다. 실상 나는 그리스도도 아모크도 보지 못했고, 다만 이탈리아 문으로 해서 파리를 벗어나서, ─ 온통 기침이 날 오염 ─ 아르쾨이, 프렌느 그리고 그곳 감옥 앙토니를 지나, 한 로터리만 봤다. 매주 수요일 14시 30분에, 일 드 프랑스의 여러 클럽 주자들이 슈브뢰즈 둔덕에서 일부 크랭크를 하기 위해 그곳에 모

---

236　마지막 역주에서 역주자와 함께 달리다가 결승선 3백 미터에서 분리되어 나가는 주자.

237　criss de Sarclay. 크리스(criss)는 말레이시아인들이 사용하는 단도.

238　Stefan Zweig. 오스트리아 소설가, 극작가, 기자(1881~1942). 위대한 전기 작가로, 로맹 롤랑, 프로이트, 에밀 베르아렌의 친구였다. 『아모크』(1922), 『감정의 혼란』(1926 ; 깊은샘, 1996), 『한 여인의 24시간』(1934), 『초조한 마음』(1939 ; 문학과지성사, 2013)이 유명하다. 정열이 병적인 상태, 광기에까지 이를 수 있음을 보여주는 이야기들이다. 국내에 수십 종이 소개되었다.

였다. 주자들이 '조이기' 시작하면 시속 50으로 달린다. 질의 말마따나 "두 말하면 잔소리"다

오늘은 사람이 그리 많지 않았다. 40명가량으로, 족히 평균 30으로 지프쉬르 이베트를 향해 페달을 밟았다. 처음에는 언덕, 그러다 갑자기 평야, 벌판 전체에 말과 양들, 혹투성이 작은 길들과 평화로운 마을들. 그래도 위험은 늘 도사리고 있다. 교회 마당에서 놀던 아이들이 공을 놓쳐 그 공이 우리의 바퀴 앞으로 굴러왔다. 기적적으로 넘어지지 않았고, 브레이크 마찰음과 고함, 이어 고양이 한 마리가 자전거 살에 걸릴 뻔했고, 넘어지지 않았고, 브레이크 마찰음 등등.

자동차 한 대가 우리 무리를 추월했다가 앞에서 오는 또 다른 차를 피해 갑자기 선회하는 바람에 공포가 일어났다. 거의 순식간에 대여섯 명의 주자들이 넘어졌다. 루이 뉘세라가 그런 식으로 '떠났다'. 자동차 운전자가 다쳤다. 물통으로, 엄습하는 피곤으로, 모욕으로 자기를 위협한 이 무리를 피하고자 그가 최대한 액셀을 밟았던 것이다. 질이 내게 말했다. "이따금 창녀들이 길을 건너갔지." 그는 한 여자를 기억했다. 그녀는 잠시 멈춤 표시를 했고, 한 주자가 그녀를 위험스럽게 스쳐 지나갔다. 충격이 끔찍했을 것 같다.

우리는 긴장을 푼 분위기에서 천천히 달렸다. 머큐리 팀의 한 프로선수가 우리와 합세했다. 말하는 소리가 뜨문뜨문 들렸다. 한 사람이 말했다. "사람들이 걷지 않을 때는, 아픈 걸 잘 몰라서야." 다른 사람이 말했다. "내 맥박은 180이었어. 옆 사람은 150이었고……." 질이 묘기를 부렸다. 그룹이 빨리 가는데, 그가 한 발을 페달에서 떼어 그 다리를 뒤로 접어 손으로 잡아당겼다. 그리고는 마치 아무 일도 없었다는 듯 다시금 열심히 밟기 시작했다……. 질이 우리 그룹에서 '눈에 띄는' 몇몇 주자를 알려주었다. 아마추어 경기에서 전체 193번 승리한 52살의 '청년', 프랑스 복권협회 팀에서 자전거를 굴리는 20살의 청년, 그밖에 두세 명의 억센 사람들. 처음 외출할

때 나는 반신반의했었다. 「르 몽드」 카페테리아에서 앉지도 않은 채 어린 토끼고기와 푸른 강낭콩을 급히 먹었다. 갑자기 저혈당이 될까 두려웠다. 리듬이 좀 완화되었을 때, 시리얼 바를 먹었다. 바퀴에서도 바람이 일었다. 보이지 않는 크리스 드 사클레를 10킬로미터 앞두고, 질이 예고하길, 주자들이 "르 포지오"라고 부르는 고약한 둔덕(밀라노의 산레모 결승점 가까이에 있는 마지막 큰 경사지를 말한다)을 오르게 될 거라고 했다. 그가 권고하길, 체인링을 크게 하고 뒤의 이를 19로 해서 오르라고 했다. 너무 열심히 밟으면 작은 앞 드레일러로 인해 내 심장이 터져버릴 수도 있다는 것이다. 중간까지는 잘 갔는데, 속도를 바꾸려고 했더니 핸들방향이 바뀌고 기어비가 엉망이 되었다. 대응하는 동안 다리가 절단되는 듯했고, 무리는 나를 내버려 두고 갔다. 곧 그것을 알게 되었는데, "르 포지오"로 이어지는 직선로에서 그들은 시속 50킬로미터로 달려가고자 했던 것이다. 나는 스스로에게 화가 났다. 혼자 수 킬로미터를 달렸다. 하지만 질 또한 폭발했고, 우리는 다시 만나 함께 돌아갔다. 좋은 외출이었다.

아르쾨이에서, 넓적다리에는 끔찍하게 가파른 비탈길을 통과한 후, 특히 훈련이 끝난 후, 사람들이 잠시 질의 할머니 집 앞에 멈춰 섰다. 그가 자기 클럽 US 메트로의 유니폼들을 거기다 비축해두었기 때문이다. 그는 멋진 푸른색 튜닉을 내게 주었다. 가운데가 터진, 화창한 날 입으면 좋을 여름 유니폼이었다. 나는 그에게 미디 리브르의 내 유니폼 견본을 하나 주겠다고 약속했다. 파리에 내리니 저녁이었다. 다시금 제한 속도제, 스모그, 배기가스. 「나의 아저씨」에서 낙엽 치우는 것을 좋아한 어떤 사람이 지나가는 사람들과 이야기하기 위해 몇몇을 남겨놓는, 그런 낙엽들로 덮인 마을의 향수를 아이가 키워가듯, 나는 지금 막 우리가 지나온 그 귀한 들판의 이미지를 맘속에 간직했다. 더럽고 번잡한, 시끄러운 현대성으로 돌아가는 것은 하나의 폭력이다. 나는 주차된 자동차들에서 멀리 떨어졌다. 문이 내 눈두덩에 날카로운 모서리를 제공할 수도 있고, 아스팔트는 주자들의 쇄골 혹은 손목을 즐겨 부러뜨렸다. 그러니 신중해야 하고, 경계해야 한다. 갑자기 도시가 나에게 적대적인 것 같았고, 위험해보였다.

저녁에 온수욕을 했는데도 머리가 좀 아프고 다리가 천근만근이어서 라벤더 향이 있는 아킬레인 크림을 발라 가벼워지게 했다.

# 2월 22일

빠져나간다 싶을 때 자아의 끈은 묶이고, 또 묶이고, '결박'당한다. 페달을 밟지 않는 날에는, 자전거를 마치 거실 한가운데서 자고 있는 하나의 행성처럼, 비스듬히 누워 있는 금속으로, 날아다니는 양탄자처럼 떠 있는 마루 위로—「알라딘」을 너무 봤다. 콩스탕스는 매일 저녁 나보고 램프의 요정을 하라고 졸랐다—금홍석 빛깔들이 번쩍이도록 내버려두었는데, 그런 날에는 어찌하여 내가 이 모험에 '끌려들어' 갔는가 하고 또한 자문했다. 그저 내가 살아남아서겠지. 이것을 쓰는데, 입가에 미소가 번졌다. 과장된 말들 (grands mots)은 어릴 적 그 장엄한 주검들(grands morts)처럼 나로 하여금 늘 미소 짓게 한다. 6살 때를 말하는데, 증조부의 관(棺) 옆에서 나도 모르게 웃음을 터뜨렸다. 어른들은 검게 차려입고 울었는데, 나는 미지근한 블랙베리에 대한 대가로 가시에 찔려 피를 흘렸고 무릎이 까졌다—그 웃음이 조금은 무안해서, 내내 신발 끝을 보며 그럭저럭 웃음을 감췄다.

오랫동안 나는 나한테는 너무 큰 자전거로 달렸고, '남자임을 보여주는' 그 유명한 수평 바가 없는 여자용 자전거로 달렸다. 그래서 '바를 가지고' 자전거에 걸터앉는 진짜 거친 이들의 조롱거리가 되곤 했었다. 그건 이야기하기에는 너무나 긴, 그래서 가장 압축적으로 요약하자면, 어떤 것도 나한테는 어울리지 않았던 어린 시절, 내게는 너무나 크고 중압적인, 견디기에 너무나 무거운 가족들의 사랑도, 나에게는 이따금 일종의 사막을 환기시키는 그들의 침묵도 나에게는 어울리지 않았던 어린 시절의 한 때였다.

아무 말도 하지 않는 것은 이미 '그처럼 긴' 거짓말을 큰소리로 말하는 것과 같았다. 또한 내게 꿈들은 너무나 컸고, 어머니와 떨어져서 지내야 했던 휴가들은 너무나 길었다. 시간 또한 너무 길었는데, 결국은 이름도 없는 어떤 출구를 다시 기다리기 시작하는 것 외엔 다른 아무것도 없었기 때문이었다.

몇 마디 말보다는 빌린 자전거들이 나의 삶을 더 잘 이야기해주는 그 무렵의 사진들을 다시 봤다. 지나치게 달린 것 같은 낡은 자전거들. 요령은 늘 잘못되곤 했다. 그것은 정말이지 부조화였다. 브레이크 케이블이 너무 느슨했고, 체인은 튀어 올랐다─내가 손에 묻힌 첫 잉크는 '몽블랑' 상표가 아니었다. 그것은 새까맣고 비누로도 지워지지 않는 더러운 기름때로, 나의 손, 손바닥을 기기묘묘하게 만들었다. 안장은 너무 높고, 핸들은 한 번도 똑바른 적이 없이 약간 구부러져서, 무릎 사이에 앞바퀴를 끼고 펴보려고 무진 애를 썼다. 달릴 때는 이상한 소리가 퍼졌고, 미끄러질 때 나는 타이어 마찰음이 결국은 신경을 건드렸으며, 속도가 증가할수록 이 끝없는 톱 소리도 커졌다. 자전거 살에 붙들린 잠자리들의 합창도 들렸다. 어떤 때는 저 혼자 작동하는 발동기가 되어, 한낮에 쓸데없이 빛을 발하여 속도를 점점 줄이기도 했다. 어려운 문제의 해결, 놀랄 만치 유연한 굴러감, 완벽한 림, 걸리는 것 없는 변속장치, 너무 단단해서 보이지 않는 요크에 엄지손가락이 부딪칠 정도로 빵빵한 튜브, 이런 데에서 오는 황홀감을 난 아직 몰랐다. 아이로서는 펌프 헤드가 문제였다. 때론 접합부가 없었다. 공기 빠진 자전거가 무슨 소용인가, 그것이 자유를 빼앗긴 고물 자전거에 불과한 것이라면.

오늘 「르 몽드」 신간평에서 폴 모랑[239]의 『쓸데없는 일기』 한 세트를

---

239  Paul Morand. 외교관, 단편소설가, 극작가, 시인(1888~1976). 프랑스 모더니즘의

봤다. 폴 모랑에게는 '가구가 있는' 사람과 '여행 가방이 있는' 사람의 인간성이 있다. 주자들은 차라리 후자 그룹에 속한다. 그들은 우선 시간, 시간의 공기를 거슬러 달린다. 헬멧과 기계를 달고 공기 속을 더 잘 뚫고 들어가려는 그들의 시도는 명확히 말하자면 실패가 예정된 투쟁임을 입증한다. "오 시간이여, 비상을 중지하라……." 시인이 '비상'(vol)에 좀도둑, 불법침입 그 자체의 의미를 부여하려 한 것은 아닌지 싶다. 시간은 시간의 도둑(voleur)이기 때문이다.[240] 자전거는 매번 페달을 밟을 때마다 그에 따라 박자를 맞추는 순환논리에 적합하다. 바퀴는 지옥 같은 회전목마가 된다. 길로 인해 정신이 흔들려 흐트러지고, 생각이 돌이 되어 굴러가서 안간힘을 쓸 때 특히 그렇다.

오늘 아침, 콩스탕스가 손가락 길이가 반만 있는 낡은 자전거선수용 장갑을 끼었다. 사슬 갑옷 재질의 빨간 장갑으로, 새미 가죽은 수 킬로미터를 달린 때로 인해 검게 되었다. 같은 색의 무도화만 갖추면 「오즈의 마법사」에 나오는 주디 갈란의 모습으로, 알라딘과 램프의 요정을 기절시킬만한 '토탈 룩'이었다. 나는 하나의 선물처럼 모랑에게서 "새끼염소 가죽 장갑의 자유"라는 이런 붓놀림을 얻었다. 갈증 날 때, 이를 악문 날에, 온갖 데가 아픈 날 써먹으려고, 끝내기를 조금도 서두는 것 같지 않은 『서두는 남자』에서 다음과 같은 또 하나의 '터치'를 챙겨두었다. "나는 별로 용기가 없지만, 그 별로인 용기는 강철로 되어 있다."

기수로 간주된다. 마르셀 프루스트의 친구이며, 경기병파(派), 특히 로제 니미에 (Roger Nimier, 1925~1962)에게 큰 영향을 끼쳤다. 『쓸데없는 일기』는 2001년 2월 28일 출간된 그의 자서전(*Journal inutile, tome I : 1968-1972*, 864p. ; *Journal inutile, tome II : 1973-1976*, 880p., Gallimard).

240 동사 'voler'에는 '날다, 훔치다'의 두 가지 뜻이 있다.

# 2월 23일

자전거를 타지 않고 지낸 날들도 상당히 있다. 그런 날엔 간접적인 방법으로 페달을 밟으며 생각하거나, 생각하면서 페달을 밟는 기이한 모험을 했다. 오늘 카페 데 되 마고에서 모리스 올랑데[241]와 만났다. 그 유명한 총서 '20세기 서점'을 만든 사람으로, 세기가 지남에 따라 '21세기 서점'으로 개명했다. 이 열정적인 작은 남자는 부드러운 시선, 플루트 소리 같은 목소리로 날 압도했다. 그는 파울 첼란[242]에 대해 말하고 싶어 했다. 루마니아 태생의 유대인 시인으로, 독일어로 작품을 썼고, 전후 파리에서 살았다. 자살할 때까지 ─ 1970년 그의 작품 『주인 없는 장미』에 끊임없이 나오는 암시를

---

241  Maurice Olender. 프랑스 역사가(1946~2022). 사회과학고등교육원(EHESS) 교수. 전공은 19세기의 '인종' 문제. 1989년, Seuil 출판사의 유명 총서 '20세기 서점'(2001년에 '21세기 서점'으로 변경)을 기획, 대중적인 성공과 함께 쟁쟁한 필자들의 작품을 선보였다(Yves Bonnefoy, Italo Calvino, Paul Celan, Jacques Le Goff, Claude Lévi-Strauss, François Maspero, Georges Perec, Jacqueline Risset 등). 창간 30주년인 2019년 현재, 총 230종 출간, 전 세계 40개국 언어로 800종 이상이 번역되었다.

242  Paul Celan. 루마니아 시인이자 독일어 번역가(1920~1970). 1955년 프랑스 국적을 얻었다. 전후 최고의 독일어권 작가로, 미라보 다리에서 투신자살했다(국내에 『죽음의 푸가』, 전영애 역, 민음사, 2011 ; 장 볼락, 『파울 첼란. 유대화된 독일인들 사이에서』, 윤정민 역, 에디투스, 2017 ; 정명순, 『파울 첼란. 희망의 자오선을 그린 시인』, 신아사, 2019 ; 『파울 첼란 전집 1-5』, 허수경 역, 문학동네, 2020-2022).

믿는다면 미라보 다리였지 싶다. 모리스 올랑데가 이 사람과 작품의 매력적인 면을 대략 이야기했는데, 그가 볼 때는 '아직 때를 못 만났다.' 그리고 내게 굉장한 현재를(현재, 그것은 지금, 당장에게 주는 선물이다[243]), 첼란이 유일하게 불어로 쓴 시집을 건넸다. 나를 위해 쓴 시 같았다. 첼란이 아들 에릭에게 쓴 시다.

*떠벌이는 자들(hâbleurs),*

*아랑곳하지 마,*

*쇠줄을 만드는 자들(câbleurs)[244],*

*아랑곳하지 마,*

*시간은 분으로 초로 너를 도울 테니,*

*에릭. 그 시간을 기어올라야 해.*

*이 애비가*

*네 어깨를 잡아주마.*

이 시를 읽고 또 읽었다. 나는 내 아버지와 그의 어깨를 생각했고, 난이도 1등급의 언덕을 등정하는 순간을 생각했다. 내 아버지의 손에는 오직 두 가지 읽을거리밖에 없었다. 「르 카나르 앙셰네」[245]와 산 안토니오의 소설 (그

---

243 'présent'에는 '현재, 선물'의 두 가지 뜻이 있다.

244 câbleurs. 이 단어에 대한 의견은 분분하다. 첼란은 여기서 'hâbleurs'의 아나그램(철자 순서 바꾸기)으로 'câbleurs'를 만들었는데, 원래는 '케이블 설치자들'을 말하지만, 당시에는 '전보 발송자'라는 의미도 있었다. 비유적으로는 시(詩)라는 유연한 줄에 비해 '쇠줄'이라는 뜻이며, 시와 반대되는 모든 말과 글을 성찰 없이 생각하고 만들고 유포하는 자들, 기계적인 말의 사용자들, 나아가 오늘날 각종 매체를 통해 이루어지는 말의 생산자들까지 두루 포함할 수 있는 단어이다.

245 *Le Canard enchaîné*. 1915년 10월에 창간한 프랑스 최고의 풍자지이자 프랑스의 가

224

가 『당나귀 꼬리』나 『베뤼와 여인들』…… 을 탐독하면서 웃음을 터뜨렸던 것이 기억난다). 하지만 첼란의 이 시에서 난 내 아버지의 목소리를 듣는 것 같았고, 아니 단지, 부드럽게 주름 잡힌 그의 검은 눈이 내게 말하는 것 같았다.

모리스 올랑데에 대해 알아봤다. 내가 기억력은 좋다. 페렉의 『기억난다』[246]를 출판했던 사람이 바로 그다. 내가 모두 암기하고 있는 회색의 작은 책. 하지만 사미 프레[247]가 매일 저녁 마리니 극장에서 스크린 속 자전거 위로 평평한 핸들의 멋진 검은색 자전거를 타고, 흐르는 시간에 맞춰 빠른 기억에는 빠르게, 느린 기억에는 느리게, 춤추듯 그렇게 『기억난다』를 낭송할 때가 최고이다. 자기 아들에게 시를 쓰는 첼란 때문에 내가 얼마나 페달을 밟고 싶었는지 모른다.

신문사에서는 4월 매주 금요일에 4주 연속 게재할 산 안토니오의 마지막 작품의 선집을 어떻게 그릴 것인지 도미니크 루아네트가 고민하고 있었다. 나는 표지를 기억해보려고 했다. 맨 처음 떠오른 것은 한 소녀가 짧은 바지에 푸른 자전거를 타고 있고, 개 한 마리가 짐받이를 헉헉대고 따라오고 있는 표지. 제목이 뭐냐고? 『춤추는 여자처럼 언덕을 올라라』.

이렇게 말하겠지. 강박관념이라고…….

---

장 오래된 신문의 하나로, 매주 수요일 발행한다. 한 역사가에 따르면 이 신문은 프랑스는 물론 전 세계에서 가장 독창적인 신문이라고 한다.

246  *Je me souviens*, Hachette, coll. P.O.L., 1978, 150p. 480가지의 추억을 적은 단상들. 페렉(Georges Perec, 1936~1982)은 20세기 후반의 위대한 소설가로, 1960년대 전위문학의 첨단이었던 울리포(OuLiPo)에 가입했고, 1978년 소설 『인생 사용법』으로 메디치 상을 수상했다. 1982년 45세에 폐암으로 사망했다. 국내에 10여 종 출간. 포토리노도 이를 기려 자신의 책을 썼다(1992).

247  Samy Frey. 프랑스 배우(1937~).

# 2월 24일

저녁에 파테 스포츠에서 오-바르 투르[248]의 사진들이 몇몇 눈에 띄었다. 프랑스 복권협회 팀의 청년 상디 카자르[249]는 산악 일인자였다. 그는 시합에서 최고로 잘 오르는 자였다. 눈부신 배경 속에 전속력으로 둔덕을 오르는 '빠져나간 이들' 중에 있는 그를 마음속으로 따라갔다. 마을을 지나고, 집 앞 문턱을 지나는 그들, 한발 짝만 내딛으면 그들의 질주를 볼 수 있는 현지인들의 박수갈채도 보였다. 마음이 죄어왔다. 그렇겠지? 미디 리브르에서도 저런 전율이 있겠지? 프로들, 정말이지 엄청 달린다…….

우리 집 가까이에 있는 한 가게의 간판이 '오엽'(五葉)이다. 골동품을 파는 곳인데, 그게 중요한 게 아니라 왜 '오엽'이냐다. 사전에 의하면 다섯 개의 잎이라는 말인데, 그게 갑자기 왜 궁금해졌는지 모르겠다. 상디 카자르가 어느 기자의 질문에 답하는 것을 보면서 그제야 이해가 되었다. 프랑스 복권협회 팀 유니폼에는 네잎 클로버가 그려져 있는데, 그중 한 잎에 붉은색 네모가 겹쳐져 있다. 일종의 오엽이다.

---

248  Tour du Haut-Var. 프랑스 구간별 사이클경기의 하나로 2월에 열린다. 일명 '미모사꽃 경기'로 불린다.
249  Sandy Casar. 프랑스 선수(1979~). 1999~2013년 프로로 활동.

# 2월 25일

파리에 눈이 내렸다. 지붕이 하얀 가루로 뒤덮였다. 공기는 몹시 차가웠다. 정오를 기다려 생 제르멩 앙 레에서 출발, 언덕들 순환도로를 한참 돌았다. 화창했지만 근육은 쉬 더워지지 않았다. 여기저기 숲길에 쓰러져 있는 나무에 설탕 얼음처럼 보이는 것이 흩뿌려져 있었다. 해가 비친 부분의 길가는 눈이 녹았다. 그렇지 않은 곳은 깨진 얇은 얼음 조각들이 타이어에 박혔다. 갓 페인트칠한 곳을 달리는 기분이었다. 포도밭을 지나갔다. 가지치기를 끝낸 나무에 남아 있는 잔가지들이 하늘을 향해 앙상한 손을 벌리고 있었다. 거기에도 그들의 '설탕 얼음'이 있었다. 문득 미라벨 타르트가 먹고 싶어졌다. 언덕을 빠른 속도로 올라갔다. 추워서 빨리 올라갈 수밖에 없었고, 몸이 산소를 펌프질했다. 들이마신 공기로 기관지가 차가워졌고, 다리는 내가 페달을 너무 세게 밟고 있다는 신호를 보내왔다. 낭패다. 벌써 한 시간 지났다.

에르브빌(Herbeville). 아스팔트 위로 어울리지 않게 있는 둔덕. 맞바람에 거의 2킬로미터를 시속 13으로 기어 올라갔고, 나무들이 그나마 날 보호해줄 때는 15로 갔다. 그림자가 내 앞에서 몸을 비틀었다. 흡사 정찰병처럼, 아무 보상 없이, 난 지금 미디 리브르 지방과 다르지 않은 아스팔트를 미리 맛보고 있다. 오늘은 죽었다. 언덕들로 인해 다리가 끊어질 지경이었지만 더 몰아붙였다. 물통을 겨우 손에 잡았다. 시럽으로 물든 음료가 살짝 얼어 있었다. 아몬드 바로 겨우 몸을 지탱했다. 그리고 질주 코스에서는 먹을 부분을 의식하면서 바나나를 씹었다. 남은 시간을 바짝 조였다. 순환도로에 언덕만 있는 게 아니라 바람도 불었기 때문이다. 시리게 푸른 하늘, 두 귀와 기계장치에서 끊임없이 들려오는 휘파람 소리는 그 때문이다. 지미 카스페 — 일전에 한 친구가 말한 대로 하자면 '꼬마 유령'[250] — 가 생각났다. 지중해 투르에서 예상보다 더 심하게 추락한 후 꼼짝없이 어쩌면 한 달간 그렇게 있어야 할지도 모르겠다. 여기저기, 브레이크 뼈대, 바퀴, 케이블에서 바람이 불었다. 바람은 자전거의 살아 있는 부분, 그걸 정확하게 움직이게 하는 부분, 브레이크, 드레일러, 변속기, 케이블집, 철선, 윤활유와 기름, 자전거의 내장에 해당하는 곳곳을 공격했다. 이들 생명의 요소들이 없다면 자전거는 한낱 움직이지 않는 피노키오, 푸른 요정의 고아[251], 밖에서는 아무것도 할 수 없는 혼이 빠진 멋진 물건에 불과할 것이다.

사각 기둥들과 기이한 접시 안테나들이 불안하게 서 있는 군부대 근처에서 갑자기 길이 움푹 꺼졌다. 나는 장갑 낀 한 손을 타이어에 대고 구덩이와 바퀴 자국 사이를 요리조리 피해갔다. 내 차를 찾으려면 마지막 언덕을 힘겹게 올라가야 한다. 4시간 15분. 계기판에 105킬로미터. 모자를 썼는데도 바람과 추위로 머리가 얼얼했다. 파리로 돌아왔을 때는 좀비가 되었다. 온수욕을 하다가 깜빡 잠들 뻔했다. 천천히 마사지를 했다. 시베리아 칼갈이 같았던 오늘의 상황 정리. 취침 기차가 기적을 울리면 당장 달려가리라. 차표는 있으니까.

최근 뉴스로 어머니가 살고 계시는 니스에 지진이 난 걸 알았다. 리히터 규모 4.9로, 진원지는 바다였고, 내가 태어난 마을에서 남쪽으로 29킬로미터 떨어진 곳이었다. 전화가 불통이었다. 어머니가 나중에 알려주시기를,

---

250  파라마운트사의 애니메이션 「캐스퍼 꼬마 유령」(*Casper the Friendly Ghost*, 1995)의 주인공 '캐스퍼'와 지미 카스페(Jimmy Casper)의 이름이 같아서 생긴 별명.

251  피노키오는 푸른 요정에게 자신이 착한 아이가 되면 사람이 되게 해준다는 약속을 받는다.

간호하던 환자 집에서 옷을 입은 채 잠이 들었는데, 진동이 꽤 심했다고 했다. 라디오 속보에서 이런 말이 들렸다. "니스는 단층지대에 있습니다." 이 몇 마디에 마음이 뒤숭숭해졌다. 내겐 이렇게 들렸다. '나는 단층지대에서 태어났다'로. 그곳은 내가 자란 곳이 아니다. 어머니가 그곳에 있었다. 자신을 알고 있는 보르도 사람들을 피해 조용히 출산하기 위해 간 곳. 미혼모. 열일곱 살의 소녀. 추락으로 내 삶이 시작된 니스에서, 어머니는 너무 힘들어 어머니는 내가 정확히 어디에서 태어났는지, 어느 클리닉, 어느 병원에서 태어났는지 결코 말해줄 수 없었다. 그녀도 몰랐고, 우겨봐야 소용없었다. 그래, 이제야 알겠다. 단층지대에 세워진 도시 니스에서는 이따금 땅이 흔들린다는 것, 그래서 왜 더는 그곳에 갈 수 없는지, 왜 기억이 가물가물한지, 간혹 추락하고 싶은 욕망이 이는 이 현기증이 무엇 때문인지. 예전에 로맹 가리[252]가 자신의 아들이 외교관이 되리라 꿈꿨던 어머니의 뒤를 따라다니면서 문턱이 닳게 드나들었던 네그레스코 호텔의 회랑이 있는 니스, 내게 고향인 적은 없었지만 포토리노라는 내 공식 서류에 늘 따라다니는 니스, 철자 순서를 바꾸면 시네(ciné)가 되는 곳, 가짜와 모조품인 곳, 흔들리는 정체성, 그곳의 땅이 이따금 뒤집힌다는 것은 놀랄 일도 아니다. 한 아이의 무게를 지탱할 수 없었던 아주 어렸던 내 어머니처럼.

---

252 Romain Gary. 작가(1914~1980). 모스크바에서 유대계로 태어나 14살 때 어머니와 함께 프랑스로 이주, 니스에 정착한 후 프랑스인으로 살았다. 홀어머니 밑에서 자라 어머니의 희망대로 군인, 외교관, 대변인 등 다양한 직업을 가졌다. 국내에 30여 종 이상 소개되었다. 포토리노는 2014년 공동 창간한 주간지 'Le 1'에서 그를 다루기도 했다(참조. '에릭 포토리노의 작품 목록').

# 2월 26일

저녁에 제인 버킨[253]의 집에서 약속이 있었다. 여름부터 준비한 그녀의 인물 기사를 완성하기 위한 만남이었다. 그녀는 멋진 사진들을 내게 빌려주었다. 와이트 섬 해변에서 상반신을 벗은 채 앉아 있는, 어릴 적 열세 살 때 모습이었다. 그녀의 아버지 사진도 있었다. 2차 대전의 영웅이었다. 뛰어난 연극배우였던 어머니 사진도 있었다. 그녀는 영사실에서 TV 화면으로 옛 동영상 뉴스들을 틀어주었다. 1944년 그녀의 부모가 결혼하는 모습이 있었다. 아버지는 마치 해적처럼 한쪽 눈에 검게 줄이 그어져 있었고, 어머니는 눈이 부셨다. "이따금 이 영상들을 반복해서 봐요. 그들은 계속 결혼을 하지요. 결코 멈추지 않아요." 제인은 어린 시절에서 회복되지 않았고, 자신의 연극 책 『오! 미안, 자고 있군요』[254]를 내게 주면서 이런 말을 써주었다. "자전거로[255] 키스를 보내며." 내 기억이 맞는다면 「멋진 여자 속옷들」 끝

---

253  Jane Mallory Birkin. 영국 출신 배우, 가수(1946~2023). 1960년대 말부터 프랑스에 거주했다. 갱스부르의 부인이다. Serge Gainsbourg(1928~1991)는 가수, 작곡가, 작가, 감독.

254  *Oh ! pardon tu dormais*, Albin Michel, 1999. 같은 해 게테-몽파르나스 극장에서 연극으로 상연.

255  en vélo. '자전거로'. 포토리노는 전치사 'à'를 사용한 반면 버킨은 'en'을 사용했다. 전자가 일반적이지만, 자전거의 경우 두 가지 모두 가능한 표현이라는 점에서 미묘한 차이가 있다. 불어에서 전자 'à'는 생물체(말, 발)나 안에 타고 들어갈 수 없는 운송수단에 쓰이고, 후자 'en'은 무생물체(차, 기차, 택시 등)나 안으로 타고 들

의 "조금은 실크처럼 손상되기 쉬운"[256] 이런 섬세한 입맞춤을 따러 가려고 난 오랫동안 페달 밟을 준비를 했다. 제인의 집을 나오면서 나는 그녀의 눈에서 여전히 눈부신 소녀의 얼굴, 결혼 장면을 이제 막 발견한 듯 쳐다보는 그 얼굴을 봤다. 나는 또한 니스의 지진을 생각했다. 사람들 중에는 삶이 너무 비틀거릴 때 그들이 즐겨 다가가는 견고한 땅으로 어린 시절을 간직하는 이들이 있다. 난 이런 어린 시절에 매혹된다. 그건 마치 내가 마다가스카르도 아델리 해안[257]도 결코 보지 못할 것 같은 생각에 앨범 속에 붙여둔 이국의 우표들 같다. 나는 마다가스카르를 봤다. 거대한 섬이고, 거대한 환상이었다. 나는 외할아버지가 악어 사냥꾼으로 살았던 마다가스카르를 봤고 ─ 괜찮다면 확인해보시라! ─ 마다가스카르에서 어느 날 아침 수도 타나나리브(Tananarive) 한복판에서 일어난 쿠데타 시도를 목격했다. 나는 호숫가에 있었다. 나는 집 밖에, 군중들 속에 있었다. 난폭한 권력 행사가 준비되고 있음을 알지 못했다. 그때 난 그 길가에서 사이클경기의 시작을 알리는 확성기 소리에 귀를 기울이고 있었다.

---

어가는 운송수단에 쓰이는데, 자전거는 안으로 타고 들어갈 수 없는 무생물체이지만(en vélo), 사람이 움직여야 간다는 의미에서 생물체(à vélo)로 간주되기 때문이다.

256 'fragile comme un peu de soie'. 제인 버킨의 노래 「멋진 여자 속옷들」(Les dessous chics, 1983)에 나오는 가사로, 원래 가사는 "실크스타킹처럼 손상되기 쉬운"(fragile comme un bas de soie)이다.

257 Adélie Land. 호주 남쪽, 남극 대륙 쪽.

# 2월 27일

눈이 조금 왔고, 약속 장소는 추웠다. 낭패다. 뱅센 순환도로를 향해 달렸다. 차들 사이에서 준비운동을 하고 나니 오히려 몸이 풀리는 느낌이었다. 바람 또한 제대로 불었다. 머리를 낮추고 손을 핸들 아래쪽에 댔다. 어렸을 때 들었던 상상의 바닷소리처럼, 소라고동 메아리가 귀에 가득 찼다. 물수제비를 뜨듯 단어들이 머리를 스쳐갔다. 페달을 밟는 동안 펼쳐진 이 사운드트랙에 귀를 기울였다. 일관성 없는 음악 속에 자전거의 삐걱대는 소리, 숲속의 전기톱 소리, 멀리 구급차 사이렌 소리가 포개졌다. 가히 '자전거광'(vélomane) 교향곡이다. '자전거광'이라는 단어가 머리를 스치면서 멜로광(mélomane)이라는 억양이 같이 들렸다. 이 모든 음이 모여 마침내 악보가 되었고, 달리기를 멈춘 후에도 오랫동안 귀에 남았다. 이런 소음, 외침들, 자전거의 살아 있는 부분을 스칠 때는 횡포를 부리지만 뺨을 스칠 때는 어루만지는 바람, 주자들 사이에서나 도랑가에서 얻어들은 단편적인 대화들, 반쯤 열린 자동차에서 새어나오는 라디오 음악, 휘파람 소리, 자동차 액셀 밟는 소리, 그리고 차들이 우리를 추월할 때 일어나는 산들바람, 자동차 운반 트레일러와 마주치면 그 자리에서 꼼짝 못하게 되는 작은 폭풍, 이쪽엔 새까만 까마귀, 저쪽엔 새하얀 갈매기 식의 새들의 쩍쩍 소리, 또한 까마귀에서 어둠을, 갈매기에서 밝음을 훔친 까치들의 소리, 이런 것들 말고는 자전거 달리기에서 할 이야기가 아무것도 없다. 소리의 카오스가 결국 인생과 흡사하게 된다.

브리지트 비비에는 열정적인 젊은 여자였다. 리샤르 비랑크가 포진한 이탈리아 팀 폴티(Polti)의 전 언론 담당관으로, 1998년 스캔들[258]을 겪기 전까지는 자전거에 대해 잘 몰랐다. 그녀는 가끔 폴티의 전 스포츠 팀장에 대해 말해주었다. 자전거에 열성인 이 이탈리아인이 언젠가 그녀에게 급기야 이런 말까지 했다고 한다. "곰곰 생각해봤어. 자전거 없이 살 수 있을 거야." 이 사람은 도핑과 관련, 사전 교육의 필요성을 주장했다. 그가 그녀에게 들려준 바로는, 그의 주자들이 어떻게 아주 어릴 때부터 머리에 헬멧을 쓰고 성장했는지, 반면에 연장자들은 이 '머리쓰개'를 사용하는 것을 싫어했다고 한다. 아주 힘든 구간인 날, 더위가 끔찍했을 때, 그가 한 선수에게 헬멧을 벗으라고 제안했다. 플라스틱 순대 같은 것을 쓴 그 친구가 숨 막혀 하는 것처럼 보였던 것이다. 그는 버럭 화를 내며 거부했다. 헬멧을 벗다니, 말도 안 돼! 브리지트가 내게 말했다. "보셨죠. 도핑은 헬멧과 같아요. 아주 어릴 때부터 젊은이들을 주의시키면 다음에는 위험한 물건을 다루는 것을 그들이 거부하게 되죠."

이날은 신문사 일이 늦게 끝났다. 갱스부르 서거 10주년을 맞아, 제인 버킨에 대한 인물 기사를 마쳤다. 기본적인 것은 최근 에스낭드(Esnandes)에 머무는 동안 이미 써두었다. 지난 번, 월요일 저녁에 제인을 만나 얻은 인상들을 가지고 글을 늘였다. 누군가 자기 집 문과 마음을 열어주었을 때, 또 그가 아무런 방어 없이 선뜻 속내를 보여주었을 때, 그 사람에 대해 글을 쓸 때면 왠지 폭로가 아닌가 싶어 늘 두렵다. 말과 감정, 영원한 주제다. 내일 나를 기다리고 있는 일정에도 불구하고 적절한 이미지를 골랐는지, 적절한 문장을 골랐는지 두려워 편히 잘 것 같지 않다. 글쓰기는 영원한 오해다. 지드가 한 말이 생각났다. "사람들은 자기가 한 말을 안다. 사람들이 자기가 한 말을 다 아는 것은 아니다."

---

258  1998년 페스티나 도핑 사건을 말한다.

오후에 에드위 플레넬 주변에 모인 모든 편집부장들에게 내 미친 계획을 선보였다. 이 모험은 「르 몽드」 별지에 수록될 것이다. '내' 주행을 따라가기 위해 사진기자겸 리포터가 특별히 급파될 것이다. 별 이유 없이 왼쪽 무릎이 아팠지만 이런 열정에 기운이 솟았다.

# 2월 28일

언덕을 4시간 달렸다. 계기판에 100킬로미터. 돌풍에 작은 우박이 뒤섞인 더러운 날씨였다. 우박이 얼굴을 때려 이따금 눈을 크게 뜰 수조차 없었다. 생 제르멩 앙 레에서 출발, 언덕 순환도로를 다시 돌았다. 먼 거리였다. 혼자서 4시간 페달을 밟았다. 에르브빌에서는 모르는 길로 접어들었다. 급커브길을 지나니 깎아지른 듯한 내리막길이었다. 자전거가 진동했고, 길은 젖어 있었다. 넘어질 뻔했다. 잠시, 글자 그대로 자전거 뒷바퀴가 이륙하는 것을 느꼈다. 순간 허공으로 가는구나 싶었다. 곧 추슬렀지만 무척 공포스러웠다. 위험한 내리막길을 다 내려온 뒤 속으로 중얼거렸다. 같은 곳을 반대 방향으로, 오르막길로 꼭 가봐야겠다고. 20여 킬로미터를 돌고나니 앞에 장애물이 나왔다. 생각한 대로, 아니, 더 나빴다. 미친 듯 달려 내려갔던 것을 감안할 때, 언덕이 가파를 거라고는 짐작했다. 실제로 보니 진짜 벽이었다. 조용히 안장에 앉아서 올라가기는 불가능했다. 글자 그대로 아스팔트에서 뽑힌 채, 페달 위에 꼿꼿이 서서 자전거를 전 방위로 흔들어야 했다. 부딪치지 않기 위한 혹은 단지 발을 땅에 대기 위한 중력과의 싸움이었다. 심장이 마구 뛰는 것이 느껴졌다. 심장은 정말 날 떨쳐버리려고, 배를 벗어나려고, 이 노예선을 벗어나려고 했다. 총 4킬로미터에 육박하는 등정으로 나는 탈진했고, 그로기 상태가 되었다. 페달을 밟으며 정상 리듬을 되찾는 데 거의 30분이 걸려야 했다.

에르브빌 언덕은 당황스러웠다. 물론 미디 리브르에는 날씨가 좋을 것이다. 그때는 훈련도 더 잘 되어 있을 것이다. 하지만 공포의 오르막길을 피할 수는 없을 것이다. 그때는 시합이 견딜 수 없을 것이고, 그럼에도 페달을 더욱 밟아야 할 것이다. 용기를 잃지는 않는다. 나에게 저항력이 있음을 안다. 내 안에 불안이 도사리고 있다. 그것이 충실히 나를 따라다닐 것이다. 무스타키 노래의 고독처럼, 마지막 경기일까지.

　이제 막 달리면서 밥 딜런의 옛 노래, 포크 기타 음에 하모니카가 곁들인 노래를 들었다. "*The answer, my friend, is blowing in the wind* 친구여, 대답은 바람에 실려 가네." 제인 버킨이 말하길, 갱스부르의 자동응답기에는 이런 메시지가 있었다고 했다. "있거나 없음. 질문. 대답." 갑자기 얼어붙는 느낌. 차로 되돌아온 시간은 오후 3시였다. 레이디 제인에 관한 나의 인물 기사와 함께 「르 몽드」가 가판대에 나와야 했다. 6월부터 준비했다. 일은 늘 벌어지고야 만다. 석 달도, 백 일도 안 남았다. 미디 리브르 출발선에 서 있을 시간이. 「렉스프레스」지가 지난 호에 그렇게 알렸다. 맞을 거다. 거기에 내 이름이 오식 없이 모든 'o'가 제대로 다 써져 있었으니까. 예비 타이어를 포함해서.

# 파괴에서 재생. 스포츠의 역설

# 3월 3일

추위가 다시 온 건가? 왼쪽 무릎과 등 아래, 허리의 움푹 들어간 부분이 몹시 아팠다. 유연 운동을 좀 해봤지만 소용이 없었다. 아주 빠르게 열을 지어 뱅센 숲까지 45킬로미터를 달렸다. 일단 워밍업을 하자 완전히 가시지는 않았지만 그래도 무릎 통증이 덜했다. 이런 종류의 경고는 생각을 만드는 법. 미디 리브르를 완주하려는 내 모든 희망을 망치는 데에는 건염(乾焱) 하나면 충분하다는 생각.

# 3월 5일

아침 하늘이 음산했다. 그런데 2시에 구름이 걷히고 수줍은 태양이 코를 내밀었다. 자전거를 타고 뱅센 숲으로 출발했다. 만약에 대비해 유니폼 주머니에 핸드폰을 넣고……. 무릎은 여전히 아팠지만, 고통은 견딜 만했다. 놀랍게도 순환도로에 주자들이 빼곡했다. 나는 그룹과 고무줄놀이를 하면서 나중에 더 잘 따라잡을 수 있도록 그들과 떨어졌다. 고양이가 '그의' 실타래를 갖고 놀 듯[259]……. 눈에 띄지 않게 속도가 올라갔다. 시속 35에서 40사이를 왔다 갔다 했다. 몇몇은 짧은 퀴사르를 입었다. 마침내 봄기운이었다. 체인 긁히는 소리, 크랭크 셋은 후추 빻는 기계처럼 찍찍댔고, 여전히 흙으로 더러운 프레임은 그것이 최근에 묻은 것임을 증명했다. 사람들이 일요일의 주행에 대해 이야기를 나누고 있었다. 어떤 이들은 '잘 하는 사람'(잘 빠져나온 사람!) 속에 있었고, 어떤 이들은 한두 번은 빠져나왔으나, 적절할 때 튀어나갈 힘이 없었다. 또 어떤 이들은 빠져나간 사람들 뒤를 죽어라 추격했지만, 헉헉대기만 할 뿐 결코 따라잡을 수 없었다.

내 왼쪽으로 두 명의 아프리카인이 그들 방언으로 간밤의 주행에 대해 이야기를 나누고 있었다. 날카로운 목소리로 너무 빨리 말한 탓에 난 문득 내가 사헬 사막(Sahel), 바마코(Bamako), 또는 니아메(Niamey)의 한 구석, 추장의 나무 밑에 있는 기분이었다. 둘 중 한 사람이 반복했다. "비다, 비. 몸

---

259 '주자들의 그룹'을 뜻하는 'peloton'에는 '실타래'라는 뜻도 있다.

이 다 얼었어." 이어 지역어로 몇 마디 하고는 자전거로 지나갈 때마다 '팡, 팡' 소리가 났던 도로의 철판 이야기를 했다. 그는 또 머리를 흔들면서, 갑자기 길이 흔들려서 자기가 마치 오랑지나 병처럼 흔들렸다고 했다[260]……. 뱅센 숲, 흑인, 백인, 세계화된 자전거선수들의 순환도로. 아프리카인들은 자전거를 무척 좋아한다. 심지어 부르키나파소 투르[261]도 있다. 내 친구인 티에리 드 레스트라드가 이 경주를 영화로 찍었다. 한 부르키나 주자가 팀 동료에게 이런 말을 했다. "너도 알겠지만, 자전거는 여자와 같아서 빌리는 게 아니야……."

누가 나를 불렀다. 질이었다. 우리는 미국식 릴레이처럼 서로 손을 잡았다. 함께 페달을 밟았다. 달리면서 그는 1999년 12월 폭풍 후의 황량했던 광경에 대해 말해주었다. 사이클 선수들이 거기 다 모였고, 진짜 대학살이었다. 선수들은 슬퍼했다. 나는 처음으로 피해의 규모, 철저한 인명 손실, 아직 푸르지도 못한 채 잘게 찢긴 허약한 나무줄기들을 가늠해봤다.

뱅센의 직선로 끝에 다다랐다. 생 모리스의 '둔덕'을 오르기로 했다. 빠르게 달려 오른쪽으로 돌았더니 갑자기 가파른 오르막길이다. 언덕 초입에서는 별로 어렵지 않았는데, 커브길을 돌자 벽이 우뚝 섰다. 진짜 벽이었다. 23단으로 돌려서 힘겹게 올라갔다. 장애물이 300미터는 넘지 않을 것이다. 그럼에도 넓적다리가 진짜 방전되었다. 끝난 줄 알았는데 계속 오르막길인 것이 마치 인도 피리에 맞춰 춤을 추는 뱀 같았다. 흔들릴 때마다 심장

---

260  Orangina. '써니텐'의 '흔들어주세요'와 유사한 광고문을 사용하는 오렌지 탄산수.

261  Tour du Faso. 1987년 창설된 구간경기로, 가을에 벌어진다. 아프리카의 주요 사이클경기이다. 부르키나 파소(Burkina Faso)는 서부 아프리카 가나의 북쪽 내륙에 있는 나라로, 1896년 프랑스 식민지가 되어 1946년 프랑스령 서아프리카에 편입되었다가 1960년 오트 볼타 공화국(Republic of Haute Volta)으로 독립했다. 1984년 국호를 부르키나 파소로 변경했다.

이 덜컹했다. 길가에 표지판이 하나 서 있었다. '프랑수아 트뤼포 주간 병원'. 말년에 트뤼포는 뇌질환 환자들과 편지를 주고받았다. 하지만 여기, 묘지 언덕 정상에서 그를 발견하다니……. 자전거선수들 표현으로 '구멍을 파다'[262]의 의미가 각별해졌다.

계기판에 100킬로미터 추가. 수숑이 노래했듯 "아니 벌써"다…….

---

262 다른 사람들과 상당한 격차를 만드는 데 성공한 경우를 말함.

# 3월 6일

라틴아메리카관의 살롱 브라질리아에서 2001년 미디 리브르의 주요 코스들에 대한 기자회견이 있었다. 새 경기위원장 장 피에르 귀글리에르모트가 초대형 화면에 표시된 노선들에 대해 설명했다. 첫 2개 구간은 언덕들이 있지만 별로 특별하지는 않다. 물론 바람이 리옹 만에서 몇몇 두려운 함정을 만들 수도 있고, 포르 바르카레 도로에서 그룹에 틈이 생기게 할 수는 있다. 코스는 오드의 그뤼상에서 시작한다. 말뚝 위에 지어진 어촌으로, 베넥스가 영화 「아침 37.2도」[263]의 첫 장면을 찍은 곳이다. 다음날은 페즈나스 도착이다. 재래시장과 양모 시장이 유명한, 보비 라푸앙트와 몰리에르의 고장이다. 「미디 리브르」의 편집국장 알렝 플롱바가 무심코 내게 파뇰의 말을 흘렸다. "장 바티스트 포클렝은 파리에서 태어났지만 몰리에르는 페즈나스에서 태어났다."[264] 세벤느 구간에서는 칼뱅파 신교도들의 땅에 있게 될 것이다. 화려하면서 동시에 엄숙한, 검은 돌은 상(喪)과 같고 침묵은 칼로 벤

---

263 Jean-Jacques Beneix(1946~2022), *37°2 le matin*(1986, 3시간 5분. 주연 베아트리스 달, 장 위그 앙글라드. 국내에 1988년 영문 제목 「베티 블루」*Betty Blue*로 개봉. 1986년 BAFTA와 오스카 최우수 외국어영화상 후보). 필립 지앙(Philippe Djian, 1949~)의 동명의 원작소설(1985 ; 우종길 역, 열린책들, 1996).

264 파뇰(주 232)의 유명한 발언(1947). Jean-Baptiste Poquelin은 몰리에르(Molière, 1622~1673)의 본명으로, 그는 1646년 파리를 떠나 이후 12년 동안 지방을 돌며 극단을 이끌었다. 1650년 랑그독 삼부회가 페즈나스에서 열렸고, 그의 '유명 극단'(Théâtre illustre)이 그들의 연회를 책임졌고, 이후 크게 유명하게 되었다.

듯한, 여기저기 인간의 삶이 흩어진, 그런 전경이 나를 기다리고 있겠지. 리바롤[265]이 이런 말을 했다. "높이 올라가는 자는 고립된다."

여전히 박식한 알렝 플롱바가 내 작은 뮤즈에 대고 이야기했다. 코스는 위제스를 지나가며, 그곳은 장 라신의 가족이 라신을 '추방한 곳'으로, 그가 수도에서 방탕하게 산 것을 비난해서라고 했다. "라신의 아저씨가 위제스의 대주교였지요. 라신은 거기 가서 살았어요. 그렇다고 삶을 만끽하는 데 지장이 있었던 것은 아니었지요!" 『앙드로마크』의 저자가 "나의 밤들은 당신의 낮보다 더 아름답지요"[266]라는 유명한 문장을 쓴 곳이 바로 위제스다. 장 피에르 귀글리에르모트는 코스를 하나하나 계속 짚어갔다. 리냑과 그곳 가축시장, 14세기에 제보당의 수도가 되었던 망드, 로제르의 플로락, 그리고 세트와 그곳의 해안 묘지. 브라상스의 탄원이 귀에 들렸다. 그는 폴 발레리의 무덤이 지배하는 큰 묘지에서가 아니라, 더 아래, 바다에 아주 가까운 코르니쉬 해안가의 가난한 이들의 묘지에서 쉬고 있다.

*그의 시가 내 시보다 더 가치 있다 해도, 최소한*
*나의 묘지가 그의 묘지보다는 더 바다적일 것이다.*

브라상스에게 바친 막심 르 포레스티에의 샹송이 생각났다.

---

265  Antoine de Rivarol. 작가(1753~1801). "명확하지 않은 것은 불어가 아니다"라는 유명한 말을 남겼고, 그 밖에도 여러 명구들이 있다. 대혁명 당시 군주제를 옹호했다.
266  "하늘의 흐름이 지속되는 한 하늘은 늘 맑고, / 그리고 우리에겐 당신의 낮보다 더 아름다운 밤이 있지요." 1662년 1월 17일, 스물셋의 라신(1639~1699)이 위제스에서 사촌 니콜라 비타르(1624~1683)에게 보낸 편지에 쓴 28행의 시의 마지막 구. 참고로 『앙드로마크』(*Andromaque*, 1667 ; 정병희 역, 서울대출판부, 1999 ; 진형준 역, 살림, 2017).

확실히 자유롭게 산 만큼

줄을 어디 섰는지 늘 감시받았지…….[267]

---

267 Maxime Le Forestier(1949~, 가수, 작곡가, 작사가), *La Visite*('방문', 1988) 일부.

# 3월 7일

　오후가 시작될 무렵, 뱅센 숲으로 가서 2시간 넘게 달렸다. 옷을 껴입은 것이 후회되었다. 봄 날씨로 공기가 포근했다. 얇은 장갑을 끼었다. 네잎 클로버가 새겨진 장갑이다. 실상, 짧은 퀴사르를 입고 맨손으로 달렸어야 했다. 그러면 기돌린 감각이 좋았을 것이다. 다리를 드러내고 지나가는 주자들이 부러웠다. 라 로셀의 네거리 한가운데서 넘어졌던 기억이 났다. 가는 자갈이 깔린 곳에서 손을 앞으로 하고 넘어졌다. 장갑을 끼지 않았었다. 뾰족한 자갈 하나가 손바닥에 박혔다. 의사는 마취도 하지 않은 채 서툴게 수술해서 그것을 찾아내려고 했다. 이후로 장갑을 끼지 않고는 거의 자전거를 타지 않았고, 손을 불룩하게 만들었던 검은 규석이 늘 생각났다…….

　하루가 끝날 무렵 신문사에 돌아오니, 제라르 모락스가 두고 간 「미디 리브르」가 눈에 띄었다. 동료 자크 프레네가 나의 모험을 다루면서 제목을 "핸들 끝의 붓"으로 달았다. 모락스는 또 월간지 「벨로」[268]도 두고 갔다. 페이지를 뒤적이다가, 사진 하나가 눈에 들어왔다. 지중해 투르에서 카스페가 승리한 모습이다. 또 하나는 그의 자전거가 공중을 날고 있고, 발은 안전벽에 걸려 있고, 맨손은 아스팔트 위에 떨어진, 마지막 역주자의 포즈로 추락

----

268　*Vélo*. 1968년 12월 창간한 사이클 전문잡지. 1993년부터 매년 투르 드 프랑스와 동일한 구간을 아마추어 선수들이 뛰는 사이클 경주인 투르의 구간(L'Étape du Tour)을 개최하고 있다.

한 사진이었다. 곡예사가 땅에 떨어진 것이다. 이 젊은 마지막 역주자는 한 인터뷰에서 "승리에 굶주렸습니다"라고 말했다. 몇 장 넘기니, 플랑드리엥 뮈세우가 자전거를 타고 있는 사진들이 있다. 머리에는 플랑드르 사자 장식의 푸른 날염 스카프를 매고 있다. 그의 집 앞에 이탈리아 서포터들이 흰 칠로 '아우구리 마에스트로' ― 대가에게 행운이…… 라고 썼다. 검투사는 죽을 준비가 되어 있지 않았다. 다시 몇 장 넘기니, 라 비앙키의 광고, 공략하는 파타니의 사진이 있고, "신화는 계속된다"는 제목이 있었다.

달리기, 쓰기. 어떤 날 저녁에는 일이 내 능력을 벗어나는 것 같다. 어느 날 더는 단어들을, 힘을 갖지 못하게 될까 두렵다.

# 3월 8일

자전거에서는 우기면 늘 보상을 받는다. 2시간 달리고 나니 땀이 많이 나서 얼굴과 관자놀이로 땀이 방울져 떨어졌지만 처음 외출할 때보다 페달 밟기는 더 나아졌다. 더는 둔덕의 수를 세지 않았다. 에르브빌 언덕에서 덜 가파른 쪽으로 올라가면서 내 그림자와 겹쳐졌다. 분명 나는…… 둘이라고 잠시 착각했다. 아스팔트 위를 미끄러져 가는 이 중국그림자 주자에게 시선을 고정시키며 나는 정신적인 자극을 받았다. 평지에서 갑자기 어떤 생각이 스쳐갔다. 보비 라푸앙트의 고장인 페즈나스……. 「일상사들」의 그 유명한 가축 차와 바로 연결시키지 못했다. 이젠 알았다. 조심, 또 조심…….

「벨로」에서 읽었는데, 페달과 발 사이에 에어쿠션이 있다는 느낌으로 페달을 밟으라고 했다. 시도해 봤다. 모든 것은 머릿속에 있다. 술병 애호가가 '비장의 술'을 가지고 있듯 '비장의 페달 밟기'다. 바람 불 때, 비가 올 때, 거센 바람과 몰아치는 빗속에서 지침 세우기. 스테인리스스틸 용액 속에 검(劍)을 담그듯 근육과 몸 전체를 담금질하기. 스스로 검, 칼이 되기 — 나의 자전거 친구들은 나를 '두루 연장을 갖춘 사람'으로 본다. 공기, 바람, 비를 가르는 칼이 되기. 분노(rage)와 용기(courage) 조율하기. 모터와 숨 갖기. 캠축이자 동시에 취관 되기. 다리에 피가 끓는 것을 느끼고 포기하지 않기. 오늘, 마신 것이 너무 달아 — 과일 주스인데 물을 타지 않았다 — 나의 피가 분명 상그리아(sangria) 같을 것이다. 자전거에서 희한한 정신을 얻는다. 4시간 약간 모자라는 시간 동안 단지 92킬로미터를 달렸을 뿐인데, 만족스럽고 안심이 되었다. 내가 바란 것보다 더 많이 페달을 밟았고, 출발할 때는 아무 생각이 없었는데 길을 가면서 생각이 자랐다. 내가 날카로워질수록 생각도 날카로워졌다. 물론, 곧 더, 훨씬 더 날카롭게 해야 한다. 하지만 처음의 그 잿빛 모습들은 사라졌다. 계속 톰 심슨을, 방투 산 험한 경사지에서 그가 비틀거리며 간 마지막 몇 백 미터를 생각했다. 시선은 이미 비어버렸고, 경사지는 지옥에 이르는 끔찍한 순간들이었다. (사막 1킬로미터도 내놓지 않으려 한 이집트인들에 대해 아라파트가 한 말을 다시 생각해봤다. 어떤 상황에서는 1킬로미터가 끝없는 거리, 도달 불가능한 세상의 끝이다.)

# 3월 9일

느베르 역. 맞은편 보도 위에, 자전거선수 팀 트럭이 있었다. 정비공들이 델타 날개형 크로노 자전거를 준비하느라 분주했다. 내일 여기서 파리-니스 서막 경주가 있다. 따뜻한 옷을 입은 주자들이 한 사람 한 사람, 혹은 작게 무리를 지어 지나갔다. 몸풀기를 하러 나갔다 돌아오는 길이었다. 그들의 유니폼을 알아보려 했다. 나는 망토 속에 목을 파묻었다. 그들이 부러웠다. 장 르네 베르노도가 감독들과의 모임 후에 나를 만나고자 했다. 장 르네, 봉주르 팀의 단장. 그를 만난 적은 없지만, 20여 년 전, 그가 투르와 치로의 언덕들에서 이노에게 자리를 내어줄 때, 그를 몹시 존경했었다. 승리하고자 하는 날에는 그는 장갑을 낀다고들 했다. 스텔비오 산에서 대승한 날, 그는 장갑을 끼고 있었다.

베르노도에게는 타고난 고상함이 있었다. 방데 사람으로, 피부색이 매우 진해 거의 검은색이었고, 눈은 생기 있게 이리저리 움직였으며, 함박웃음을 지었고, 생각보다 키는 작았지만 굳건하게 우뚝 선 모습이었다. 그는 나를 차에 태우고, 자기 선수들이 기다리고 있는 호텔로 데려갔다. 족히 30분을 달렸는데, 당연히 자전거 이야기만 했다. 자신의 챔피언 저장고인 방데 U 훈련소에서 준비시킨 젊은 아마추어들을 환기하면서 그는 몹시 흥이 났다. "월 70만 프랑을 벌면서 배신하는 녀석들에게는 관심이 없어요. 그들은 자전거에서 할 일이 아무것도 없지요. 그들은 일요일마다 젊은이들의 안전을 위해 차들을 세우는, 붉은 완장의 자원봉사자들보다도 더 가치가 없어요. 프로들 사이의 도핑을 가지고 소년 선수들이 욕먹는 것을 보고, 나는 배신자들이 물러나야 한다고 속으로 그랬지요."

베르노도 팀에서 행해지고 있는 종교는 훈련이라는 것이었다. 그의 말로는 "아스팔트의 시간들"이었다. 물론 그가 주자들에게 자전거 중독 치료법을 배우라고 주장함에도 말이다. "너무 많이 달리면, 나는 그들에게 애인과 며칠 떠나라고, 단지 주자만이 아닌 그들 자신으로 돌아가라고 부추깁니다. 같이 산을 걷다보면, 마음은 차이가 없겠지만 같이 있어 정신이 변화되지요." 마니 쿠르 순환도로 뒤에 위치한 호텔의, 프로스트 자전거 차량—프로들의 자전거처럼 탄소로 가득 찬 푸른색 괴물—앞에서 잠시 쉰 후, 장르네는 자신의 자전거경주 철학에 대해 계속 말했다. 훈련, 그러나 과하면 안 된다(그는 "훈련으로 체력이 쇠해졌지요. 시간 내내 달렸거든요. 달리는 것만을 사랑했지요"라고 했다). 보충, 집단의 의미, 타인에 대한 존중. "젊은 사람이 팀에 들어오면, 나는 그의 부모를 알고 싶고, 그가 어떻게 교육을 받았는지 알고 싶습니다. 처음 주먹 쥐는 것, 첫 시선에서부터 나는 그가 우리에게 올 사람인지를 예견합니다. 들어오는 젊은이에게는 정비공들을 잘 다루는 법을 알려줍니다. 그들은 다음해에도 거기 있을 거지만, 그는 확실치 않거든요. 자전거의 진정한 가치로 되돌아가야 합니다. 앞으로 멋진 해가 될 겁니다." 그는 잠시 멈췄다. 얼굴에 환한 미소가 번졌다. "방데에 아름다운 돌 저택을 하나 샀습니다. 우리 아이들이 정기적으로 거기에 갑니다. 집단정신을 만드는 거죠. 프로들이 와서 아마추어들과 함께 달립니다. 당신도 올 수 있어요……."

나는 동의했다.

그가 계속했다. "이따금 모든 것을 중지시키고 싶었습니다. 필립 엥보(팀 매니저)와 함께 문제를 제기했지요. 하지만 진심으로 모든 것을 포기하고 싶었던 적은 없습니다. 더구나 이 젊은이들은 우리를 믿고 있었어요. 그들에게 말했지요. 도핑, 잘 해결될 거다, 지나갈 거다, 라고요. 근본적으로는 아무것도 몰랐지요. 페스티나 사건이 터졌을 때, 사람들은 안도했습니다.

그리고 보세요, 그해, 아주 오랜만에 처음으로 젊은 선수들이 이기는 것을 봤지요. 앞으로 빠져나가기 선수들의 윤곽이 잡혔습니다. 마침내, 뭔가 꿈틀대기 시작한 겁니다." 물론 모든 것이 다 해결된 것은 아니었다. 바람직하지 못한 주자들, '위험한' 아마추어들은 여전히 있었다. 그들은 도핑의 풍토에서 자랐고, 불길한 관행으로 프로세계에 합류했다. 뱅센 숲에서 얼핏 봤던 자전거주자가 생각났다. 스테로이드 호르몬 치료로 볼이 햄스터처럼 부풀어 올랐던 그가……. 장 르네는 최근 프로팀에 고용된 한 아마추어의 경우를 언급했다. "X가(그는 스포츠 지도부의 동료 한 명을 실명으로 거론했다) 그를 선발했다는 것을 알았을 때, 나는 울었습니다."

만약 내 마음대로 시간을 거스를 수 있는 기계가 있다면, 어떻게 해서든 2000년에 나는 스무 살이 되어 나의 길에서 베르노도를 만나려고 했을 거다. 그가 어린 양들 귀에 못이 박히도록 되풀이하여 말할 때, 그것은 전략에 대해서였다. "어느 핸가, 지로에서 우리는 기마르와 함께 오소리[269]에게 나흘짜리 내기를 했지요. 시릴은 우리에게 난코스 구간에서 이긴 선수에게 제공되는 피아트 팬더를 경품으로 하자고 요구했죠. 이탈리아 선수들은 우리를 상관도 안 했어요. 그들은 조직적이었으니까요. 교대할 때, 그들이 우리 높이에 와서는 어깨를 치면서 비웃었어요. '이봐, 친구들, 그게 전체 순위에 뭔 상관이야……' 우리는 멍청한 척했지요. 하지만 나흘째 되던 날 선수들은 그렇게 오소리와 함께 출발했습니다. 이탈리아 선수들은 우리가 피아트 팬더를 뒤쫓아 가는 가는 것을 보느라 녹초가 되었습니다. 우리 뒤로 달려가고자 다른 모든 팀들을 '끌어들이려고' 해야 소용없었죠. 그들은 우리를 다시는 보지 못했고, 이노가 지로에서 승리했지요. 그날 저녁, 그 친구들은 농담할 기분이 아니었습니다……"

---

269  베르나르 이노(주 6).

아주 가파른 경사로 유명한 방데의 메르방 숲 — 난 청소년이었을 때 오르막길 단련을 위해 그곳으로 훈련을 가곤 했다 — 에서 베르노도는 선수들과 함께 믿을 수 없는 시나리오를 반복했다. 어느 핸가, 방데 투르가 메르방 숲, 더 정확히는 장벽 지대를 경유했다. 현기증 나는 내리막길, 급커브길, 그리고 다리가 터질 것 같은 언덕을 지나 평지에 흡사한 곳에서 끝났다. "주자들을 그곳으로 데려갔지요. 나는 도로보수 인부용 빗자루를 집었습니다. 땅을 긁어 가는 자갈들을 치우고 나서, 그들에게 말했습니다. '둘 중 하나야. 이 커브길에서 브레이크를 밟아 속도를 모두 상실하거나, 브레이크를 밟지 않고 시속 80으로 달려서 언덕에서 페달조차 밟지 않거나. 실시!'" 10번, 20번, 젊은 선수들은 연습을 반복했다. 장 르네가 보여주었다. "바퀴는 거기 있었지요." 바퀴가 '거기' 있어도, 자전거는 브레이크가 땅에 닿지 않은 채 질풍처럼 달렸다. 경주 당일, 베르노도의 주자들이 첫 두 자리를 차지했다. 그들은 모든 사람들과 거리를 두었는데, 이유는 내리막길에서 선두에 있었고, 시속 80킬로미터 이상으로 커브길을 갔으며, 브레이크 레버에는 손가락조차 스치지 않았기 때문이다. 그가 멋진 일격에 대해 이야기하는 모습을 보아야 한다. 그는 이듬해 다시 한 번 해냈다. 책략과 위엄, 기사도 정신, 파렴치한 행동의 거부. "주자 한 명의 바퀴가 터졌을 때, 나는 그를 '차 안으로' 들이고 싶지 않았습니다. 그 자리에서 수리를 하게 했지요. 내가 소변을 보러 가면 — 하루에 두 번이었죠 — 그는 림에 바람이 빠진 채 달릴 수 있어야 했습니다. 그의 림이 망가지건 말건 아랑곳하지 않았어요. 내가 가르쳐준 대로 그는 바람이 빠진 채 달렸습니다.[270]" 장 르네는 여러 번 행복에 대해, 자전거에서 느끼는 행복에 대해 말했다. 분명 그는

---

270 '림으로 달리다'는 '바람 빠진 타이어로 달린다'는 뜻에서 '녹초가 된다'는 뜻이 포함되어 있다.

자기 몫의 행복을 갖고 있었다.

"내 경우는, 삶이 내게 모든 것을 주었습니다. 나를 꽉 채웠죠. 내가 바라는 것은 언젠가 그들도 장딴지의 힘 덕에 집을 가질 것이고, 그럼 그때 이런 이야기들을 더욱 미화시켜 이야기할 수 있도록 내 아이들에게 동기부여를 해주는 것이지요!" 베르노도는 투르 경기의 낭트-보르도 구간에서 이노와 함께 100킬로미터 이상 앞으로 빠져나온 것 등등, 이야기에 재미를 보탰다. "사람들이 이노에게 화가 났었죠. 나는 더는 그와 같은 팀에 있지 않았어요. 내가 공략했지요. 그가 나를 찾으러 왔더군요. 우리는 독주를 했고, 그가 소리를 질렀지요. '달려, 계산은 나중에 하자고.' 우리 뒤로, 사방에 주자들이 있었습니다. 끝까지 갔으면 투르 경기가 되었겠죠." 자신의 무훈담을 이야기할 때, 그의 얼굴에는 아이 같은 즐거움이 있었다.

어느 날, 그는 자기 주자들 가운데 세 명의 아마추어가 다른 이들과 함께 '마피아'에 들어간 것[271]을 알게 되었다. 그들은 팀 정신을 준수하는 대신, 앞으로 빠져나간 동료들의 뒤로 달렸다. 다른 이들과 보상금, 상금을 나눠 먹기로 합의했던 것이다. "나는 그들을 호출해서 이렇게 말했지요. '좋은 소식이 있군. 마침 풀타임으로 마피아에 고용되었다고. 잘 가게.' 그들은 떠났습니다. 그중 한 명이 돌아와 사과를 했지요. 그는 아직도 우리 팀이고, 후회하지 않죠." 나쁜 기억도 있었다. "한번은, 한 스폰서가 우리 아마들을 보겠다고 경기에 왔어요. 한 명이 앞으로 빠져나갔습니다. 그 뒤로 우리 아이들 다섯이 미친 듯이 달려갔지만 따라잡을 수 없었습니다. 그 스폰서는 이해를 못하더군요. 경기가 끝나고 나는 그를 보러 가지도 않았습니다. 그에게 가서 그 주자가 약물투여자라고 말해도 이해를 못했을 테니까요."

---

271 다른 팀의 그룹에 끼어 자기 주자들이 우승하지 못하게 하는 것.

숙소의 거실에서 조촐한 기념식이 있었고, 우리는 거기에 초대받아 갔다. 봉주르 팀을 운영하는 「타임」 그룹 사장이 새로운 자전거를 선보였다. 자동 페달, 탄소 포크, 붉은색 광채가 나는 초경량 프레임. 잠시, 어린 콩스탕스, 이 커다란 진홍색 장난감 앞에서 그 아이가 지을 뾰로통한 표정이 생각났다. 베르노도가 나를 식당으로 데려갔다. 이미 그의 주자들이 자리를 잡고 있었다. 나는 미디 리브르에서 달릴 내 계획을 그들에게 알렸다. 그들은 잘 자란 소년들처럼 주의 깊게, 예의 바르게 경청했다. 한 친구가 불쑥 말했다. "젤 쉬운 걸 고른 건 아니네요." 모두들 웃었다. 지난 미디 리브르 우승자인 디디에 루스[272]가 도착했다. 접견은 간단하고도 공감적이었다. 장 르네가 말했다. "자네가 주도하도록 우리가 지원하겠네. 자네를 돕겠다고. 믿어도 돼." 회합은 그의 함박웃음으로 막을 내렸다. 그의 주자들과 함께 방데 외출 날짜를 잡았다. 모험은 계속되었다.

나는 느베르의 산업지대에 있는, 프랑스 복권협회 팀 선수들이 있는 호텔로 가서 그들과 합세했다. 그들도 파스타를 먹었다. 카스페가 주상골 골절을 당한 불운의 마지막 역주 때, 그는 맨손이었다고 했다. 회복에 족히 한 달은 걸릴 것이다. 옛 우승자들에 대한 이야기가 오갔다. 마르크 마디오가 장 드라투르[273] 팀 단장인 미셸 그로와 이야기하고 있었다. 몽상가인 마르크가 말했다. "이 모든 훌륭한 주자들이 옆으로 빗겨나 있지." 그 두 사람은 수상경력이 없는 '훌륭한 주자들'의 이름을 하나하나 짚어갔다. 승리하려면 무엇인가가 더 필요하다. 직업만으로는 충분치 않다. 투지, 자기 수련, 이런 것들이 자전거경주 챔피언들의 동력이다. 다리와 허리뿐 아니라 머리에서

---

272  Didier Rous. 프랑스 선수(1970~). 1993~2007년 프로로 활동.
273  Jean Delatour. 프로 도로경주 팀 이름.

도 마찬가지였다.

늦었다. 자전거를 타지 않았지만 끔찍이도 타고 싶었던 하루였다. 만일 생각과 행동이 등가라면 난 오늘 페달을 많이 밟았다. 머릿속으로.

# 3월 11일

파리로 돌아왔다. 비가 왔다. 자전거를 타러가지 않기로 마음먹었다. 더는 왼쪽 무릎의 통증을 느끼고 싶지 않았다. 내 친구 프랑크 드 봉트의 아들 얀은 육상 선수인데, 우승이 예상된 프랑스 챔피언전 며칠 전 피로로 골절상을 입었다. 육상 선수들의 운명이 그랬고, 챔피언의 운명도 추락과 기회 상실이 늘 도사린다. 나는 챔피언은 아니지만 달리기도 전에 코스 밖으로 밀려나갈 위험에 처하고 싶지 않다. 오늘은 글을 썼다. 누락된 킬로미터는 내일 벌충할 것이다.

# 3월 12일

오후, 비가 오지만 자전거를 타러갈 거다. 낮에 자전거를 타지 않으면 잠이 잘 오지 않는 것이 마치 잠을 자려면 이제 일정량의 육체적 피곤이 필요해진 듯싶다. 신경이 날카롭고, 흥분되었고, 빙빙 제자리걸음이었다. 앙투안 바예라는 사람에게서 메일을 받았다. 1995년에서 1998년까지 페스티나 팀 코치를 맡았던 사람으로(찾아봤다), 그 또한 나의 신경을 건드렸다. 그는 1999년 투르 경기 동안 「르 몽드」 자문위원이기도 했는데, 내가 젊은 선수들과 함께 달린다고 '자전거선수성애'(cyclophilie)라며 나를 비난했다. 우리 신문사에 협력했던 것이 수치스럽다고 썼고, "나로 인해 부끄럽다"고 말한 후, 나의 '정신 나간 짓거리'(psychotisme)와 '나르시시즘'을 환기시켰다. "오 나르시스 포토리노여, 마지막 남은 겸손함으로 포기하시오." 그는 내가 미디 리브르를 주도하는 것이 몹시 불쾌하다고 했고, 「레키프」에서 과격하게 공격하는 것을 자제하라고 권고했으며, 나를 포토 리노(Photo Rhino 코뿔소 사진)로 부르며, 지루한 일에 덤벼드는 뿔 달린 짐승에 비유했고……. 그는 결론적으로 내게 상처를 주려는 것이 아니며, 자신의 목적은 "건설적이고 호의적인" 것이라고 했다. 환자라는 말에서 (소아성애처럼 자전거선수성애라고 말한 것), 나는 어떻게 이 '교육자'(그는 바송의 코치였고, 스스로 우겼음에도 프랑스 복권협회 팀 자리를 거절당했다)가 자전거 선수계에서 아직도 세력을 행사할 수 있는지 궁금했다. 페스티나 팀에서 도핑이 조직적으로 한창 세력을 떨칠 때, 그는 아무것도 보지 못했다. 하지만 한 조사에 의하면, 그는 EPO 처치를 받은 주자들이 딴 상금에 일부 손을 댔다. 그것에 침을 뱉은 것이 아니라…… 그의 전 동료 중 한 사람이 말하기를, 사건이 터졌을 때 그가 페스티나를 버린 것이 아니라 페스티나가 자기에게서 떨어져나가게 했다고 했다…… 거기에 그의 때늦은 수상한 청렴, 순수 강박증이 있었다. 랜스 암스트롱을 근거 없이 더럽힌 사람도 유감스럽게도 그였다. 그는 말하길, 약을 하지 않고는 걸어서 오르는 것보다 더 빨리 언덕 정상을 오르는 것은 불가능하다고 했다. 물론 모순이다. 진정한 언덕 오르기 주자들의 기술은 오르막길이 될 때 정확하게 가속을 주는 데 있었다. 바예는 바아몬테스[274]나 샤를리 골의 법칙을 참조했어야 했다. 나는 바아몬테스를 떠올리며, 지쳐서 투르 드 프랑스를 포기한 '톨레도의 독수리'[275] 사진을 다시 봤다. 자신이 포기했음을 잘 표시하기 위해 그는 보란 듯이 신발을 벗어 손에 들고 양말 바람으로 아스팔트 위를 걸어갔다. 그를 다시 안장으로 올라가게 할 것은 아무것도 없었다. 연상 작용으로, 아마두 앙파테 바[276]의 아프리카 속담 하나가 머리에 떠올랐다. "죽을 때는 발이 협력한다." 삶이란 마치 자전거 위에서처럼, 끊임없는 발의 움직임이라는 말을 하려는 것이리라.

오후에 반짝하고 하늘이 갰다. 뱅센으로 달렸다. 순환도로에서 80킬로

---

274 Federico Martin Bahamontes. 스페인 선수(1928~2023). 1959년 투르 드 프랑스 우승, 6차례 산악왕(녹색 유니폼)이었다. 영화 「아멜리 풀랭의 가공할 운명」(국내에 「아멜리에」로 개봉)에서 장난감의 주인이 어린 시절을 회고하는 장면에 소개되기도 했다. 바아몬테스의 전략은 단순해서, 산기슭에서부터 공략, 끝까지 가는 것이었다고 한다.

275 l'Aigle de Tolède. 바아몬테스의 별명.

276 Amadou Hampâté Bâ. 말리 작가, 민속학자(1900~1991). 서아프리카 구전문학의 수집과 분류에 평생 종사했다. 1975년 프랑스 한림원은 그의 모든 작품에 불어권 문학상을 수여했다. 국내에 『들판의 아이』(*Amkoullel l'enfant peul*, 이희정 역, 북스코프, 2008)가 소개되었다.

미터를 완주했다. 직선대로에서 바람을 맞으며, 심지어 젊은이들을 뒤로 했다. 나는 알았다. 나에게 흥분제를 투여한 것이 바로 앙투안 바예라는 것을…… 물통에 물만 가지고 왔다. 내가 습관적으로 넣던 딸기 시럽의 향이 거기에 남아 있었다. 오래전 기억이 살아났다. 열세 살이던 여름, 샬로스 언덕 경주에 참여했었다. 친구들과 함께, 물에 앙테지트[277] 몇 방울을 넣어 물을 들였다. 감초 맛이 한동안 목구멍에 남아 있었다. 강하면서도 미완인, 아주 달지도 않으면서 끈질기고 상쾌한 맛이었다.

순환도로를 떠날 때, 헐벗은 나무 몸통 뒤로 마지막 햇살이 지고 있었다. 데이비드 해밀턴[278]식 빛이 숲을 물들였다. 데이비드 해밀턴의 상투성을 조롱하는 것이 한때 유행이었다. 그윽하고 베일에 가려진 색조들, 시대를 벗어난 듯한 소녀들이 약간 살을 드러내고, 자전거에 올라탄 그들의 긴 치마가 약간 브이 형으로 파여 발목을 스쳐가고…….

아침에 스포츠 클리닉에서 물리치료사 드니 벵상을 우연히 만났다. 그는 주로 마지막 역주자들과 마라토너들의 마사지를 맡고 있었다. 한 주 후면 '늙은' 자전거 선수가 그의 손 안에 있을 것이다.

---

277  Antésit. 감초액.
278  David Hamilton. 영국 사진작가(1933~2016). 1990년대 말, 영미 보수주의자들 사이에 그의 사진이 '유치한 포르노'로 간주된 적이 있었다. 피에르 루이(Pierre Louÿs, 1870~1925)의 시에서 영감을 받아 영화 「빌리티스」(1977)를 만들기도 했다.

# 3월 13일

유니폼 제조사에서 색깔 실수를 했다. 예약된 노란색 대신 선명한 오렌지색이었다. 그러나 전체적으로는 그럴 듯해 보였다. '미디 리브르'라는 글자에 카멜레온이 하나 교묘히 들어가 있었다. 제조사 상표였다. 카멜레온이라……. 한 번도 그런 생각을 못했는데, 달린 것을 보니 완벽하게 제자리라고 중얼거렸다. 나는 그룹의 카멜레온이 될 것이다.

# 3월 14일

계기판의 숫자를 읽으며 눈을 믿을 수가 없었다. 막 170킬로미터를 넘었다. 정확히 6시간 18분을 달렸다. 28킬로미터가 약간 넘는 순환도로를 6번 달렸다. 생 제르멩 앙 레 언덕, 3시간은 비가 오지 않았고, 3시간은 소나기가 내렸다. 물통 두 개를 프레임에 걸고, 유니폼 주머니는 초콜릿 시리얼 바로 채웠다. 지루하다거나 아주 피곤하다고는 할 수 없었다. 물론 다리는 아팠지만, 주행 마지막 오르막길에서도 그랬고, 바람을 맞거나 매우 미끄러운 아스팔트를 달릴 때도 에너지를 간직하고 있다는 게 안심되었다. 이 양호한 평균을 어떻게 생각해야 할지 몰랐다. 종종 호의적이었던 바람 때문이었을까, 아니면, 이제 만들어지기 시작한 몸 때문이었을까……. 마을에서, 학교가 파하는 시간에 사내아이들이 보도에서 소란스레 재미 삼아 서로를 밀쳤다. 한 아이가 내게 소리쳤다. "아저씨, 자전거 저 주실래요?" 숲속에 얼핏 창녀들이 보였다. 남미 소녀들이었다. 여러 번 클랙슨을 울렸다. 고백하건대, 훈련 중 주자들이 모두 그렇듯 나도 스톱과 빨간불에 서지 않고 지나가기 때문이다. 그렇게 하면 계속 열을 낼 수 있고, 리듬을 잃지도 않는다. 아무것도 오지 않는다고 확신한 뒤에야 속도를 늦췄고, 그리곤 지나갔다……. 시간이 지나면서 근육이 약간 마비되고 경직되었다. 규칙적으로 프레임을 흔들면서 속도를 재개했다. 때때로 자전거가 언덕에서 선을 제대로 따라갈 때면 눈을 감았다. 2~3초였을 뿐인데 고통에서 벗어나는 것 같았다. 보비 라 푸앙트의 가축 차를 두려워하면서도, 페달을 밟으면서 한숨을 쉴 때 눈을 감는 것은 분명 모순이었다. 눈을 감자 마치 공중부양을 하는 느낌이었다. 더는 지상에 있지 않았다. 훈련의 강도가 높아질 때는 아주 잠깐이지만 프리휠이 나타나기도 했고, 그러면 바퀴의 노킹 소리가 거의 들리지 않았다. 그리고 나서 다리가 다시 기대기 시작했고, 당기기 시작했다. 그것은 하나의 막간과 같아서, 원한다면 즉각 멈춰 세울 수 있음을 내게 입증하는 하나의 방식이었다. 이어서 페달을 밟고 싶다거나 혹은 아니거나, 이 모든 것은 의지의 문제였다. 눈 감기, 잠시 페달 밟기를 멈추기, 이런 것은 사슬에 묶인 주자가 할 수 있는 자유행동이다. 계기판에 100킬로미터가 표시되는 동안, 나는 문득문득 잠이 들었다가 갑자기 깬 것 같았다. 고통은 이따금 부재와 흡사했다.

비가 오면서 타이어가 제 색깔이 났고, 바퀴는 두 마리의 푸른 도롱뇽 굴렁쇠가 되었다. 한 교회 앞에서 입관식이 있었다. 기분이 좀 가벼워졌고, 학교 마당에서 하던 이야기가 생각났다. 늘 그룹의 끝에서 달려가던 한 전직 주자가 죽었다. 장례식 날, 그의 길 동료들이 모두 관을 따라갔다. 그중 한 명이 한숨을 쉬었다. "처음으로 선두에서 달리는군." 옆에 있던 친구가 응답했다. "그러게. 그것도 죽고 나서 말일세……."

되도록 신경을 딴 데로 돌렸다. 4시간 지나 첫 번째 물통을 비웠고, 두 번째 물통에 손을 댔다. 이만큼 오랫동안 페달을 밟은 적이 있는지, 이만큼의 거리를 달려본 적이 있는지 속으로 물었다. 나는 타임머신을 탔다. 열세살, 니월의 친구 르네 드라포, 자전거 핸들 모양의 수염을 한 도로보수 인부의 아들, 그와 함께였다. 우리는 그때 막 사이클 자격증을 땄다. 그는 파리-브레스트-파리를 달리고자 했다. 나는 그저 그와 함께 가고 싶었다. 그가 나를 라 로셸 자전거 클럽에 데리고 갔다. 사람들은 멜빵 가방을 앞바퀴 위에 두었고, 투명 막 속에 접어 넣은 도로지도도 갖고 있었다. 내가 생각할 때, 200킬로미터 자격증을 두세 개는 가져야 할 것 같았다. 소형 트랜지스터라디오를 가져갔는데, 달리는 동안 주파수가 끊임없이 뒤엉켰다. 마을 간판들에서 뭐가 잘못 되었는지 우리는 숨이 끊어져라 마지막 역주에 돌입했다. 나이든 주자들이 우리를 꾸짖었다. 여기서는 달리는 게 아니라고 소리를 지르면서. 그해 이후, 나는 경기에 참여하기 시작했고, 당연히 나중에 르네를 설득하여 내 클럽에 오게 만들었다. 원래 힘이 좋았고, 역경에서도 굳건하고 궂은일에도 용감한 그를 말이다. 그는 코즈의 루아양 근처 시합에서 처음으로 달려 우승했다. 샤틀라이용 클럽에는 주자들이 전 연령에 걸쳐 있었는데, 최고령자 가운데는 굴 양식업자도 있었고, 건물을 칠하는 사람, 또는 안과의사도 있었다. 최연소자 중에는 고등학생 또는 이미 '프로' 과정을 밟는 사람도 있었다. 어른들은 자기들 품안에 나를 안았고, 꼬마야, 이리와, 바람 맞지 않게 이쪽으로 달려, 그래, 좋아, 다리를 돌려, 기어비를 크게 넣지 마, 자전거는 부드러운 거야, 언덕에서 분출하듯 달리려면 조심해, 자, 충분히 훈련을 해야지, 먹을 것, 마실 것도 생각해, 자갈 위를 달리려면 재빨리 장갑을 타이어에 대……, 라고 했다. 이런 것들이 '고참들'에게서 전수받은 권고이자 술수, 요령들이었다. 그들에게는 또 그들의 고참이 있었다. 200명의 선수 그룹이 차도 경계 포석에서 흩어졌다. 도로라고 하기엔 너무 좁은 길에서 벌어진 미치광이들의 주행, 걸어서도 못 갈 험한 언덕을 가며, 그들은 있을 수 있는 난관에 대해 이야기했고, 그러는 동안 샤틀라이용 언덕의 바닷가를 줄지어 갔고, 그다음에 부숄레르 언덕을 경유하여 평지로 들어갔다. 일요일 훈련의 추억, 갑자기 아직도 귓전에 울리는 목소리들, 약간 끄는 것 같은 샤랑트 억양으로 "꼬마야", "달려", "이를 악물어", "우리와 함께 있어"……. 그래, 무엇보다도 그것, 우리랑 같이 가.

라 팔리스 산업항 언덕에서 길을 잃던 날, 아마도 내 나이 열두 살 내지 열세 살이었을 것이다. 마침내 한 자전거 상점 앞에 다다랐다. 나는 패치[279]

---

279  rustine. 튜브 수선용 접착 고무.

와 수리에 필요한 것을 사러 들어갔다. 여름이었고, 매우 더웠다. 나를 맞은 사내는 꺽다리에 작업복 차림이었고, 머리카락은 듬성듬성한 것이 하얗게 세어 있었으며, 서부영화의 카우보이처럼 껌을 질겅질겅 씹고 있었다. 사람들이 통칭 '베게 영감'이라고 하는, 지역 자전거경주의 옛 영광, 장 베게와의 첫 만남이었다. 나의 호기심어린 소년의 표정에서 그는 곧바로 자신의 경주 이야기를 들어줄 훌륭한 청중의 낌새를 알아차렸다. 그는 나를 가게 뒤쪽으로 데리고 갔다. 거기에는 50년대로 보이는 오래된 사진들이 압정으로 고정되어 있었다. 그가 보르도-생트에서 승리하던 시절, 벨로드롬 입구의 자갈밭에서 마지막 역주를 하는 모습이었다. "저기서 말이지, 꼬마야, 한방 터뜨렸지." 그리고는 말에 이어 행동이 나타났다. 그는 손에 상상의 핸들을 잡았고, 턱은 껌을 씹느라 반쯤 열려 있었으며, 한쪽 눈은 감고 한쪽 눈은 크게 떠서 나에게 고정시켜 내가 이야기를 잘 따라오고 있는지 확인하고 있었다. 이야기가 끝났을 때, 나는 장차 주자가 될 씨앗으로 서임되었고, 선량한 장 베게는 허친슨 상표가 있는 초록과 흰색의 멋진 유니폼을 내게 주었다. 뒷주머니는 물병이나 먹을 것을 넣게끔 되어 있었다. 그는 내가 주는 돈을 받지 않았고, 내게 수많은 권고를 늘어놓고 나서, 나로 하여금 언젠가, 네, 네, 아저씨, 주자가 되겠습니다…… 하는 약속을 하게 했다. 유니폼은 당시 계절로서는 너무 더웠고 목이 따가웠지만, 별다른 이유가 없는 한 그것을 벗지 않았다.

몇 년 후, 나는 유소년 선수로서, 라 팔리스 자전거선수상을 받았다. 창고와 해저 기지에서 멀지 않은 곳이었다. 장 베게의 얼굴을 찾아봤다. 그날 그는 오지 않았다. 나는 그가 아직 살아 있고, 여전히 껌을 씹으며 오래된 자기 이야기를 하고 있다는 것을 알고 있다. 그는 오랫동안 자전거를 탔다. 하지만 언젠가 그가 내게 말했듯이 "있잖아, 내 종이하트로……."

매번 돌 때마다 나의 흰색 에스파스 앞을 지나갔고, 그것을 바라봤다. 예

265

상된 여섯 완주 앞에서, 멈추려는 유혹을 견뎌낼 수 있을까? 마지막 두 바퀴에서는 비가 억수로 왔다. 차로 가서 잠시 비를 피했다가 다시 출발하라는 속삭임이 나를 스쳐갔다. 하지만 핸들에 머리를 박고 계속 달렸다. 여름에 했던 청소년 경주가 생각났다. 방송 진행자가 이따금 조금 과하게 축하를 했고, 마이크로 노래를 했으며, 여성 악대장을 칭찬했고, 상금을 발표하느라 목이 쉬었다. 문득 그는 회전계의 금속판을 바꾸는 것을 잊었고, 회전계는 절망스럽게 계속 같은 숫자에 머물러 있었다. 우리는 계속 반복하여 노선을 달렸다. 몇몇 어린 주자들은 60킬로미터 제한 규정에서 아마 족히 20킬로미터는 더 갔을 것이다. 사람들이 화를 냈다. 마침내 금속판이 바뀌었다……

자전거가 더러웠다. 브레이크 레버가 끈끈했다. 물통의 시럽이 튜브와 기돌린에 약간 번졌다. 프레임에 걸레질을 할 기운도 없었다. 북프랑스의 지옥[280]에서 그토록 여러 번 빛을 발했던 베아른 사람 뒤클로 라살[281]은 말했다. 훈련 후 자전거를 청소할 힘이 없게 되는 날, 자전거를 그만 둘 거라고. 그의 교훈을 생각해봐야겠다.

280  l'Enfer du Nord. 파리-루베 경기를 말한다.
281  Gilbert Duclos-Lassalle. 프랑스 선수(1954~). 파리-루베 2회 우승(1992, 1993), 파리-니스(1980), 보르도-파리(1983), 미디 리브르(1991) 등 총 50여회 우승.

# 3월 15일

TV에 랜스 암스트롱의 모습이 보였다. UCI가 작년에 US 우정청(US Postal) 주자들에게서 뽑은 혈액 샘플을 막 프랑스 법원에 보냈다. 나는 여전히 르포르타주를 기다리고 있다. 거기서 밝혀질 것이다. 투르 경기 연속 우승자가 자기 나라 미국에서 어떻게 준비를 했는지, 그가 진정 감추려는 것이 무엇인지. 어쩌면 도핑일지도 모른다. 도핑이건 아니건 그는 다른 챔피언들과는 다른 이례적인 챔피언이다.

파리-니스에서 마디오의 사람들이 영광의 장소들을 수집하고 있었다. 나 종이 2위였다. 방투 구간에서 보공디로 160킬로미터를 혼자서 빠져나와 달렸다. 마니엥은 4위였다. 마르크가 '승리'를 공표할 수 없음에 안달하고 있음을 나는 안다. 접전 종목에 카스페가 빨리 복귀해야 할텐데.

프랑크 드 봉트가 「레키프」의 유명 리포터인 필립 브뤼넬을 내게 소개했다. 그는 자신과 허물없이 지내는 메르크스와의 우정에 대해 내게 이야기했다. 브뤼넬이 에디 왕 이야기를 하자, 영화 「선두 주행」의 또 다른 장면들이 기억났다. 지로 중에 일어난 일들로, 험한 굴곡 길에서 네다섯 명의 선수가 앞으로 빠져나가는 장면이었다. 메르크스가 선두로 달렸다. 늘 선두였다. 그는 단 한 번도 뒤로 가지 않았다. 힘센 선수들, 바타글렝, 바롱켈리, 한두 명의 스페인 오르막 선수들이 그의 바퀴 안에 있었다. 그들은 차례로 '점프'하고 있었다. 카메라가 그들이 떨어져나가는 모습을 보여주었다. 앞에서는 메르크스의 어깨가 가볍게 흔들렸다. 조각상처럼 뻣뻣하게, 목을 꼿꼿이 세우고 페달을 무섭게 밟으며. 그들이 마을을 지나갔고, 서포터들이 이탈리아 선수들을 격려했다. 메르크스는 혼자 될 때까지 더 강하게 밟았다. 끝났다. 그의 궤적에 아무도 없었다. 그는 알았다. 느꼈다. 기사도의 걸작. 「선두 주행」, 제목은 침해당하지 않았다.

필립 브뤼넬이 몇몇 경기 참여를 제안했다. 미디 리브르에 앞서 그룹 속에서 내 행동을 점검해보자는 이야기였다. 나도 그런 생각은 했었다. 시합 전에 추락할 것이 두려워 포기했었다. 생각해보아야겠다. 그는 또, 적어도 한 번은 내가 프로들과 동시에 출발해야 한다고 생각했다. 나 역시 몹시 그러고 싶었다……. 보면 알겠지, 파견된 UCI 경기 임원이 나의 도전을 눈감아 줄지……. 브뤼넬이 말하길, 앙크틸은 시계를 늘 오른쪽에 찼다고 했다. 왼쪽으로 차면 태엽 감는 꼭지가 피부에 상처를 주기 때문이란다. 시계와 태엽 감는 꼭지의 위치까지 생각할 정도로 진정 노르망디 사람다운 프로정신이다…….

# 3월 18일

술은 사람을 취하게 한다. 바람도 마찬가지다. 이블린 들판에 부는 끔찍한 북풍. 머리는 취했고, 숨이 턱턱 막혔다. 자전거에 달라붙어야했고, 한 손일지라도, 무엇보다 핸들을 놓지 말아야 했다. 직선 라인에서 어느 한 순간 어떻게 넘어지지 않았는지 모르겠다. 두 손을 허리에 갖다 대고 허리 부분의 긴장을 약간 완화시켰다. 돌풍이 불어 앞바퀴가 뒤집어졌다. 간신히 핸들을 다시 잡을 시간만 있었다. 활공을 피할 수 있었다면 그건 진정 기적이다. 6시간을 달리려고 출발했지만, 바람과 나를 흠뻑 적신 소나기, 그리고 갑작스런 선득함에 5시간으로 줄였다. 계기판이 막 120킬로미터를 가리켰을 때, 평균적으로 그리 형편없는 것은 아니었지만 다리가 기진맥진했고, 근육은 녹초가 되었다. 나는 언덕에서 순한 순환도로를 택했다. 특히 저 유명한 '로네 농가' 둔덕으로 올라갔다. 일전에 내리막길로 접어들 때 마치 비상하는 느낌이었던 그 둔덕으로. 여전히 뽑혀 나와야 했지만, 이번엔 심장이 나를 두렵게 했다. 마구 회전하는 느낌이었고, 거의 질식할 것 같았다. 끼어 입은 유니폼이 너무 죄었다. 기절할 것처럼 숨이 막혔고, 떠나갈 것 같았으며, 급속히 움직이는 심장이 마치 멕시코 점프콩 같았다(오래 전에, 「피프 가젯」[282]에서 선물로 받은 것……). 정상에서, 숨을 쉬려고 모든

---

282  '멕시코 점프콩'(pois sauteurs du Mexique)은 멕시코 북서부에서 일어난 자연 현상으로, 작은 콩 같은 것이 몇 밀리미터를 점프하고, 가끔은 몇 센티미터를 가기도 한다. 대극(euphobiacée)의 싹에 나비가 알을 낳고, 그 싹이 땅에 떨어졌을 때

지퍼를 내렸다. 뒷주머니의 시리얼 바도 짐처럼 느껴졌고, 등주머니에 밀어넣은 펌프도 그랬다. 모든 것이 허리를 죄고 눌렀다. 저고리를 벗으려다 바람에 또다시 쓰러질 뻔했다. 포기, 적절한 순간을 찾아 다시 페달을 밟았다. 계기판의 시계를 보니 안장에 겨우 2시간 반 있었다. 계속해야 했다…….

  늘 똑같은 딸기 시럽 물에 질렸다. 바꾸어야 할 것 같다. 다음에는 나무딸기 시럽 물을 만들어봐야겠다. 그리고 시리얼 바, 단단하건 물렁물렁하건 구역질이 난다. 토마토소스를 얹은 맛있는 따뜻한 파스타를 먹고 싶다. 오늘 아침을 부실하게 먹었나 싶고, 그 생각에 더 침울해졌다. 오늘은 정말이지 고역이다. 일을 해치운다는 느낌. 언덕을 계속 올라갔고, 북풍 때문에 계속 숨이 막혔다. 생 제르멩 앙 레로 돌아왔을 때, 다시 비가 오기 시작했다. 자전거는 진짜 진흙투성이였고, 나도 자전거와 다르지 않았다!

  갑자기 길 끝에 푸른 코끼리가 보였다. 아니, 환각도 아니고, 북풍에 취해서도 아니다! 푸른 코끼리는 강한 수압으로 세차를 하는 곳이다. 그곳에 나의 에스파스를 주차시키고 나의 '지미 카스페'를 내려놓았다. 정확히 6분 후 자전거는 아주 새것이 되었다. 모든 때, 페달, 체인, 크랭크 셋, 밑 부분의 모래, 흙이 사라지고 다시 하얗게 되었다. 림은 니켈이고, 번쩍거리는 타이어는 수송의 「기계로 옮겨간 사랑」이었다. 본래 색으로 돌아간, 나의 미슐랭의 푸른 도롱뇽. 자전거에 대한 내 정열의 윤을 없애려면 뭔가가 더 필요했다……. 나는 아름다운 나의 군마의 금속 부분을 닦고 나서 그것을 상자에 넣었다. 유사한 조치가, 그러나 좀 더 부드러운 조치가 내게도 필요했다.

---

안에 있던 유충이 움직여서 일어나는 현상이다. 어린이 만화잡지 「피프 가젯」(*Pif Gadget*)에 이 콩이 등장하면서 당시 판매 부수가 백만 부에 이르렀다고 한다. 「피프 가젯」은 1969년 2월 첫 발행, 반세기의 역사를 자랑한다. 1970~1980년대 프랑스 출판계의 신드롬이었다. 처음에 주간, 2004~2009년 월간, 2015~2017년 계간, 2018년 9월부터 주간지(*Pif*)로 재탄생했다.

따뜻한 물에 몸을 담가야겠다. 다리가 몹시 아팠다. 그냥 달린 것이 아니다.
우기길 잘했다. 킬로미터가 두 배였다.

# 3월 19일

10시, 스포츠 클리닉 꼭대기 층, 드니 벵상의 마사지 실에 자리를 잡았다. 분위기가 편안했다. 테이블 인조 가죽 위에는 의료 서류가 있었고, 등의 움푹 파인 곳을 완화시키기 위해 배꼽 아래에 두는 반달 모양 쿠션도 있었다. 배를 깔고 누웠다. 상반신을 벗고, 슬립만 걸쳤다. 드니 벵상은 더운 램프를 가져와 나의 넓적다리 가까이에 댔다. 바로 열기가 느껴졌다. 그는 한 손을 나의 근육에 갖다 댔다. "많이 굳었네요." 그가 말했다. 나는 전날 나갔던 일, 바람, 언덕에 대해 이야기했다. 마사지가 시작되었다. "근육 안마를 두려워해서는 안 돼요." 그는 주저하지 않았다. 그의 손이 넓적다리 끝의 인대를 강하게 눌렀다. 내가 고통스러워하는 것을 보고 그는 좀 더 눌렀고, 내게 유연운동을 권했다. 그는 또 허리 부분, 어깨뼈가 시작되는 곳, 목도 눌렀다. 고통, 그리고 안도. 드니 벵상은 이따금 프랑스 육상 팀 챔피언들도 마사지했다. 그중에는 마리 조 페렉도 있었다. "그녀는 육상을 위해 타고났죠. 그녀는 다이아몬드예요." 그의 손이 강해졌다. 마치 나의 척추를 하나하나 조사하는 것 같았다. 드디어 긴장이 풀리는 기분이었다. 좋은 이유로 몸을 혹사시켰다. 일전에 그가 해준 말이 이제야 이해가 된다. 훈련 다음날 마사지를 하는 것이 더 낫다고, 마사지가 근육을 계속 파괴하기 때문이라고. 파괴에서 재생. 스포츠의 역설이 바로 이것이다. 나아지기 위해 고통스럽게 하기. 모르는 사람들은 그것을 일컬어 피학성이라고 한다.

# 3월 20일

여전히 비가 왔다. 자전거를 타지 않았다. 서재에서, 빛의 두 에이스인 로베르 두아노와 앙리 알레캉의 만남에 관한 책을 집어 들었다.[283] 그들은 어느 무대 장면에 대해 이야기를 나누고 있었다. 배경에 두 대의 낡은 자전거가 있었는데, 꽃집에나 이따금 있을 수 있는 봄 색깔로 다시 칠한, 또는 녹슨 옷이 그대로인 커다란 자전거였다. 책의 마지막 문장은 이랬다. "그리고 그들은 각자 자전거를 타고 떠났다."

---

283 『빛의 문제. 로베르 두아노와 앙리 알레캉』(*Question de lumières, Robert Doisneau et Henri Alekan*, Éditions Stratem, 1993, 64p.) 1992년 7월 8일, 파리의 라늘라그 극장 (Théâtre du Ranelagh)에서 두 원로 거장이 첫 만남을 갖고 대담을 나누었다. 그 기록이다. 두아노(1912~1994)는 세계적인 사진가이고, 알레캉(1909~2001)은 거장 촬영기사로, 장 콕토와 함께 「미녀와 야수」(1946)를 작업하기도 했다. 그의 '빛과 그림자' 철학은 감독과 대본에까지 영향을 주었다고 한다.

# 3월 22일

뱅센에서 50킬로미터. 페달을 밟는 동안 비가 조금 왔다. 달리는 것을 멈췄다. 너무 추웠다. 물이 너무 많았다. 쓰는 것도 멈췄다. 내가 채운 종이 또한 하늘만큼이나 한심스러웠다. 나의 모든 강박관념들이 구름 주위로, 무릎 주위로 돌았다. 이런 날은 꽤 많이 찢는다.

# 3월 27일

거의 한 주를 달리지 않았고, 잃어버린 시간을 만회하고자 에스낭드에 있었다. 계기판은 150킬로미터, 6시간에서 15분 모자라게 자전거로 달렸다. 미디 리브르 그림이 그려진 아래위 한 벌을 입고, 손과 발은 맨 상태로 출발했다. 하지만 바람은 짙은 구름으로 하늘을 덮었고, 비는 넓적다리에서 한껏 즐거운 시간을 가졌다. 온갖 기분이 다 들었다. 잿빛이 지배적이었다. 이제는 너무 고통스러워하지 않으면서 100여 킬로미터는 족히 달릴 수 있었다. 그다음은 지면, 리듬, 바람에 따라 달라진다. 오늘은 질풍이 심해 자전거가 바다 한가운데 떠 있는 쌍동선처럼 휘파람 소리를 냈다. 등을 크게 하고 손으로 핸들 아래를 잡았다. 더는 고통을 견딜 수 없는 바로 그 순간, 과연 내가 어디까지 그 신체적 고통을 감내할 수 있을지 스스로 물었다. 매운 유채 냄새가 들판을 휩쓸었다. 시선이 잠시 이 물결치는 노란 양탄자에 머물렀다. 니월 쉬르 메르의 칼베르 순환도로로 다시 접어들었다. 장의차와 부딪칠 뻔했다. 웃기는 광경이 되었겠지. 계속 움직이려는 내 꿈이 매번 소망으로 그쳤다. 시간이 흘렀고, 다리는 천근이었다. 페달 밟기는 덜그럭거렸고, 나는 균형을 잃은, 그리하여 결국 바람에 부서질 꼭두각시로 변했다. 물론 미디 리브르에서는 내 앞에 젊은 주자들, 나의 인간 방패들이 있을 것이다. 하지만 먼 길이 되겠지. 그런데 너무 멀면?

# 3월 28일

112킬로미터, 4시간 15분, 돌풍과 소나기 속을 자전거로 달렸다. 나를 비웃기라도 하려는 듯, 태양이 모습을 드러냈다가 다른 곳으로 모습을 드러내러 가버렸다. 집중호우가 뼛속까지 나를 적셨다. 나는 오히려 제 모습을 찾았다. 다리는 반복 훈련의 박자를 취하는 것 같았다. 내일이면 알게 되겠지. 이따금 사흘째가 가장 힘들다.

저녁에 아버지의 치료실에 갔다가 내일 일기예보를 들었다. 샤랑트 마리팀에 비가 오고 바람이 분다고 했다. 라 로셸은 섭씨 7도다. 아버지가 말하셨다. "이런 날씨는 처음이야! 네가 해를 제대로 골랐구나……." 그가 깊이 마사지를 시작했다. 그때 갑자기 방이 깜깜해졌다. 약간의 토네이도. 그는 아무 일도 아니라는 듯, 나의 근육을 따라 확실하게 작업을 계속했다. 그때부터, 그는 눈을 감고도 마사지를 할 수 있었다. 기억난다. 파우스토 코피의 세컨드는 카반나[284]라는 사람이었는데, 맹인이었다. 그로서는 젊은 앙크틸의 다리를 살짝 손대는 것만으로 충분했다. 이 '슈퍼 챔피언'을 방문하여 그에게 이례적인 운명을 예고하는 데에는.

---

284 Giuseppe Cavanna(1893~1961). 파우스토 코피(1919~1960, 주 16)의 맹인 안마사. 일명 '비아지오'(Biagio)로 불렸고, '근육의 마술사'로 통했다. 40세에 눈이 멀었지만 포기하지 않고 사이클 학교를 열어 젊은 주자들에게 하드 트레이닝, 식이요법, 안마를 제공했다. 식품점 점원으로 일하던 코피를 알아보고 그의 재능을 발견한 사람이다.

촛불 아래서 몸을 닦았다. 난방기구가 나갔다. 약간 추웠다. 비가 오거나 말거나, 내일 달리기로 했다.

# 3월 29일

방데 방향으로 달렸다. 바람이 뒤에서 불었다. 돌아오는 길이 힘들 것이다. 50킬로미터를 달렸고, 찬물 세례를 잔뜩 받았고, 다리에 물 소용돌이를 튀기는 통나무 가득 실은 트럭과 마주쳤고, 그리고 나서야 메르방 산악지대 기슭에 도착했다. 베르노도가 그의 선수들에게 내리막길에서 바퀴를 어떻게 두어야 브레이크를 걸지 않아도 되는지를 가르친 곳이다. 호수의 순환도로가 눈에 들어왔다. 10킬로미터에 걸쳐 둔덕, 가파른 곳, 아주 완만한 곳, 짧은 곳과 아주 먼 곳이 있었다. 다섯 번을 돌 예정이었다. 지나치는 것은 여전히 언덕들이다. 하지만 마지막 경사지에서 바람이 불자, 진짜 근육이 폭발했다.

등정 전문가들을 머릿속에 떠올려 봤다. 그들은 하늘과 거래를 한다. 거기에는 그들 나름의 관용이 있다. 그들은 자신들의 인간성을 일부 지불하고 그런 은총의 상태를 얻는다. 눈에 띄는 고통 없이 위로 올라갈 때, 그들은 더는 사람이 아니라 대지를 벗어난 존재, 중력에서 벗어난 사람들이다. 도로 주자들은 언덕이 시작되면 전력 질주하는 반면 그들은 처음부터 아주 쉽게 경사로를 오른다. 샤를리 골이 생각났다. 이런 우중(雨中)의 난장이라면 오늘 같은 날씨를 좋아했을 것이다(투르 드 프랑스에서 샤를리 골이 승리한 해를 알아보기 위해 기억술을 써봤다. 1958년, 노랑 셔츠의 골, 엘리제궁의 드골 대통령……).

가볍게, 페달을 유연하게 밟으려고 했다. 정상을 막 넘자마자 가속을 위해 큰 체인링의 체인을 회전시켰다. 자전거가 나아갔다. 계기판이 미친 듯

돌아갔다. 시속 40, 43, 45, 50. 조심! 길이 축축했다. 소나기를 피하려고 방데 방향으로 접어든 것을 자축하고 있는데, 갑자기 차가운 물통들이 다시 머리 위로 쏟아졌다. 홍수. 더는 아무것도 보이지 않았다. 분노, 그리고 낙심. 다시 한 번 흠뻑 젖었다. 온몸에서 물이 뚝뚝 떨어졌다. 이 비로 모자가 온통 부풀어 올랐고, 오그라든 한 손으로 비틀었더니 눈앞의 작은 폭포였다. 분노가 치밀었다. 계속 가기로 했다. 고집은 결국 보상을 받는 법. 몇 분 지나서 험준한 경사지 정상에 이르자 한 줄기 햇살이 다시 다리를 덥혔다. 계속 달리면서 물을 마셔보려고 했다. 한 모금 마실 때마다 질식하지 않도록 코로 숨을 쉬면서. 나무딸기 시럽 물로 바꿨는데, 더 낫고 다르다. 계기판에 100킬로미터. 반 바퀴 돌아야겠다.

바람에 몸이 무겁다. 이제 더는 바람이 아닌 진짜 폭풍우다. 보이지 않는 벽이 집으로 가는 것을 막았다. 늪에서 이 강력한 적과 대면했고, 다량의 공기와 물을 튀긴 세미 트레일러와 마주친 것은 차치하고, 분노가 일어나는 것을 느꼈고, 울고 싶었다. 하지만 마침내 경계를 벗어났다. 광풍에 뒤엎어지고 망가진, 심지어 나무도 등이 구부러지는 이 심란한 광경 속에서 난 바람이 거세게 인 자크 브렐의 샹송을 기억하려고 애썼다.

*너무나 강해서*
*더는 알지 못하네, 누가 항해하는지.*
*북쪽의 바다인지*
*아니면 방파제인지……*.[285]

집을 2킬로미터 앞두고 길이 막혔다. 헌병대가 다리를 보수했고, 시멘트

---

285 Jacques Brel(1929~1978), 「아버지 말씀하셨지」(*Mon Père disait*, 1967)의 가사 일부.

가 아직 굳지 않아 더는 갈 수 없었다. 힘이 바닥났다. 인부들과 협상해서 경사로를 따라 곡예를 하면서, 새 포장도로에 발을 디디지 않겠노라 약속했다. 그들은 내 얼굴에서 내가 왔던 길로 되돌아가지 않을 것이라고 봤던 것 같다. 자전거를 어깨에 메고, 다리 가에 놓인 파이프의 일부를 줄타기 곡예를 하며 걸어가는 내 모습. 드디어 집이다. 계기판이 150킬로미터를 가리켰다. 6시간 35분 달렸다. 도착했을 때는 기진맥진했고, 다리는 마치 콘크리트 속에 박힌 것 같았다. 얼이 빠진 채 벽난로의 불을 바라봤다. 아직도 귀에 바람소리, 미치게 하는 바람소리가 여전했다. 이 모든 게 어떻게 끝날까? 다음 주에는 미디 리브르의 산(山), 세 구간을 알아보러 가야 한다. 세벤느와 로제르를 지나 세트, 그리고 그 유명한 생 클레르 산까지. 조금 전 메르방에는 아름다운 빛, 이끼와 관목의 냄새, 자연의 침묵 속 참새의 짹짹거림이 있었다. 지오노의 그 문장이 기억났다. "새들은 숲을 적신다." 초인적인 훈련? 아니다. 비인간적인 훈련? 더더구나 아니다. 오히려 이 모든 것, 이 갈망, 이 자기추월의 필요는 끔찍하게, 평범하게, 야만적이게 인간적이다. 그것은 강렬한 방식으로 살아낸 삶의 모습이다. 어느 한 순간도 하찮은 것이 없으며, 추억은 현재 속에 새겨져 있고, 공기는 탁한 금빛으로 변한다. 라 로셸 입구에서 표지판을 하나 봤다. "자전거에 스치면, 사이클 선수는 부상입니다." 여기서는 모든 것이 날 스치지만 아무것도 내게 상처 주지 않는다. 페달을 밟으며 보낸 이 끝없는 시간, 이 고통스러운 수 킬로미터, 이 다리의 고통은 내가 원했던 것이므로.

# 3월 30일

마침내 해가 났다. 바람은 불었지만 무엇보다 해가 났다. 계기판에 100킬로미터 추가. 나흘 동안 510킬로미터를 달렸다고 할 수 있지만, 그보다는 잘 참고 견뎠다. 열아홉 살 때, 한 시즌간 '프로'로 활동할 예정이었다. 결국은 법학으로 선회했고(3년간 법학, 나머지는 샛길……), 학업에서 성공할 수 있다고 확신했다. 불발에 그친 이 '프로' 주자로서의 시즌을 나는 20년 후 내게 제공했다. 20년 늦어진 약속, 그것은 신의의 문제였다.

TV 뉴스에서 새로운 EPO 검출 방법이 이번 투르 드 프랑스에 적용될 것이라고 했다. 해설에 주자 그룹의 영상이 배경으로 쓰였다. 콩스탕스가 물었다. "아빠, 저 안에 어디 있어?" 내가 저 안에 있기를 얼마나 바라는지 이 아이가 안다면.

숨과 심장, 다리와 정신 간의
깨지기 쉬운 연금술

# 4월 1일

그 이후로 나는 겁먹었다. 뱅센의 평지 같은 내리막길에서 시속 45킬로미터로 달리다가 추락한 이후로. 전속력으로 급히 내려오는 우리 주자 그룹을 보지 못하고 한 여자가 길을 건넜다. 그녀는 오로지 어린 아들이 가진 공만 보고 있었고, 그것이 삐져나왔던 것이다. 주자들은 이 부주의한 여자를 결정적인 순간에 피할 수 있었다. 하지만 난 여자와 정면으로 부딪쳤다. 격렬한 충격으로 나는 땅에 나자빠졌고, 자전거는 머리 위로 날았다. 이 여자가 내 핸들 앞 뿔 사이에 있는 것을 봤을 때는 이미 너무 늦었다. 난 이미 공중에 있었다. 여자가 육중하게 뒤로 넘어졌다. 사내아이가 외쳤다. 여자가 움직이지 않았다. 나는 일어섰다. 자전거 주자들과 산책자들이 멈춰 섰다. 여자가 도로 일어났다. 약간 충격을 받았지만 부러진 곳은 없었다. 그녀는 정말 뚱뚱했는데, 그것이 우리 둘 다에게 행운이었다. 돌이켜보건대, 내 빗장뼈가, 또는 더 나쁘게는 목이 부러질 수도 있었다고 생각하니 오싹했다. 헬멧을 쓰고 있지는 않았지만 내 머리는 다행히도 포장도로에도, 또 아주 가까이 있던 도로 모서리에도 부딪치지 않았다. 부상 목록을 작성해봤다. 정말이지 아무것도 아니었다. 발목 시작 부분에 찰과상, 금속의 이빨 자국처럼 장딴지에 난 페달 밟는 부분의 톱니 자국, 더러운 기름 자국들이었다. 나의 '지미 카스페'가 좀 상했다. 뒷바퀴가 심하게 휘었다. 브레이크 레버가 뒤틀렸다. 자전거에 다시 오르자 고물 자동차 소리가 나는 것 같았다. 횡대가 왼쪽 허리 쪽으로 움푹 꺼졌다. 핸들이 프레임과 반대 방향으로 틀어질 때 생긴 충격 때문일 것이다. 몇 킬로미터를 천천히 갔지만 머리가 빙빙 돌았다. '감춰진' 것이 없으면 좋으련만. 나중에야 드러날 외상성 상해가 아니면 좋으련만. 40킬로미터를 달린 후 집으로 돌아왔다. 아픈 것보다 두려웠다.

　사건을 되짚어봤다. 내가 얼굴을 보지 못한 그 여자, 아들의 공에 마치 자기(磁氣)처럼 이끌렸던 그 여자를 내가 죽일 수도 있었다.

# 4월 2일

무시(Moussy)에 소재한 프랑스 복권협회 팀 경주 지원실에서 파브리스 바놀리가 내 자전거를 정밀하게 검사했다. 어제 추락 이후 악화된 것은 없었다. 하지만 그는 뒷바퀴를 교체하는 것이 낫겠다며, 변형이 심하다고 했다. 그는 이 김에 이빨 25체인링의 프리휠을 장착시켰다. 이제 산에서 더 쉬울 것이다. 그는 기돌린도 바꿨다. 나는 완전 새것인 이 흰색 리본을 살펴봤다. 여기저기 짙은 색 작은 점들이 흩어져 있는, 해가 쨍쨍 나던 날, 튀니지의 시디 부 사이드에서 샀던 그라니테[286] 색깔이었다. 파브리스가 심장박동 측정기 벨트를 내게 주었다. 다른 숫자들은 속도계와 거리계 옆의 핸들에 부착할 수 있을 것이다.

---

286  granité. 결이 굵은 모직물.

# 4월 3일

　그는 르네 무니라고 했다. 30년 동안, 미디 리브르 코스 차량에서 일했다. 오늘 아침 그가 호텔로 나를 찾으러 와서 퐁 뒤 갸르 근처, 산의 첫 구간 시작점으로 데려갔다. 지도에는 세벤느를 거쳐 레삭으로 합류하는 데에 250킬로미터로 되어 있었다. 나는 코스를 자세하게 연구하지 않았다. '무턱대고' 떠나는 것이 더 좋았다. 여러 개의 고갯길을 올라가야 하는 것으로 알고 있다. 나를 제 길로 이끌 필요가 있을 때는 르네 무니가 나를 따라오거나 앞에서 이끌거나 할 것이다. 거의 7시간을 속력을 내서 달려, 풍성한 포도밭과 중간 정도 산의 전경을 통과했다. 『보물섬』의 작가가 예전에 당나귀를 타고 누볐던 것이 '스티븐슨 고장'[287]을 돌아다닌 것인가? — 장터 회전목마의 천장처럼 구불구불한 길을 일부 달리는 동안 한 생각이 들었다. 고개를 가볍게 흔드는 당나귀의 등 위로 달려가는 기분. 자연이 이렇게 아름다운 부동에 대해 이야기하고 있는데 웬 움직임의 생각인가! 어마어마한 바위들이 아주 오래전 비상(飛上) 상태로 굳어진 채 평원을 굽어보고 있었다. 군데군데 움푹 패인 곳이 길 여기저기에 있었는데, 너무 깊어서 아래쪽에서 자란 나무들의 꼭대기가 거의 손닿는 위치에서 보였다. 가장 높은 가지라서 안전하다고 여겼는지 새들이 거기서 시끄럽게 지저귀고 있었다. 그들의

---

287　R. L. 스티븐슨(1850~1894)의 세벤느 여행기(*Travels with a Donkey in the Cévennes*, 1879). 참조. 『당나귀와 함께한 세벤느 여행』, 원유경 역, 새움, 1999 ; 『당나귀와 함께한 세벤 여행』, 이재형 역, 뮤진트리, 2020.

날개와 부리를 틀어막는 데에는 산책자가 나비 채를 뻗기만 하면 된다는 것을 그들이 알까? 카피톨 언덕[288] 그리고 타르페이아 절벽[289]……. 하지만 생각 없는 머리들은 '고전'을 경멸하니…….

오늘 아침, 주의를 기울여 심장박동 측정기 벨트를 가슴 주위에 둘렀다. 페달을 밟기 시작하자마자 작동하기 시작했다. 핸들에 두른 시계에 연결되는 선은 아무것도 없었다. '전도체'로 쓰이는 땀에 의해 전극들이 작동했다. 심장박동은 130에서 150 사이였고, 고갯길에서는 예외로 임계 160을 넘겼다. 그때는 작은 경보음이 작동했는데, 마치 미니어처 의료 구급대가 내게 위험을 알리는 것 같았다. 곧바로 발을 살짝 들어 올리면 기적처럼 심장박동이 다시 159, 156, 153으로 내려갔다. 경고음이 멎었다. '적색'에서 벗어났다. 실제로 난 위험하지 않게 달리면서 심장박동을 180까지 '올릴' 수 있는 법을 안다. 이 강도를 넘어가면 훈련을 오래 유지할 수 없다.

알레스를 통과했다. 전에 채굴물 집하장이었던 곳이 언뜻 보였다. 로 계곡, 제보당 길의 일부인 타른 협곡을 장식하고 있는 잎이 무성한 바위들을 따라 계속 갔다. 아름다운 햇살 아래 내가 오르고 있는 카브뤼나스 고갯길에서는, 「공포의 보수」[290]에 등장한 노란 타이탄 트럭이 오며가며 도로 보

---

288  Capitole(Campidoglio). 로마의 일곱 언덕의 하나로, 종교적, 정치적 중심지다.

289  Roche Tarpéienne. 카피톨 언덕의 남서부 끝에 위치한 절벽. 로물루스 시대 성채 수비 지휘자 딸인 타르페이아(Tarpéia)에서 이름을 따왔다. 사비니인들에게 문을 열어주는 대가로 왼손에 찬 금팔찌를 요구했다가, 팔찌와 함께 숱한 병사들이 집어던진 무거운 방패에 깔려 죽었다. 그녀가 죽은 장소이자 극악무도한 죄인을 처형하던 장소였다.

290  *Le Salaire de la peur*. 프랑스의 히치콕으로 평가받는 클루조(Henri-Georges-Clouzot, 1907~1977) 감독의 프랑스-이탈리아 영화(1953, 153분). 그해 칸과 베를린 영화제 대상을 석권했다. 이브 몽탕 주연. 4명의 남자가 목숨을 걸고 니트로글리세린을 운반하기로 하면서 벌어지는 배신과 긴장을 다뤘다. 소설가 아르노(Georges Arnaud, 1917~1987)의 동명의 소설(1949)을 각색했다.

수를 하고 있었다. 역청에 자갈이 점점이 뿌려졌다. 경사는 그리 가파르지는 않았지만 이 오르막길의 킬로미터를 집어삼키려면 규칙적인 리듬을 취해야 했다. 내게는 이런 종류의 훈련이 맞는 것 같다. 안장에서 순간순간 변화를 주었고, 아주 뒤로 가능한 한 근육을 완화시켰고, 무용수 자세로 갔다. 페달 위로 몸을 세울 때는 이를 이용해 기어비를 약간 더 당겨 속도를 변화시켰다. 고개를 오르는 것은 숨과 심장, 다리와 정신 간의 깨지기 쉬운 연금술을 존중하는 것이다. 더 빨리 갈 수도 있다고 말해야 한다. 정상이 다가오자 전경이 헐벗었다. 머리 위로 아무것도 보이지 않기 시작하면─고갯길은 아무리 고도가 낮아도 하늘의 창문이다─충분히 조심한다는 조건에서만 가속을 가할 수 있다. 심장박동을 너무 올리지 않았다. 이따금 아래쪽을 보며 이미 행한 훈련, 더는 오르지 않아도 될 구불구불한 길들을 평가했다. 커브길을 돌자 뒤에 남겨둔 마을들이 나타났다. 작아진 세계가 갑자기 소인국 수준으로 되었다. 경사가 너무 심하지 않을 때는 생각의 방랑도 방해받지 않았다. 일례로 나는 거기서 투르 경기의 빠져나온 자가 되어 여기저기 적수들을 흩뿌려놓았다. 고백하지만, 진정 주자의 반응을 되찾기에 이르렀다. 이러저러한 곳에서, 길이 좁아지거나 커브가 질 때, 평평한 곳인줄 알았던 한가운데서 나는 상상했다. 이기려면 정확히 여기서 공략을 해야 해…… 경쟁에 맛들이면 고칠 수가 없다. 실패했어도, 임전태세를 갖추고, 걸핏하면 싸우려들고, 날개를 만들고, 다시 코피라고 이름 짓는다. 그리고 아스팔트가 약간 더 이어진다. 고갯마루에 이르자마자 속도를 내기 위해 앞 드레일러를 크게 했다. 하지만 기어비를 크게 하려고 넓적다리를 폭발시키지는 않았다.

레삭 29킬로미터에서 어려운 곳은 다 끝났다고 생각했다. 하지만 바퀴 아래로 긴 언덕이 우뚝 섰다. 내 기억에 그곳은 표시에 없었다. 6시간 넘게 달렸다. 거기서 멈추고 싶은 욕망, 하루 종일 열성적으로 용기를 북돋아주었던 르네 무니의 차에 올라타고 싶은 욕망이 일었다. 대략 평균시속 30킬로미터를 유지했다. 정확했다. 바람이 오히려 불리했던 만큼 그래서 더욱 그랬다. 그러니 멈추자고? 나는 약간 곡괭이질을 하며 갔다. 저녁이 되었다. 시합 중 이 구간에서 실패한다면 매우 늦게, 어쩌면 밤에, 콕토 말로 하자면 "조상(彫像)들의 태양"인 달빛 아래 도착할 위험이 있다. 정말 조상으로 변해버려 다리를 접을 수도 없고, 자전거에서 내릴 수도 없게 된 채 말이다. 하지만 밤에 달린다면 결국 더는 그림자는 없겠지……. 난 이런 불길한 모습들을 쫓아냈고, 리듬을 되찾으려고 했다. 장 피에르 귀글리에르모트에게 말해야겠다. 그가 힘든 둔덕을 하나 감춰두었다고. 결국 끝까지 갔다. 레삭 몇 킬로미터를 알리는 광고판에 자극 받았다. 계기판에 '200킬로미터'라고 나타난 것을 보는 기쁨. 순식간에 고통을 다 잊겠지. 드디어 발을 땅에 내려놓았을 때, 르네 무니가 내게 달려왔다. "코스에서 프로들을 따라갈 거예요, 확신해요! 두고 보세요……." 정말 그랬으면 좋겠다……. 물론 준비는 잘 했다. 내 일생 처음으로 수 킬로미터를 '먹었다.' 하지만 코스는 별개의 문제다. 리듬을 변화시키고, '피 흘리는' 젊은 주자들의 바퀴 안에서 점프할 때까지 도달해야 한다. 안 될 이유도 없지……. 산악 코스에서 지체자 그룹 안에 지미 카스페 바퀴를 유지하기만 된다면 멋질 것이다. 꿈은 충분하다. 많이 지친 것도 아닌데 더는 다리가 느껴지지 않았다. 내일은 대(大)구간 고개들을 공략한다. 로데에서 우리와 합류한 로제 벤느가 내게 말했다. "유감이지만 오늘보다 더 힘들 겁니다……."

# 4월 4일

더 힘들다고? 천만에. 무시무시했다. 리냑을 출발하자마자 길이 온통 롤러코스터로 변했다. 오늘 첫 고개들은 물론 전혀 쉴 수 없었고, 핸들에서는 여러 번 경고음이 울렸다. 하지만 공포는 땅에서보다 하늘에서 왔다. 하늘은 신발 보호대 없이, 장갑도 우비도 없이, 단지 면모자만 쓰고 오브락을 올라가도 괜찮을 것처럼 보였다. 하늘이 내 머리 위로 떨어졌다. 라기올로 올라가는데 비가 양동이로 쏟아졌다. 스키장으로 올라가는 동안 바늘 같은 뾰족한 우박 덩어리가 나를 공격했다. 자동차들이 전조등을 켜고 정상에서 내려오는 것을 보고, 위쪽 날씨는 더 안 좋은 것을 알았다. 짙은 안개가 앞을 가로막았다. 나무, 집, 전기 철탑, 길에 흩어져 있는 암소 무리, 이 모든 것이 내 각진 뿌연 안경에는 단지 귀신의 모습에 불과했다. 계속 올라갔다. 옷에서 물이 방울방울 떨어졌고, 비는 더욱 거세게 변하는 듯했다. 분명 이제는 비라기보다는 단단하고 두껍게 얼어붙은 눈이었다! 정상을 넘자마자 내리막길로 달려 내려갔고, 이번에는 등정하는 동안 페달 밟기에 내몰렸던 추위가 빈약한 내 몸뚱이에 덤벼들었다. 손이 갑자기 두 배로 커진 것 같았고, 발은 이제 더는 '반응'하지 않았다. 난간과 절벽이 있는 U자형 급커브길에서, 추위로 곱은 손가락을 계속 브레이크 레버 위에 고정시키지 않을 수 없었다. 속도를 낼수록 더 추웠다. 추울수록 더 페달을 밟았고, 더 밟을수록 더 춥고, 손은 두려움에……. 로제 벤느가 여러 번 나를 앞질러 갔다. 그의 차가 갓길에 주차해 있는 것이 보였다. 그가 내게 신호를 보냈고, 난 그것이 용기를 북돋아주는 것이라고 해석했다. 한 시간이 지나면서 난 그가 제발 멈추라고…… 애원하고 있음을 알았다. 쉬기 전에 구간의 마지막 난코스를 기어올랐다고 짐작했다. 130킬로미터를 달렸다. 머리부터 발끝까지 떨렸다. 로제가 내 어깨에 자신의 상의를 덮어주었다. 그가 친절하게 속삭였다. "용기가 어떤 것인지를 보여주셨네요. 섭씨 1도예요! 오늘 같으면 그룹의 3분의 1이 포기했을 겁니다." 그가 차의 히터를 켰다. 계기판의 공기구멍으로 더운 공기가 나왔다. 온기 구멍에 손을 바로 갖다 대지 않았다. 그만큼 온도차이가 나서 더 아팠다. 홍수 한가운데에 놓인 눈에 띄는 헐벗은 나뭇가지처럼 나는 손가락을 앞으로 들고 30분을 있었다. 서서히 피가 정상적으로 돌기 시작했다. 고통이 줄어들었다. 몸이 더워졌다. 끝났다.

우리는 망드에서 집결했다. 나는 로제 벤느에게 결승 언덕, 라 크루아 뇌브와 그곳 4분의 1 지점의 무시무시한 3킬로미터를 보여 달라고 했다. 그곳은 바로 「위대한 바드루이유」[291]의 마지막 장면, 부르빌과 드 퓌네스가 영국인 친구들과 함께 글라이더로 도망치면서 독일인들을 피해간 대목을 찍은 곳이다. 그들이 기뻐하며 나눈 대화를 난 잊지 않았다.

"맙소사(hélas), 프로펠러(hélice) 없지?" ―"응, 저긴 뼈(l'os)밖에 없어……."

우리는 비가 오는 가운데 망드를 통과했다. 뾰족한 산이 불쑥 나타났고, 그 위에 예수 수난상이 있었다. 코르코바도 산에 예수상이 불쑥 솟아 있듯, 일종의 리오 만(灣) 같았다. 내 눈을 믿을 수 없었다. 오르막길이 시작되었다. 첫 번째 U자형 급커브길. 2미터를 가는 데 안쪽으로 바짝 붙어가는 것이 문제가 아니었다. 자전거선수로서는 걸어가는 것이 안전했다. 첫 번째만큼이나 두려운 두 번째 커브길. 길은 계속 오르막길이었다. 아직 1킬로

---

291 *Grande Vadrouille*. 국내에 「파리 대탈출」로 소개된 프랑스 코미디영화(1966). 부르빌과 루이 드 퓌네스의 명콤비가 압권이다.

미터 반 남았다. 아무 말도 하지 않았다. 단 한 마디도. 나는 생각했다. 통과 못해. 저기를 오르기란 불가능해. 불가능. 기어오르는 자들에게 그것은 고개가 아니었다. 어느 핸가, 로랑 잘라베르[292]가 7월 14일, 여기서 투르 드 프랑스를 이겼던 이유를 더 잘 알겠다. 주자의 넓적다리가 녹아들면서 폭발하는 결승점이었다. 역도 선수가 제 몸무게의 3배를 들어 올리듯, 있는 힘을 다해 죽어라고 장애물을 통과해야 한다. 이런 벽을 넘는 데는 내 뒤쪽, 25의 체인링이 너무 작은 게 아닌가 하는 생각이 들었다. 망드 쪽으로 도로 내려왔다. 녹초가 되었다. 다가올 5월 26일, 200킬로미터를 달리고 나서 이 거인의 발치에 있을 생각을 하니 머리가 빙빙 돌았다…….

욕조에서 오늘 하루의 모습을 열거해봤다. 구간 초반에 힘든 곳이 두 군데 있었다. 마르시약 언덕과 에스팔리용 오르막길. 라기올 방향의 오르막길은 내려가는 곳이 없어 쉬지 않고 40킬로미터를 가야 했다. 그 지대에서 보급이 있을 것이고, 거기서 프로들이 날 따라잡을 것이다. 코스의 진행 상황을 알려면 무선 시스템을 마련해야 한다. 그룹이 벌써 여러 팀으로 나누어 나를 습격한다면 뒤에 가는 친구들에게 따라붙어야 한다─마지막 역주자들은 힘을 너무 많이 쓰지 않으면서 피해를 줄이려고 할 것이다. 그들 가운데 어쩌면 지미가…….

저녁 식사 중에 로제 벤느가 말했다. 매년 코스 중에 비가 오거나 폭풍 치는 날이 있다고. 비옷, 긴팔 또는 소매를 접을 수 있는 유니폼, 더운 차를 넣을 물병들, 보온병, 겨울 장갑……을 준비해야겠다. 내가 어린 양고기 등심을 삼키는 동안 로제가 블롱댕과의 추억을 꺼냈다. 『자디스 씨』의 저자는 스포츠 기자 세대를 말장난과 재빠른 응답으로 구분했다. "자동차 투르

---

292  Laurent Jalabert. 프랑스 선수(1968~). 세계 챔피언(1995~1997, 1999), 총 138회 우승, 프랑스 국가대표팀 감독(2009~2013).

드 프랑스가 진행되던 어느 날, 보도실이 나무 의자와 세라믹 잉크병이 있는 옛날 교실에 마련되었지요. 블롱댕이 잉크병의 내용물을 마시기 시작했고, 그의 얼굴이 잉크로 더러워졌습니다. 자크 고데가 그를 꾸짖자, 그가 대답했어요. '내가 잉크를 마신들 그게 당신과 무슨 상관이오, 기사만 잘 쓰면 됐지······.'"

이 재담을 끝으로 우리는 헤어졌다. 나는 내일 아침 라 크루아 뇌브를 공략하러 올라가기로 결심했다. 로제가 웃으며 말했다. "독특한 반주(飯酒)시네요."

# 4월 5일

아침 식사를 하자마자 일에 착수했다. 9시였고, 기온은 섭씨 1도였다. 몸풀기는 할 수도 없었고, 망드 주변의 도로는 너무 경사졌다. 그래서 솔직히 도살장에 끌려가는 짐승의 심정으로 장애물에 다가갔다. 하늘은 맑게 개었지만 지난밤 우박에 맞아 아픈 근육이 추위로 인해 경직되었다. 장딴지 근육이 약간 뻣뻣했지만 거기에 신경 쓸 겨를이 없었다. 이미 경사가 시작되었기 때문이다. 계기판을 0으로 놓았다. 2,700미터를 가야 한다. 심장이 마구 뛰었다. 훈련이 대번에 너무 격렬해졌기 때문이다. 이런 종류의 둔덕은 그 어떤 선물도 쉼터도 없는 백병전이고, 승리를 해도 타격을 입는다. 첫 번째 커브길을 통과했다. 바깥쪽으로 매우 넓게 커브해서 갔고, 이런 필수불가결한 조심에도 불구하고 계속 나아가려면 사방에서 잡아당기면서 거듭 반복해야 했다. 직선 도로는 정말이지 곧고 가파르고 잔인했다. 계속 더 가파르게 올라갔다. 심장박동 측정기를 달지 않았다. 맥박이 올라가는 것을 보느라 겁먹고 싶지 않았기 때문이다. 누가 알랴? 180 이상 200까지 갈지. 두 번째 커브, 이 또한 먼저만큼이나 끔찍했다. 자전거가 삐걱거렸고, 우툴두툴한 아스팔트 위에서 타이어가 소리를 냈다. 기계장치에 무리가 갔고, 자전거 살이 우지끈거리면서 페달도 나도, 아니 차라리 근육이 찢기는 것 같았다. 잘리는 듯했고, 쓰린 듯했다. 헐떡이는 호흡, 메스꺼움, 샤워기로 뜨거운 물을 튼 듯, 얼굴 위로 비 오듯 내리치는 땀이야 말할 것도 없고. 시력교정을 하지 않은 시마노 안경을 썼다. 1월에 식물원의 미궁 언덕을 공략하러 올랐을 때처럼 시야를 약간 뿌연 상태로 두기 위해서였다. 하지만 책락에는 한계가 있었다. 땀을 너무 많이 흘리고, 체온이 너무 낮아 렌즈에 김이 서렸다. 더는 아무것도 보이지 않았다. 결국 테를 이마 위로 올렸다. 안장에 도로 앉아야 했고, 경사면이 더욱 고통스럽게 느껴졌다. 그것은 마치 아이들의 미끄럼틀을, 하늘까지 뻗을 듯한 미끄럼틀을 자전거로 오르는 것 같았다. 얼핏 왼쪽을 봤다. 망드가 아주 멀리, 저 아래, 계곡 속에 끼어들어 가 있는 것처럼 보였다. 이른 아침의 고요함, 교회 주위로 촘촘히 서 있는 집들에 시선이 무겁게 내려앉았다. 나는 길 떠난 스갱 씨의 염소였다.[293] 앞에는 부드러운 풀이 있고, 분명 나를 잡아먹을 늑대가 있다. 힘이 빠졌다. 뒤로 로제 벤느의 차가 나를 바짝 뒤따르는 소리가 들렸다. 가장 힘든 곳은 지났다. 아직 100미터 남았고, 마지막 부분, 가장 덜 가파른 곳으로 들어가겠지. 하지만 이번에는 다리가 말을 들으려 하지 않았고, 들을 수도 없었다. 한 발을 땅에 댔다. 너무 추웠나 보다. 근육은 나무처럼 딱딱해졌고, 기어비를 지나치게 고단으로 해서 더는 열심히 밟을 수 없었다. 어쩌면 두려움, 또 공포 때문에도 그랬을 거다. 비슷한 둔덕이면 불안하다. 억지로 통과할 때는 억지라도 있었다. 오늘 아침 내겐 그런 억지도 없었다. 로제가 나를 안심시켰다. "가장 힘든 코스를 하셨어요." 그 말이 맞다. 하지만 하고 싶었다. 계속하려 했지만 할 수 없었다. 잠시 생각했다. 다음 달에 180킬로미터 달리고 나서 장애물을 넘어? 사실 내가 가장 두려워했던 곳인 두 개의 유명한 커브길을 페달을 잘 밟고 올라갔다. 하지만 뒷바퀴에 이빨을 25로 하고 마치느라 에너지를 너무 소비했다. 도로를 벗어난다면, 안전한 체인링으로서 이빨 26 내지 27이 필요할 것이다. 5월 26일에는 자전거에서 내리는 것이 문제가 아니라 어떤 일이 있어도 최대한 페달 밟기를 해야 한다. 물론 자극

---

293 「스갱 씨의 염소」(*La Chèvre de monsieur Sequin*)는 알퐁스 도데의 단편집 『방앗간 이야기』의 한 작품이다. 스갱 씨의 극진한 보호에도 불구하고 자유를 그리워하는 염소 블랑케트가 산으로 달아나 밤새 늑대와 싸우다 새벽에 잡아먹힌다는 내용이다.

을 받겠지. 주변 분위기, 도착 예상, 매년 라 크루아 뇌브 경사지에 모여 인간 늪 한가운데를 주자들이 교묘히 빠져나가도록 좁은 아스팔트길을 남겨둘 관중들. 계기판이 1,800미터를 가리켰다. 900미터 모자랐다. 보통 때라면 통과했을 거라고 로제가 말했다. 그러면 좋으련만…….

어쨌든 잠시 차로 돈 후에 다시 '지미 카스페'에 올랐다. 미디 리브르의 마지막 구간이 시작되는 도시 플로락까지 몇 킬로미터 남았다. 곧 제1등급의 고개가 우뚝 섰다. 하늘은 새파랬지만 공기는 여전히 차가웠다. 어제의 대홍수는 하나의 추억이 되었고, 자연은 찬란했고, 푸르렀고, 나를 잘 맞아주었다. 이 전경들이 지난밤의 유령들이었다고 누가 믿을 수 있을까? 다리가 다시 서서히 더워졌다. 고개의 첫 경사지들은 아주 가팔랐고, 도로도 만만치 않았지만 훈련은 라 크루아 뇌브보다 그리 격하지 않았다. 잘 올라갔다. 커브길에서 더 험한 곳으로 가기에 앞서 숨을 가다듬었다. 근육 섬유 각각이 정신에 직접 연결되어 있는 것 같았다. 이런 훈련을 6킬로미터 이상 연장시킬 수 있어야 한다. 먼 거리다. 고개를 만나면 긴 시련이 어디서 끝날지 표시를 살펴보게 된다. 각 커브길이 시작될 때, 그다음에, 뒤에 오는 것이 무언지를 보는 게 두렵다. 고개, 그것은 배신자다. 퍼센티지가 점차 줄어들 것으로 생각하지만 반대로 커브길이 끝나는 곳에 가파른 비탈길이 매복하고 있다. 정신은 타격을 받는다. 안 돼! 라고 중얼거리게 된다. 그때 손을 놓게 된다. 정확히 바로 거기서 우겨야 한다. 특히 정상에 가까울수록. 그래서 억지로 나아간다. 라 크루아 뇌브에서는 너무 고통스러웠다. 이곳도 만만치 않았다. 모든 것이 방울져 떨어졌고, 심장이 마구 뛰었다. 진정하려 애썼다. 경사지가 완만해졌다. 이제 끝이 보이겠지 하고 속으로 중얼거렸지만 아니었다. 나를 추월해간 자동차를 눈으로 따라가며 또, 또다시 오르막길임을 알게 되었다. 마침내 내리막길. 환상을 버렸다. 커브길은 너무나 고약해서 손으로 핸들 아래를 움켜쥔 채 계속 브레이크에 의지해야 했다. 진정한 회복은 불가능했다. 가슴과 다리에 샘솟았던 땀이 추위에 얼어서 더했다.

특히 딱 붙은 U자형 급커브길에서 자전거 앞바퀴가 옆으로 미끄러지는 것이 마치 휠에서 타이어를 빼낸 것 같았다. 타이어에 진짜로 펑크가 났다. 나는 계속 갔다. 공기를 채우려고 서야 될지 아닐지는 아래서 보면 알겠지. 계기판은 시속 50과 60킬로미터 사이를 왔다 갔다 했다. 쓸데없는 모험은 하지 않았다. 도로가 고르지 않은 만큼 그래서 더 그랬다. 절경인 세벤느의 절벽 도로(Corniche des Cévennes)를 시네마스코프식 배경으로 해서 능선 도로에 도착했다. 폭포수가 노래했고, 과실수가 꽃을 피웠다. 캘빈파 신교도들의 영지인 생 장 뒤 갸르를 지났다. 마침내 공기가 따뜻해졌다. 3시간 넘게 페달을 밟았다. 남은 구간은 오히려 평평했다. 점심 식사를 위해 잠시 멈추기로 했다. 생 클레르 산이 나를 기다리고 있는 세트까지, 남은 20킬로미터에서 다시 출발할 것이다.

"당신의 생 클레르 산이 저기 있네요." 토(Thau) 호숫가에서 다시 자전거를 탔을 때 로제 벤느가 툭 던진 말이었다. 그전에 우리는 페즈나스를 건넜다. 로제가 보비 라푸앙트에 관해 이야기했다. 그는 라푸앙트의 결혼식에 번번이 증인이었다. "사료(飼料) 상인의 아들이었죠. 수학에 매우 박식한 책들을 출판하기 시작했어요. 그 후에는 노랫말을 썼는데, 아무도 부르고 싶어 하지 않았지요. 그래서 그가 직접 부르기로 한 겁니다." 보비 라푸앙트가 「모욕과 나무딸기」를 부른 것은 무프타르 가의 한 카바레에서였다. 이 낯선 가수의 노래를 들은 프랑수아 트뤼포가 그의 이야기를 들으러 갔다. 그는 라푸앙트를 자신의 영화 「피아니스트를 쏴라」에 참여시켰다. 로베르 라푸앙트, 일명 보비는 그렇게 해서 데뷔를 했다. 로제 벤느가 고인이 된 자기 친구를 환기시켰다. 나는 앞바퀴를 다시 팽창시켰다. 날이 화창했다. 다시 출발. 지중해를 따라 달렸다. 도로 위로 바람이 가는 모래 돌풍을 일으켰다. 수영복 입은 여자들이 타월 위에 누워 있다. 아이들이 놀고 있었다. 갑자기 여름 예감. 그러나 근본적으로는 아직 멀었다. 세트와 그곳을 압도하는 산이 보였다. 이 산에 줄무늬를 만들고 있는 길을, 신(神)의 도끼로 가장자리가 톱니모양이 된 길을 상상해보려고 했다. 아무것도 보이지 않았고, 그런 아무것도 아닌 것이 내 배를 조였다. 망드 정상에는 오르지 못했는데, 생 클레르 산 정상은 오르고 싶었다. 그곳이 훨씬 더 가파른 줄은 알지만, 2킬로미터가 채 안 되었다. 따라서 오늘 아침에 나는 생 클레르 산과 맞먹는 곳을 오른 셈이었다. 바다를 끼고 세트로 들어가면서, 이를 철저히 계산해봤다. 로제가 미리 알려주었다. 먼저 가파른 비탈길, 베두인 사람들의 비탈길이 있고, 이어 곧바로 왼쪽에 좁은 길이 이어질 것이고, 거기서 시작이라고. 로제는 멋진 붉은색 티셔츠를 입고 있었다. 나는 그에게 차로 나를 따라오지 말고 생 클레르 산 정상에 있어 달라고 했다. "내가 마지막으로 페달을 밟아야 할 곳에 있어요. 당신을 보게 되면 자극이 될 테니까요!" 그는 그렇게 했다. 해변 묘지로 통하는 베두인 사람들의 비탈길은 별로 힘들이지 않고 통과했다. 하지만 마지막 언덕에 닿기도 전에 이미 다리가 흑사당했다. 차 한 대가 길을 막았고, 나는 제 속도를 잃었다. 둔덕을 공략할 때는 거의 정지 상태였다. 경사지는 믿을 수 없을 만치 가팔랐고, 거주지 한가운데 나 있었다. 두 번이나 나는 아스팔트에 들러붙어버릴 것만 같았고, 그 정도로 고통이 생생했다. 안장에 앉을 수가 없었다. 당겨! 당겨! 아침에 망드에서 온도계가 섭씨 1도를 가리켰었다. 생 클레르 산에서, 오후 날씨는 섭씨 25도였다! 포기 직전 고개를 드니, 갑자기 저 앞 멀리 붉은 점이 보였다. 로제가 나의 도착을 지켜보고 있었다. 그것이 채찍질이 되었다. 페달을 더욱 세게 밟았다. 심장이 마구 뛰었다. 조금 전까지만 해도 포기할 뻔했는데 이제는 정상에 닿으려 하고, 닿아야 했다. 눈부신 햇살 아래, 로제를 지나쳐가면서 한마디도 할 수 없었다. 주차되어 있는 차들 근처로 갔다. 관광객들이 와서 전망에 감탄했다. 페달 신발에서 발을 빼기 위해 약간 비스듬히 하는 발짓조차 할 힘이 없었다. 고개를 푹 숙이고 틈 사이로 교묘히 빠져나와 차의 문에 기댔다. 고통과 승리가 섞인 감정. 이런 훈련은 형벌이다. 계기판이 1,563미터로 나왔다. 로제가 간단히 "브라보!"라고 말했다.

끝났다. 해냈다. 생 클레르 산. 하지만 망드에서와 똑같은 문제가 나를 괴롭혔다. 200킬로미터를 달린 후에 저길 기어오를 수 있을까? 신발을 벗었다. 발밑으로 땅이 미지근했다. 사람들은 바다, 토 호수, 저 아래 아녜스 바르다[294]가 영화를 찍었던 라 푸앙트 쿠르트 지역, 부지그의 굴 양식장을 보러갔다. 삶은 제 색깔로, 제 냄새로, 보통 사람들과 함께 되돌아온다. 불과 몇 분 전, 나는 생 클레르 산 경사지에서 질식과 절망의 끝에 있었다. 사람은 절망 속에서도 용기를 끌어내는가 보다. 고통스러운 느낌에는 뭔가 참을 수 없는 것이 있다. 하지만 그 고통이 지나면 사람은 뭔지 모를 욕망에 고통이 다시 올 순간을 생각하게 된다. 다시 하면 더 잘 맞서고, 더 잘 길들이고, 더 잘 물리칠 수 있음을 스스로에게 입증하려는 것이리라.

---

294 Agnès Varda, 「라 푸앙트 쿠르트」(*La Pointe courte*, 1956)는 바르다(1928~2019)의 첫 영화로, 프랑스 누벨바그의 시작을 예고한 선구적 작품으로 간주된다. 그녀의 작품은 실험적 스타일과 함께 다큐적 사실주의, 페미니즘, 사회비평에 초점을 두고 있다.

# 4월 10일

밤새도록 배가 바늘로 찌르는 것 같았다. 오른쪽 허리 한 지점이 극심하게 고통스러웠다. 119에 전화했다. 아마도 장이 결장염인 듯했다. 사실 생야채 샐러드를 먹었고, 내 한결같던 파스타, 밥, 감자 섭식을 위반했던 것이다. 의사가 나를 세심하게 검사했다. 그는 허리 초음파를 찍어보고 결석 같은 것이 기계에 나타나는지 확인해보자고 했다. 그 소견에 잠시 낙심했다. 다행히 초음파에는 아무 이상도 나타나지 않았다. 집에서 두 걸음 떨어진 곳에 있는 조프루아 생 틸레르 클리닉에서 팔각회향차[295]를 권했다. 나쁠 건 없었지만 장이 조각조각 나 있고, '안장의' 혈관이 고통스럽게 부었다. 자전거를 타는 데에는 정말이지 이상적이지 않았다. 오후에 얼굴을 찌푸리며 뱅센 순환도로를 돌았다. 추락한 이래 가지 않았었다. 청년들이 나를 완전히 앞질렀지만 나는 속도를 내려 하지 않았다. 몸 상태가 예외적이었고, 변덕스러웠다. 한 주도 채 전에는 미디의 산악도로를 뛰어다녔다. 지금 나는 지극히 평평한 순환도로 위로 내 비참함을 끌고 다닌다. 자전거 주자, 순환주자……. 이런 순간에는 모든 것이 의심스러워지기 시작한다.

며칠 전부터 밤에 잠들기 전,『투르 드 프랑스에 관하여』에서 글을 몇 개씩 읽었다. 앙투안 블롱댕이 말하길, 주자에게 "빵과 안장"만 있으면 그는

---

295   badiane. 중국 요리의 오향(五香) 중 하나인 향신료로, 모양이 8개의 별로 되어 있어 '팔각'이라고 한다. 영어로는 '스타 아니스'(star anis). 타미플루의 원료로도 알려졌다.

행복한 것이라고 했다. 탁월한 말의 마술사인 그는 주자가 앞뒤로 있는 두 개의 유니폼(maillot, 마이요)이 하나의 작은 그물코(maillon, 마이용)를 만든다는 것을 알아 본 유일한 사람이다. 하지만 나는 특히 그가 피에르 샤니에게서 차용한 이 분석에 주목한다. "예를 들어 갈리비에 언덕을 오르는 평균 몸 사이즈의 사람은 1시간 동안 초당 23킬로의 힘을 발진시킨다. 다시 말해 거의 3분의 1마력이다……. 가장 고된 손작업이 예외적으로 도달할 수 있는 비율이며, 몇 분 동안에 6분의 1마력이다!" 이런 비교에 대해서는 알지 못하지만, 산에서 하는 주자의 훈련이 곡예와 같은 일이라는 점에는 기꺼이 동의한다.

# 4월 13일

파리-루베 경기의 출발지가 될 나폴레옹 드 콩피에뉴 중계소에서 나는 프랑스 복권협회 팀과 합세했다. 마르크 마디오가 내일 아침 자기 선수들의 야외 훈련에 오라고 했다. 내 생각에 아직은 내가 약한 것 같았지만 다시 경쟁 분위기에서 단련하게 된 것이 기뻤다. 팀 트럭 문이 활짝 열렸고, 정비공들이 헥스키와 디젤유 속에 담긴 붓을 들고 자전거 주위로 활발히 움직였다. 포장도로를 달릴 수 있도록 선수들에게 더 넓은 타이어가 제공되었다. 일부에게는 진창에서 더 효과적인 크로스컨트리용 브레이크가 장착되었다. 내가 알기에 마디오는 파리-루베에서 두 번 우승했다. 정비공들의 장인인 크리스티앙 로가 정정하길, 세 번이라고 했다. 첫 번째는 아마추어 경기였다. 기욤 박사, 물리치료사 프레데릭 부르동, 자키 뒤랑이 보였다. 뒤랑은 노랑 셔츠 보유자이자 프랑스 챔피언으로서, 자동차 운전자 때문에 심하게 추락한 후 다시 기력을 회복했다. 그들의 얼굴에 약간의 수심이 있었다. 투르 협회가 차기 그랑드 부클르에 프랑스 복권협회 팀을 초청할지 말지 아직 결정하지 않고 있었기 때문이다.

# 4월 14일

우리는 콩피에뉴 숲 사이로 난 길을 빠른 속도로 달렸다. 지미 카스페는 왼손에 커다란 붕대를 하고 있었다. 때로는 아스팔트로, 때로는 흙과 모래가 있는 길로, 한 시간 반의 몸풀기 외출이었다. 주자들은 가장자리 포석에서 점프 연습을 했다. 나는 진흙 속에 빠져 천천히 가다가 결국 넘어져 자빠졌고, 바퀴는 공중으로 날았다. 모두들 낄낄거렸다. 좁은 두렁길을 전속력으로 밟아 콩피에뉴 성 정원을 통해 되돌아왔다. 내일 파리-루베가 출발할 좁은 포장도로로 마무리했다. 호텔로 돌아와 로랑 잘라베르와 처음 인사를 했다. 그는 시합을 하러 다시 돌아왔음을 언론에 알리려고 왔다. 그는 특히 미디 리브르에 참가할 것이다. 우리는 몇 마디를 주고받았다. 간단하면서도 직접적인, 매우 따뜻한 접촉이었다.

오늘 저녁 콩피에뉴에서 지미 카스페가 자기 동생이 참여하는 아마추어 경기에 참여할 것이다. 평범한 정보였지만, 엉뚱하게도 추억이 하나 떠올랐다. 몇 년 전이었다. 내 나날을 만든 장본인(auteur)—그를 어찌 달리 부르겠는가—이 우리를, 콩스탕스와 그 아이의 엄마, 그리고 나를 툴루즈 근방으로, 자신의 아들 결혼식에 초대했다. 우리는 뮈레라는 도시의 한 호텔에 투숙했다. 6월이었다. 그가 저녁 비행기로 우리를 마중 나왔다. 하지만 호텔에서 수백 미터 떨어진 곳에서부터 모든 길이 막혀서 걸어가야 했다. 결국 호텔에 도착했지만 차들이 왜 접근할 수 없었는지 알 수 없었다. 나중에 보니, 눈에 익은 분위기였다. 방의 창문에 기댄 채 나는 주자들이 몸풀기를 하는 것을 봤다. 그날 밤 호텔은 글자 그대로 자전거주자들에 둘러싸였다. 존 포드의 옛 서부영화에서 인디언들이 활활 타는 화살을 들고 작은 이륜 포장마차 행렬 주위를 도는 것처럼. 자전거가 막 과거에서 모습을 드러냈고, 소리는 아주 늦게까지 들렸다. 주자들이 커브길을 벗어나면서 서로 교대하는 소리, 최대한 이를 떨어뜨릴 때 드레일러에서 나는 마르고 무딘 덜그럭 소리, 훈련된, 끊임없이 경계태세인 내 귀에 그 모든 것 가운데서도 식별할 수 있는 한 소리, 핀볼 게임에서 뭔가 하나가 공짜로 주어졌을 때 나는 소리처럼. 하지만 그날 저녁, 게임은 하고 싶지 않았다.

# 4월 16일

그저께 콩피에뉴 성 광장에서 이탈리아인 프랑코 발레리니의 서포터들이 알프스 횡단로가 그려진 컬러판 접이 지도를 나누어주었다. 그가 파리-루베에서 두 번 우승한 구간이었다. 오늘 아침 「레키프」에, 그가 1992년 벨로드롬에서 뒤클로 라살에게 진 후, 얼마나 스스로를 미켈란젤로의 미완성 조각상 「인콤퓨타 *Incomputa*」와 닮았다고 느꼈는지를 이야기했다. 발레리니는 지금도 그 이름값을 하는 '북프랑스의 지옥'을 마지막으로 횡단한 사람이다. 진흙투성이 포장도로, 이 전설적인 코스, 부당하고 복잡한, 게다가 아랑베르 숲 사이 일부 혹이 난 길에서는 울퉁불퉁 흔들리는 이 코스에 대해서는 끊임없이 글이 쓰여지고 또 쓰여졌다. 발레리니는 32등으로 마쳤는데, 그에겐 그것이 별로 중요하지 않았다. 그는 비통한 심경으로 사이클경기에 작별을 고하려고 이 코스를 선택했던 것이니까. 그가 고했듯, 이제 그는 더는 주자가 아니다. 하지만 그가 길에서 이룬 승리들은 그의 머리에서 '인콤퓨타'를 없애버렸다. 이 조각상을 본 적은 없지만, 이미지가 감동적이었다는 것만은 안다. 내달에 나를 프로 그룹 속에 집어넣으려는 이 믿기지 않는 여러 상황의 경합에서 내가 혜택을 받지 않았더라면 나는 미완의 상태로 남아 있었을 것이라는 생각이다.

# 4월 18일

    놀이방 부인들이 콩스탕스의 행동을 보고 놀랐다. 며칠 전부터, 오후가 지나면 아이가 몹시 피곤하다며 눕겠다고 했다. 다리가 매우 아프다고, 자전거를 너무 많이 타서 그렇다는 이야기를 되풀이했다고 한다. 아이는 붕대를 감아달라고 했고, 할아버지에게 마사지를 해달라고 했다. 나의 페달 운동에 대해 설명을 했어야 했다…….

# 4월 19일

슈브뢰즈 계곡에서 140킬로미터. 아직 순환도로에 대해 잘 몰라서 표지판만 믿고 쥐프 쉬르 이베트, 생 레미, 슈브뢰즈를 지났고, 랑부이예를 몇 킬로미터 남기고 되돌아왔다. 샤토포르에서, 나는 옛 고을로 올라가는 매우 가파른 언덕을 봤다. 생 클레르 산 혹은 망드의 라 크루아 뇌브에서의 느낌을 되찾겠다고 굳게 결심하고서 열심히 그곳으로 들어갔다. 경사는 급격했지만, 훈련은 짧아 300미터 이상은 이어지지 않았다. 아무래도 좋았다. 샤토포르 주변을 작게 일주한 후, 경사로를 두 번 더 올라갔다. 장소가 좋았다. 자크 앙크틸에게 헌정된 석비가 하나 눈에 띄었다. 분명 그는 이 롤러코스터에 익숙했을 것이다. 콩피에뉴에서, 망드 결승점에 대해 베르나르도와 이야기했다. 그의 방법은 가파른 길 기슭에서 기어비를 잘 맞춘 후, 정상까지 그것을 변화시키지 않는 것이었다. 그러나 프랑스 복권협회 팀의 한 정비공은 오히려 그 반대라고, 다시 말해, 처음에 꽤 높게 당기고 나서 난코스를 따라 감속하라고 했다. 샤토포르 둔덕에서 두 가지 방법을 다 써봤다. 브레이크 레버에 의지해서 움직이는 것이 쉬울지라도, 내가 볼 때 한창 오르막길에서는 드레일러를 너무 작동시키지 않는 것이 더 나을 듯싶었다. 바람과 우박이 섞인 소나기가 그치지 않았고, 날이 추웠다. 미디 리브르에서 한번 해보려는 나의 의지를 특별히 시험하는 것 같았다. 얼마나 여러 번 그만두자는 생각이 스쳐갔었는지, 그럴수록 내가 또 그것을 얼마나 가당찮은 유혹으로 여겨 거절했었는지. 무슨 일이 있어도 포기하지 않을 것이다. 더구나 근육을 강화시켰고, 이따금 방랑자처럼 심장을 겁에 질리게 한 이 모든 훈련을 쌓았는데. 지난 번 샤토포르를 올라갈 때 느꼈던 약간의 불편함이 다시 느껴졌다. 물론 심장이상은 아니었고, 일종의 숨 막힘, 육체의 껍질에서 빠져나가지 못하는 무력감 같은 것이 질식할 만큼 나를 짓눌렀다. 아마 피부가 충분히 숨을 쉬지 못했던 것 같다. 비와 짙은 찬 안개를 막으려고 뒤집어쓴 긴소매 유니폼 때문이었다. 공포 상태는 아니었다. 이 느낌은 일전에 에르브빌의 험한 언덕에서 한 번 맛봤다. 페달을 밟으며 손에 물통을 끼고 한 모금 마셨다. 모든 것이 정상으로 돌아왔다. 자전거를 타면 이따금 생존자라는 느낌이 들 때가 있다. 늘 먼 곳에서 돌아왔다. 뮈세우가 생각났다. 일요일에, 파리-루베에서 2등으로 들어왔다. 죽은 것으로 알려진, 어쨌거나 자전거경주에서 끝장난 그였다. 몇 달 전이었다. 지난겨울, 평평한 고장의 길을 혼자서 5시간 달린 후, 그는 시속 50킬로미터로 가는 사이클경기 유도용 모터사이클 뒤로 한두 시간 더 달렸다. 프로들 말로 '후(後) 피곤 상태로' 말이다. 자전거를 '모질게' 탄 것이다. 미디 리브르를 완벽히 준비하는 데 여전히 내게 부족한 것, 리듬을 얻기 위해서는 일부 구간을 모터사이클 뒤에서 갈 수 있어야 할 것이다.

# 4월 20일

　신문사에서 토마 페렌지가 샤를 트레네의 「차고 문에서」 일부를 흥얼거렸다. "…… 너를 추월하지 않으려고 브레이크를 잘 밟으면서……."

# 4월 22일

뱅센 순환도로에서 70킬로미터 가까이 달렸다. 더 적게 달리는 만큼 매우 빠르게 달리기로 마음먹었다. 바람을 맞을 때마다 기어비를 높이고, 안간힘을 써서 당겼다. 필요하면 마지막 역주를 하면서 속도를 재발진시켰다. 두세 명의 주자가 나의 바퀴 안에 멈춰서 있었는데 개의치 않았다. 오늘은 다리를 아프게 해서라도 그 유명한 리듬을 되찾으려고 했다. 심장을 폭발시키지 않으면서 미디 리브르 경쟁자들에게 달라붙기 위해 내게 너무 소중한 그 리듬을. 계기판은 시속 30킬로미터 아래로는 거의 내려가지 않았다. 나는 자그마한 자동 병정, 등에 끝까지 감아올린 열쇠가 있고, 약포가 다 떨어질 때까지 전투에서 힘을 다하는 병정이었다. 마침내 넓적다리가 불타올랐고, 숨은 점차 빈사자의 헐떡임이 되었다. 아직 더해야 한다. '보일러를 덥힌 지' 1시간밖에 되지 않았다.

# 4월 23일

　이것저것 조정을 하는 하루였다. 한 달 후 시작될 주행에 앞서 나는 조정해야 할 세부사항들—주요 세부사항들—의 목록을 작성했다. 역산이 시작되었다. 그의 아버지가 '꼬마 루이'가 되기 전에는 전후의 뛰어난 주자였던 기 카퓌, 폴리도르의 강 메르시에 팀의 유명한 스포츠 팀장인 카퓌가 나를 도와서 내가 모터사이클 뒤로 여러 번 있을 수 있도록 해줄 것이다. 「벨로 뉴스」[296] 편집장인 그는 온갖 종류의 식이요법과 매우 고성능인 물건들을 가지고 있다. 특히 가장 가파른 고개에서 내가 쓸 수 있는 가볍고도 단단한 바퀴들이 있다. 그는 또한 자기는 물리치료사라며, 프랑스 복권협회 팀 안마사들이 일이 많을 때는 자기 손이 내 근육을 보충시킬 준비가 되어 있다고 알려주었다.

　나는 또한 렌즈를 내 시력에 맞춘 경주용 안경에 적응하느라 몰두했다. 흐린 날은 노란색을 추천하고, 더 선명한 대조에는 초록색이라는 것을 알았다……. 서로 다른 렌즈의 안경테 2개면 만사가 순조로울 것이다.

---

296　*Vélo News*. 1972년 창간한 미국의 사이클 전문 주간지.

# 4월 26일

　매일 저녁, 구간 시합 후, 마사지 후, 목욕과 저녁 식사 후, 「미디 리브르」동료들과의 인터뷰 후, 여러 지면과 라디오 인터뷰 후에야 내 방에서 조용히 노트북 앞에 자리 잡고 나의 하루를 이야기하게 되겠지. 이어 회복하고, 자고, 혈액순환을 용이하게 하기 위해 끝을 높인 침대에서 다리를 쭉 뻗으려면 너무 늦지 않게 기사를 보내려고 애쓸 것이다. 이따금 스스로에게 물었다. 안장에 그렇게 오래 있는 동안 느낀 무수한 감정들을 종이 위에 그대로 복원시킬 수 있을지. 녹초 아니면 그저 피곤함만 생각나는 것은 당연하다. 하지만 다른 것도 있다. 한참 달릴 때, 늘 '깨어 있는' 게 아니다. 기이한 현상이 일어난다. 마라토너들이나 기본적인 여느 달리기 선수들도 잘 알고 있는 것이다. 정확하고 규칙적인 로봇의 몸짓으로 페달을 밟는 시간이 오래 지속될 때 딱히 고통을 느끼지 않게 되는데, 이는 정신이 다른 곳, 현실 도피 같은 곳에서 방랑하고 있기 때문이다. 100킬로미터를 훌쩍 넘기고, 문득 정신이 들었을 때, 자기가 지나온 길이 어딘지, 지나온 마을이 어딘지, 스쳐간 사람들이 누군지 명확히 알 수 없게 된다. 모든 것이 녹아버리고(se fond), 헷갈린다(se confond). 어수선한 외침들, 불일치의 소음들, 군데군데 끊긴 말들, 오토바이의 부르릉 소리, 웃음소리들이 귓속에 사운드트랙으로 남아 있다. 거기서 나오는 글쓰기는 발명이다. 그것이 현실을 잘 드러낼수록, 주행 내내 주자를 감싼 이 제2의 상태를 더 잘 느낄 수 있다.

　이런 인상주의를 주장한다고 해서 내가 본질적인 것, 스포츠의 야망이 서술의 야망을 동반함을 잊은 것은 아니다. 길을 가는 것은 오직 내가 펜을 잡을 경우에만 가치가 있다고 말한 적이 있다. 앙투안 블롱댕에 대해서는 여기서 충분히 말했으므로 그의 예를 들지는 않겠다. 투르를 좇는 사람들이 아직도 감탄과 존경을 갖고 말하는 것이 있다. 동글동글, 거의 어린아이 같은 글씨로, 삭제도 하지 않고, 커다란 네모 칸이 있는 초등학생 공책에 만년필로 검게 써내려간 그의 수고(手稿)들이다. 자전거에 입문한 작가들의 나의 팡테옹에서 디노 부차티는 각별한 위치를 차지하는데, 그것은 코피-바르탈리가 대결한 1949년 지로 경기에 대해 그가 쓴 글 때문이다. 이 장르에서 경이를 이루는 대목을 뽑아봤다.

*특파원 보도*
*피네롤로, 6월 10일. 밤*

*오늘, 끔찍한 이조아르 언덕 경사에서 바르탈리가 홀로 페달을 힘차게 밟으면서 등정하는 것을 봤을 때, 진흙투성이에, 육체와 영혼의 온갖 고통이 표현된 비죽대는 입술의 축 처진 입아귀를 봤을 때 ― 코피는 이미 한참 전에 지나갔고, 바야흐로 언덕의 최종 경사지들을 기어오르는 중이었다 ―, 결코 잊은 적이 없는 어떤 감정이 30년이 지난 우리에게 다시 솟았다. 어언 30년 전, 우리는 헥토르가 아킬레우스에게 죽임을 당했음을 알았다.[297] 이런 비유가 너무 장엄한가? 너무 영광스러운가? 아니다. 우리의 정신에 남아 있는 파편들이 우리의 보잘 것 없는 실존을 구성하는 것이 아니라면 굳이 고전연구라고 부를 필요가 없지 않을까? 물론 파우스토 코피에게 아킬레우스의 냉정한 잔인함은 없다. 하지만 바르탈리는 헥토르와 같은 드라마를 겪었다. 신들*

---

297  30년 전인 1919년 '지로' 당시, 지라르덴고(Constante Girardengo, 1893~1978)와 벨로니(Gaetano Belloni, 1892~1980)의 대결을 상기하고 있다. 벨로니는 그와의 대결에서 번번이 패해, '영원한 2인자'라는 별명을 얻었다.

*에게 패배한 인간의 드라마를.*

　섬세한, 그러나 속으로 은근히 타고 있는 이 드라마의 불꽃에서 양분을 얻어 커다란 폭력이 모습을 드러내는 이 이야기 내내 부차티는 끊임없이 '명확한 순간'을 환기시켰다. 판관들, 다시 말해 신들, 다시 말해 이조아르 언덕이 이 '베키오', 늙은 사자 바르탈리에게 먹은 것을 토해내게 할 그 순간을. 15년도 더 전이었다. 어느 봄날 오후, 내 다리가 더는 주자의 다리가 아니었을 때, 센 강 한 고서상의 상자에서 이 책을 끄집어냈다. 이따금 나는 이 책을 다시 읽곤 했는데, 마치 마술의 책략을 이해하려고 애쓰는 것 같았다. 다행히 아무것도 꿰뚫지 못했고, 다시 읽고 싶은 욕망은 온전히 남아 있다. 미디 리브르로 가는 가방 속에 난 이 책을 부적처럼 가져갈 것이고, 또한 블롱댕의 『투르 드 프랑스에 관하여』[298]도 가져갈 것이다.

---

298　*Sur le Tour de France*, Mazarine, 1979, 112p.(개정판, La Table Ronde, 2016, 160p.)

# 4월 27일

프랑스 복권협회 팀 코치인 프레데릭 그랍이 내 마지막 몇 주를 위한 꼼꼼한 훈련 프로그램을 짜주었다. 가능하면 모터사이클 뒤에서 하게 될 짧고 격렬한 세션들이 예닐곱 시간의 '격한 인내' 훈련과 교대로 진행될 것이다. 그가 보내온 자세한 메일에 휴식 기간이 굵은 글씨로 강조되어 있었다. 시합 전 내가 '에너지'를 되찾기 위해 아주 중요한 것들이었다. "그때그때 자네의 감각에 따라 재량껏 프로그램을 조절하게." 프레데릭은 명확했고, 더불어 귀환한 늙은 말인 내게 "너 자신을 알라"는 말도 빠뜨리지 않았다.

혹 경주를 잘 이행한다면, 순전한 육체만큼 '직업도' 그래야 할 것이다. 하지만 솔직히 말해, 나는 신참처럼 발을 굴렸고, 자신과 반대되는 것을 생각할 줄 알아야 하듯, 요행히 페달을 쉽게 밟을 경우에도 내 충동과 싸워야 할 것이다. 나의 전략은 꽤 단순했다. 처음 두 개의 평지 구간을 지나갈 때는, 그룹과 합세하더라도 그들과 접촉을 유지하려고 안간힘을 쓰지 말 것. 몽플리에의 타임트라이얼은 '안에서' 경쟁, 마지막 세 구간의 산악등정에서 쓸 힘을 간직할 것. 거기서 내 능력을 곧 알게 되리라. 부차티도 그렇게 썼고, 내 다리도 그걸 안다. 언덕이 심판관임을. 그룹은 거기서 진주 목걸이처럼 부서질 것이다. 나는 그 줄에 남아 있기 위한 경주를 해야 한다.

주자의 제1규칙인
가볍고, 유연하고, 정밀하게

# 5월 1일


　경주가 다가옴에 따라 나는 사람들이 최근 4개월간 내게 백번도 더 물은 질문에 답하려고 애썼고, 그때마다 짤막하게 토막 대답만 했다. 간단히 몇 마디로, 항상 같은 말로. '열정, 도전, 소년시절의 꿈을 실현하고 싶어서.' 그래, 좋다, 그런데 다시? 왜 이런 거친 경쟁에 줄을 서려고 하지? 대부분 아주 어리고, 기량은 전성기고, 야망 넘치고, 승리를 갈망하는 프로 선수들, 경력이 창창한 장정들 틈에서 난 단지 꿈을 좇는 일개 사이클 애호가에 불과한데? 안다. 나는 그 이유를 안다. 서너 마디로 요약할 수 있다. '황혼의 순간을 늦추려는 것이라고.' 말로가 일갈했듯, 자신의 경험을 의식으로 변화시키려면[299] 오직 행동만이 중요하다는 것을 굳이 설명하고, 증명하고, 말로 그 의미를 잃어야 할까? 황혼의 순간을 늦추는 것. 그것으로 충분하다. 돌고 있는 지구 위에서 다리를 돌리는 것, 그것은 삶의 한계를 밀어붙여, 그 경계를 넓히는 것이다. 바람을 맞으며, 비를 맞으며, 또는 시간을 거슬러 달리면서 잃어버린 시간은, 훗날 잿빛 나날들에 맞서기 위한 되찾은 시간이 되고, 거기서 자신의 추억들로, 그것이 행복한 것이면 더욱 좋고, 그렇지 않으면 적어도 그 추억들이 모험들로 충분하다면 더욱 좋은, 그런 추억들로 융단을 짠다. 하루하루, 내 자전거 위에서, 이야기를 하면서 나는 운명의 시

---

299　"삶이란, 드넓은 하나의 경험을 의식으로 변화시키는 것이다"(Vivre, c'est transformer en conscience une expérience aussi large que possible). 『희망』(L'Espoir, 1937)의 한 문장.

간을 거부한 셰에라자드 역을 했다. 나는 나 자신에게 이야기했고, 길을 가며 이야기를 얻었고, 시작은 저 멀리 있었고, 시간을 기워야 했고, 그리고 미디 리브르 다음에, 나의 본래의 꿈, 나의 백일몽, 내심 나를 한 번도 떠난 적 없는 투르 드 프랑스의 욕망 속에 나를 투사하려면 상상력에 도움을 청해야 할 것이다. 작가가 된다는 것은 아마 우리를 스쳐간 운명들을 누덕누덕 기운 천으로 자기 삶의 구멍들을 메우는 것이리라. 고백하건대, 서른 살 이후 매년 생일 때마다 내 자신에게 말했다. 해가 더할수록, 언젠가 투르 드 프랑스에서 달릴 희망들은 작아진다고. 서른 살까지는, 자전거의 작은 천사가 「르 몽드」의 내 책상 앞에 나타나 내게 이렇게 말할 것으로 믿었다. "가자, 투르말레 혹은 아스펭 언덕 길, 이조아르 혹은 갈리비에 언덕에 네가 필요해." 기껏 서생 주자, 박식한 붉은 등[300]에 만족할 수도 있었을 것이다. 이미 수많은 관찰자들이 그룹을 따라갔고, 앞질러갔고, 가까이서 함께 갔다. 그러나 그 누구도 그 안에 스며들어 전설과 영광, 드라마와 영웅주의의 향기를 지닌 포장도로나 아스팔트의 꽃들을 직접 수집하지는 않았다. 나는 그 광기의 준비를 마쳤다. 내 길을 가고(rouler ma bosse), 내 펜을 굴린다(rouler ma bille). 방금 찾은 내 좌우명이다. 주자가 될 수도 있었고(보라, 털 없는 내 다리를), 고정 기자가 될 수도 있었다(보라, 오르막길에서는 가벼워지고 내리막길에서는 무거워지는 나의 펜……). 앞서, 장 드 그리발디 자작에 대해 말한 적이 있다. 7월, 길을 무모하게 나섰던 시절, 내가 그의 팀에 들어갈 수 있도록 내가 접근하려고 했던 사람. 그가 차 사고로 죽었을 때, 나는 알았다. 더는 이 거울을 통과하라고 내 테이블에 와서 앉을 천사는 아무도 없다는 것을.

그렇게 그날 아침, 제라르 모락스가 미디 리브르 그랑프리를 딸랑이처럼

---

300  lanterne rouge. 대열 마지막 차의 후미등.

322

내 눈앞에서 흔들었을 때, 난 내 젊은 날로부터 온 그 부름에 저항할 수 없었다. 나는 신의에 대해 말했고, 그것은 내 자신에 대한 빚, 내 스스로에게 빚진 말이었다. 열다섯 살, 바닷가 끝없는 직선로에서, 바람이 즐겨 내 숨과 길을 끊었던 그곳에서 나 자신에게 했던 약속이었다. 노랑 셔츠를 입은, 세계챔피언인, 눈부신 주자인, 거의 신인 내 모습이 보였다. 피농이 처음 투르 드 프랑스에서 승리하던 해, 나는 막 시앙스 포[301] 학위를 받았다. 피농과 나는 정확히 같은 나이다. 나의 학위증서와 그의 튜닉을 값지게 교환할 수도 있었지만 그러고 싶지 않았다. 우리는 서로 길이 달랐다. 비록 그의 테 안경과 바칼로레아의 우수한 성적으로 평론가들이 그를 '교수님'으로 불렀지만…….

　한동안 나는 에티오피아에서부터 남아프리카에 이르기까지 아프리카의 정변들을 따라다녔다. 또한 파나마의 노리에가 장군에 대해 탐사보도를 했고, 브라질 도시 빈민촌, 멕시코 빈민굴의 비참함을 봤다. 페레스트로이카의 소비에트 연방, 폴란드의 농부들, 사이공 거리에 자전거를 타고 가는 흰 장갑에 베일을 쓴 여인들에 대해서도 알게 되었다. 하노이에서는 동그란 새끼 돼지들을 짐받이에 끈으로 묶어 전속력으로 페달을 밟는 농부들을 봤고, 혹은 믿기지 않게 쌓아올린 기와 더미들은 기적처럼, 쓰러지지도 않았다. 마다가스카르와 카르타헤나를 걸었고, 인도에서 콜롬비아까지 주파했고, 니제르 강을 따라 통북투까지 올랐고, 하마가 헤엄치는 하얀 나일 강의 원천에 감탄했고, 샤를 파스쿠아의 커넥션인 리브르빌의 슬롯머신과 앙골라 카빈다의 석유를 추적했다. 오염된 공기와 촉박한 시간 속에서도 리포터들이 당대의 흐름 속에 자신의 펜을 자유로히 담글 수 있게 했던 그 시

301  Sciences-Po. '파리정치(정책)학교'(IEP. Institut d'études politiques de Paris). 외교관, 공무원 양성 교육기관. 포토리노는 1983년 시앙스 포 학위를 받았다.

절, 나는 무수한 리포터로서의 삶을 경험했다. 그 모든 세월 내내, 머릿속에서 그 생생한 인상들이 서로 충돌할 때, 어둡고 얼룩덜룩한 현실에 대해 언어의 마술로 기사를 써야할 때, 나는 이것이 투르말레 언덕을 오르는 것보다 덜 힘들 것이라고 생각했다. 프랑스로 돌아오는 야간 비행기에서 얼마나 많은 르포 기사들을 수정했고, 흔들리는 실내등 조명 아래, 메뉴판 뒤에, 창백한 스프링 노트에 얼마나 많이 갈겨썼던가. 조그만 탁자에 등을 구부린 채 나는 페달을 밟듯 글을 썼다, 동사와 형용사를 위한 최상의 궤도를 찾았고, 커브길을 자르듯 가장 짧게 갔으며, 주자의 제1규칙인 가볍고, 유연하고, 정밀하게 하기를 결코 잊지 않으면서 가장 압축적으로, 최적의 무게로 갔다. 누구도 예상치 못한 곳, 느닷없는 곳, 전환점을 돌아 더 잘 등장하기 위해 스스로를 잊게 만드는 것 또한 규칙이었다. 지금도 여전히, 글이 나를 지켜보고 있을 때, 나는 위대함의 명령을 육체적 강도로 바꾼다. 고상한 문학 훈련을 아스팔트의 떠돌이 칼갈이의 훈련에 비유하는 것은 생뚱맞거나 진부해 보일 수 있다. 내게는 똑같다. 잘라 말하자면, 자전거선수의 힘줄은 그것이 종종 내 살을 움직였기에, 내게는 말의 현기증, 언어의 두께에 맞서는 유례없는 하나의 준비로 보였다. 언어의 두께 한복판에서 적절한 톤, 타당한 리듬, 이미지, 색깔, 음악, 정감, 우아함을 찾아가는 길은 좁다. 시오랑은 "자전거를 생각한다"라고 했다.[302] 나 또한 믿는다. 사람은 쓰지 않을 때 많은 것을 쓴다고. 자전거로 체험한 이 오랜 산보에서 여러 문장

---

302 일례로, "내가 자전거를 타고 몇 달 동안 프랑스를 일주할 당시, 내 가장 큰 즐거움은 시골 묘지에 멈춰, 두 묘 사이에 누워, 그렇게 몇 시간 동안 담배를 태우는 것이었다. 난 그때가 내 인생에서 가장 활동적인 시기였다고 생각한다"(*De l'inconvénient d'être né*, 1973. 번역은 편집자 ; 『태어났음의 불편함』, 김정란 역, 현암사, 2020). 시오랑(Emil Cioran, 1911~1995)의 자전거 사랑은 대단했다고 한다. 국내에 10여 종이 소개되었다.

들이 남았고, 결코 평범한 것들은 아니다. 시작들, 출발들, 저 모든 '한때 있었다'가 이야기를 가능하게 하고, 아름답게 하니까.

이제 꿈에서 벗어나듯 이 글을 마치게 된 것은 근육과 의지의 힘으로 5천여 킬로미터를 달리게 해준 이 굴림 기계장치 덕이다. 대중들의 눈앞에서 페달을 밟을 때, 주자는 왕이다. 모든 시선, 모든 존경이 그를 향한다. 그리고 바퀴는 돈다. 시간은 흐른다는 것을 알려주는 이미지다. 주자는 과거의 영광이 되고, 그는 반열에 오른다. 빛났을 때의 그, 사람들은 그를 기억한다. 보베, 폴리도르, 앙크틸, 메르크스, 테브네. 자전거를 지순하게 사랑하는 사람들에게 그룹의 꼬리는 유성의 꼬리와 같다. 나는 그런 사람들을 콩피에뉴에서 봤다. 이삼십 년도 더 묵은 사진을 들고 와서 왕년의 프로들에게 다가가 사인을, 추억을 — "72년에 쉬페르바녜르에서 우승하셨죠?" — 갈구하는 그들, 이는 그들도 저 전설의 순간들을 체험했다는 표식이다. 안개 자욱한 투르의 구간들, 라이트를 죄다 켜고 「허풍쟁이」[303]의 한 장면처럼 이탈리아식 클랙슨을 울려대는 후미 차량들, 포도 위로 물수제비처럼 떨어지는 비, 텔레그라프, 크루아 드 페르, 알프 뒤에즈, 퓌 드 돔 정상으로 돌진하는 스퍼트, 바로 그 순간 훈련과 자기 극복이 이들 무훈의 목격자들에게 인간의 위대함과 나약함이라는 모순된 감정을 불러일으킨 그 순간들을.

황혼의 순간을 늦추기. 오늘 저녁, 난 시간을 벌었다.

---

303  *Le Fanfaron*(원제 *Il sorpasso* '추월'). 디노 리시(Dino Risi, 1916~2008) 감독의 이탈리아 영화(1962, 105분).

# 5월 2일


어젯밤 망드의 라 크루아 뇌브와 생 클레르 산을 연이어 오르는 꿈을 꿨다. 끝이 보이지 않았다. 지금부터 5월 22일까지 이 꿈은 이따금 되풀이 될 가능성이 농후하다. 낮에는 전력을 다해 페달을 밟았고, 꿈속의 경사는 낮보다 훨씬 심했다. 꿈속의 훈련까지 계산하면 계기판에 몇 백 킬로미터가 보태질 것이다. 준비는 끝났다. 머릿속으로 나는, 내일 출발한다.

# 옮긴이의 말


개인적으로 오랜 시간이 걸린 작업이다. 그 소회를 밝히지 않을 수 없다. 작은 양해를 구한다.

아르테 출판은 2006년 창업, 2010년 문을 닫았다. 누구는 롤러코스터라고, 누구는 놀랍다고, 누구는 평생 할 일을 다 했다고 이런저런 이야기들을 한 것이 훗날 기억났고, 문을 닫을 당시는 그 말을 귀에 담을 하등의 여유가 없었다. 욕망이었든 욕심이었든 과욕이었든, 모진 수업료였고, 도와준 많은 분들에게 큰 폐를 끼쳤다.

에릭 포토리노는 아르테 개업 당시 발견한 보물이었다. 글이 맑고 놀라웠다. 이후 프랑스문화원의 도움으로 2008년 파리도서전에 참석, 그를 대면했고, 갈리마르 부스에서 줄을 서서 사인을 받았다. 아늑하고 온화한 미소의 저자. 마음이 포근해지는 평안한 눈길. 나를 밝혔을 때 그의 작은 미소를 보았고, 긴 이야기를 나눌 수 없었지만 그때 찍은 사진을 잘 간직하고 있다.

그의 작품 다섯 권을 계약, 한 작품만을 내고 문을 닫아야 했다.

이후 편집자로서 몇 곳의 출판사를 거친 뒤 2020년 다시금 내 출판사를 열고 그를 다시 찾았다. 어머니를 향한 절창인 신간 『열일곱 살』과 예전에 계약한 이 책을 다시금 계약했다.

쏜살같은 시간, 지나고 나서야 체감하는 시간.

이 책의 부록으로 만든 저자의 서지를 정리하면서 그의 묵직한 활동을 목격했다. 해외문학 출판인으로서 모를 수 없었던 그의 이력이지만, 같은 시간을 이토록 허투루 보낸 나에 대한 자책이 들지 않을 수 없었고, 그만큼 내 작가에 대한 애정을 확인했다. 큰 언론인이자 대작가의 한 분이 된 그를 어쨌든 내가 한

국에 첫 소개했다는 자부심은 나의 미력과는 무관한 그의 위대함이었다. 위대함이라고 감히 말하는 이유는 역시 그의 글 때문이다. 정직과 온화, 공존하기 힘든 가치일지 모르나 그의 글에서 느껴지는 나의 자연스런 감정이다. 명증한 불어는 더할 나위 없다. 늘 놀란다.

이 책은 저자의 나이 마흔에 쓰고 달린, 아니 쓰면서 달린, 아니 달리면서 쓴 글이다. 아니 책상에서 달린 그의 펜이 우리를 달리게 한다.

그의 긴 가족사 연작소설을 마음에 품고 있다.
프랑스인들도 마찬가지일 것이다. 서른한 살인 1991년 데뷔작『로셸』(*Rochelle*)을 시작으로, 그의 걸작인『코르사코프 증후군』(*Korsakov*, 2004)을 포함, 2001년 이 책이 출간된 지 10년 후 문고본으로 복간되기까지, 자못 픽션인 듯 자전인 듯한 그의 놀라운 가족소설 연작을 익히 알고 있을 프랑스인들에게는 더더욱 그의 글이 살갑게 느껴질 것이다. 두 명의 아버지, 얼굴도 몰랐던 친부, 훗날 생의 마지막에 그가 처음 대면한 생부(『아버지께 드리는 질문』*Questions à mon père*, 2010 ;『페스를 걷는 사람』*Le Marcheur de Fès*, 2013), 거기에 친부보다 더 친부 같았던 새 아버지, 저자의 성 포토리노를 평생 아로새겨준 그, 그를 사이클에 입문시킨, 그러나 어머니와 이혼 후 외로움에 엽총으로 생을 마감한 '내 아버지'(『은밀하게 나를 사랑한 남자』*L'Homme qui m'aimait tout bas*, 2009). 그 비극, 훗날 저자가 처음으로 어머니를 그린『열일곱 살』(*Dix-sept ans*, 2018)에서 "세상의 종말"이라고, 한 마디로 짧게 표현한, 필설로 다 못할 그 먹먹한 사건. 마침내 5년이 지난 2023년,『열일곱 살』에서 처음 밝혀진 사라진 누이동생의 존재를 찾아 나선 절창 산문시『내 새끼, 나의 누이』(*Mon enfant, ma sœur*)가 출간되었다. 엄마와 자신의 두 외침이자, 드디어 해방을 맞이한 듯한 이 가족사의 기나긴 역정. 소설로는 결코 표현할 수 없다는 듯, 대미의 산문시로.
30여 년의 추적, 평생의 화두.
이 책은 그분들, 가족들, 그들의 아름다운 옛 모습과 추억이 곳곳에 들꽃처럼 피어 있다.

내가 마음에 품고 있다는 말은 이들 국내 미간된 그의 가족사 작품을 원활히 출간하지 못하는 나의 물리적 사정과 함께 그 출간을 마음에 두고 있음을 밝히는 작은 변이다. 마음에 품고 있다.

*

저자는 사이클을 사랑한다. 짧은 애호가 아닌 전직 아마추어 선수로서의 길고 진한 애정이다. 이 작품을 시작으로 사이클 필자로서의 활동이 시작되었고, 이후 많은 사이클 책을 내고, 여러 관련 행사에 분야의 권위자로서 참가했다. 서지가 그것을 말해준다.

세계 최고의 투르를 보유한 나라 프랑스, 백년이 넘은 유수의 투르 드 프랑스는 프랑스의 국민 스포츠이자 국가적 행사다. 매년 7월 한 달 내내, 투르 드 프랑스의 열기는 온 국토를 녹인다. 장장 4천 킬로미터를 이어온 주파의 결승점, 샹젤리제에서의 돌고 도는 대미는 세계인에게 익숙한 인간 드라마의 생생한 이미지다. 그 투르의 유명한 전초전, 1949년 시작된 '미디 리브르 그랑프리'는 매년 5월 남불의 곳곳을 6일 동안 1천 킬로미터를 주파하는 일급 투르의 노정이다. 저자의 참여를 마지막으로 불가불 2002년 역사의 뒤안길로 사라진 이 전통의 투르에 감히 나이 마흔의 '늙은이'가 선수로서 참전할 생각을 한다. 어불성설의 무모함이자 실현 불가능의 만용이다. 가당치 않다. 도대체 무슨 생각이었을까? 그것이 가능할까? 이 책은 그 놀라운 드라마의 세세한 기록이자 생생한 훈련일지다.

책은 사이클의 A부터 Z까지 모든 걸 시시콜콜 밝히면서도 굳이 두 바퀴의 역사만을 논하지 않는다. 어쩌면 삶은 사이클이라는 상투적인 말이 가장 잘 어울릴지 모르겠다. 르 몽드 편집부장으로서, 불혹의 나이에, 1천 킬로미터를 주파하는 최상급의 전통의 사이클 대회에 한 명의 선수로서 참가하면서, 거기에 매일 밤 참전 기사를 송고해야 하는 무지막지한 업무를 소화해야 하는 지독한 사랑. 가히 사랑이 아니고서야 달리 표현할 길 없는 지독한 사랑. 그 투르에 임하는 6개월의 사랑 고백이다.

삶은 사뭇 무서운 사랑의 사이클이다.

르 몽드라는 세계적 언론사를 중심으로, 데스크로서 관찰해야 하는 본업인 격동의 국내 및 세계정치, 거기에 그가 자초한 새 임무인 국제사이클연맹(UCI)과의 관계 형성, 그리고 당시 온 나라와 세계를 떠들썩하게 한 사이클계의 도핑 스캔들 등을 배경으로 유장한 사이클 역사의 도도하고 웅장한 기라성들이 부침한다. 우리에겐 낯선, 그러나 프랑스인이라면 누구나 그 이름을 읊조릴 은하계 주자들의 전설이 상송처럼 흐른다. 어린 선수였던 저자의 애틋한 추억과 인간승리의 위대한 주인공들의 대역사가 반추되는 한편, 이 놀라운 일인다역의 바쁜 삶 속, 기자이자 작가로서의 단상과 성찰이 무수한 일탈과 수렴으로 헤치고 모이기를 반복한다. 정신없는 삶으로부터의 도피인 듯, 한줄기 해방인 듯, 자전거 주자들의 놀라운 우정이 있고, 몸의 진솔함과, 육체의 모진 혹사를 감내할 수밖에 없는 온갖 경이로운 모험이 그려져 있다. 포토리노의 글은 사이클 휠처럼 계속 돌면서도 결코 넘어지거나 흐트러지지 않는다. 어지럽지만 하나도 어지럽지 않고, 한껏 자유로우면서도 지극히 자연스럽다. 일기이자 고백이자 성찰의 글쓰기.

거듭 정직과 온화. 나는 그의 글쓰기에 늘 이 단어를 떠올린다.

어느 페이지를 열어도 사유를 위한 여백이 있다. 그 여백을 만들어주는 고마운 글쓰기다. 사이클을 사랑하든, 사이클을 모르든, 누구나 다가갈 수 있는 여백의 글쓰기다. 생각하게 하는 것, 글의 미덕이자 에릭 포토리노의 미덕이다. 그 성찬에 여러분을 초대한다.

자료는 저자의 육체적, 정신적 무용을 시각적으로 보여주기 위한 한국어판의 작업이다. 부록의 첨가를 허용해준 저자와 스톡 출판사에게 감사를 표한다.

오래전 아름다운 서문을 써준 저자에게 이제야 감사의 말을 전한다. 내가 아는 유일한 이탈리아어다. *Con tanti abbracci vigorosi.*

부록

# 자료 A : 2001년 제53회 미디 리브르 그랑프리

"나의 전략은 꽤 단순했다. 처음 두 개의 평지 구간을 지나갈 때는,
그룹과 합세하더라도 그들과 접촉을 유지하려고 안간힘을 쓰지 말 것.
몽플리에의 타임트라이얼은 '안에서' 경쟁, 마지막 세 구간의 산악등정에서
쓸 힘을 간직할 것. 거기서 내 능력을 곧 알게 되리라." (4월 27일).

일러두기

• 4의 1~6구간 경로, 산악등정▲ 중 4~6구간은 '상세 경로'가 미비하다. 「르 몽드」
의 상세한 기사에도 불구하고('미디 리브르 그랑프리 경로', 2001년 5월 17일),
산악주행을 알 수 없었고, 온통 생소한 지명에 눈뜬장님이나 다름없었다. 보다 정
확한 기록이 있으리라 생각, 관련 사이트들, UCI, 「미디 리브르」, 「벨로」, 기타 쟁
쟁한 사이클 사이트들을 뒤졌지만 찾지 못했다. 아울러 미디 리브르의 위상이
랄까, 당시 국립지리원이 경주 전도를 발행 — *53e Grand prix cycliste du Midi Libre du
22 au 27 mai 2001*, réalisé par l'Institut géographique national, 1/250,000, Paris,
IGN, 2001, 컬러, 88x100cm, 접지 11x25cm —, IGN을 뒤졌지만 찾을 수 없
었다. 허나 본들 알까? 기사로도 이해 못한 지리를 지도로 해독한다고? 이상, 일
부 산악등정이 어디서 출발했을지, 그 오류 가능성을 열어두고, 여러 사이클 전문
사이트들 — Cycling Archives, Cycling News, Climb Finder, Cycling Cols 등 — 에
서 당시 주요 등정 언덕들(col, côte, montée)과 그에 상응하는 데이터 이미지를
찾아 수록했다. 목적은 하나, 저자의 혹독한 산악주행을 데이터로 보여주기. 혹
있을 오류에 독자 여러분의 이해를 구한다.

• 모든 Google Maps©는 확인된 경로를 입력, 캡처한 것으로(2022년 6월 현
재), 당연히 20년의 시차가 있다. 가급적 산악등정마다 구분했고, 자동 표시된
데이터는 유용하여 그대로 두었다(소요시간, 거리, 고도 변화). 선수들의 괴력
을 엿볼 수 있다. 병기된 'OOkm 지점'은 대회 공식기록이다(Cycling Archives).

1. 출전 팀 (이름, 인원, 창설연도, 팀 국적). 총 18개 팀, 143명.

| | | | |
|---|---|---|---|
| AG2R Prévoyance | 8 | 1992 | 프랑스 |
| BigMat-Auber | 8 | 1993 | 프랑스 |
| Bonjour | 8 | 2000 | 프랑스 |
| Cofidis | 8 | 1996 | 프랑스 |
| Collstrop-Palmans | 8 | 2001 | 벨기에 |
| Crédit Agricole | 8 | 1901 | 프랑스 |
| CSC-WorldOnline | 8 | 1998 | 러시아–덴마크 |
| Deutsche Telekom | 8 | 1989 | 독일 |
| Euskaltel-Euskadi | 8 | 1994 | 바스크 스페인 |
| Fassa Bortolo | 8 | 2000 | 이탈리아 |
| Festina | 8 | 1989 | 프랑스 |
| iBanesto.com | 8 | 1980 | 스페인 |
| Jean Delatour | 8 | 2000 | 프랑스 |
| La Française des Jeux | 8* | 1997 | 프랑스(*포토리노 포함) |
| Lampre-Daikin | 8 | 1990 | 이탈리아 |
| Mercury-Viatel | 8 | 1995 | 미국 |
| Rabobank | 8 | 1997 | 네덜란드 |
| Saint-Quentin Oktos | 8 | 1999 | 프랑스 |

• 구간별 출전 인원(포토리노를 제외한 143명의 기록).

1구간 : 143명 출전, 142명 완주, 1명 미완주(**DNF**, Did Not Finish)

2구간 : 142명 출전, 140명 완주, 1명 미출발(**DNS**, Did Not Start), 1명 미완주

3구간 : 140명 출전, 137명 완주, 3명 미출발

4구간 : 137명 출전, 130명 완주, 2명 미출발, 5명 미완주

5구간 : 130명 출전, 120명 완주, 10명 미완주

6구간 : 120명 출전, 48명 완주, 72명 미완주(32도 고온으로 72명 중도 포기).

## 2. 구간별 우승, 종합우승

* 1구간, 5월 22일(화)

  Gruissan Plage(Aude)~ Saint-Cyprien(Pyrénées-Orientales), 181.5km

  제롬 베르나르(Jérôme Bernard, 프랑스, 1971, Jean Delatour, 4h 30m 12s)

* 2구간, 5월 23일(수)

  Saint-Cyprien Plage(PO) ~ Pézenas(Hérault), 190km

  얀 스보라다(Jan Svorada, 체코, 1968, Lampre-Daikin, 4h 43m 43s)

* 3구간, 5월 24일(목)

  Montpellier(Hérault), 타임트라이얼, 19km

  안드레이 테테리우크(Andrei Teteriuk, 카자흐스탄, 1967, Mercury-Viatel, 22m

  26s, 시속 50.791km)

* 4구간, 5월 25일(금)

  Pont du Gard(Gard) ~ Laissac(Aveyron), 209km

  브래들리 맥기(Bradley McGee, 호주, 1976, La Française des Jeux, 5h 29m 5s)

* 5구간, 5월 26일(토)

  Rignac(Aveyron) ~ Mende(Lozère), 188.5km

  스벤 몽고메리(Sven Montgomery, 스위스, 1976, La Française des Jeux, 4h 9m 2s)

* 6구간, 5월 27일(일)

  Florac(Lozère) ~ Sète(Hérault), 208.5km

  브누아 살몽(Benoît Salmon, 프랑스, 1974, AG2R Prévoyance, 4h 51m 15s)


* 종합우승

  1위 이반 마요(Iban Mayo, 바스크 스페인, 1977, Euskatel-Euskadi, 24h 6m 35s)

  2위 브누아 살몽(Benoît Salmon, 프랑스, 1974, AG2R Prévoyance, 24h 7m 10s)

  3위 크리스토프 모로(Christophe Moreau, 프랑스, 1971, Festina, 24h 7m 37s)

## 3. 1~6구간 (Map Data ⓒ 2022 Google)

• 1구간. Gruissan Plage ~ Saint-Cyprien, 181.5km

• 2구간. Saint-Cyprien Plage ~ Pézenas, 190km

• 3구간. Montpellier, 19km

• 4구간. Pont du Gard ~ Laissac, 209km

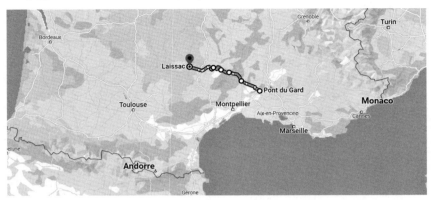

• 5구간. Rignac ~ Mende, 188.5km

• 6구간. Florac ~ Sète, 208.5km

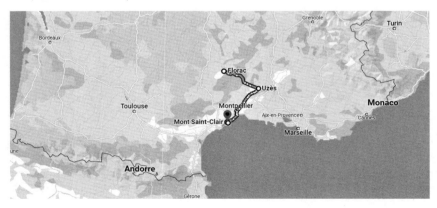

## 4. 1~6구간 경로, 산악등정▲ (Map Data ©2022 Google 외)

• 1구간. 181.5km.

　1구간 ① : **Gruissan Plage ― Narbonne ― Thézan-des-Corbières ― Ripaud ― Durban-Corbières ― Villeneuve-les-Corbières ― ▲ Col d'Extrême**(65.5km 지점).

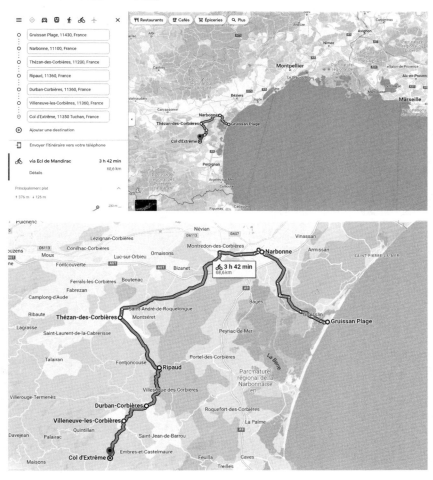

## ▲ Col d'Extrême(65.5km 지점)

거리 6.07km, 해발 261m, 고도 123m 등정, 평균경사 1.85도, 최고경사 6.0도 (ⓒ RouteYou)

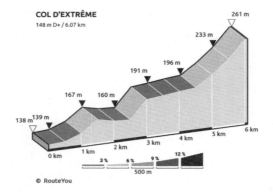

## 1구간 ② : ▲ Col d'Extrême — Tuchan — Paziols — Estagel — ▲ Col de La Bataille(98.5km 지점).

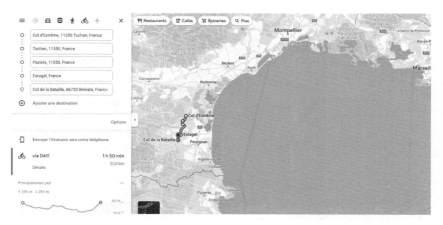

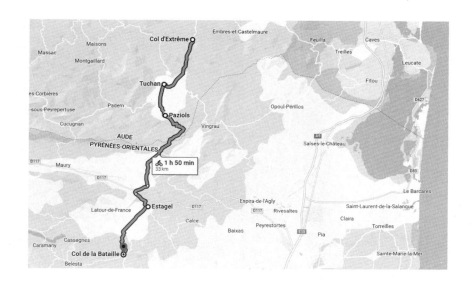

### Estagel — ▲ Col de La Bataille(98.5km 지점)

거리 7.1km, 해발 267m, 고도 181m 등정, 평균경사 2.55도, 최고경사 4.2도

(ⓒ Cols-Cyclisme)

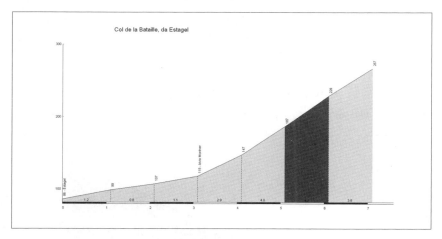

1구간 ③ : ▲ Col de La Bataille — Millas — Thuir — Llupia — Terrats — Fourques — ▲ Col de Llauro(133.5km 지점).

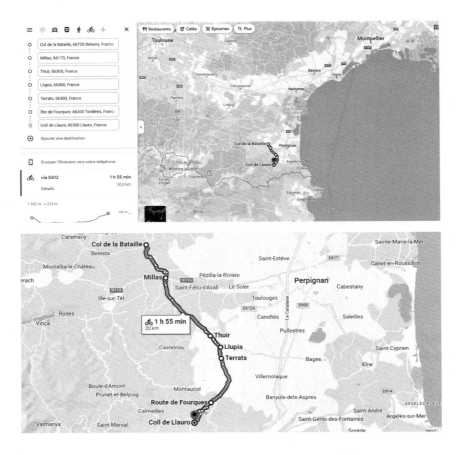

## Fourques — ▲ Col de Llauro(133.5km 지점)

거리 7.7km, 해발 380m, 고도 257m 등정, 평균경사 3.4도, 최고경사 5.0도 (© ClimbFinder)

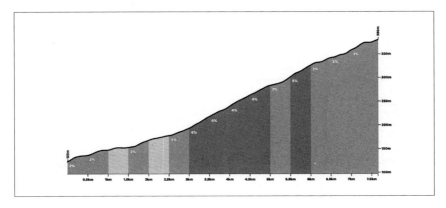

1구간 ④ : ▲ Col de Llauro ― Céret ― Maurillas-las-Illas ― Les Thermes-du-Boulou ― Saint-Génis-des-Fontaine ― Saint-André ― Argelès-sur-Mer ― Saint-Cyprien(181.5km 지점).

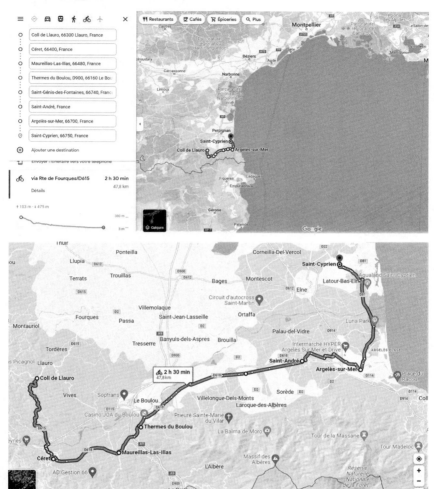

• 2구간. 190km.

2구간 ① : Saint-Cyprien Plage ― Canet-Plage ― Prés-Sainte-Marie-Plage ― Port-Leucate ― Caves ― ▲ Treilles(48km 지점).

343

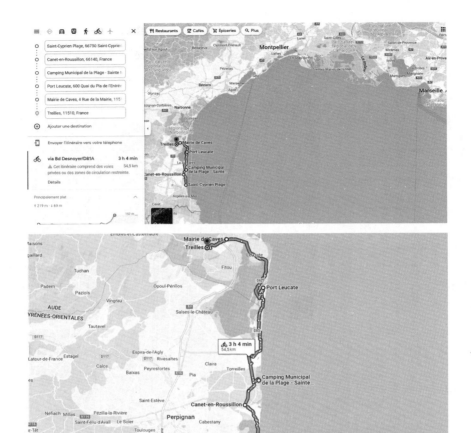

▲ **Côte des Treilles**(48km 지점. 해발 180m) © Esri

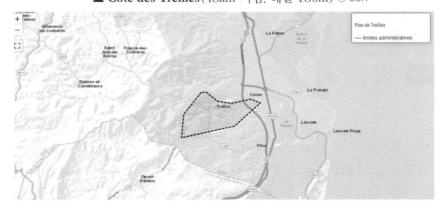

## 2구간 ② : ▲ Treilles — Saint-Jean-de-Barrou — Ripaud — Thézan-des-Corbières — Fabrezan — Lézignan-Corbières — Pouzols — Minervois.

## 2구간 ③ : Minervois — Cabezac — Capestang — Maureilhan — Cazouls-Lès-Béziers — Murviel-Lès-Béziers — Saint-Geniès-de-Fontedit.

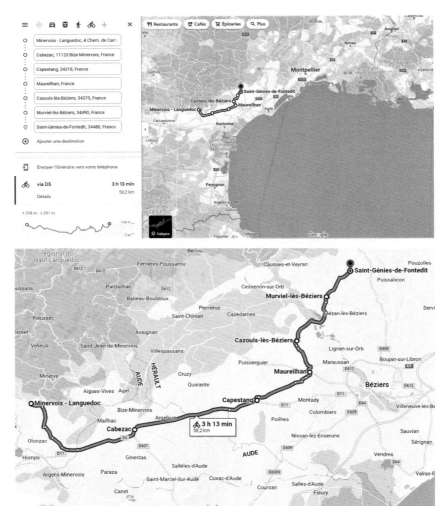

2구간 ④ : **Saint-Geniès-de-Fontedit** — **Puissalicon** — **Espondeilhan** — **Servian** — **Alignan-du-Vent** — **Pézenas**(190km 지점).

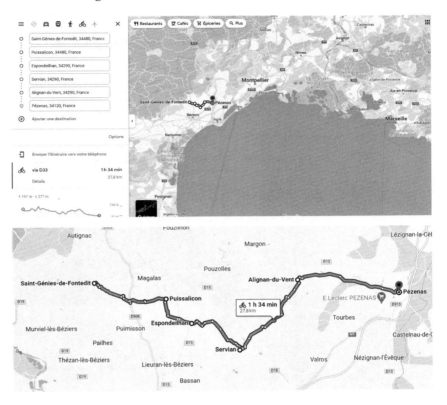

• 3구간. 19km.

몽플리에 축구-럭비 경기장 '모송 스타디움'(Stade de la Mosson) 둘레.

• 4구간. 209km.

미상. 1월 11일 참조. 가장 험난한 산악등정 구간.

4구간 ① : **Pont du Gard** — **Alès** — **La Grand-Combe** — **la Haute-Levade** — ▲ **Collet-de-Dèze** — ▲ **Saint-Privat-de-Vallongue** — ▲ **Col de Jalcreste**(89.5km 지점).

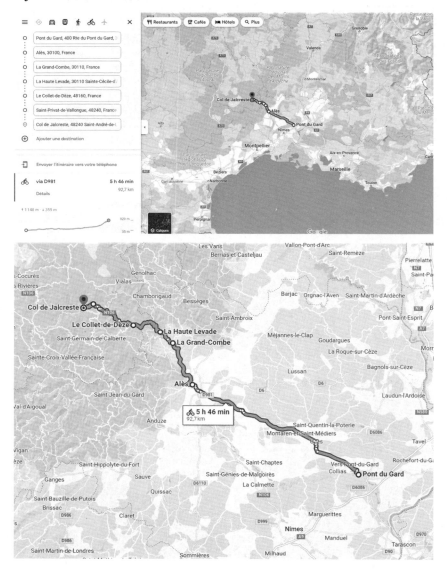

## ▲ Collet-de-Dèze — ▲ Col de Jalcreste(89.5km 지점)

거리 15.1km, 해발 832m, 고도 520m 등정, 평균경사 3.4도, 최고경사 8.4도 (© CyclingCols)

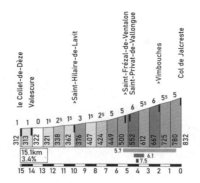

## 4구간 ② : ▲ Col de Jalcreste — Cassagnas – Florac — Ispagnac — ▲ Sainte-Enimie — ▲ Col de Cabrunas(147km 지점).

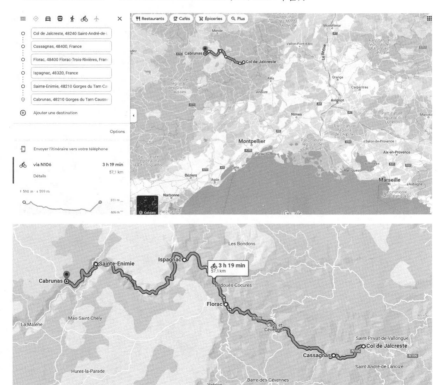

## ▲ Sainte-Enimie — ▲ Col de Cabrunas(147km 지점)

거리 7.25km, 해발 818m, 고도 352m 등정, 평균경사 4.86도, 최고경사 7.0도 (ⓒ ClimbFinder)

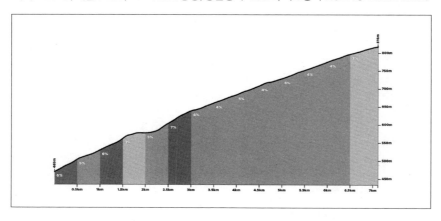

## 4구간 ③ : ▲ Col de Cabrunas — (?) —Laissac(209km 지점).

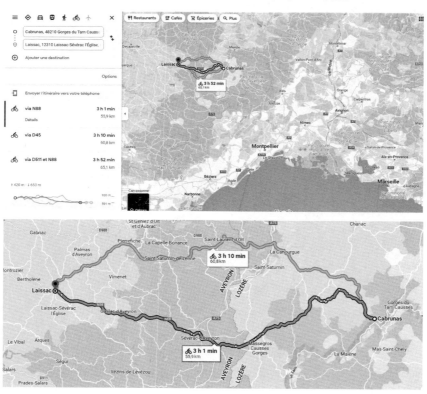

• 5구간. 188.5km.

미상. 1월 30일, 4월 4일 참조.

Rignac — ▲ Côte de Marcillac — ▲ Côte de Solsac(46km 지점) — ▲
Montée de l'Éspalion — ▲ Le Cayrol(89.5km 지점, 해발 856m) — Laguiole
— ▲ Le Bouyssou(113.5km 지점, 해발 928m) — Aubrac — ▲ Col de
Vielbougue(170km 지점, 해발 866m) — ▲ Col de Goudard — ▲ Côte de
Chabrits(181.5km 지점, 해발 894m, 평균경사 5.9도) — ▲ Côte de la La
Croix Neuve(188.5km 지점).

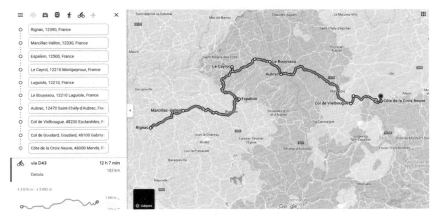

**▲ La Croix Neuve**(188.5km 지점)

거리 3.1km, 해발 1,042m, 고도 299m 등정, 평균경사 10.9도, 최고경사 14.0도 (ⓒ ClimbFinder)

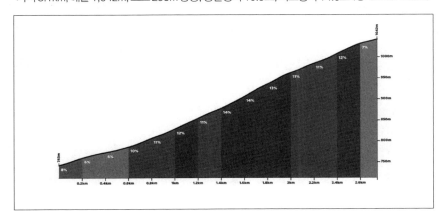

• 6구간. 208.5km.

  미상. 3월 6일, 4월 5일 참조.

  Florac — (?) — Uzès — (?) — Mont Saint-Clair, Sète.

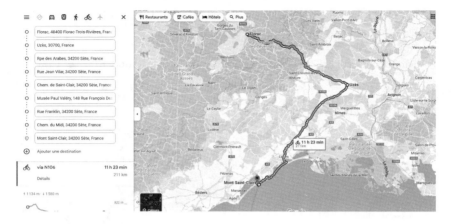

**Mont Saint-Clair**

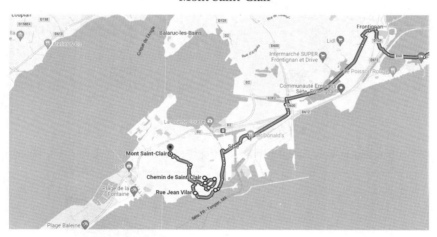

아래는 약간의 편차가 있는 두 가지 Mont Saint-Clair 등정로

a. CyclingCols.com

**Sète, Rampe des Arabes — ▲ Mont Saint-Clair**(208.5km 지점)

거리 1.6km, 해발 176m, 고도 170m 등정, 평균경사 10.6도, 최고경사 15.0도 (© CyclingCols)

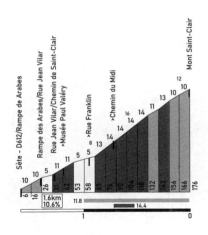

b. ClimbFinder.com

**Sète — ▲ Mont Saint-Clair**(208.5km 지점)

거리 2.3km, 해발 178m, 고도 174m 등정, 평균경사 8.0도, 최고경사 15.0도 (ⓒ ClimbFinder)

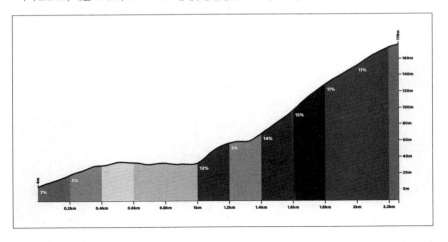

참조. 동영상.

*Midi Libre 2001 - Mont Saint-Clair*(ETIB. Euskal Telebista/CyclingClimbs).

생 클레르 산 등정, 브누아 살몽의 승리 장면 등(Youtube, 19분 44초).

## 5. 출전 사진 ⓒ Patrick Kovarik/AFP/Getty Images

1구간. 2001년 5월 22일(화)

4구간. 2001년 5월 25일(금)

4구간 결승점

5구간. 2001년 5월 26일(토)

6. 출전 중 송고한 저자의「르 몽드」'지평'


• 1월 26일 예고한 저자의「르 몽드」'지평'은 5회의 장문의 기사로 연재되었다.

　5월 23일. 주자 그룹의 숨소리가 스칠 때 *Quand passe le souffle du peloton*

　5월 24일. 200킬로미터. 정말 길다…… *Deux cents kilomètres : c'est long……*

　5월 25일. 산악 악전고투 *L'angoisse de la montagne*

　5월 26일. '소그룹 주자들' 속에서 지미와 함께 *Avec Jimmy dans le "gruppetto"*

　5월 28일. 안녕과 감사 *Au revoir et merci*


• 이를 전후로「르 몽드」도 네 편의 기사로 저자의 출전을 소개했다.

　3월 8일. 자전거를 타는 기자 *Un journaliste à vélo* : "미디 리브르 그랑프리 주최
　　측은「르 몽드」편집부장 에릭 포토리노가 시합에 참전할 의사가 있음을
　　공지했다. 그는 각 구간의 출발선에서 주자들보다 1시간 앞서 출발, 그들
　　과 동일한 코스를 밟을 것이다. 그는 네 명의 주니어 선수들과 함께, 최대
　　한 오래, 프로 그룹과 동행할 것이다. 당사자의 말이다. '미친 발상이다. 각
　　구간을 주파한 뒤, 저녁에는「르 몽드」에 송고할 기사를 쓰다니'".

　5월 6일. "에릭, 파이팅!", "에릭, 파이팅!" *"Vas-y Eric!" "Vas-y Eric!"*

　5월 22일. 머릿속은 온통 자전거. 에릭 포토리노의『내일 출발한다』첫 페이지
　　　*Un vélo dans la tête : extrait de* Je pars demain, *d'Eric Fottorino*

　5월 24일.「르 몽드」와 자전거 Le Monde *et le vélo*


• 언론보도 (일부)

　5월 27일. *France Télévisions*, 1분 7초 방송 : "미디 리브르 전 구간을 주파한 에릭
　　포토리노! 특이한 체험!"

　5월 31일. *L'Express*, 강디요 티에리 기자 : "Fotto, vélo, bravo!「르 몽드」기자
　　에릭 포토리노, 미디 리브르를 몸소 체험, 사이클 주자의 고통을 재발견
　　하다."

# 자료 B : '20년 후'

"멀리 볼 것, 과거의 기억과 미래의 임박함을 공히 지닐 것, 전달하고 발견하는 재미를 줄 것. 이것이 이 '괴상한'(1-sensé) 신문이, 매주 당신에게, '꼭 필요한' (1-dispensable) 것을 돌려주기를 꿈꾸며 견지한 야심입니다. 우리의 독립성은 바로 여러분입니다!"

— *Le 1* 홈페이지. 발행인 에릭 포토리노.

## 1. 에릭 포토리노 작품 목록

소설가, 사이클 애호가, 언론인으로서의 지적 궤적이다. 여기에 기자로서 복무한 기사의 양을 상상하면 무서운 관찰과 근면의 산물이 아닐 수 없다. 서지는 갈리마르(Folio는 갈리마르의 문고본) 및 각 출판사의 서지와 프랑스국립도서관의 저자 항목을 바탕으로 모든 판본을 정리했다. •는 문학상.

### 소설, 이야기, 회고

1991 로셸 *Rochelle*, Fayard, 277p. (Folio, 2005, 249p.)

1992 나도 기억난다 *Moi aussi je me souviens*, Balland, 137p.

1994 덧없는 것들 *Les Éphémères*, Stock, 214p. (Pocket, 1997, 214p.)

1997 아프리카의 심장 *Coeur d'Afrique*, Stock, 190p. (Éditions de la Seine, 1998, 190p. ; Folio, 2012, 173p.)

    • Prix Amerigo-Vespucci 1997.

1999 브라질 북동지역 *Nordeste*, Stock, 234p. (Le Livre de poche, 2001, 182p. ; Folio, 2008, 221p.)

2000 연약한 영토 *Un territoire fragile*, Stock, 164p. (큰활자본, Versailles, Feryane, 2001, 205p. ; Le Livre de poche, 2002, 153p. ; Folio, 2009, 164p.)

    • Prix *Europe 1* 2000 ;

    • Prix des Bibliothécaires 2000.

2004 붉은 애무 *Caresse de rouge*, Gallimard, 137p. (Folio, 2005, 197p.)

    • Prix François Mauriac de l'Académie Française 2004 ;

    • Prix Jean-Claude Izzo 2005.

2004 코르사코프 증후군 *Korsakov*, Gallimard, 474p. (Folio, 2006, 526p.)

    • Prix Roman France Télévisions 2004 ;

    • Prix des Libraires 2005 ;

    • Prix Nice Baie des Anges 2005 ;

• Prix Marguerite Puhl-Demange 2005.

2007 영화의 입맞춤 *Baisers de cinéma*, Gallimard, 188p. (France Loisirs, 2007, 188p. ; 큰활자본, Versailles, Feryane, 2008, 253p. ; Folio, 2008, 219p.)

• Prix Femina 2007.

2009 은밀하게 나를 사랑한 남자 *L'Homme qui m'aimait tout bas*, Gallimard, 147p. (France Loisirs, 2009, 147p. ; 큰활자본, Versailles, Feryane, 2009, 245p. ; Folio, 2010, 162p.)

• Grand Prix des Lectrices de *Elle* 2010.

2010 아버지께 드리는 질문 *Questions à mon père*, Gallimard, 201p. (큰활자본, Versailles, Feryane, 2010, 247p. ; France Loisirs, 2010, 201p. ; Folio, 2011, 217p. ; 교재 Folio+Collège, 2019, 249p., 해설 Antonia Maestrali).

2011 배영 *Le dos crawlé*, Gallimard, 205p. (큰활자본, Versailles, Feryane, 2012, 264p. ; Folio, 2012, 221p.)

2012 나의 「르 몽드」 투르 *Mon Tour du "Monde"*, Gallimard, 542p. (축약본, Folio, 2014, 465p.)

2013 페스를 걷는 사람 *Le Marcheur de Fès*, Calmann-Lévy, 181p. (Folio, 2015, 185p.)

• Prix du Livre Européen et Méditerranéen 2013.

2013 승객의 심각한 사고로 인해 *Suite à un accident grave de voyageur*, Gallimard, 62p.

• Prix des Mouettes 2013 (Conseil général de Charente-Maritime).

2014 노루 사냥용 총알 *Chevrotine*, Gallimard, 180p. (Folio, 2015, 198p. ; 큰활자본, Versailles, Feryane, 2015, 293p.)

2016 노먼 제일과 보낸 사흘 *Trois jours avec Norman Jail*, Gallimard, 201p. (Folio, 2017, 217p.)

2018 열일곱 살 *Dix-sept ans*, Gallimard, 262p. (큰활자본, Versailles, Feryane, 2019, 320p. ; France Loisirs, 2019, 260p. ; Folio, 2019, 283p. ; 오디

오북 Gallimard, 2019, 6h30, 성우 Michel Vuillermoz).

- Prix Goncourt 후보 2018 ;

- Prix de la Mémoire longue 2019 (Printemps proustien, Eure-et-Loir).

2020 마리나 A *Marina A*, Gallimard, 176p. (큰활자본, Le Mans, Libra Diffusio, 2021, 221p. ; Folio, 2022, 192p.).

2021 모히칸 *Mohican*, Gallimard, 275p. (Folio, 2023, 320p.)

- Prix Lamartine des Départements de France 2021 ;

- Prix Terre de France *Ouest-France* 2021 ;

- Prix Léon de Rosen de l'Académie Française 2022.

2022 오늘 낚은 것 *La pêche du jour*, Philippe Rey, 72p. (연극 Théâtre du Rond-Point, 2022년 1월 21일~3월 26일, 연출 Jean-Michel Ribes, 배우 Jacques Weber, Lola Blanchard, 1시간 ; 오디오북 Gallimard, 2022).

2023 내 새끼, 나의 누이 *Mon enfant, ma sœur*, Gallimard, 288p. (오디오북, Gallimard, 2023, 3h33, 성우 Laurent Poitrenaux).


## 사이클 이야기

2001 내일 출발한다 *Je pars demain*, Stock, 264p. (Folio, 2011, 302p.)

- Prix de la carrière 2001 (Association des écrivains sportifs) ;
- Prix Louis Nucéra 2001.

2003 나의 투르 드 프랑스 *C'est mon Tour*, 공저자 Jean-Marie Catonné, Gérard Mordillat, Jean-Bernard Pouy, Eden, 110p.

2006 투르 드 프랑스로 본 프랑스 *La France vue du Tour*, 공저자 Jacques Augendre, Éditions Solar, 175p. (France Loisirs, 2009, 175p.)

- Prix Antoine Blondin 2007.

2007 소박한 자전거 예찬 *Petit éloge de la bicyclette*, Folio, 135p. (개정판, 2013, 123p.)

2011 볼로의 자전거 *Les vélos de Bollo*, Marseille, Gaussen, 62p.

2013 소박한 투르 드 프랑스 예찬 *Petit éloge du Tour de France*, Folio, 123p.

2013 투르 드 프랑스. 100장의 사진, 100개의 이야기 *Le Tour, 100 images, 100 histoires,* 공저자 Jean-Marie Leblanc, Jean-Paul Ollivier, Bernard Thévenet, Denoël-AFP, 242p.

2019 내 노랑 셔츠들 *Mes maillots jaunes,* Stock, 203p.

## 사진집, 화집

2005 3분의 1의 야생. 미래를 위한 연안 *Le tiers sauvage. Un littoral pour demain,* 사진 Aldo Soares, 서문 Érik Orsenna, Gallimard Loisirs-Rochefort, Conservatoire du littoral, 143p.

2006 다른 곳이었다 *C'était ailleurs,* 사진 Hans Silvester, La Martinière, 299p.

2006 썰물 *Marée basse,* 사진 Éric Guillemot, Gallimard Loisirs, 139p.

2010 파리 해변. 1900년에서 오늘날까지 *Paris Plages. De 1900 à aujourd'hui,* Hoëbeke, 110p.

2011 영원한 여인들 *Femmes éternelles,* 사진 Olivier Martel, Philippe Rey, 166p.

2012 베르베르인 *Berbères,* 사진 Olivier Martel, Philippe Rey, 134p. (개정판 *Fils de Berbères,* 2014, 108p.)

2014 선두 그룹. 투르 드 프랑스 달리 보기 *La Belle échappée. Un Tour de France autrement,* 사진 Mickael Bougouin, 공저자 Thierry de Lestrade, Sylvie Gilman, Gallimard Loisirs, 191p. (2013년 젊은 주자들과 함께 코르시카에서 파리까지 주파한 사이클 일지. 방투 산, 피레네, 알프스 경유).

2018 플랑튀. 데생 50년 *Plantu, 50 ans de dessin,* Calmann-Lévy, 160p.

2020 정지된 시간. 2020년 3월 16일~5월 24일 *Le Temps suspendu. 16 mars - 24 mai 2020,* 그림 Nicolas Vial, Gallimard, 160p.

## 언론탐사

1987 1972~1987. 원료 탐사의 광란기 *1972-1987: Les années folles des matières premières,* Hatier, 190p.

1988 땅의 파티. 원료의 비사 *Le Festin de la terre: L'histoire secrète des matières premieères*, Lieu Commun, 354p.

• Prix du livre des affaires 1988.

1989 황무지 프랑스 *La France en friche*, 공저자 Jean-Pierre Benoît, Lieu Commun, 208p.

1991 백색의 흔적. 마약에 사로잡힌 아프리카 *La piste blanche: L'Afrique sous l'emprise de la drogue*, Balland, 174p.

1992 아프리카에 필요한 것 *Besoin d'Afrique*, 공저자 Erik Orsenna, Christophe Guillemin, Fayard, 347p.

1993 땅의 인간 *L'Homme de terre*, Fayard, 331p.

1995 천일 개의 태양. 프랑스의 마그레브 목소리 *Mille et Un Soleils. Paroles du Maghreb en France*, Stock, 379p.

1996 산업의 모험 *Aventures industrielles*, 삽화 Jacques Valot, Stock, 292p.

1998 뇌 속 여행 *Voyage au centre du cerveau*, Stock, 216p.

2002 베갱 세. 산업 드라마 *Béghin-Say: une saga industrielle*, Philippe Rey, 156p.

2012 공화국의 상속자들 *Les Héritiers de la république*, Calmann-Lévy, 228p.

2014 아프리카에서 *En Afrique*, 사진 Raymond Depardon, Denoël, coll. Carte de presse, 256p.

2014 아프리카만 배제되었다 *Partout sauf en Afrique*, 사진 Marc Riboud, Denoël, coll. Carte de presse, 208p.

2015 내 거물들 *Mes monstres sacrés*, 사진 Raymond Depardon, Jean-Pierre Bonnotte, Richard Dumas, Ulf Andersen, Stéphane Lavoue, Lea Crespi, Denoël, coll. Carte de presse, 272p.

2015 나는 농민의 종말을 봤다 *J'ai vu la fin des paysans*, 사진 Raymond Depardon, Denoël, coll. Carte de presse, 224p.

2017 마크롱이 본 마크롱 *Macron par Macron*, Editions de l'Aube, 140p.

2019 투시자 로맹 가리 *Romain Gary le visionnaire*, 공저자 Robert Solé, Olivier Weber, Mireille Sacotte, François-Henri Désérable, Editions de l'Aube, 64p.

2019 망각과 싸우는 우리의 인생. 베아트 클라르스펠드, 세르주 클라르스펠드 (인터뷰) *Nos vies contre l'oubli. Beate et Serge Klarsfeld : entretiens avec Éric Fottorino et Laurent Greilsamer*, Philippe Rey, 2019, 157p.

2020 언론은 가두전이다 *La presse est un combat de rue*, Editions de l'Aube, 248p.

## 서문

2005 읽는 것이 살인 Nicolas Vial, *Lire tue*, Sainte-Marguerite-sur-Mer, Éd. des Équateurs, 14+122p.

2010 투르 드 프랑스. 악전고투의 투르 Albert Londres, *Tour de France, tour de forçat*, Le Bouscat, l'Esprit du temps, 200p. (1924년 투르 드 프랑스 취재기).

2017 트럼프에서 깨어나세요! *DéTrumpez-vous! : 60 dessins de presse, Cartooning for Peace*, Gallimard, 116p.

2017 디노 부차티가 본 1949년 지로. 코피와 바르탈리의 대결 *Dino Buzzati sur le Giro 1949 : le duel Coppi-Bartali* (원제. *Dino Buzzati al Giro d'Italia*), 번역 Yves Panafieu, Anna Tarantino, 후기 Claudio Marabini, So Lonely, 172p.

2. *Le 1* 언론 출판그룹(주간지 *Le 1*, 계간지 *America*, *Zadig*, *Légende*)

2011년 초, 25년의 「르 몽드」 언론인 생활을 끝으로, 2014년 4월 9일 공동 창간한 *Le 1*은 일체의 광고 없이 정기구독자와 독자만으로 2017년 현재 매주 33,000부를 발행, 재정적 안정과 성공을 거두었다. 2024년 창립 10주년을 맞이한 *Le 1*은 주간지뿐 아니라 계간지와 단행본을 발간하는, 19명의 팀으로 구성된 작은 언론 출판그룹이다(2018년 현재 연매출 360만 유로, 약 48억 원). 프랑스 지식인 사회의 현주소를 알려주는 일급 필진들과 함께 에릭 포토리노의 지적 모험은 현재진행형이다. 깊이와 파격으로, 놀랍도록 유연하게.

# 1

## 주간지 *Le 1*

사이트 : https://le1hebdo.fr/

2014년 4월 공동 창간(Éric Fottorino, Laurent Greilsamer, Natalie Thiriez, Henry Hermand).

2024년 6월 19일 현재 제501호.

매주 '하나'(1, un)의 주제를 선택, 전문가 필진들의 다양한 시각을 게재.

매주 수요일 발행(프랑스, 벨기에, 스위스, 룩셈부르크, 캐나다, 미국, 모로코, 튀니지).

발행부수 33,000부(2017년 현재 정기구독 16,000부 포함).

판형 : ① 일반 : 212 x 313mm, 모두 펼치면 16면 낱장, 한 번 펼치면 타블로이드판, 두 번 펼치면 지도 전도, 무게 43그램, 가격 2.80~2.90유로 ; ② 합본(numéro double. *Le UN 2en1*) : 예. 2022년 6월 15일자, 제401호, 두 호 합본, 무게 90그램, 가격 2.9유로 ; ③ 별지(*Le UN hors-série*) : 예. 2020년 11월 30일자, '카뮈가 우리에게 말하는 것', 모두 펼치면 32면, 무게 94그램, 가격 6.90유로.

2022년 모바일 앱 출시. 다양한 구독료(앱, 종이+앱, 26세 이하 학생 할인 등).

*Le 1*의 기사와 별도로 출판사(Philippe Rey, Editions de l'Aube)와 공동으로 단행본 출간.

- *Le 1*-Philippe Rey (*Les 1ndispensables* 총서. 책임편집 Éric Fottorino) ;
- *Le 1*-Editions de l'Aube (*Les 1 en livre* 총서. 기획 Éric Fottorino)

# America

### 계간지 *America*

사이트 : https://www.america-mag.com/

트럼프의 미국을 이해하기 위한 '한시적' 계간지.

2017년 3월 공동 창간(Eric Fottorino, François Busnel).

2017년 봄호부터 2021년 겨울호까지 통권 16호.

매호 미국과 프랑스의 일급 작가들의 원고 게재(총 168명).

1~3호 총 10만 부 판매, 도합 20만 부 판매.

판형 190 x 270mm, 200여 쪽, 가격 19~20유로.

# ZADIG

### 계간지 *Zadig*

사이트 : https://www.zadiglemag.fr/

오늘날의 프랑스를 이해하기 위한 계간지.

2019년 3월 창간. 2019년 봄호부터 2024년 겨울호까지 현재 통권 21호.

첫 호 65,000부 발행, 대성공.

판형 206 x 270mm, 200여 쪽, 가격 19유로.

# LÉGENDE

### 계간지 *Légende*

사이트 : https://legende-lemag.fr/

전설적인 인물들의 탐사(Zinédine Zidane, Angela Davis, Coluche, Elizabeth II, Georges Brassens, Brigitte Bardot, Charles de Gaulle, Nadal, Madonna, Johnny Halliday).

2020년 6월 창간, 2020년 여름호부터 2024년 6월 '비틀즈'까지 현재 통권 15호.

70%의 사진-도판, 30%의 글.

판형 270 x 400mm, 100쪽, 가격 20유로.

옮긴이 조동신

고려대 불어불문학과, 동대학원 석사, 파리 8대학과 12대학 박사과정 수료(발자크 전공). 해외문학 전문 출판인으로 여러 해외작가들을 국내에 첫 소개했다(Muriel Barbery, Stieg Larsson, Jonas Jonasson, David Vann, Éric Fottorino, Jean-Claude Izzo, Deon Meyer, Dolores Redondo, Åsa Larsson, Ernest van der Kwast, Niklas Natt och Dag, Winnie Li……). 옮긴 책으로 앙토냉 아르토(반 고흐), 다니엘 아라스, 에릭 포토리노(열일곱 살) 등. 아도니스 출판 대표.

내일 출발한다. 미디 리브르 그랑프리 출전기

초판 1쇄 발행  2024년 10월 21일

지은이    에릭 포토리노
옮긴이    조동신
펴낸이    조동신
펴낸곳    도서출판 아도니스
팩스      0504-484-1051
이메일    adonis.editions@gmail.com
🅕       adonis.books
🅞       adonisbooks
출판등록   2020년 1월 29일 제2017-000068호

디자인    전지은

ISBN     979-11-970922-5-1  03860